JENN

Jenny Colgan est une romancière britannique autrice de nombreuses comédies romantiques et d'autant de délicieuses recettes de cuisine. Après la trilogie de *La Petite Boulangerie* (2015-2017), Jenny Colgan a publié le diptyque du *Cupcake Café* (2017-2018) ainsi que les séries *Au bord de l'eau* (2018-2023), *La Charmante Librairie* (2020-2022) et *La Confiserie de Rosie* (2023). Tous ces ouvrages ont été publiés aux éditions Prisma et sont repris chez Pocket. Le nouveau roman de l'autrice, *Au-delà des nuages*, paraît en 2024 aux Éditions Charleston.

LA CONFISERIE DE ROSIE

ÉGALEMENT CHEZ POCKET

La Petite Boulangerie du bout du monde
Une saison à la petite boulangerie
Noël à la petite boulangerie
—
Rendez-vous au Cupcake Café
Le Cupcake Café sous la neige
—
Une saison au bord de l'eau
Une rencontre au bord de l'eau
Noël au bord de l'eau
L'Hôtel du bord de l'eau sous la neige

La Charmante Librairie des jours heureux
La Charmante Librairie des flots tranquilles
La Charmante Librairie des amours lointaines
Noël à la Charmante Librairie
—
La Confiserie de Rosie

JENNY COLGAN

LA CONFISERIE DE ROSIE

Traduit de l'anglais par Laure Motet

ÉDITIONS ▮ **PRISMA**

Titre de l'édition originale :
WELCOME TO ROSIE HOPKINS SWEET SHOP OF DREAMS

Le Code de la propriété intellectuelle n'autorisant, aux termes de l'article L. 122-5, 2° et 3° a, d'une part, que les « copies ou reproductions strictement réservées à l'usage privé du copiste et non destinées à une utilisation collective » et, d'autre part, que les analyses et les courtes citations dans un but d'exemple et d'illustration, « toute représentation ou reproduction intégrale ou partielle faite sans le consentement de l'auteur ou de ses ayants droit ou ayants cause est illicite » (art. L. 122-4).
Cette représentation ou reproduction, par quelque procédé que ce soit, constituerait donc une contrefaçon, sanctionnée par les articles L. 335-2 et suivants du Code de la propriété intellectuelle.

© 2012 by Jenny Colgan
© 2023 Éditions Prisma/Prisma Media
pour la traduction française
ISBN : 978-2-266-34019-9
Dépôt légal : avril 2024

À mes petits chéris et à mon amour

Le mot de Jenny

Vous rappelez-vous le nom de la dame qui tenait la confiserie près de chez vous ? La mienne s'appelait Mme McCreadie. Les marchandes de bonbons se divisaient en général en deux catégories : des femmes gentilles aux joues arrondies ou des vieilles biques qui détestaient les enfants. Ces dernières se plaignaient de nos pièces poisseuses en nous lançant des regards noirs, comme si on allait toucher à tout, si bien qu'on se demandait pourquoi elles avaient choisi ce métier.

Mme McCreadie, elle, appartenait au premier groupe. Elle avait le sourire aux lèvres et la main généreuse : elle glissait toujours un ou deux bonbons de plus dans notre sachet de dix ou vingt pence. Entrer dans cette boutique était un tel plaisir : émerveillés par les couleurs et l'offre disponible, notre grosse pièce de dix pence devenant toute chaude et collante dans notre poing serré, nous faisions notre choix – bonbons qui duraient longtemps ou qui fondaient dans la bouche ? Chocolats hors de prix ou gommes à mâcher bon marché ?

Puis, avec la mode du rétro et du fait maison, les confiseries ont commencé à faire leur retour. Quand l'une d'elles, à l'ancienne, a ouvert à Londres il y a environ un an, près de l'endroit où nous séjournions, mon mari et moi étions surexcités. Nous y avons donc emmené les enfants et leur avons dit, à la manière de Willy Wonka : « Tada ! Choisissez ce que vous voulez ! »

Nos pauvres enfants, habitués aux aberrations qui passent pour des bonbons en France, où nous vivons[1] (des petits bonbons à la gélatine tout durs ou d'infectes gommes qui restent collées au papier), et aux horribles réglisses salées que mon mari se fait envoyer de Nouvelle-Zélande, son pays natal, se sont contentés de regarder autour d'eux, perdus, totalement inconscients du trésor qu'ils avaient sous les yeux. De la guimauve, des dragées gélifiées, des cubes de coca (des noirs *et* des rouges), des berlingots, de la poudre acidulée, du toffee, des caramels, des nougats, des sucres d'orge, des Cadbury Eclairs garnissaient les étagères jusqu'au plafond. Notre aîné, âgé de cinq ans, a longuement parcouru la pièce du regard, un rien paniqué, avant de désigner un simple bâton de réglisse et de dire tout bas : « Je vais prendre ça, s'il vous plaît. » Suite à quoi notre fils de trois ans, dont l'unique but dans la vie est d'imiter tout ce que fait son frère (dans la mesure du possible), a déclaré : « Moi aussi, veux ça. » Avec mon mari, nous avons échangé un regard, haussé les épaules, puis payé leurs bâtons de réglisse, avant d'acheter la moitié du magasin et de nous empiffrer sur le chemin du retour – ce qui n'a pas pu leur donner une bonne leçon de vie.

---

1. Ce roman date de 2012 ; Jenny Colgan s'est depuis réinstallée en Écosse avec sa famille. *(Toutes les notes sont de la traductrice.)*

Chaque gomme à un penny, chaque Black Jack, chaque barre de toffee des Highlands (oui, j'ai grandi en Écosse) nous ramène directement en enfance, et est synonyme de réconfort, de douceur et de partage… ou pas. Je me rappelle quand j'ai intégré mon collège lugubre : la seule chose qui me permettait de tenir toute la journée était la perspective de partager un Twix avec Gillian Pringle dans l'escalier de service tout en se cachant de nos affreux camarades. Je n'ai jamais retouché à un Twix depuis.

En revanche, quand j'étais un peu plus âgée, alors que je m'apprêtais à quitter le lycée pour partir à l'université et que j'étais invitée à des fêtes et commençais à me sentir plus libre, mieux dans mes baskets, j'ai traversé une période où je me nourrissais presque exclusivement d'œufs en chocolat (tout en conservant ma taille 38, quand une taille 38 était vraiment une taille 38. Dire que les ados d'aujourd'hui pensent avoir la vie dure !). Et j'en raffole toujours.

Je me rappelle aussi mon excitation quand ma première copine américaine a reçu trois énormes paquets de chocolats Hershey's Kisses à notre résidence universitaire d'Édimbourg : nous les avons dévorés, leurs petits papiers d'emballage argentés, en forme de goutte d'eau, venant joncher le sol de notre chambre sombre et froide. À mes yeux, ces petits chocolats étaient le comble du raffinement. Et je peux évaluer mon premier séjour aux États-Unis au nombre de Butterfinger et de Reese's Peanut Butter Cups que j'ai avalés pendant mes interminables voyages en bus Greyhound.

Et maintenant alors ? Je vis dans un pays qui ne s'intéresse pas vraiment aux confiseries, sinon ils ne les emballeraient pas ainsi – dans du papier de mauvaise qualité qui colle au bonbon, de sorte qu'on finit toujours par en manger des petits bouts. La France, où je me suis installée pour le travail de mon époux, est le pays des pâtisseries, des gâteaux légers comme l'air, des viennoiseries, des millefeuilles, des macarons et des écoliers qui, quand je prépare un plateau de sucres à la crème pour la « journée des saveurs du monde », se réunissent autour de moi pour me dire d'un ton grave que c'est « *trop sucré*[1] » (fait difficile à contester, la recette commençant par « Prenez un kilo de sucre... »).

Mais les confiseries me manquent : les Chocolate Limes – chocolat et citron vert, quel parfait mélange de goûts ; les Edinburgh Rocks –, je peux en manger jusqu'à me brûler le palais. Avant de devenir une vieille dame qui redoute de perdre ses dents, je prévois d'engloutir le plus de toffee possible. Et si je mangeais autant de fudge que je le voulais, il faudrait me conduire à l'hôpital dans un camion à bestiaux. Après avoir abattu un mur. Quand ma grand-mère est partie à la retraite (et c'est une histoire vraie), elle n'a plus mangé que des friandises : c'était devenu son « alimentation de base ». Et elle est morte à un âge très avancé.

Ce livre témoigne donc de l'amour que je porte aux confiseries. C'est un hommage aux magasins de bonbons ; aux Starbar, aux Spangles, aux Refreshers, aux bonbons à la réglisse, aux boules magiques, aux gommes Hubba Bubba ; aux samedis matin, aux récréations, à l'amitié et à toutes les Mme McCreadie du monde ; à tous ceux qui sont gentils avec les enfants nerveux qui

---

[1]. En français dans le texte.

n'ont que quelques pence à dépenser. J'ai aussi inclus certaines de mes recettes préférées dans cet ouvrage (je ne peux pas m'en empêcher, je le crains) : guimauve, sucre à la crème, nougatine aux cacahuètes et autres petites douceurs – l'odeur du sirop en train d'épaissir doucement dans la cuisine par un froid après-midi est l'idée que je me fais du paradis. On m'a demandé de vous rappeler d'être prudents (même si, bien sûr, vous le savez déjà), surtout si vous cuisinez avec des enfants, car le sucre qui bout est vraiment brûlant. Et voilà, j'ai rempli mes obligations en matière de santé et de sécurité !

Bref, à la manière d'un sommelier dans un grand restaurant, je vous conseille d'entreprendre votre lecture en dégustant des bonbons au citron (des Sherbet Lemons, ceux dans le papier dentelé à rayures roses et vertes) et une bonne tasse de thé.

Et n'oubliez pas de vous brosser les dents !

Avec toute mon affection,

Jenny

Note de l'autrice

Comme toujours, j'ai testé les recettes figurant dans ce livre : elles devraient toutes être savoureuses et délicieuses, mais prenez garde au sucre brûlant !

Le Milky Way fit son apparition aux États-Unis en 1932 ; la barre Mars, invention de M. Mars Junior, au Royaume-Uni en 1933. En 1935, ce fut au tour des barres Aero ; en 1936, des Maltesers et, en 1937, des Kit Kat, des Rolo et des Smarties. En musique, l'équivalent serait l'âge d'or de Bach, Mozart et Beethoven. En peinture, ce fut l'équivalent de la Renaissance italienne ou de l'avènement de l'impressionnisme à la fin du XIXe siècle ; en littérature, de Tolstoï, Balzac et Dickens...

Roald Dahl

Chapitre 1

Les Soor Plooms

Soor plooms est une locution écossaise qui signifie « prunes aigres » et dont la consonance, dans sa langue originale, imite parfaitement les contorsions de la bouche quand on déguste une de ces friandises.

Relevant plus de l'exercice d'endurance que du vrai plaisir, ce bonbon rond et dur au goût intense a une amertume décapante ; son occasionnelle pointe de sucrosité constitue un soulagement bienvenu. Presque impossibles à croquer sans perdre une dent, les Soor Plooms sont donc l'achat idéal pour les enfants à court d'argent de poche, car, premièrement, elles durent une éternité et, deuxièmement, ils auront moins besoin de les partager avec leurs petits camarades, du fait de leur saveur originale.

Côté inconvénients, notons : les Soor Plooms présentent un risque d'étouffement si on les avale de travers ; leur couleur vert vif, qui les rend visibles aux yeux des professeurs ; et leur densité – une Soor Ploom bien lancée peut assommer un chien à douze mètres.

*

Rosie posa cet étrange livre. De toute façon, assise à l'avant du bus, elle n'arrêtait pas de relever la tête, anxieuse : elle essayait de distinguer quelque chose à travers les vitres crasseuses. À le voir, on aurait dit que le petit car peint en vert, avec ses vieux sièges en cuir déchirés, aurait dû être retiré de la circulation depuis des années déjà. Mais pourquoi la campagne était-elle aussi *sombre* ? Chaque fois qu'ils sortaient d'un minuscule village éclairé par quelques réverbères, elle avait l'impression de pénétrer dans un océan d'obscurité, un mur de néant entourant quelques rares vestiges de civilisation.

Rosie, une vraie citadine, n'y était pas du tout habituée. C'était sinistre, par ici. Comment pouvait-on vivre dans un noir pareil ? Les quelques passagers qui étaient montés dans le car à Derby, de vieilles dames pour la plupart, ainsi que deux jeunes hommes qui parlaient une langue étrangère (des ouvriers agricoles, avait-elle supposé), étaient tous descendus depuis longtemps. Elle avait demandé au chauffeur, affublé d'une énorme barbe, de lui indiquer quand ils atteindraient Lipton, mais ce dernier lui avait grommelé une réponse évasive, si bien qu'à présent elle sursautait, nerveuse, chaque fois qu'ils entraient dans un village, tentant de déterminer à ses mouvements de tête s'ils étaient arrivés à destination ou non.

Rosie observa son reflet dans la vitre sombre du car. Ses cheveux bruns et bouclés, coupés au carré, étaient retenus en arrière par des barrettes, dégageant un petit nez plein de taches de rousseur. Ses grands yeux d'un gris pâle, qui étaient sans doute son plus bel atout, paraissaient inquiets, hagards, anxieux. Une grosse valise était posée au-dessus d'elle dans le vieux porte-bagages, l'air incroyablement lourde, comme pour lui rappeler qu'il serait difficile de faire marche arrière. La vie, songea-t-elle, était censée être synonyme d'euphorie, de légèreté, de liberté. La sienne n'était que bagages. Elle consulta son téléphone pour appeler Gerard, mais il n'y avait pas de réseau.

Le car haleta, toussota, comme il grimpait une énième colline interminable qui s'enfonçait dans le néant. Jusque-là, Rosie pensait que l'Angleterre était un petit pays, mais elle ne s'était jamais sentie aussi isolée de tout ce qui lui était familier. Elle jeta un coup d'œil inquiet au chauffeur, en espérant qu'il ne l'avait pas oubliée.

*

Cette dernière journée de travail, n'empêche. En y repensant, sa mère n'aurait pu choisir meilleur moment pour l'appeler.

— Où est ce fichu bassin ? Qu'est-ce qui se passe, ici, bon sang ? Mais qu'est-ce que vous fichez ?

Le jeune médecin ne devait pas avoir plus de vingt ans. Il paraissait totalement terrifié, par-dessus le marché. Il masquait sa peur par de l'agressivité ; Rosie avait déjà vu cela un million de fois. Elle s'était précipitée vers lui : il n'y avait aucun autre infirmier en vue, et il essayait d'aider une vieille dame qui réagissait à l'incision particulièrement désagréable d'un furoncle en urinant dans son lit. Cela n'avait rien de grave, mais Rosie venait tout juste d'intégrer le service et personne n'avait pris la peine de le lui faire visiter – elle n'en voulait pas aux membres du personnel, ils avaient du travail par-dessus la tête et ils accueillaient de nouveaux intérimaires tous les jours.

Elle s'était donc efforcée de se faire discrète et avait changé les draps, apporté de l'eau à ceux qui en avaient besoin, pris les commandes pour le déjeuner, préparé le thé, vidé les bassins et les boîtes d'aiguilles. Bref, elle avait aidé autant qu'elle le pouvait en essayant de ne gêner personne, même si, la veille, elle avait travaillé douze heures d'affilée dans un hôpital de l'autre côté de la ville. Elle était exténuée, mais craignait que l'agence d'intérim ne la radie si elle refusait une mission.

Pendant ce temps-là, le très jeune médecin à l'air un peu snob se faisait arroser de pipi et de pus – ce qui aurait pu être marrant, dans d'autres circonstances, n'avait-elle pu s'empêcher de penser. Dans les circonstances présentes, elle s'était précipitée vers un autre patient âgé et avait réussi à récupérer un grand bassin en carton, qu'elle avait poussé devant le médecin, telle une joueuse de double au tennis, pour limiter les dégâts.

— Ce n'est pas vrai ! avait lancé l'interne avec brusquerie.

La vieille dame, qui souffrait et était bouleversée, s'était mise à pleurer. Rosie connaissait bien ce genre d'interne. Tout juste sorti de la faculté, il n'avait jamais vraiment été au contact de vrais patients. Il avait passé des années dans de jolis amphithéâtres, considéré comme la crème de la crème par ses amis et sa famille parce qu'il était en médecine, et était pour la première fois confronté au monde réel, de façon brutale : il découvrait que son métier consistait surtout à prendre soin des vieux et des pauvres, très peu à pratiquer des opérations spectaculaires pour sauver des mannequins.

— Là, là, avait chuchoté Rosie en s'asseyant sur le lit pour réconforter la vieille dame, qui n'était qu'une masse informe sous sa chemise d'hôpital ouverte.

C'était humiliant. La chambre était mixte, et le jeune médecin n'avait même pas bien fermé le rideau. Rosie s'en était donc chargée. Ce faisant, elle avait entendu une voix stridente, qu'elle avait pu reconnaître, même à cette distance, comme étant celle de l'infirmière en chef.

— Où est cette fichue intérimaire ? Elles arrivent, elles passent leur journée cachées à boire du café et elles gagnent deux fois plus que les autres.

— Je suis là, avait répondu Rosie en passant la tête derrière le rideau. J'arrive tout de suite.

— Non, maintenant, s'il vous plaît. Vous devez aller nettoyer les toilettes des hommes. Si j'étais vous, je mettrais une combinaison.

La journée avait été longue, très longue, et rentrer chez elle n'avait rien arrangé : arrivée trois heures après Gerard, elle avait trouvé les restes du petit déjeuner sur la table, à côté d'une énorme pile de courrier, et il l'avait saluée d'un grognement, la bouche pleine de pizza pepperoni, sans détourner les yeux de son jeu vidéo. Leur petit appartement avait besoin d'être aéré. Et il fallait sans doute changer les draps, avait-elle songé avec un soupir. À vrai dire, les probabilités qu'elle change une autre paire de drap ce jour-là étaient très faibles.

*

Il faisait si noir, songea Rosie, en essayant de distinguer des formes derrière la vitre pleine de traînées. Il ne faisait jamais aussi noir dans l'est de Londres, où elle avait grandi, avec les réverbères, les voitures, la rumeur de la circulation, la foule, l'hélicoptère de la police... Puis, quand sa mère était partie pour l'Australie, elle avait emménagé au St Mary's Hospital, dans le quartier de Paddington, où l'on n'était jamais loin des sirènes, des gens en train de crier et des rues bondées. Elle s'épanouissait en ville. Elle avait toujours adoré Londres : son côté glamour, mais aussi sa face sombre, à laquelle elle était régulièrement confrontée aux urgences ou en suivi postopératoire. Elle aimait même le foyer des infirmières minable où elle vivait à l'époque, même si acheter son propre appartement avec Gerard avait été...

Enfin, c'était ça, être adulte, supposait-elle. Elle ne s'y attendait pas vraiment – elle n'avait aucun souvenir de la discussion où elle avait proposé de se charger de toutes les tâches domestiques, mais Gerard gagnait un plus gros salaire. Sans compter que leur appartement était minuscule, sans perspective de déménagement à l'horizon.

N'empêche. C'était cela, la vie d'adulte, non ? Et, avec Gerard, ils étaient installés à présent. Un peu trop installés. Mais installés. Certes, elle aurait pu se passer de ses copines qui la regardaient d'un air entendu chaque fois qu'elles entendaient *Single Ladies*, de Beyoncé. Elles n'arrêtaient pas de lui répéter que, s'il ne lui passait pas la bague au doigt avant leur deuxième anniversaire, il n'était pas sérieux et ne comptait pas s'engager à long terme. Elle avait fermé ses oreilles, choisi de ne pas les croire : Gerard était circonspect, fiable, il ne prenait pas de grandes décisions à la légère, et c'était l'une des raisons pour lesquelles il lui plaisait.

Mais n'empêche, à la fin de cette longue, très longue journée, quand sa mère l'avait appelée, elle n'avait pu le nier : elle s'était sentie acculée, victime d'injustice et de chantage affectif, cela l'avait agacée, énervée... mais aussi un tout petit peu intriguée.

*

Leur dernière nuit ensemble avait été à la fois douce et triste.

— Ce n'est que pour six semaines environ, avait-elle rappelé à Gerard.

— Oui, c'est ce que tu dis. Tu vas t'occuper de quelqu'un vingt-quatre heures sur vingt-quatre, jusqu'à la fin des temps. Et moi, je vais rester à Londres, à dépérir.

Gerard semblait rarement sur le point de dépérir. Rond de visage et de ventre, il avait la mine réjouie, comme s'il était toujours sur le point de rire ou de raconter une blague. Ou de bouder, mais ce privilège était réservé à Rosie.

Elle avait poussé un soupir.

— J'aimerais que tu viennes me voir. Pas longtemps. Pour un long week-end ?

— On verra, on verra.

Gerard détestait changer ses petites habitudes.

Elle l'avait observé. Cela faisait si longtemps qu'ils étaient ensemble qu'elle avait du mal à se rappeler leur rencontre. Il travaillait dans le tout premier hôpital qui l'avait employée : elle sortait tout juste de l'école d'infirmiers, où il n'y avait presque que des femmes, et était grisée, excitée par le fait d'avoir un peu d'argent et un emploi. Elle n'avait guère remarqué ce pharmacien petit et enjoué qui venait de temps à autre, quand les médicaments étaient en retard, rares ou urgents, et qui n'était jamais à court de railleries, même si elle constatait qu'il était très gentil avec ses patients. Il la taquinait, mais elle n'y prêtait pas attention, ce n'était que du badinage, jusqu'à ce qu'un soir, il se joigne à elles lors d'une sortie entre collègues et lui fasse clairement comprendre que ses intentions étaient plus sérieuses.

Les autres infirmières, plus expérimentées, avaient ricané, s'étaient donné de petits coups de coude, mais Rosie s'en moquait. Elle avait bu du rosé ; elle était jeune, ouverte aux nouvelles rencontres, et, à la fin de la soirée, quand il avait proposé de la raccompagner jusqu'à sa station de métro, puis lui avait timidement pris la main, elle s'était sentie vivante, avec l'avenir devant elle, ravie que quelqu'un s'intéresse à elle sans s'en cacher. Jusque-là, ce genre de choses l'avait toujours déroutée ; elle s'entichait immanquablement d'hommes inaccessibles et ignorait ceux avec lesquels elle réalisait plus tard qu'elle aurait pu avoir une chance.

Elle avait souvent l'impression d'avoir raté un cours auquel avaient assisté toutes les autres filles, à environ quatorze ans, où on leur avait appris comment fonctionnaient les relations entre filles et garçons. Leur professeure d'éducation physique les avait peut-être prises à part, comme elle l'avait fait pour la conversation sur les règles et l'odeur corporelle, pour tout leur expliquer. Voilà comment savoir si quelqu'un craque sur vous. Voilà comment parler avec un garçon qui vous plaît sans vous ridiculiser. Voilà comment partir courtoisement après une aventure d'un soir. Tout cela restait très mystérieux aux yeux de Rosie, quand cela paraissait si facile pour les autres.

Rencontrer Gerard à vingt-trois ans avait semblé être la réponse à toutes ses prières – un vrai petit ami, comme il faut, avec un bon travail. Au moins, sa mère la laisserait tranquille, pour une fois. Et, dès le début, il s'était beaucoup investi dans leur relation. Apprendre qu'il vivait encore chez sa mère à vingt-huit ans l'avait un peu interloquée, mais, bon, tout le monde savait que la vie à Londres était hors de prix. Et elle aimait, dans les premiers temps, du moins, prendre soin de quelqu'un ; lui acheter ses chemises et cuisiner lui donnaient le sentiment d'être adulte. Quand, au bout de deux ans, il lui avait suggéré de s'installer ensemble, elle avait été enchantée.

Cela faisait six ans, déjà. Ils avaient acheté un minuscule appartement, moche, qu'ils n'avaient tous les deux pas eu le courage de redécorer. Et depuis, plus rien. Si elle était totalement honnête, ils s'étaient enlisés dans la routine, et peut-être qu'une petite séparation leur ferait... Rien que d'y penser, elle se sentait déloyale. Même si cela exaspérait Mike, son meilleur ami. Mais n'empêche. Cela les réveillerait peut-être un peu.

*

Le conducteur du car grommela quelque chose. Rosie se leva d'un bond, attrapa son sac et suivit le mouvement de sa barbe, qu'il pointait en direction d'un minuscule point de lumière, au loin. Le village, sans doute, réalisa-t-elle. Ils semblaient se trouver au sommet d'une haute colline. Mais où avait-elle atterri ? Dans les Alpes ou quoi ?

*

Ce jour-là, en revenant de sa journée d'intérim, Rosie avait considéré la boîte de pizza, se demandant pour la énième fois comment diversifier l'alimentation de Gerard. Elle aimait cuisiner, mais il se plaignait, car ses recettes n'étaient pas les mêmes que celles de sa mère, aussi mangeaient-ils beaucoup de plats préparés ou à emporter. Elle avait aussi réfléchi à son travail.

Elle avait adoré exercer son métier d'aide-soignante aux urgences. C'était trépidant, épuisant, parfois éprouvant, mais elle ne s'ennuyait jamais et avait toujours de nouveaux défis à relever ; se retrouver en première ligne était de temps à autre décourageant, mais souvent inspirant. Elle adorait son travail. Alors, bien sûr, son service avait fermé. Ce n'était que temporaire, il rouvrirait sous la forme d'une « Unité des blessures mineures », et on lui avait proposé de rester pour y prendre un poste, ce qui ne l'emballait pas vraiment, ou de changer d'établissement, ce qui entraînerait un temps de trajet plus long. Elle avait suggéré à Gerard de déménager, mais il souhaitait rester près de son hôpital, ce qu'elle comprenait. Même si une chambre supplémentaire, peut-être un petit espace extérieur, pourrait être... Mais Gerard n'aimait pas le changement. Elle le savait.

Du coup, en attendant, elle faisait de l'intérim. Elle remplaçait les aides-soignants malades ou absents, partout où l'on avait besoin de ses services, en étant souvent prévenue à la dernière minute. L'intérim avait la réputation d'être de l'argent facile, mais Rosie savait désormais que c'était tout le contraire. C'était une vraie corvée : les titulaires confiaient toujours aux intérimaires les tâches les plus pénibles, dont ils auraient dû se charger eux-mêmes en temps normal ; les trajets étaient infernaux ; elle enchaînait souvent deux gardes, sans journée de repos, et chaque jour lui rappelait la rentrée scolaire, quand tous les autres connaissaient l'emplacement et le fonctionnement de tout et qu'elle restait dans leur sillage, tentant désespérément de rattraper son retard.

Et puis, ce soir-là, le téléphone avait sonné.

— *Ma chérie !*

Au bout de huit ans, Angie, la mère de Rosie (elles n'avaient que vingt-deux ans d'écart, aussi Rosie l'appelait-elle tantôt maman, tantôt Angie, quand elle avait le sentiment d'être la plus adulte des deux), avait toujours du mal à tenir compte du décalage horaire avec l'Australie.

Rosie préférait l'appeler en début de matinée, même si elle tombait parfois sur son frère cadet, Pip, et elle, après un long après-midi passé au soleil, à manger des grillades et à siroter de la bière. Les enfants hurlaient eux aussi à l'autre bout du fil. Rosie compatissait : elle n'avait vu Shane, Kelly et Meridian qu'une seule fois, mais on les obligeait à parler à leur tata Rosie, qui, pour ce qu'ils en savaient, pouvait avoir des cheveux gris et une grosse verrue sur le nez. Ils n'avaient pas grand-chose à se dire. Toutefois, à ce moment-là, comme Gerard entamait son dessert (un grand bol de Frosties), Angie ne tombait pas mal du tout.

— Salut, maman.

Quatre, avait récemment songé Rosie, avec mélancolie. Quatre. C'était le nombre de ses amies qui avaient rencontré quelqu'un et s'étaient mariées à l'époque où elle fréquentait Gerard, avant même qu'ils n'emménagent ensemble. Mais elle n'avait pas voulu s'inquiéter. Elle était jeune, insouciante, à leur rencontre, lui semblait-il à présent (même si elle souhaitait à tout prix rencontrer quelqu'un). En y repensant, à trente ans passés, l'idée que tout ce temps et tout cet amour puissent ne mener à rien lui donnait des sueurs froides.

Toute sa famille lui vantait la douceur de vivre en Australie, avec ses piscines dans les jardins, son beau temps et son poisson frais. Depuis environ un an, sa mère, dont la patience était mise à mal par les trois enfants de Pip et qui avait une opinion peu flatteuse de Gerard, qu'elle n'hésitait pas à partager (pas de Gerard lui-même, il était charmant, mais de sa réticence apparente à épouser sa fille unique, à subvenir à ses besoins et à la féconder au plus vite), essayait de la persuader de les rejoindre, mais Rosie aimait Londres. Elle avait toujours aimé cette ville.

Elle aimait son agitation, avoir le sentiment d'être au cœur de l'action ; ses habitants, de toutes les nationalités, pêle-mêle dans les rues bondées ; ses premières de films et ses vernissages (même si elle n'y allait jamais) ; ses monuments historiques majestueux (même si elle ne les visitait jamais). Elle n'avait aucune envie de renoncer à cette vie pour déménager à l'autre bout du monde où, elle en était certaine, nettoyer les fesses des personnes âgées reviendrait à peu près au même et où elle devrait en prime nettoyer celles de ses nièces gratuitement.

— Ma chérie, j'ai une proposition à te faire.

Angie paraissait enthousiaste. Rosie avait grogné intérieurement.

— Je ne peux pas travailler en Australie, tu te rappelles ? Je n'ai pas les qualifications requises, ou les points nécessaires, ou je ne sais pas quoi.

— Ah ! Oh, quelle importance, avait répondu sa mère, comme si le fait que son père ait quitté le domicile familial l'année de son bac n'avait rien à voir avec son échec. De toute façon, il ne s'agit pas de ça.

— Et je n'ai pas envie de faire... la nounou.

D'après les e-mails exhaustifs de sa mère, Shane était une brute, Kelly, une princesse, et Meridian développait un trouble de l'alimentation à seulement quatre ans. En outre, depuis que Rosie avait emménagé avec Gerard et qu'ils avaient souscrit un prêt immobilier, elle n'avait

pas pu économiser le moindre centime sur son salaire. Elle ne pourrait jamais se payer le billet d'avion.
— Il ne s'agit pas de ça. C'est autre chose. De différent. Il ne s'agit pas de nous, ma chérie. Il s'agit de Lilian.

Chapitre 2

Le fudge

C'est un fait : le fudge (et sa variante croquante du nord, le sucre à la crème) est une substance addictive, qui doit être maniée avec précaution. Une surconsommation entraînera maladie et mort prématurée*. D'aucuns prétendent que manger une mandarine ou un autre agrume quand on commence à se sentir nauséeux détoxifie le système digestif, ce qui permet de manger davantage de fudge : ces gens sont des pousse-au-crime et doivent être évités. Il est aussi préférable de déguster le fudge en privé, puisque le meilleur moyen de le consommer (insérer simultanément trois gros morceaux dans la bouche, un à droite, un au centre et un à gauche, puis les laisser se réchauffer et fondre) est considéré comme impoli dans de nombreuses sociétés.

Voici les arômes acceptables pour le fudge : aucun. Vous avez perdu la raison ou quoi ? Le goût du fudge est en lui-même l'une des créations humaines les plus divines. Colorieriez-vous un Picasso ? Ajouteriez-vous un rythme disco sur le *Requiem* de Fauré ? Non ? Alors évitez la vanille et, je vous en prie, les raisins secs. Les raisins secs n'ont qu'une place, et c'est à la poubelle. Quant au fudge à la liqueur, c'est une aberration qui dépasse l'entendement…

*Si consommé quotidiennement, à la livre, pendant plusieurs décennies.

*

1942

Lilian Hopkins traversa le pré au pas de charge, un brin nerveuse, longeant l'ombre des meules de foin dorées et de la rangée d'ormes qui ondoyaient doucement dans le vent. Elle ne savait pas si le taureau du jeune Isitt était dans son étable et n'avait pas envie qu'on la voie courir. C'était une vieille bête sympathique, tout le monde le disait. Mais elle n'aimait pas la manière qu'il avait de souffler de la fumée par ses naseaux et de faire des écarts imprévisibles, voilà tout.

Quand elle aperçut une silhouette familière assise sur l'échalier, en train de fumer, la fixant ouvertement du regard, son cœur se serra, et elle releva sa jupe avec colère. Il ne tendit pas la main pour l'aider à franchir la haie, ce qui était ennuyeux, car, s'il l'avait fait, elle aurait pu lui reprocher son impertinence. Son comportement était encore plus impertinent, mais elle n'allait pas le lui faire remarquer.

— *Pardon, dit-elle en levant son seau. Je voudrais passer.*

Henry ne bougea pas d'un pouce.

— *J'aimerais bien te voir grimper à l'échalier.*

— *C'est hors de question, rétorqua Lilian en s'empourprant.*

— *Pourquoi marchais-tu aussi bizarrement dans le pré ?*

— *Je ne marchais pas bizarrement.*

— *Si. Je t'ai vue.*

— *Dans ce cas, arrête d'épier les gens.*

— *Je n'épie pas les gens, répondit-il d'un ton exaspérant. Si quelqu'un traverse un champ avec une démarche aussi bizarre, la moitié du village va le remarquer. Tu n'as pas peur du taureau du jeune Isitt, quand même ?*

— *Non !*

Henry sourit, puis son visage se transforma, comme frappé de stupeur.

— *Oh, le voilà justement ! Il galope vers nous, l'air furieux.*

Lilian sauta d'un bond sur l'échalier, renversant la moitié de son seau au passage.

— *Où ça ?*

Mais Henry, qui jubilait et avait failli tomber à la renverse, était déjà reparti en direction du village, riant dans sa barbe, la laissant seule dans le champ vide. Elle franchit l'échalier avec colère, sans aide, puis reprit sa route, maudissant ces malappris de gardiens de troupeaux tout le long du chemin.

*

Elle le vit aussi le samedi suivant, alors qu'elle servait au magasin. Les enfants étaient déjà là avec leur carte de rationnement, leur pièce de deux pence bien serrée dans leur poing. Ils aimaient prendre leur temps pour choisir, émerveillés par les couleurs des berlingots, les bâtonnets de sucre d'orge ambrés et les bocaux en verre, sur lesquels se reflétait la lumière qui filtrait à travers les petites fenêtres. Les jeunes fermiers arriveraient bientôt : lavés et rasés de près pour le bal du village, leurs manches relevées dévoilant des bras hâlés et un cou rouge, ils viendraient dépenser leur salaire dans des boîtes en forme de cœur décorées de velours, destinées à leur amoureuse. À seize ans, Lilian se disait qu'il était grand temps qu'elle trouve un amoureux. Mais pas l'un des garçons du village, avec leurs bottes boueuses et leurs taquineries. Hugo Stirling, peut-être, le fils du plus gros agriculteur de la région, quand il reviendrait de l'université. C'était le plus beau garçon du village. Elle eut un petit sourire ironique. Quand il reviendrait de York, il semblait peu probable qu'il s'intéresse à une vendeuse. Il se tournerait plus probablement vers Margaret Millar, dont le père possédait la ferme voisine. Réunir les deux exploitations serait beaucoup plus logique, même si Margaret avait une coquetterie dans l'œil. Elle avait porté une paire de lunettes qui n'avait rien arrangé et mettait constamment sa main sur son front, dans l'espoir de le cacher. Toujours vêtue des robes les plus chères, elle annonçait leur prix à tout le monde et racontait que sa mère les avait fait confectionner pour elle à Derby au lieu d'aller chez Mme Coltiss, comme les autres.

Lilian poussa un soupir. Derby. Il y avait des emplois, là-haut. Beaucoup. Dans le coton, les munitions et autres. Ou même au sud, à Londres, où ses frères s'étaient installés, bien que ce soit un peu trop ambitieux, même pour elle. Son père n'aimait pas cette idée, il ne supportait pas de l'imaginer vivre dans un meublé quelque part ; il préférait qu'elle reste s'occuper de la boutique, mais ce n'était pas parce que les trois autres étaient devenus adultes et avaient déménagé qu'elle devait en subir les conséquences, lui avait-elle dit.

— Je pensais qu'on me servirait, lança la voix taquine qui fit irruption dans ses rêveries. Mais je vois que j'ai frappé à la mauvaise porte.

Lilian battit des paupières, avant de relever les yeux. Henry se tenait devant elle, dans une chemise blanche rêche. Il paraissait inhabituellement nerveux.

— Euh, une demi-livre de bonbons au citron ? demanda-t-il, tandis qu'une vieille dame parcourait les étagères derrière lui et que deux enfants se chamaillaient par terre.

— As-tu ton ticket de rationnement ?

— Euh, non, répondit-il, fuyant. Je pensais que tu pourrais peut-être m'en glisser un ou deux.

— Bien sûr que non, répliqua-t-elle sans même hésiter. Je ne ferais jamais une chose pareille.

En réalité Lilian mais aussi son père ne pouvaient s'empêcher de glisser de temps à autre un petit bout de toffee ou une boule magique aux enfants les plus pauvres du village. Mais elle ne le lui avouerait jamais.

— *Bien sûr, répondit Henry en se frottant la nuque. Eh bien, tant pis. Je n'aime pas vraiment les bonbons au citron, de toute façon.*

Il regarda autour de lui. La vieille dame était partie, et les deux enfants continuaient de se chamailler par terre.

— *Je voulais juste te demander... euh, est-ce que tu voudrais m'accompagner au bal, ce soir ?*

Lilian fut si surprise qu'elle sentit aussitôt le rose lui monter aux joues. Voyant son trouble, Henry se dépêcha de détourner le regard.

— *Euh, non, bien sûr. Ce n'est pas grave, dit-il en s'éloignant du comptoir. Ce n'est pas...*

— *Mais...*

Lilian se ressaisit, puis tenta de trouver les mots. Une part d'elle aurait voulu l'humilier, comme il le faisait quand il la taquinait dans la rue ou la croisait avec ses copains et qu'ils la montraient du doigt en se donnant des petits coups de coude. Mais, en voyant la détresse, la gêne, sur son visage, elle changea d'avis.

— *Euh, mon père ne me laissera sans doute pas y aller.*

— *Mais tu ne vas plus à l'école, si ? s'enquit Henry, un brin morose.*

Toutes ses techniques habituelles avec les filles qui lui plaisaient s'étaient révélées infructueuses, ce qui était ennuyeux – la plupart des filles aimaient son grand sourire et ses cheveux châtains bouclés, mais celle-ci se croyait supérieure, à l'évidence. Elle attendait sans doute qu'un pilote arrive de Loughborough pour se pavaner à son bras.

Lilian hésitait. Leurs regards se croisèrent, mais les deux enfants qui se chamaillaient par terre surgirent alors derrière le comptoir.

— Du caramel à la mélasse ! s'écria victorieusement l'un d'eux, en agitant son penny en l'air.

L'autre garçonnet, qui avait vraisemblablement fini par céder, resta à côté, la mine boudeuse. Tous deux observèrent Lilian avec attention, tandis qu'elle remplissait un sachet de morceaux de caramel épais et collants, s'assurant qu'il en contiendrait le même nombre pour chacun. Puis ils sortirent du magasin d'un pas décidé, le premier tenant le sachet dans sa main, l'air triomphant. Le temps que Lilian referme la caisse, Henry s'était volatilisé.

*

Rosie secoua la tête, puis tourna une autre page de son livre. « *Les Confiseries : manuel à l'usage des consommateurs*, de Lilian Hopkins » était inscrit sur la couverture, au-dessus du nom d'une petite imprimerie. Elle jeta un nouveau coup d'œil par la fenêtre. Le bus ne semblait ni ralentir ni s'arrêter, aussi était-elle un peu moins nerveuse.

La vallée était constellée de lumières à présent, de minuscules points lumineux qui devaient être des fermes, entourées de vastes nappes ténébreuses. Était-ce une rue, en contrebas ? Elle brillait d'un drôle d'éclat. Rosie tendit le cou pour mieux voir, mais le car aborda un virage en épingle à cheveux, et la vue disparut à nouveau.

— Est-ce que c'est joli, Lipton ? hasarda-t-elle, avant de répéter sa question, au cas où le chauffeur ne l'aurait pas entendue.

La barbe grommela quelque chose. Supposant qu'elle n'aurait pas d'autre réponse, Rosie eut la surprise de voir le chauffeur se retourner.

— Alors, qu'est-ce que vous faites là ? l'interrogea-t-il d'un ton bourru.

— Je... je rends visite à quelqu'un. Je vais sans doute rester quelque temps. Pour me détendre un peu.

— Toute seule ?

— Oui, répliqua-t-elle avec colère.

On n'était plus en 1953. Pas besoin de lui faire remarquer qu'elle était seule.

— Je vais simplement me détendre et visiter la campagne.

— Vous avez vu les prévisions météo ? s'esclaffa-t-il.

Rosie ne prenait jamais la peine de consulter les prévisions météorologiques, elle se contentait de vérifier que le métro circulait normalement.

— Bien sûr, rétorqua-t-elle avec raideur au moment où le car grinçant s'engageait enfin dans la rue principale du village, qui sembla terriblement petite à Rosie, avec ses quelques magasins, son pub et son *Spar*.

Il n'y avait pas une âme en vue, bien qu'il ne soit que vingt heures.

Un peu plus loin, le car s'arrêta lourdement, et le chauffeur agita une cloche en criant.

— Terminus ! Tout le monde descend ! Tout le monde descend, s'il vous plaît !

— Ça va, dit-elle. Il n'y a que moi.

— Juste pour vérifier : je reviens dans trois jours. Je vous reprends ?

Le regard de Rosie passa du pub aux magasins plongés dans le noir.

— Je ne sais pas, répondit-elle, la gorge serrée, avant de s'armer de courage et de sa lourde valise, puis de descendre du car, pour se retrouver sur le trottoir désert.

*

— Lilian ?

Il lui avait fallu un moment pour comprendre de qui parlait Angie.

— Ta grand-tante Lilian. Tu te rappelles ?

Rosie avait regardé la coupe à fruits. Comme toujours, ils n'avaient presque plus de pommes (dont elle raffolait), mais il leur restait tout un tas de bananes (dont Gerard disait raffoler), qui commençaient à moisir. Elle avait fouillé dans sa mémoire, les yeux plissés.

— La dame qui sentait toujours les bonbons à la violette ? Avec toutes les confiseries ?

— Oui ! s'était écriée Angie triomphalement. Je sais. C'est sa faute.

Le goût de Rosie pour les sucreries était une blague de longue date dans la famille. Aujourd'hui encore, elle sortait rarement sans un sachet de pâtes de fruits ou de bonbons à la rhubarbe et à la crème anglaise. Elle disait qu'ils étaient pour ses patients, mais tous ses collègues savaient que c'était elle qu'il fallait aller trouver si on avait besoin d'un petit remontant au milieu de l'après-midi.

— Ça alors, Lilian !

Elle se souvenait d'elle. Avec Pip, ils n'étaient alors que des enfants. Une vieille dame (elle leur paraissait très âgée ; elle avait du mal à imaginer qu'elle puisse encore être en vie) qui leur rendait visite de temps à autre et leur apportait des montagnes de confiseries un rien désuètes : des Edinburgh Rocks, des pastilles, des berlingots et des boules magiques. Avec son frère, ils s'empiffraient, avant de se rouler par terre en gémissant, tout verts, pendant que leur mère soupirait en leur disant qu'elle les avait prévenus. « Lilian, ne leur apporte pas tant de bonbons », l'avait-elle priée une fois, mais la vieille dame avait fait la moue, rétorquant qu'elle devrait peut-être songer à élever des enfants capables de se contrôler. Ils ne l'avaient plus beaucoup vue après cela. Mais Rosie n'avait jamais oublié l'excitation que lui procuraient le froissement des emballages, les légers saupoudrages de sucre, les odeurs fruitées, suaves.

— Je me rappelle, oui ! C'était nul : on avait une parente qui tenait une confiserie, mais on n'y allait jamais. Elle est toujours en vie ?

— Rosie ! l'avait reprise sa mère, comme si elle rendait visite à Lilian chaque semaine depuis vingt ans.

Lilian était la tante d'Angie, la sœur de Gordon, son père adoré. Restée célibataire, elle vivait toujours dans le village du Derbyshire dont était originaire la famille, pour des raisons qui n'intéressaient pas du tout une fillette de huit ans qui venait de faire une overdose de bonbons assortis à la réglisse.

— Elle doit avoir cent ans, avait commenté Rosie distraitement.

— Plutôt quatre-vingt-cinq. Elle commence à se faire vieille. Même si elle a toujours été une de ces célibataires qui paraissent vieilles dès quarante ans. Mais ça ne t'arrivera pas, rassure-toi, avait précisé Angie à la hâte.

Rosie ne s'était jamais dit cela, mais sa charmante mère venait de lui donner un nouveau complexe. Depuis son installation en Australie, Angie avait visionné tous les épisodes de la sitcom *Kath and Kim* ; à cinquante-trois ans, elle s'était mise à l'aquagym, avait commencé à se décolorer les cheveux, à porter des pantalons en lycra pastel et à être très bronzée, ce qui, paradoxalement, la faisait paraître à la fois plus jeune et plus âgée.

— Elle m'écrit toujours. Et elle envoie des bonbons aux petits monstres, même si tu sais que le sucre exacerbe l'asthme de Kelly et que le chocolat surexcite Meridian.

— Mais pourquoi est-ce que tu me racontes tout ça, maman ? l'avait interrogée Rosie en mettant la bouilloire sur le feu.

— Eh bien…, avait commencé Angie avant de marquer une pause.

Cela ne lui ressemblait pas du tout. Quand Angie avait besoin de quelque chose, elle avait plutôt tendance à le crier sur les toits.

— Voilà…

— Mmm ?

Rosie avait soudain eu le pressentiment que cela allait être comme la dernière fois, quand sa mère lui avait demandé de diagnostiquer Kelly par téléphone. En pire.

— Le truc, Rosie, c'est qu'elle est dans une situation délicate. Et tu es la seule de la famille qui…

Angie n'avait pas achevé sa phrase. Mais elle n'en avait pas eu besoin pour mettre aussitôt sa fille en colère.

— Qui quoi ? Qui n'a pas de travail ? Pas d'enfants ? Pas de mari dont s'occuper ?

Rosie savait ce que les gens pensaient d'elle. C'était un sujet très sensible. Et son adorable mère avait vraiment le don de l'énerver.

— Calme-toi, ma chérie. Tu sais que ce n'est pas ce que je voulais dire. Mais…

— Mais quoi ? avait rétorqué Rosie, consciente de ressembler à une ado difficile.

Angie lui avait donc expliqué la situation.

*

— Donc, bien sûr, tu as dit non.

Rosie était aussitôt sortie acheter une glace à Gerard. Le camion vendait aussi des soucoupes volantes, avait-elle constaté avec plaisir. Elle aimait le parfait équilibre entre la carapace insipide de ces bonbons et la poudre acidulée en leur cœur, et en commanda sur-le-champ. Seule la promesse d'une glace pouvait forcer Gerard à sortir un jour de Grand Prix, même un magnifique dimanche d'été comme celui-ci. Il tenait vraiment à rester à l'appartement, les rideaux tirés, pour regarder des voitures faire la course sur un circuit, puis jouer à un jeu vidéo qui consistait à faire la course sur un circuit.

Rosie essayait de se dire que ce n'était pas grave, elle avait des tas d'amis à qui elle pouvait rendre visite toute seule, mais il y avait un problème : depuis un an ou deux, les tas d'amis en question s'étaient tous mis à se reproduire, comme s'il y avait une pénurie de bébés à Londres. De ce fait, soit ils « passaient du temps en famille », ce qui avait l'air horrible, soit ils étaient dans l'un de ces infâmes gastropubs, où ils s'évertuaient à savourer un bon repas tout en essuyant du vomi, se disputaient pour savoir qui était le plus fatigué ou qui avait changé la dernière couche, tentaient d'avaler une bouchée tout en berçant frénétiquement leur nourrisson et lui expliquaient que devenir parent était la plus belle expérience au monde, ou la pire – ou, souvent, les deux en même temps. Rosie aimait les bébés, elle les aimait vraiment, mais quand ses amis jeunes parents trouvaient enfin le temps de prendre de ses nouvelles, c'était presque toujours pour lui demander : « Alors, quand est-ce que vous en faites un, avec Gerard ? », et elle en avait assez de balayer d'un geste cette question. Gerard, lui, n'en avait pas assez. Il aimait répondre : « Ha, Rosie doit déjà s'occuper d'un grand enfant ! » Puis il riait. De bon cœur.

— Où est le bâton de chocolat qui va avec ma glace ?

— Je ne t'en ai pas pris, avait répondu Rosie en s'efforçant de ne pas regarder sa bedaine toujours plus ronde.

Cela n'avait pas d'importance, se disait-elle. Elle n'était pas mannequin, si ? Tout le monde prenait de l'âge.

— Hum, avait fait Gerard.
Il y avait eu un blanc.
— J'en voulais un.

Quand Angie avait expliqué la situation à Rosie (elle l'avait appelée plusieurs fois et lui avait envoyé un long e-mail chargé en émotion), la jeune femme s'était sentie acculée, frustrée. La situation était la suivante : Lilian, qui donnait l'impression de mener une existence tranquille et heureuse dans une confiserie de Lipton depuis plusieurs milliers d'années, avait fait une mauvaise chute et avait eu besoin d'une prothèse de hanche. Suite à quoi il s'était avéré que sa vie n'était pas aussi parfaite que cela, en fin de compte : elle n'avait presque plus d'argent, le magasin ne semblait même pas ouvert, et elle n'avait personne pour prendre soin d'elle. Comme elle n'avait pas eu d'enfant (« par égoïsme », avait commenté Angie en ronchonnant, mais Rosie l'avait tout de suite reprise), cette responsabilité revenait au reste de la famille : Angie et Pip, qui vivaient en Australie, ne pouvaient pas s'en charger, ni les frères d'Angie, qui étaient tous à la retraite ou avaient refusé net, et leurs enfants avaient tous une famille à eux – oui, tous, Rosie avait-elle eu le plaisir d'apprendre. Pour résumer, il fallait s'occuper de Lilian et la placer en maison de retraite, puis vider la boutique et la maison attenante pour les vendre afin de payer ladite maison de retraite. Et y avait-il une infirmière célibataire, au chômage, dans la famille ? (« Je ne suis pas célibataire. Je ne suis pas au chômage. Et je ne suis pas infirmière : je suis aide-soignante, avait rétorqué Rosie. À part ça, tu as vu juste. »)

— Donc, voici les raisons pour lesquelles je ne peux pas y aller, avait-elle expliqué plus tard à Gerard. Et tu dois toutes les écouter, tu ne dois pas te contenter de répéter des centaines de fois « Tu te montres très égoïste, Rosemary », comme tous les autres l'ont fait.

— Hmm, avait-il répondu en essayant de faire semblant d'écouter.

— Premièrement : je vis ici et je cherche un nouvel emploi. Deuxièmement : l'été bat son plein, et je n'ai pas envie de rater toutes les super activités en extérieur. Troisièmement : je ne sais ni tenir ni vendre un magasin. Quatrièmement : si je voulais être infirmière bénévole, je ferais toujours mon ancien boulot, ha ha ha ! Cinquièmement : je ne connais même pas cette femme. Et si elle était démente et se mettait à me taper dessus ? Sixièmement : c'est la tante d'Angie. C'est elle qui devrait s'en charger, je n'ai vu Lilian que deux ou trois fois. Septièmement : je n'ai pas envie d'y aller, mais je ne suis pas certaine de m'en tirer avec ça. Bref. J'ai plein de bonnes raisons, qui prouvent que je ne suis pas vraiment égoïste.

— Tu as oublié le huitièmement : moi, lui avait fait remarquer Gerard, qui avait presque fini sa glace et regardait le camion d'un air songeur.

— Non. Mais toi, j'imagine que tu peux te débrouiller seul pendant quelques semaines.

En réalité (elle ne l'aurait jamais admis, même sous la torture), Rosie s'était plus ou moins dit que, comme Gerard était directement passé de chez sa mère à leur appartement et qu'il semblait s'y comporter plus ou moins de la même manière, cette histoire pourrait avoir une retombée positive : quelques semaines à laver son linge et à payer ses factures comme un grand ne lui feraient pas de mal. Angie lui reprochait sans cesse de l'infantiliser : c'était hilarant, puisque Angie infantilisait tant Pip qu'elle était allée jusqu'à déménager à l'autre bout du monde pour lui servir gratuitement de bonne à tout faire, alors que Rosie s'estimait chanceuse quand sa mère parvenait à se souvenir de son anniversaire. Cela aurait été le seul côté positif d'un tel arrangement. Si elle devait y aller. Ce qui n'arrivera pas.

— Alors, qu'est-ce qu'elle a répondu à ça ? À ta liste ?

Ils s'étaient promenés dans le quartier de South Bank. Leur glace et leurs soucoupes volantes à la main (Gerard lui avait expliqué qu'il lui en fallait une deuxième, parce qu'il n'avait pas eu de bâton de chocolat avec la première), ils avaient regardé les artistes et les gens en train de flâner, de faire du vélo ou de manœuvrer une poussette. Sur la rive de la Tamise, Rosie s'était appuyée contre le garde-fou. Des bateaux remplis de touristes armés de leur appareil photo sillonnaient le fleuve. La vue était imprenable : le palais de Westminster et Big Ben, puis toute la courbe du fleuve jusqu'à la cathédrale Saint-Paul. Baignée de la lumière dorée de l'été, la ville était d'une beauté à couper le souffle, pleine de petites familles qui profitaient du beau temps ; de jeunes couples élancés, lunettes de soleil assorties sur le nez, qui se dirigeaient vers les galeries d'art ; de groupes d'ados italiens qui rigolaient et se bousculaient avec leur sac à dos. Rosie était si heureuse d'y appartenir ; d'être un minuscule rouage de cette ville splendide et trépidante.

— Eh bien…, avait-elle commencé.

Gerard avait soupiré.

— Oh, non. Ne me dis pas que tu es en train de craquer.

— Mais, c'est la famille…

— Est-ce qu'Angie t'a fait une scène ?

— Je ne suis pas en train de craquer. C'est… enfin. Je ne fais que de l'intérim en ce moment. Et c'est la famille.

— As-tu seulement énuméré à ta mère toutes les bonnes raisons que tu avais de ne pas y aller, comme tu viens de le faire avec moi ?

Rosie avait eu le sentiment d'être une vraie poule mouillée. Sa mère lui disait toujours de s'affirmer davantage avec Gerard (ou l'« alliançophobe », comme elle aimait le surnommer). Et Gerard lui disait toujours de s'affirmer davantage avec sa mère. Ce qui ne manquait pas d'ironie, puisque Gerard appelait toujours la sienne « maman » et qu'ils déjeunaient chez elle tous les dimanches, parce que Rosie n'était pas capable de préparer un aussi bon rôti de porc, ce qu'elle était bien obligée d'admettre, puisqu'elle avait rarement le temps de passer deux heures à faire rissoler de la viande. Mais elle aurait préféré sauter un dimanche de temps à autre. Même s'ils traversaient une période difficile, même si Gerard n'avait pas entendu son réveil sonner parce qu'il était resté debout toute la nuit à jouer en ligne et qu'il avait dépensé leur budget vacances dans une paire de baskets, elle devait y aller tous les sept jours pour écouter la litanie habituelle : Gerard était un vrai génie, un élève brillant, tout le monde l'aimait, il avait si bien réussi dans la vie. Au début, Rosie avait trouvé cela touchant, que mère et fils soient aussi proches. À présent, elle n'en était plus aussi sûre. La mère de Gerard semblait toujours sous-entendre : « Avec moi, il est parfait. Ne t'avise pas de tout gâcher. » Et il restait assis là, refusant de manger ses légumes (à trente-six ans), se délectant de son admiration. Gerard avait beau être un homme facile à vivre, il y avait un sujet sur lequel elle n'avait pas le droit de le taquiner : sa mère.

— Elle n'a pas d'enfants pour s'occuper d'elle ? Ce n'est pas très juste que ce soit toi qui doives le faire, tu ne la connais même pas.

— Je sais, mais je suis formée pour et, non, elle ne s'est jamais mariée.

— Oh, elle est lesbienne.

— Non, je ne crois pas... enfin, peut-être. Mais je pense qu'elle était juste... bon sang, elle doit être hyper vieille. Je pense que tous les hommes sont partis à la guerre et se sont fait tuer, et qu'il ne restait plus personne.

— Est-ce qu'elle est devenue très grosse et boutonneuse, à force de manger tous ces bonbons ?

— Je ne sais pas. Je ne sais rien d'elle. Si ce n'est qu'elle a besoin d'aide et que je suis sa...

— Bonne.

— Non, je suis sa parente.

— Ah oui, et tu es quoi pour elle ?

— Je suis sa petite-nièce.

— Sa petite-nièce ? avait répété Gerard en lui mettant de la glace sur le bout du nez.

Rosie avait éclaté de rire avant de s'essuyer le nez, toujours pensive.

— On ne sait jamais, avait-il fait remarquer. Peut-être qu'elle a des milliers de livres cachés dans une boîte sous l'escalier et qu'elle te désignera comme son héritière.

— Ha ! Ha ! C'est vrai, ça, quelqu'un de la famille avec de l'argent. Très drôle. Bref, je sais qu'elle n'en a pas, parce que c'est pour ça que j'y vais : elle est obligée de tenir cette vieille confiserie qui tombe en ruine depuis une éternité, alors que ça fait des années qu'elle aurait dû prendre sa retraite. Je crois que si elle avait une grosse boîte pleine d'argent sous l'escalier, elle en aurait utilisé un peu pour se trouver une infirmière et se loger dans une maison de retraite convenable.

— Mmm. Mais c'est pour combien de temps ?

Rosie avait haussé les épaules.

— Eh bien… Enfin, je peux envoyer des candidatures depuis là-bas, bien sûr. Mais il faut que je trouve un acheteur pour la boutique, que je lui dégote une maison de retraite, que je m'assure qu'elle est bien installée, puis que je signe des papiers avec un juriste pour que l'argent de la vente de la confiserie aille directement à la maison de retraite. Avec une petite part pour moi, m'a dit Angie, pour me dédommager. Il y a une maison attenante au magasin : il resterait un peu d'argent, si j'arrive à tout régler.

— C'est un sacré travail, au milieu de nulle part. Avec une vieille chouette qui ne te connaît ni d'Adam ni d'Ève et qui va à peine te payer.

— Je sais, je sais, avait répondu Rosie avec un soupir. Qu'est-ce que tu veux que j'y fasse ? Tu connais Angie.

— Elle vit en Australie. Qu'est-ce qu'elle va faire ? T'envoyer un rayon de la mort par téléphone satellite ?

— Je sais. Je devrais peut-être essayer de refuser une nouvelle fois. Est-ce que tu viendras me rendre visite ?

— Tu rêves ! Je suis allergique à la campagne, et il n'y a pas de *KFC*.

— Tu me taquines.

— Non. Tu verras. Tu vas détester. Tu ne connais pas la campagne. Tu es née et tu as grandi ici. Qu'est-ce que tu vas faire quand tu te retrouveras entourée de, je ne sais pas, moi, de vaches ?

— Je ne vais pas être *vétérinaire*, avait-elle rétorqué, agacée que Gerard dédaigne de la sorte sa capacité d'adaptation. De toute façon, je ne crois pas avoir le choix.

— Est-ce que tu sais monter à cheval ?

— Personne n'a dit qu'il fallait monter à cheval, avait-elle répliqué en secouant la tête.

— Est-ce que tu as déjà *touché* un cheval ?

Après une autre pause, Rosie avait à nouveau secoué la tête.

— Bah, je suis sûr que tu t'en sortiras comme un chef et que tu te fondras dans la masse.

— Je n'y vais pas pour me faire des amis. J'y vais pour aider ma famille et accomplir une tâche ennuyeuse, solitaire et sans intérêt. Avec un peu d'argent à la clé pour me motiver, si tout se passe bien. Je serai de retour avant que tu ne te sois rendu compte de mon départ.

— Mais si tu tombes amoureuse de la campagne et que tu ne veux plus jamais revenir ? Je vais dépérir sans toi.

— Ah ! On prendrait une toute petite ferme avec quelques agneaux qui gambaderont dans les prés.

Tout à coup, malgré elle, une vision fugace lui avait traversé l'esprit : des petits enfants aux cheveux bruns bouclés en train de courir dans la cour d'une ferme, de nourrir des poules et de jouer avec des chiens. Mais elle s'était vite rappelé l'énorme quantité d'excréments que produisaient les animaux.

— On ne sait jamais. On pourrait être des campagnards-nés.

— Tu n'arriveras jamais à me faire aller là-bas, avait lancé Gerard avec un haussement d'épaules théâtral. Je n'y crois pas.

— Oh, je sais. Ça va être nul.

— Et tu vas rater la fin de l'été ! Les terrasses, avec un verre de rosé ; les belles soirées et plein de fêtes, avait-il poursuivi avec une moue. N'y va pas.

— Mais un peu d'argent. Si je récupère quelques milliers de livres sur la vente de la maison… Je veux dire, on pourrait même envisager de déménager. Dans un appartement plus grand. Assez grand pour… Je ne sais pas… Ce sera tranquille.

En prononçant ces mots, elle avait senti son cœur s'emballer. Elle devrait peut-être y aller par pur altruisme. Mais un peu d'argent, pour les aider à voir plus grand… C'était peut-être le bon moment pour eux. Pour eux deux. Quand elle reviendrait de ce fichu boulot. Elle n'avait plus qu'à serrer les dents et à se lancer.

— Je crois bien que les glaces sont plus petites, avait dit Gerard en considérant son deuxième cône d'un air triste. J'en suis sûr. Ils augmentent les prix et ils en mettent moins, les beaux jours d'été. C'est évident.

Puis il l'avait mesurée du regard.

— Tu as déjà dit oui, hein ?

Et leur conversation s'était arrêtée là.

Chapitre 3

La réglisse

La réglisse a commencé à être utilisée en confiserie par les Français, et l'on sait tous comment cela finit : elle se retrouve dans de la crème de marrons, des macarons et autres excentricités de ce genre.

Le désir de modernité dans l'industrie des bonbons (ou des « bonbecs », comme les appellent vulgairement certains) a toujours été inutile, et ce depuis qu'on raffine le sucre. Les confiseries n'ont pas besoin d'entrer dans le XXIe siècle. Contrairement aux humbles chips, sans cesse dénaturées par de nouveaux goûts infects, un bonbon digne de ce nom est intemporel, une véritable œuvre d'art, et en particulier la réglisse, substance pliable à l'infini, capable de former des rouleaux, des tresses, des fils, ou encore des tubes.

Pour ceux qui ne supportent pas les arômes intenses et complexes de la racine de réglisse et de ses fleurs anisées (tous les amateurs de confiseries ne sont pas des connaisseurs), elle est aussi vendue sous une forme frelatée : bonbons assortis à la réglisse, lacets ou encore (sans doute le fin du fin pour les non-puristes) poudre de réglisse.

*

Lilian Hopkins détestait veiller tard. Cela la faisait souffrir, plus qu'elle ne l'aurait jamais avoué, la journée lui paraissait terriblement longue, et cela ne l'aidait pas à faire la grasse matinée. Son horloge interne était réglée sur six heures trente depuis très longtemps maintenant. Et ils passaient tellement d'âneries à la télévision… Elle y voyait mal, de toute manière, peu importait la paire de lunettes qu'elle avait sur le nez, de sorte qu'en général elle écoutait la radio à plein volume (cela lui faisait de la compagnie), lisait ses magazines ou écrivait dans son carnet avec son vieux stylo Parker jusqu'à une heure raisonnable pour aller se coucher, tentant d'oublier sa hanche douloureuse et de ne pas penser à la journée du lendemain.

Mais, ce soir, c'était différent, bien sûr. Ce soir, la fille arrivait. Lilian avait toujours eu un faible pour la petite Angie, la fille de son frère. Elle était si blonde, si drôle, pleine de cran et de vie. Elle était tombée enceinte à peine sortie de l'adolescence. Deux bébés plus tard, le papa était parti, alors elle s'était retroussé les manches, n'avait pas baissé les bras. Les deux femmes s'étaient envoyé des lettres pendant des années (Lilian accompagnait toujours les siennes de bonbons) et regrettaient que Lilian n'ait pas eu l'occasion d'apprendre à connaître les enfants d'Angie. Lilian ne s'était jamais mariée, mais elle pouvait difficilement quitter le magasin. En plus, elle ne savait pas conduire et, à vrai dire, Londres la terrifiait. Quant à Angie, elle travaillait pour garder la tête hors de l'eau, et Pip et Rosie allaient à l'école. Leur rêve de vacances en famille dans la belle campagne du Derbyshire ne s'était donc jamais concrétisé. Et les enfants grandissaient si vite.

De ce fait, revoir Rosie après tout ce temps... Enfin, elle ne savait pas trop à quoi s'attendre. Une fainéante, sans doute. Angie lui avait dit qu'elle était formée en soins infirmiers : elle pourrait peut-être l'aider. Depuis son opération... eh bien, il était inutile de tourner autour du pot : elle trouvait la vie très difficile. Quoi qu'il en soit, elle n'était pas certaine que cette Rosie puisse lui être utile. Elle ne semblait pas vraiment faire grand-chose de sa vie. C'était peut-être une fêtarde. Elle espérait que ses attentes n'étaient pas trop élevées. Après les lumières vives et les bruits de Londres, elle allait trouver Lipton bien tranquille. Elle n'avait aucune idée des activités qu'elle pouvait lui proposer, ni même de ce dont elle pouvait parler avec une jeune personne. Cela ne lui était pas arrivé depuis longtemps. Elle jeta un coup d'œil à la pendule. Encore cinq minutes avant l'arrivée du car. Elle lui dirait bonjour. Puis cela ne la dérangerait peut-être pas de l'aider à se mettre au lit.

Même sous la torture, Lilian n'aurait jamais avoué qu'elle passait toutes ses nuits dans son fauteuil.

*

1942

Sans Ida Delia Fontayne, Lilian ne se serait sans doute jamais intéressée à Henry. Même s'il s'était attardé à la boutique... Ce n'était pas tous les jours qu'un jeune homme, même aussi exaspérant que lui, l'invitait au bal. Lilian était trop mince selon les goûts actuels ; elle avait le nez, les coudes et les genoux trop pointus pour être considérée comme l'une des beautés du village, contrairement à Ida Delia Fontayne, dont l'épaisse chevelure blonde, les grands yeux bleus et la poitrine ronde, fière, attiraient le regard de tous les hommes, jusqu'à lord Lipton lui-même, disait la rumeur. Et Ida en était consciente. Cela dit, elle avait toujours aimé épater la galerie, depuis la cour d'école de Mlle Millet, quand, toujours en charge des jeux, elle écartait du coude la timide et caustique Lilian, avec ses cheveux fins et clairsemés ; quand elle minaudait devant les professeurs, le pasteur, ou tous ceux qui étaient vaguement susceptibles de lui accorder un traitement de faveur. Petites, elles avaient pourtant été les meilleures amies du monde. Le père de Lilian, qui la trouvait adorable, lui glissait toujours un ou deux morceaux de fudge en plus, et Ida Delia, qui avait bien compris la sagesse d'un tel arrangement, avait commencé à inviter Lilian à ses fêtes d'anniversaire et à lui proposer de jouer aux dominos ou d'aller à la baignade, l'été.

La fluette Lilian, orpheline de mère, avec trois frères aînés, n'y connaissait rien à la mode, ni aux stars de Hollywood, ni au rouge à lèvres, et, au départ, elle s'était sentie mal à l'aise, avait eu l'impression de faire tache. Mais, en vieillissant, Ida Delia avait pris goût à son franc-parler et à son humour, ainsi qu'à ses talents scolaires (bien pratiques pour copier) et, un temps, elles avaient été proches. Puis l'adolescence avait commencé pour de bon, opérant une sorte de sélection naturelle entre celles qui plaisaient aux garçons et celles qui ne seraient jamais à la hauteur. Un jour, Ida Delia avait raconté, haut et fort, avoir besoin d'un soutien-gorge et qu'il était très gênant de se faire mesurer le tour de poitrine, puis elle était montée dans le même bus que le pasteur pour rentrer chez elle : Lilian s'était alors doutée que leur amitié ne survivrait sans doute pas à l'intérêt grandissant des garçons du village, et elle avait vu juste. Ida Delia était devenue copine avec Felicity Hayward, de la ferme voisine, dont les boucles d'un brun roux et les yeux d'un vert vif rendaient fous les garçons jusqu'à Hartingford, abandonnant Lilian avec Margaret et sa coquetterie dans l'œil. Margaret était rigolote, mais Lilian détestait qu'on puisse traiter l'amitié comme une marchandise et n'avait jamais pu ni oublier ni pardonner.

Depuis qu'elle travaillait et menait une vie de jeune femme, Lilian aimait penser que les filles comme Ida Delia Fontayne ne la dérangeaient plus autant. Du moins le croyait-elle cet été-là, jusqu'à ce qu'elle la voie se promener dans la grand-rue avec Henry Carr et rire aux éclats à l'une de ses blagues. Henry était loin d'être aussi drôle, Lilian le savait. Cela dit, personne ne l'était. Elle souleva son panier à provisions en leur adressant un sourire poli, mais, au fond d'elle, elle était furieuse, nouée. Alors comme ça, un jour, on invite une fille au bal et, le lendemain, on arpente la grand-rue au bras de l'aguicheuse du village, *pensa-t-elle. Cela fonctionnait ainsi, manifestement. Lilian n'en revenait pas : elle était dans une telle colère, tout cela à cause d'un garçon qui ne lui plaisait même pas. Il manquait de savoir-vivre, voilà tout ; c'était ce qui la mettait hors d'elle.*

— Mademoiselle Hopkins, la salua Henry.

— Bonjour, Henry, répondit-elle, aussi froidement que possible.

À l'évidence, Ida avait envie de s'arrêter pour exhiber son trophée.

— Henry et moi allions juste dans la même direction, dit-elle en repoussant d'un geste ses cheveux à la permanente parfaite, pour laquelle elle devait se rendre à Derby, chez Gervase, ne se lassait-elle jamais de répéter, puisque aucun autre salon ne la faisait aussi bien. C'est dommage que tu aies raté le bal, samedi... On s'est tellement amusés ! poursuivit-elle avant de se tourner vers Henry. Lilian n'est pas très douée pour la danse. Tu te rappelles le bal de l'école, quand elle a renversé la table à citronnade ? J'ai cru mourir de rire.

Lilian attendit, pensant que Henry partagerait un rire cruel avec Ida, mais, étonnamment, il n'en fit rien ; il opina à peine du chef, puis sourit, presque avec compassion. Bah ! Elle n'avait pas besoin de sa compassion. Elle n'y avait pas eu droit, à l'époque, se souvint-elle.

Elle avait treize ans. Avec Ida, elles venaient tout juste de prendre des chemins séparés, et c'était le bal estival de l'école. À table, ses frères (Terence, Ned et Gordon) l'avaient épuisée avec leurs taquineries. Enfin, surtout Gordon : c'était une vraie canaille. Terence avait essayé de le faire taire et de la dissuader de porter une tenue aussi légère – il faisait toujours son petit saint et son petit chef. Gordon, le plus jeune, minuscule (il était né prématurément), le rigolo de service, racontait qu'Errol Flynn lui courrait après s'il la voyait dans cette robe. Lilian, toute rouge, leur avait dit de fermer leur caquet. Seul Neddy, le gentil Ned, celui du milieu, que Lilian adorait, blond et beau, doux et rêveur, lui avait dit de ne pas s'en faire, qu'elle était ravissante. Grâce à lui, elle avait eu l'impression d'être une princesse, jusqu'au moment où elle avait marché sur cette satanée nappe et s'était retrouvée trempée devant tout le monde.

Henry Carr avait ri aussi fort qu'Ida et sa bande, tandis que la citronnade coulait le long de la robe taille basse démodée que quelqu'un lui avait donnée. Ida, elle, bien sûr, était allée chez la couturière pour l'occasion : elle portait une robe ajustée dotée d'une jupe ample. C'était une belle tenue, dont la couleur bleu pâle mettait parfaitement en valeur sa peau crème et ses grands yeux.

Lilian, dans des vêtements de seconde main surannés, plus grande que la plupart des enfants de son âge, s'était sentie mal à l'aise dès le départ, avant même de trébucher. Henry, assis dans un coin de la salle avec les autres garçons, était parti d'un gros éclat de rire.

— Il faut que j'y aille, murmura-t-elle en chassant ce souvenir, sentant le rose lui monter à nouveau aux joues.

Ida haussa les sourcils, puis agita gaiement la main. Lilian se retourna, rien qu'une fois, pour jeter un coup d'œil à Henry et fut surprise de constater qu'il la regardait, lui aussi. Exceptionnellement, elle vit un je-ne-sais-quoi dans ses yeux noisette, qui n'était ni de la moquerie, ni de la taquinerie. Un je-ne-sais-quoi qui, bien malgré elle, sembla soudain faire palpiter son cœur.

*

Le car repartit pesamment, et Rosie pensa à Gerard. Elle l'avait toujours vu à l'hôpital, mais ne l'avait vraiment remarqué qu'après le départ de sa mère pour l'Australie. Il avait toujours un mot gentil pour les infirmières lors de ses tournées, et ces dernières jouaient le jeu pour lui faire plaisir ; avec son visage rond et enjoué, elles le trouvaient mignon, mais cela n'avait rien à voir avec le beau gosse de la radiologie.

Ce lundi matin de novembre froid et humide, quand Rosie avait accompagné sa mère à l'aéroport de Heathrow avec une montagne de bagages et lui avait dit au revoir, et que sa mère lui avait demandé une fois de plus si elle voulait bien envisager de les rejoindre au soleil, elle avait presque – presque – flanché et changé d'avis. Or elle avait effectué la moitié de sa formation, pris ses marques, et elle vivait sa vie à présent. Mais cela ne l'avait pas empêchée de se sentir seule au monde, abandonnée. Elle voyait peu son père, et leurs rencontres étaient rarement agréables. Il faisait de son mieux, mais, comme il le lui expliquait quand il était ivre, la vie de famille ne lui convenait pas, et Rosie était censée se contenter de cette explication.

Quand Gerard, avec son visage de chérubin, était passé ce même jour et lui avait demandé comment elle allait, il ne pouvait pas savoir qu'il était le premier à lui poser la question. Mike, le meilleur ami de Rosie, travaillait de nuit, et elle n'avait pas osé l'appeler. Et Gerard, une âme charitable, s'était beaucoup inquiété quand la jolie et pétillante Rosie, alors en train de vérifier les perfusions de Mme Grandle, avait brusquement éclaté en sanglots.

— Là, là, l'avait-il rassurée alors qu'elle lui expliquait tout. Ça va aller. Viens boire un café avec moi pendant ta pause. Bon sang ! avait-il ajouté avec force. Je ne sais pas comment je ferais sans ma mère.

En un sens, cette remarque s'était avérée prémonitoire.

Mais sa gentillesse, son sens de l'humour l'avaient aidée à aller de l'avant. Il avait introduit un grain de folie dans sa vie et lui avait permis de redécouvrir son amour des sucreries : Gerard avait les habitudes alimentaires d'un enfant de cinq ans livré à lui-même. Ils s'amusaient à manger des bonbons en vrac au cinéma et, tous les vendredis, elle trouvait un petit plaisir dans son casier – une crotte en chocolat ou un petit sachet de sucre d'orge. C'était adorable, même si son tour de taille en avait pâti.

— Et c'est tout ? lui avait demandé Mike avec une certaine brusquerie, quand elle lui avait parlé de Gerard au pub.

Les hôpitaux étaient petits, sans secrets : tout le monde savait tout sur tout le monde.

— Je pensais qu'il avait demandé à toutes les infirmières et qu'elles avaient toutes dit non.

— Ce n'est pas vrai, avait-elle protesté. Il est très gentil quand tu apprends à le connaître.

Gerard était marrant, attentionné et semblait accroché. L'idée de fréquenter un homme qu'elle connaissait déjà, avec un emploi stable, plutôt qu'un inconnu rencontré au hasard d'une soirée, commençait à la séduire – elle ne rajeunissait pas, après tout. Elle l'avait expliqué à Mike, qui avait levé les yeux au ciel et continué de parler de Giuseppe, qui lui rendait la vie infernale, mais cela valait le coup, car ils éprouvaient une passion dévorante.

— Mais cette passion ne durera pas toujours, avait-elle riposté.

La passion ne faisait pas tout. La dernière fois qu'elle avait éprouvé une passion dévorante, c'était pour le batteur d'un groupe de rock raté qui lui avait filé la gale.

— Je n'aurai qu'à provoquer une dispute, avait répondu Mike avant de se lever pour aller chercher une autre bouteille de vin.

— Mais tu n'aspires pas à une vie simple, calme, tranquille ? Avec quelqu'un que tu retrouves à la maison tous les soirs ? Tu n'as pas envie de t'installer ?

— Et toi ? l'avait-il interrogée avec un haussement d'épaules.

— Ben, peut-être qu'un peu de repos me ferait du bien, avait-elle répondu en servant le vin. J'aimerais peut-être une histoire simple, tranquille, pendant un moment, sans que personne me hurle dessus pour que j'aille vivre en Australie.

Et leur histoire avait été simple, tranquille – un peu trop, peut-être, mais Rosie mettait cela dans un coin de sa tête. Pas renversante. Pas fougueuse. Il n'y avait pas eu de déclarations d'amour enflammées ; pas d'alliance. Mais Mike et Giuseppe dépensaient une fortune en vaisselle. Et rien ou presque n'avait changé en huit ans. Jusqu'à maintenant.

*

Rosie n'avait jamais mis les pieds dans un endroit aussi tranquille : telle fut sa première pensée en arrivant à Lipton. La rue principale du village était déserte, alors qu'il était à peine plus de vingt heures. Il n'y avait que quelques réverbères, des lampes à l'ancienne qui éclairaient un pub, une grosse maison carrée en pierre qui semblait être le cabinet du médecin, un bureau de poste et quelques petits commerces que Rosie ne réussit pas à identifier. De l'autre côté de la rue, au-dessus des toits, masquant les étoiles, se dressait la silhouette sombre des Pennines, qu'elle venait de franchir en bus. La lune des moissons était basse dans le ciel, conférant un aspect argenté au paysage. Quelque part, au loin, Rosie distinguait le hululement d'un hibou.

Après le quartier de Paddington, avec ses néons criards, ses sirènes, ses fast-foods, ses trains de nuit et ses rues bondées, Rosie eut le sentiment d'avoir été renvoyée cent ans en arrière. Elle se tourna lentement, puis ramassa sa grosse valise, redoutant presque de faire du bruit. Aucune lumière ne brillait aux fenêtres. Ce n'était pas rassurant.

Rosie avait imprimé une carte sur Google pour trouver la maison de sa tante, mais il lui apparut vite, vu la taille du village, qu'elle n'aurait pas à aller bien loin.

Le cottage de Lilian était minuscule, comme tout droit sorti d'un conte de fées. Il avait un vrai toit de chaume, percé d'une lucarne, et de la fumée sortait de la cheminée ; il aurait pu servir de modèle pour une gravure sur assiette ou une décoration de Noël un peu kitsch.

— Il y a quelqu'un ? cria nerveusement Rosie.

— Ça va, répondit une voix énervée. Je ne suis pas sourde.

Il y eut un silence, un bruit de pas traînant, puis, après s'être débattue avec la poignée, Lilian ouvrit la porte.

*

Les deux femmes se dévisagèrent. Rosie s'attendait à trouver une très vieille dame ; Lilian était déjà âgée quand elle était enfant. À la place, dans l'éclairage tamisé, elle fut accueillie par une silhouette voûtée, mais toujours svelte, avec un carré strict et un maquillage impeccable, vêtue de ce qui semblait être une robe en mousseline de soie bordeaux.

Lilian, elle, s'attendait à trouver une jeune fille, pas cette femme adulte aux cheveux bouclés, à l'air accablé et aux yeux gris clair cernés. Elle se rappelait la petite Rosie comme une fillette jolie, pleine de vie, qui mettait ses poupées au lit, les bordait, et fixait timidement son sac à main, trop polie et nerveuse pour lui demander s'il contenait des friandises.

— Bonjour, la salua Rosie.

Lilian considéra les chaussures de la jeune femme. Elles étaient plates, massives et pleines de boue. Pouvait-elle lui demander de les enlever ? Mais elles partiraient sur de mauvaises bases.

— Tu ferais mieux d'entrer, dit-elle.

Rosie suivit sa tante, remarquant la raideur douloureuse de ses mouvements. À l'intérieur, une odeur agréable de cire d'abeille, fleurie, chaleureuse, flottait dans l'air. Une ouverture avec poutre apparente donnait accès à un petit salon douillet, doté d'un poêle à bois, où brûlait une belle flambée. Le manteau de la cheminée était entièrement recouvert de cadres photo, dont la plupart étaient anciens, mais reluisant de propreté. Des photos de Lilian, présuma Rosie : elle avait à l'évidence été un joli brin de fille dans sa jeunesse. La jeune femme admira un beau portrait datant des années 1950, ceint d'un cadre noir et blanc.

— Est-ce que c'est toi ?

— Non. J'ai une fascination malsaine pour quelqu'un qui me ressemble vaguement.

Rosie lui jeta un coup d'œil pour déterminer si elle plaisantait ou non, mais le visage de Lilian ne trahissait rien.

— Bien, commença Rosie en regardant autour d'elle.

Le salon était minuscule. Son énorme sac crasseux semblait encombrer toute la pièce. Lilian s'assit dans son fauteuil avec précaution, comme si ses os étaient en verre.

— Merci de me recevoir ! poursuivit Rosie avec entrain, telle une invitée, et non une personne bien décidée à s'imposer, accomplir une tâche désagréable et repartir au plus vite.

Lilian fit la moue.

— Tu n'as pas plus envie d'être ici que moi de t'y voir, je n'ai pas peur de le dire.

Lilian avait une élocution distinguée, avec une pointe d'accent local. Elle ne parlait pas du tout comme Rosie et sa mère. Le père d'Angie, le frère aîné de Lilian, avait quitté le Derbyshire depuis longtemps pour faire fortune à Londres. Les choses avaient pris une tournure différente. C'étaient peut-être eux qui avaient régressé socialement, dans la famille, songea Rosie en s'asseyant sur le canapé fleuri immaculé.

— Non, je suis ravie d'être là, mentit-elle, gênée par la grossièreté de sa tante. C'est un peu comme des vacances à la campagne.

— Quoi, m'obliger à partir de chez moi ?

S'ensuivit un silence embarrassé.

— Maman m'a seulement dit que tu pouvais avoir besoin d'aide, expliqua Rosie avec douceur.

Lilian fit une nouvelle moue. À raison, Rosie y vit le signe que Lilian avait besoin d'aide, mais ne pouvait l'admettre.

— Les médecins du coin ne sont d'aucune utilité.

— Comment t'es-tu cassé la hanche ?

— En m'entraînant pour la finale de danse sur glace.

Tout à coup, Rosie se sentit lasse. La journée avait été longue et, avec Gerard, ils avaient veillé tard la veille au soir. Quand Gerard lui avait dit qu'il allait être très occupé dans les semaines à venir, une question l'avait à nouveau taraudée : pourquoi ne viendrait-il pas les week-ends, tout simplement ? Elle n'allait pas au Swaziland. Pourquoi était-ce toujours à elle d'agir ?

Elle parcourut une nouvelle fois des yeux la pièce douillette. Lilian était née dans ce cottage. Elle ne s'était jamais mariée, elle s'était concentrée sur son travail et était restée toute sa vie dans le même village. Cela lui semblait si étrange.

— Est-ce que tu vas souvent à Londres ? demanda-t-elle, réalisant aussitôt que sa question était idiote.

— Naturellement. David Niven[1] me passe un coup de fil quand il est en ville, mais, à part ça...

Lilian s'interrompit. Ce n'était pas la faute de cette fille mal fagotée si elle vieillissait, si tout partait à vau-l'eau, mais elle n'avait aucun espoir d'aller mieux et la voir débarquer pour prendre soin d'elle était la chose la plus irritante, la plus frustrante, qu'elle pouvait imaginer. Cette jeune femme n'avait aucune idée du luxe que c'était de pouvoir sauter dans un train pour Londres chaque fois que l'envie la prenait, d'aller et venir avec insouciance. En outre, elle la considérait comme un jouet cassé, que l'on devait ranger quelque part pour ne plus l'avoir dans les pattes.

— Euh, reprit-elle. Est-ce que tu as faim ?

Rosie n'avait pas faim. Elle avait dévoré trois énormes sandwichs hors de prix dans le train pour s'occuper l'esprit et cesser de regarder par la fenêtre en s'inquiétant au sujet de Gerard. Quand elle rentrerait à Londres, viendrait-il l'attendre à la gare ? Se mettrait-il subitement à genoux ? Elle devrait alors feindre la surprise, écarquiller les yeux, prendre un air ému. Il faudrait aussi qu'elle pense à se maquiller. Tous les gens autour d'eux souriraient, ils se mettraient peut-être même à applaudir, comme dans un film... Oui. C'était ce qui se passerait, sûr et certain. Puis elle avait ouvert les yeux. Gerard n'aimait déjà pas se mettre à genoux pour faire ses lacets, il ne pouvait s'empêcher de ronchonner.

---

1. Acteur britannique, figure majeure du cinéma des années 1950-1960, mort en 1983.

Lilian jeta un regard en direction d'une porte qui menait à l'évidence à la cuisine. Elle était peut-être affamée, songea soudain Rosie ; si elle ne pouvait plus se déplacer, comment pouvait-elle se nourrir ? Mystère. La maison était très bien tenue : comment se débrouillait-elle ?

— Tu pourrais préparer du thé…, dit Lilian. Seulement si tu en veux, toi aussi. Tu trouveras facilement ce qu'il te faut.

Rosie se tourna vers elle. Le ton de sa tante était nettement moins hostile.

— D'accord, répondit-elle avec circonspection. Oui, en fait, j'ai très faim. Pendant que j'y suis, est-ce que je peux te préparer quelque chose en vitesse ?

— Oh, non, rien pour moi… Je picore comme un oiseau, répliqua Lilian, sur la défensive, souhaitant que cette fille se dépêche.

Elle mourait d'envie de boire une tasse de thé ; elle n'arrivait plus à soulever la bouilloire, à cause de son arthrite.

Rosie se leva pour se rendre dans la cuisine, minuscule, mais impeccable. Des boîtes en fer décoratives, à l'ancienne, étaient alignées sur le plan de travail blanc, étiquetées « farine », « sucre », ou encore « thé ». Malheureusement, elles étaient toutes vides. À côté de la bouilloire (à l'ancienne, elle aussi, posée sur la cuisinière) trônait une boîte de thé en vrac à moitié vide, un genre de passoire et une théière à fleurs recouverte d'un couvre-théière en tricot. Rosie fixa le tout un moment.

Quand elle eut compris comment fonctionnait la gazinière, qui s'alluma avec un bruit sec, elle regarda dans les placards. Eux n'étaient pas vides. Mais leur contenu la surprit. En lieu et place du pain de mie, des pâtes et des boîtes de haricots, elle trouva des sachets et des sachets de bonbons. Des Rainbow Stars, des poissons gélifiés, des bouteilles de coca et des Black Jack ; des Galaxy Minstrels, des Maltesers, du toffee des Highlands et d'immenses barres chocolatées ; des petites soucoupes toutes molles et de la guimauve ; des bonbons à la rhubarbe et à la crème anglaise ; des barres Wham, des Cadbury Eclairs et des papiers d'emballage que Rosie ne reconnaissait même pas. Elle ouvrit tous les tiroirs, mais c'était partout la même histoire : des pastilles aux fruits et des dragées ; des bonbons acidulés au citron et des boules magiques ; des gommes et des violettes.

Pas étonnant que les os de sa grand-tante ne guérissent pas bien, réalisa-t-elle. Ces trucs étaient un véritable poison. Mais si elle n'arrivait pas à soulever une casserole, à cuisiner... Rosie retourna dans le salon pour lui annoncer que, à partir du lendemain, elle ferait les courses et cuisinerait pour elles deux, mais trouva sa tante en train de ronfler doucement devant le feu moribond, comme un bébé, la tête posée sur la poitrine.

— Lilian, dit-elle, d'abord tout bas, puis plus fort.

Elle avait l'habitude de travailler avec des personnes âgées et soupçonnait Lilian d'exagérer quand elle affirmait ne pas être sourde.

— Lilian. *Lilian*. Allez. Je vais te mettre au lit. On mangera mieux demain matin.

S'appuyant de tout son poids sur Rosie (elle ne devait pas peser plus lourd qu'une fillette), Lilian se laissa conduire dans la petite chambre soignée à l'arrière de la maison. Une fois sur place, elle fit semblant de somnoler, et Rosie laissa sa formation de soignante prendre le relais : elle trouva une chemise de nuit, puis la changea et fit sa toilette d'une main experte. Comme Lilian feignait de dormir, Rosie n'eut pas droit à un merci, mais elle décida que, à tout prendre, il valait peut-être mieux pour toutes les deux que les choses restent ainsi. Elle considéra le couvre-lit blanc parfaitement replié sous le matelas. Il semblait ne pas avoir été retiré depuis longtemps. Elle n'avait pas le choix. Elle se baissa avec précaution (en pliant les genoux, pas en courbant le dos, comme avait dû lui hurler un million de fois l'infirmière en chef), souleva la vieille dame, et la borda dans son lit, aussi confortablement qu'une enfant. Puis elle posa le thé sur la table de chevet, en y ajoutant de l'eau froide afin qu'elle ne s'ébouillante pas.

Un bruit sortit de la bouche de Lilian – un merci, peut-être, ou un simple soupir de soulagement –, mais être allongée dans son lit pour la première fois depuis des semaines était si agréable, si confortable, que le sommeil la cueillit : elle s'endormit presque aussitôt.

Rosie retourna dans le salon, puis regarda autour d'elle, comptant les portes, se demandant où elle était censée aller. Elle n'allait quand même pas dormir devant le feu, dans cette minuscule pièce ? Tout à coup, alors même que la bouilloire sifflait gaiement dans la cuisine, elle éprouva une immense fatigue. Elle consulta son téléphone ; il n'y avait presque pas de réseau, et elle n'avait reçu aucun message. Elle en envoya un rapide à Gerard pour lui dire qu'elle était bien arrivée, mais le message mit longtemps à être distribué, et Gerard ne répondit pas. Il était sans doute au pub avec ses copains. Elle aurait aimé lui dire bonne nuit.

En ouvrant au hasard différentes portes de placard, elle finit par trouver une échelle en bois escamotable, fixée à une trappe au plafond. Y avait-il une autre pièce, là-haut ? Lilian l'aurait sans doute prévenue si elle n'avait pas de chambre d'amis, non ?

Derrière elle, le feu était en train de s'éteindre et, dans l'éclairage tamisé, elle avait du mal à voir où elle allait. Renonçant à trouver un interrupteur, elle monta l'échelle à tâtons. En haut, la trappe permettait d'accéder à des combles si sombres que Rosie ne distinguait rien, excepté une lucarne qui donnait sur la nuit étoilée et l'ombre noire, omniprésente, des collines alentour.

Peu à peu, à mesure que sa vision s'ajustait, elle discerna la forme d'un lit double, juste sous l'avant-toit. Son corps entier se détendit. Dormir sur le canapé aurait été trop dur. Elle redescendit en vitesse pour éteindre les lumières et faire un saut aux toilettes, puis monta sa valise en la transportant sur ses épaules. Incapable de trouver son pyjama, elle se contenta d'ôter son pantalon et son haut, puis se glissa sous le lourd dessus-de-lit et les épais draps de coton, tout propres, qui étaient, comme dans la chambre de Lilian, si bien bordés qu'elle ne pouvait plus bouger, tel un bébé emmailloté. Elle contempla brièvement la lune à travers les rideaux ouverts et, au moment même où elle se disait qu'elle ferait bien de se lever pour les fermer, sombra dans un profond sommeil.

Chapitre 4

Personne ne prétend que les Cadbury Crunchie sont mauvaises. Ces barres chocolatées avec leur cœur de caramel en nid d'abeille, délicieuses et équilibrées, démontrent tout le savoir-faire des maîtres confiseurs, et ce depuis près de cent ans. Quant aux Maltesers, c'est une autre histoire, qui ne regarde que vous et les quarante-cinq minutes qu'il vous faudra pour débarrasser votre bouche de cette substance collante après avoir fini un paquet – ce sont sans doute ces calories dépensées qui justifient le slogan publicitaire de ces confiseries : « Le chocolat, l'esprit léger ».

Mais le toffee éponge (ou caramel en nid d'abeille) pur, dégusté seul, est une explosion de douceur acidulée : débarrassée de la suavité du chocolat, sa texture jaune aérée et friable croustille, avant de fondre en bouche. Déguster une bonne barre de toffee éponge peut vous envoyer au septième ciel. Et c'est vraiment la meilleure façon d'avoir l'esprit léger…

*

1942

Les cris s'entendaient dans toute la rue. On aurait dit qu'un des cochons de Caffrin Stirling était en train de se faire égorger, et le vacarme ne cessait de se rapprocher. Lilian, qui était en plein inventaire (c'était jour de marché à Ashby-de-la-Zouch, aussi fermaient-ils plus tôt ce jour-là), descendit de son échelle en s'essuyant le front, puis sortit en trombe dans la rue.

Elle se retrouva alors face à un bien étrange spectacle : Henry Carr, blanc comme un linge, une expression horrifiée sur le visage, portait une enfant dans les bras, qui se débattait et hurlait comme une folle. Lilian reconnut la petite Henrietta, la fille unique de lord et lady Lipton, et inspira profondément. Tous les autres passants, surtout des personnes âgées en ce paisible mercredi après-midi, restaient là sans rien faire, mais Lilian n'y réfléchit pas à deux fois.

— Qu'est-ce que tu as encore fait, Henry Carr ? cria-t-elle en lui prenant la petite des bras. Là, là, ça va, dit-elle, comme Henrietta continuait de pousser des cris perçants et de se tordre de douleur.

— Il n'y a personne chez ce satané docteur, répondit Henry, la voix tremblante. Ils sont tous partis au marché. Elle est juste entrée dans ma cour, pendant que j'étais en train de travailler.

Lilian examina l'enfant avec soin. La tête d'un clou dépassait d'un de ses pieds. Elle grimaça, puis regarda

Henry. Ils mesuraient tous les deux le risque qu'elle encourait.

— Entre, entre, dit-elle avant de le conduire dans la réserve minuscule, où se trouvait un évier avec l'eau courante, de la lessive rangée dessous.

— Où était Gerda Skitcherd ? demanda Lilian, hors d'elle (Gerda était la nounou de la petite). Ce n'est qu'une enfant.

— Elle était là, elle aussi, répondit Henry, l'air fuyant tout à coup. Elle a couru jusqu'au manoir pour aller chercher Charlie.

Lilian fit couler l'eau.

— Y a-t-il une fille dans ce village qui ne te coure pas après ?

Sans attendre de réponse, elle se tourna vers Hetty.

— Bien, mademoiselle, dit-elle en s'efforçant de paraître forte et pragmatique alors que ce n'était pas du tout le cas. On va devoir faire quelque chose de très important. Et il va falloir que tu sois courageuse, comme une grande.

Les hurlements de la fillette, qui s'étaient calmés en entendant la voix de Lilian, se changèrent soudain en halètements crispés.

— Est-ce que tu peux lui tenir les bras ? demanda-t-elle à Henry.

Le jeune homme, aurait-on dit, aurait préféré s'en couper un, mais s'approcha et s'exécuta, faisant tressaillir la fillette. Aussi vite que possible, Lilian retira le clou, avant de nettoyer la plaie avec de l'eau de Javel diluée. Hetty hurla à faire trembler les murs, mais Lilian se montra implacable. Le tétanos affligeait la campagne. Et aucun d'eux n'avait envie d'expliquer cela au manoir.

Enfin, une fois la plaie bien désinfectée, la jeune femme estima avoir fait ce qu'il fallait. Elle banda le pied de Hetty dans un mouchoir fraîchement lavé, et les sanglots de la fillette commencèrent à diminuer. Puis elle la serra fort contre elle, passant ses bras autour de son cou, trouvant agréable d'avoir cette enfant accrochée à elle, comme un petit singe, et de sentir l'odeur fraîche de ses cheveux.

— Est-ce que ça va mieux ? l'interrogea-t-elle doucement, avant de relever les yeux.

Henry, qui reprenait des couleurs, la regardait à nouveau de ce drôle d'air, et elle se mit aussitôt à rougir, elle aussi.

— MIEUX, LILYIN, répondit le bout de chou, déjà suffisamment en forme pour lorgner les rangées de bocaux pleins de bonbons qui ornaient les étagères.

De la jeune lady du manoir au dernier des polissons, tous les enfants du village connaissaient Lilian et M. Hopkins. La jeune femme sourit.

— Est-ce que tu veux choisir un bonbon, pour te récompenser d'avoir été si courageuse ?

Hetty acquiesça avec enthousiasme.

— Elle n'a pas été courageuse du tout, intervint Henry.

— Et tu ne la surveillais pas. Pas plus que cette Gerda, qui battait des cils devant toi. Qui sont faux, au passage.

Henry sembla ne pas comprendre.

— Ses cils.

— *Oh, vraiment ? répondit-il tandis que la petite tendait le bras pour attraper une grosse sucette rouge. Tu ne lui demandes pas son ticket, à elle ?*

— *« Merci, mademoiselle Hopkins, de m'avoir aidé avec cette enfant » : voilà les mots que tu cherchais, Henry Carr.*

Charlie, le majordome du manoir, apparut alors à la porte, suivi de près par une Gerda en pleurs. Lilian leur tendit l'enfant au pied bandé, qui, toute guillerette, montrait sa sucette avec fierté et racontait son aventure à qui voulait l'entendre. Ils regardèrent cette petite troupe s'éloigner.

— *J'espère qu'elle ne perdra pas sa place, dit Henry.*

— *J'espère qu'elle ne s'occupera jamais de tes enfants, dans ce cas, rétorqua Lilian avant de regretter aussitôt, comme souvent, d'être aussi caustique, car Henry parut blessé.*

— *Tu ne crois pas trop aux secondes chances, n'est-ce pas ? lança-t-il, un peu triste.*

La gorge de Lilian se serra. Elle se demandait s'il allait l'inviter au prochain bal. Car, c'était sûr et certain, elle dirait oui ce coup-ci et, pour une fois, se ficherait pas mal de ce que diraient les autres filles du village. Elle se tourna vers lui, les yeux brillants, pleins d'espoir, mais il avait déjà ramassé sa casquette et se dirigeait vers la porte.

— *Merci, mademoiselle Hopkins, dit-il solennellement, la laissant bouche bée.*

Amère, elle se mit à récurer l'évier, se disant que c'étaient toujours les Gerda et les Ida de ce monde qui s'amusaient, pendant qu'elle se coltinait tout le travail.

*

Le lendemain matin, Rosie dormit tard. Il n'y avait pas un bruit : pas de réveil carillonnant, pas de bus en train de s'arrêter lourdement sous sa fenêtre, ni, pire, de bouteilles en train d'être vidées à quatre heures du matin – se faire réveiller par ce fracas était pénible, mais c'était pire encore quand elle n'avait pas réussi à trouver le sommeil, inquiète au sujet de l'avenir, et qu'elle entendait le personnel de la boîte d'à côté les sortir à cette heure tardive.

Ici, elle n'entendait qu'un léger bruissement, un chant d'oiseau et un petit gazouillis quelque part, tout près. La pièce, avec ses rideaux ouverts, était inondée d'une belle lumière dorée. Rosie s'assit dans son lit, puis regarda autour d'elle, découvrant sa chambre. Elle frotta ses paupières lourdes et poussa un soupir.

La pièce était simple, dépouillée, mais Rosie la trouvait bien ainsi. La personne qui l'avait décorée avait fait du très bon travail. Le parquet blanchi à la chaux était recouvert d'épais tapis à motifs ; deux murs étaient peints en bleu pâle, les deux autres étaient tapissés de papier peint à petites fleurs bleues. L'imposant lit-bateau, vieux comme Hérode, était flanqué de deux tables de chevet en bois, sur lesquelles étaient posés des chandeliers surmontés de bougies blanches. Une petite porte en bois ouvrait sur une minuscule salle de bains blanche ; une autre, sur une penderie. Enfin, un gros fauteuil poire rose détonnait quelque peu dans le coin de la pièce.

Rosie se leva d'un bond pour regarder à travers la lucarne qui donnait sur l'avant de la maison et se retrouva face à un champ rempli d'agneaux, des collines verdies par les ajoncs et, au-delà, des kilomètres et des kilomètres de ciel bleu pâle. De l'autre côté de la pièce, au-dessus de la trappe, une minuscule fenêtre, percée haut dans le mur, surplombait le jardin de Lilian. C'était une vraie splendeur : délimité par une palissade, aménagé avec soin, il était majoritairement composé de roses trémières et de glycine. Il était petit, mais impeccable, des sentiers de gravier serpentant entre de hauts rosiers et des haies parfaitement taillées. Il y avait un carré potager (Rosie s'interrogea : Lilian ne semblait pas manger beaucoup de légumes), des herbes aromatiques plantées dans un coin et, tout au fond, où un portillon de bois donnait accès à un autre champ, deux énormes pommiers entrelacés, qui formaient une tonnelle. Se mettant sur la pointe des pieds pour se pencher à l'extérieur, Rosie crut entendre le doux bourdonnement des abeilles d'été.

Rosie n'avait jamais vu cela. Un jardin pareil, foisonnant, qui ouvrait sur la nature... Enfin, cela n'existait pas en ville, bien sûr – pas dans les quartiers qu'elle fréquentait, du moins. Elle prit une profonde inspiration, puis huma les senteurs du jardin, le parfum des ajoncs vert foncé sur les collines, l'odeur sous-jacente de terre. Elle eut l'impression que quelque chose manquait : il n'y avait pas de circulation, pas de mouvement, pas de trains qui passaient sous terre en grondant ni d'avions qui fendaient le ciel. Il n'y avait rien que cette quiétude. Incrédule, elle se lava, puis s'habilla, sa curiosité piquée, impatiente de voir ce que lui réservait cette journée.

Il n'y avait aucune trace de sa grand-tante, en bas. Rosie jeta un coup d'œil dans la chambre : la vieille dame allait bien, elle dormait à poings fermés. Du sommeil et une bonne alimentation, voilà ce dont Lilian avait le plus besoin, présuma-t-elle. Elle pouvait veiller à la seconde.

Elle remonta sans bruit à l'étage pour appeler sa mère.

— Angie ?
— Allô ? répondit sa mère avec un accent australien à couper au couteau.
— Maman ! Arrête un peu, tu n'es pas australienne.
— J'ai toujours eu un don pour les accents, ma chérie. Je les prends, c'est plus fort que moi. Est-ce que tu es arrivée ?
— Bien sûr que je suis arrivée. Qu'est-ce que tu croyais ? Que j'avais dit que j'y allais, mais que j'allais m'envoler pour les États-Unis ?
— Ne sois pas aussi susceptible ! L'as-tu toujours été autant ?

Rosie prit une profonde inspiration afin d'éviter de se montrer sarcastique et de répondre qu'elle avait été arrachée à sa vie et envoyée en rase campagne pour s'occuper d'une vieille bique acariâtre, parce que tous les autres étaient trop occupés à faire des barbecues à côté de la piscine, à boire des bières et à parler avec un accent nasillard.

— Peu importe.
— Est-ce que Gerard t'a accompagnée en voiture pour t'aider à t'installer ? lui demanda Angie dans un esprit de conciliation, en vain, malheureusement.

— Non. J'ai pris le bus. Ça ne me dérangeait pas, mentit-elle.

Angie resta muette un moment.

— Bon ! finit-elle par s'exclamer. Pourquoi est-ce que tu ne sortirais pas pour explorer les environs ?

Rosie avait envisagé de rester au lit jusqu'à ce que Lilian se lève, cachée avec son livre, pour profiter d'une rare grasse matinée toute seule, sans Gerard pour la déranger en jouant sur sa console, mais sa mère insista.

— Vas-y ! C'est très joli, Lipton. J'y ai passé beaucoup de temps, enfant. Prends tes marques. Présente-toi.

— Je ne vais pas me « présenter », répondit Rosie en levant les yeux au ciel.

— C'est un petit village : les gens vont s'y attendre. Ils finiront par savoir qui tu es, de toute façon. Ils passent leur temps à ragoter.

— Eh bien, ils n'auront pas matière à ragoter avec moi.

*

Elle décida malgré tout de suivre les conseils de sa mère. Aucun bruit ne montait du rez-de-chaussée. En repensant au lit bien bordé de Lilian, qui ne semblait pas utilisé, elle se demanda si la vieille dame dormait bien ces temps-ci et décréta qu'elle ferait mieux de la laisser en profiter. Sans oublier qu'elle mourait de faim et préférait éviter de s'agiter dans la cuisine minuscule de cette maison de poupée.

Elle mit donc de l'ordre dans le salon, chargea du linge dans la machine à deux tambours, préhistorique (mais comment Lilian faisait-elle pour être aussi élégante ? Elle avait dû vivre un calvaire), enfila une robe à fleurs, une veste en fausse fourrure et les bottes en caoutchouc fantaisie qu'elle avait achetées quatre ans plus tôt pour essayer d'être branchée au festival de Glastonbury (ce qui s'était très mal terminé, bien sûr), laissa un mot à Lilian, ferma la porte sans la verrouiller, puis sortit dans le petit matin.

*

1942

En les voyant, Lilian n'en crut pas ses yeux. Des tickets de rationnement pour quatre semaines, en carton rose pâle, bien alignés devant elle.

— Qu'est-ce que c'est ? l'interrogea-t-elle froidement, persuadée qu'il venait acheter un énorme paquet de chocolats pour une autre.

— Un grand sachet de caramels, s'il te plaît, lui demanda-t-il, les joues roses.

Battant des paupières avec nervosité, Lilian monta sur l'escabeau, consciente de son regard sur elle. Il faisait un temps magnifique dehors, et le magasin était désert de si bonne heure.

Elle remplit le sachet de caramels brillants et crémeux. Personne ne prenait ses responsabilités plus au sérieux qu'elle. Son père avait été clair : en ces temps difficiles, on ne pouvait pas les voir en profiter. Il l'avait dit avec tant de gravité, lui demandant de promettre, que Lilian n'avait pas avalé un seul bonbon depuis. Comme elle en était entourée toute la journée, cela ne lui manquait pas trop, en général. Et elle ne mangeait pas de caramels, d'habitude : elle aimait en avoir plus pour son argent et préférait les confiseries avec davantage de croquant.

Le sachet à rayures roses était plein à craquer quand Henry posa sa pièce de six pence sur le comptoir.

— Tiens, dit Lilian, mais Henry ne s'empara pas du sachet.

— Ils sont pour toi.

— Qu'est-ce que tu veux dire ? s'enquit-elle en le dévisageant.

— Ton amie m'a dit que c'étaient tes préférés.

Ida Delia, songea-t-elle. Ida Delia était capable de mentir au sujet d'une chose aussi bête.

— Ils sont tous pour moi ?

— Oui, répondit-il en s'empourprant. Sauf si tu veux en partager un avec moi.

Lilian le regardait, stupéfaite, prise d'un petit rire bête, quand son père entra dans le magasin.

— Allez, Lily, on s'active, dit-il avant de relever les yeux. Bonjour, Carr.

M. Hopkins eut une petite moue, puis s'empara du sachet.

— Ces caramels sont à toi, non ?

Henry, qui avait viré au rouge vif, fixait Lilian, horrifié.

— Bon, allez, jeune homme, on n'a pas toute la journée, poursuivit le père de Lilian en lui mettant le sachet dans les mains. Nous sommes en guerre, tu sais. Tu le sais, n'est-ce pas ? l'interrogea-t-il, avec le sérieux d'un homme dont les trois fils étaient au combat et qui

avait sous les yeux un jeune homme en parfaite santé qui avait le temps de flâner et de manger des bonbons.

Lilian regarda Henry, attendant qu'il annonce avoir acheté les caramels pour elle. Mais le pauvre garçon cédait à la panique. C'était un tel geste ; il aurait aussi bien fait de demander sa main. Il était pris au dépourvu.

— Euh, eh bien, j'aimerais...

Or M. Hopkins avait déjà entrepris d'inspecter le livre de comptes. Henry jeta un coup d'œil à Lilian, qui ne pouvait pas l'aider et se contentait de le fixer avec de grands yeux, telle une souris apeurée. Il fut incapable de déchiffrer son expression. Redoutait-elle qu'il dise quelque chose devant son père ? S'était-il mépris sur la situation ? Elle n'avait même pas eu l'air vraiment heureuse qu'il lui offre des caramels ; étaient-ce vraiment ses confiseries préférées ? Il sentit une horrible rougeur lui monter au visage.

— Je reviendrai les chercher plus tard, dit-il avant de se retourner et de sortir.

Aucun des deux Hopkins ne lui dit au revoir. Lilian serra les poings, enfonçant ses ongles dans sa paume.

— Quel drôle d'oiseau, remarqua son père au bout d'un moment, avant de se demander pourquoi sa fille le bousculait pour se précipiter dans la maison.

Il n'avait jamais compris sa mère, elle non plus.

*

Rosie s'arrêta d'abord devant la petite boutique attenante. Sa façade était très ancienne, et ses fenêtres à meneaux, en verre épais, auraient eu besoin d'un bon nettoyage. Le bâtiment, avec sa devanture d'une couleur bordeaux un peu passée, était joli, mais la peinture s'écaillait et l'enseigne à rayures suspendue au-dessus de la porte, *Confiserie Hopkins*, était fatiguée, malgré son lettrage doré. À l'intérieur, Rosie arrivait tout juste à distinguer des bocaux remplis de choses et d'autres, posés pêle-mêle, et des tas de serpents gélifiés dans un énorme carton poussiéreux. Ce n'était pas très appétissant, songea-t-elle. En réalité, le magasin n'était pas ouvert, comprit-elle, horrifiée ; il ne l'avait à l'évidence pas été depuis très longtemps. Lilian trompait son monde depuis des années, semblait-il.

Rosie grimaça. La tâche qui l'attendait allait être encore plus pénible que prévu.

Elle chassa ce mauvais pressentiment de ses pensées, décidant de se laisser porter, pour voir où cela la mènerait.

La maison et la confiserie étaient situées à l'extrémité ouest de la rue principale de Lipton, où l'on trouvait quelques cottages à toit de chaume, un cabinet médical, un dentiste, un cabinet d'avocat, plusieurs marchands de fourrage et un magasin de vêtements dont la vitrine exposait des tenues sophistiquées destinées aux mères de mariée. Rosie, faisant taire sa faim, contempla la vitrine un moment. Qui pouvait bien avoir besoin d'une veste de cérémonie à rayures argentées, violettes et vert jade, avec des épaulettes et de grosses fleurs brodées sur le devant pour la modique somme de deux cent soixante-dix-neuf livres ? La boutique voisine vendait des jodhpurs, des blousons matelassés et des pantalons imperméables. Rosie se demanda où se trouvait le centre commercial le plus proche – il fallait sans doute reprendre le car en sens inverse, supposa-t-elle.

Elle passa mentalement en revue sa garde-robe. Depuis qu'elle avait emménagé avec Gerard, elle optait pour des tenues plus décontractées. C'était sans doute à cause de cela que Lilian était toujours vêtue de manière aussi formelle : elle n'avait jamais trouvé quelqu'un avec qui se mettre à l'aise. Ces derniers temps, Rosie considérait qu'une soirée parfaite, c'était un plat à emporter, une bouteille de vin et un film, allongée à côté de Gerard sur le canapé *Ikea* qu'ils avaient acheté ensemble, la tête lovée sous son bras. Certes, il la taquinait parce qu'elle portait toujours son vieux pantalon de pyjama et ses chaussons à la maison ; il lui demandait où était passée la jeune femme sexy qu'il avait rencontrée à l'hôpital, mais ils étaient comblés. Elle repensa malgré tout à l'apparence soignée de sa tante et, une seconde, s'interrogea : sa façon de voir les choses ne témoignait-elle pas simplement d'un certain laisser-aller ?

Puis elle réfléchit aux bons aliments, riches en calories, à ramener à Lilian. Elle se demandait si sa tante rechignerait à manger du beurre de cacahuète, mais cela valait la peine d'essayer. D'un pas tranquille, elle longea une banque, le bureau de poste, un immense *Spar* qui semblait très bien garni, un magasin d'électroménager qui se targuait de réparer les grille-pain, un grand pub à l'ancienne, le *Red Lion*, et, contre toute attente, un petit restaurant chic avec des bancs en bois et un menu écrit à la craie sur un tableau noir. Plusieurs routes partaient de la grand-rue : elles s'élevaient toutes au-dessus de la vallée, jusqu'aux terres cultivées, les maisons se faisant de plus en plus rares à flanc de collines.

C'était indéniable, songea Rosie. Cet endroit était vraiment joli. Elle entra dans la boulangerie et salua gaiement la dame derrière le comptoir, qui lui rendit son sourire. Elle avait les joues roses et paraissait exténuée. Elle devait s'être levée de bonne heure, supposa Rosie avant de se demander si la confiserie ne devrait pas ouvrir tôt, elle aussi. La file d'attente s'allongeait jusqu'à la porte : des enfants achetaient des beignets pour la récréation, des hommes, qui ressemblaient à des ouvriers agricoles ou à des travailleurs manuels, faisaient le plein de tourtes et de sandwichs pour le déjeuner. Elle opta pour un friand au fromage et à l'oignon, prit une tasse de thé au distributeur, puis sortit. Le thé était infect. Un banc en bois, peint en vert, était installé à côté du monument aux morts. De là, elle avait une bonne vue sur les allées et venues dans le petit village.

Un jeune homme élégant avec une mallette monta d'un bond les marches du cabinet médical, un gros trousseau de clés à la main ; en face, un pasteur un brin joufflu sortit de la magnifique église romane au clocher carré, puis regarda autour de lui, l'air perdu. Un facteur en short, sur un vélo qui datait de Mathusalem, descendait en roue libre l'une des routes des collines. Deux Land Rover – les seules voitures autorisées à circuler dans le coin, aurait-on dit – se frôlèrent dans la grand-rue étroite, suivies par un camion chargé d'un troupeau de moutons qui exprimaient bruyamment leur mécontentement. Près d'une mare, sur un petit carré d'herbe devant l'église, deux oies leur répondirent d'un cri sonore. Quand Rosie vit arriver deux grosses dames à cheval, elle n'en crut pas ses yeux. Elle téléphona à Gerard.

— Salut, dit-il.

Il paraissait vaseux.

— Qu'est-ce qui t'arrive ? l'interrogea-t-elle, feignant l'agacement. Ça fait cinq minutes que je suis partie, et tu fais déjà la fête toute la nuit ?

— Bien sûr que non, répondit-il avec décontraction. J'étais juste avec les copains, tu sais. Un vendredi soir. Comme dans le bon vieux temps. Et puis il fallait bien que je mange quelque part.

— Hum.

— Alors, comment est la vieille sorcière ?

— Elle est vraiment épuisée, un peu faible… et c'est une vieille sorcière acariâtre.

Rosie voulait faire rire Gerard, mais cela lui parut un peu déloyal.

— Elle a réussi à me faire deux remarques désobligeantes au sujet de mes chaussures dès que j'ai passé la porte.

— Quoi, ces espèces de péniches que tu portes ?

— Arrête, dit-elle avant de marquer une pause. Non, elle va bien. Elle est juste seule, je crois. C'est triste.

— À quoi ça ressemble, là-bas ?

— Eh bien… Enfin, c'est un peu bizarre. Et il n'y a pas de *Starbucks*.

— Pas possible ! Tu ne tiendras pas une semaine. Est-ce qu'on t'a déjà arrêtée pour sorcellerie ?

— Non. Mais je n'ai encore rencontré personne. Ils ont même un pasteur, figure-toi.

— Ben dis donc ! Méfie-toi de lui. Les pasteurs, ce sont toujours les plus vicieux.

— Est-ce un avis médical ?

— Non, un fait scientifique.

— C'est joli. Ça te plairait. Tu devrais venir me rendre visite.

— Je le ferai, mon amour, je le ferai, répondit Gerard en étouffant un bâillement. Mais d'abord, je crois qu'il faut que je passe chez *Starbucks*.

*

La vue était magnifique, et de nombreuses personnes regardaient Rosie avec curiosité (ce qui lui faisait tout drôle : à Londres, personne ne lui prêtait attention ; elle aurait pu avoir deux têtes, tout le monde s'en fichait), mais, bientôt, elle eut fini son friand et vidé son thé par terre et eut de nouveau l'impression d'être à Londres, spectatrice de la vie des autres – la vie heureuse, parfaite, des autres, qui semblait toujours si facile de son point de vue. Quand elle commença à se demander si les femmes accompagnées d'enfants étaient plus jeunes ou plus vieilles qu'elle, elle décida qu'il était temps d'agir.

Quelques nuages avaient beau se former dans le ciel, c'était toujours une belle journée d'été. Des alouettes tournoyaient au-dessus de sa tête et, derrière les bâtiments en pierre grise de l'autre côté de la rue, on labourait les champs riches en terreau, d'un marron profond. Au loin, un tracteur progressait lourdement sur une petite route en direction des collines ; des haies délimitaient les champs tentaculaires. C'était ravissant. Rosie décida de partir en exploration. Elle savait qu'elle devrait rentrer, tout organiser, s'asseoir avec Lilian pour trouver des solutions, mais cette idée ne la séduisait pas. Une petite promenade dans les environs, pour se familiariser avec les lieux, voilà ce dont elle avait besoin. Cela se passerait bien.

Elle longea la minuscule école primaire, dans la pure tradition locale avec ses briques rouges et sa marelle dessinée dans la cour. Après la pancarte qui remerciait les automobilistes d'avoir ralenti en traversant Lipton, elle tomba sur une longue avenue bordée d'arbres, sans trottoir. Heureusement, il y avait peu de circulation, et Rosie marcha d'un pas assuré le long du fossé, se rappelant combien les bottes en caoutchouc étaient inconfortables et sentant que ses pieds commençaient à transpirer. Puis elle s'engagea sur une voie secondaire, qui ressemblait plus à un chemin boueux. Les traces laissées par les engins agricoles avaient creusé des sillons dans le sol, et elle s'enlisait dans des tranchées profondes. D'ici, elle voyait moins bien les champs et, en poursuivant sa progression sur ce long sentier isolé, avec pour seuls bruits les cris assourdis et lointains des oiseaux, Rosie sentit son optimisme s'envoler, d'autant plus que les nuages épars qu'elle avait remarqués plus tôt avaient changé d'avis et se massaient à présent, tout gris, dans le ciel. Elle commença à se demander où elle allait. Dans tous les sens du terme. Mais elle continua à avancer avec difficulté, empruntant des sentiers de plus en plus étroits, qui étaient parfois abrités par les arbres, parfois à peine praticables, avant de déboucher à nouveau sur ce qui ressemblait à une route.

Au bout d'une demi-heure environ, elle atteignit le sommet d'une petite colline mais, en se retournant, elle se rendit compte qu'elle ne voyait presque plus la vallée ; les nuages s'amoncelaient bien plus vite qu'elle ne l'aurait cru. À ce moment précis, les premières gouttes de pluie commencèrent à lui tomber sur la tête et elle réalisa que : a) elle n'avait pas de parapluie ; b) elle ne se rappelait pas par quel chemin elle était arrivée et, de toute façon, elle ne le distinguait plus ; et c) elle portait son blouson en fausse fourrure H&M, qui, bien que tendance et plutôt flatteur avec ses bourrelets, était par ailleurs très fin, de sorte que, si la pluie se mettait à tomber plus fort, il s'avérerait parfaitement inutile.

La pluie se mit à tomber plus fort. Beaucoup plus fort.

— Non, mais c'est pas vrai ! cria-t-elle à haute voix, en regardant le ciel, dans l'espoir que cela l'aide à se sentir mieux.

Cela marcha, mais pas longtemps. Où était-elle ? Où pouvait-elle bien être ? Elle sortit son téléphone. Il n'y avait pas de réseau, bien sûr. Qui pourrait bien en avoir besoin ici, des vaches qui voudraient se faire livrer des graminées ?

Le ciel était presque noir à présent ; elle voyait si loin à la ronde. Suffisamment loin, en tout cas, pour abandonner tout espoir de voir le temps tourner d'ici peu.

De toute sa vie, Rosie n'avait jamais autant espéré voir un *Starbucks*.

— Non, non, non, non !

La pluie commença à s'infiltrer dans le col de son chemisier et à lui dégouliner lentement dans le dos. Elle avait des gouttelettes sur les cils. Ses bottes en caoutchouc avaient beau lui garder les pieds au sec, quelques gouttes de pluie se frayaient malgré tout un chemin à l'intérieur, trempant ses chaussettes. Rosie se demanda si elle risquait de se noyer. Les vaches se noyaient-elles, si elles regardaient le ciel ?

Elle se retourna. Il fallait qu'elle choisisse un chemin au hasard, et il faudrait aller vers le bas. Elle venait de monter, non ? Avec un peu de chance, elle descendrait la même colline… et non, par exemple, le versant opposé d'une autre colline, qui donnait sur une crevasse ou un ravin.

Elle tremblait, réalisa-t-elle. Elle n'en revenait pas que le temps se soit si vite gâté.

Tout à coup, elle aperçut des phares au loin. Son cœur bondit dans sa poitrine. Elle allait être sauvée ! Cela devait être le fermier ! Il l'avait peut-être vue toute seule sur la lande sauvage par ce temps exécrable et venait à son secours ! Il l'emmènerait jusqu'à sa ferme, dans sa jolie cuisine, où sa femme aux joues roses aurait préparé une assiette de scones et… Le véhicule descendait le chemin boueux à toute allure, aussi Rosie tendit-elle le bras pour lui faire signe de s'arrêter. Éblouie par la lumière des phares, elle ne distinguait pas le conducteur. Mais la voiture, une Land Rover blanche toute sale, ne ralentit pas, alors même que Rosie quittait le refuge des arbres pour agiter frénétiquement les mains. Ses efforts restèrent vains. La Land Rover poursuivit son chemin, projetant au passage une gerbe d'eau bouseuse sur son jean et ses bottes. Rosie eut l'impression de voir un visage en colère au volant.

— Espèce de trouduc' ! hurla-t-elle. Vous allez me laisser mourir ici !!!

À ces mots, les feux de freinage s'allumèrent une seconde, et Rosie crut que la voiture était en train de ralentir, que le conducteur avait changé d'avis. Mais au bout de quelques secondes, ils s'éteignirent à nouveau, et le véhicule continua à descendre la colline, dans la direction opposée à celle que s'apprêtait à prendre Rosie.

— Attention au retour de karma ! ajouta-t-elle en vociférant.

Elle était déjà trempée, de toute façon. Cela ne changerait pas grand-chose : elle marcha donc d'un pas déterminé au milieu de la route.

— J'espère que des crapauds grignoteront ton installation électrique et qu'un blaireau se glissera dans ton lit. Un blaireau dévoreur d'orteils. Et que ta voiture explosera d'un coup, sans raison. Sans que tu sois à l'intérieur, parce que je suis *gentille*, contrairement à *toi*, espèce de *monstre*. Mais avec *toutes tes affaires dedans*, comme ton appareil photo et ton ordinateur. Et quand tu appelleras ta compagnie d'assurances, ils ne te croiront pas, parce que tu es à l'évidence un gros *débile*. Au volant d'une *Land Rover*.

Rosie, occupée à pester contre le conducteur qui s'était évanoui dans la nature, remarqua à peine les deux phares qui apparurent dans son dos et l'autre Land Rover qui s'arrêta en catastrophe devant elle, avec un dérapage.

Une femme d'âge mûr, très grande, en descendit.

— Mais qu'est-ce que vous fichez au milieu de ma route, bon sang ? cria-t-elle.

*

Rosie chassa les gouttes de pluie de ses yeux, avant de baisser son poing, qu'elle levait avec colère, réalisa-t-elle.

— Euh… eh bien, je me suis perdue.

— Où sont vos vêtements ? aboya cette femme, qui portait une veste en coton huilé Barbour et un énorme chapeau à la Sherlock Holmes.

Ses bottes, d'un vert profond, étaient resserrées en haut par un lien en caoutchouc, remarqua Rosie. Et elles n'avaient pas été décorées de fleurs.

— Euh, je suis trempée.

— Et vous serez bientôt en hypothermie. Où est-ce que vous allez ?

— À Lipton.

— Eh bien, vous n'allez pas dans la bonne direction, c'est de l'autre côté... Dégagez de ma route !

D'un bond, Rosie se mit sur le côté, intimidée.

Cette femme remonta à la hâte dans sa voiture, avant de relever les yeux vers Rosie.

— Vous ne seriez pas... vous ne seriez pas vétérinaire, par hasard ?

— Non.

— Non, bien sûr que non, je suis bête, vu ce que vous portez...

Cette dame secoua la tête, et Rosie finit par comprendre qu'elle était bouleversée.

— Pourquoi ? Quel est le problème ?

— Ce satané... ce satané vétérinaire est en train d'opérer un cheval à une heure de route, dans la vallée voisine. Il faut que je me rende dans la ville voisine... C'est mon chien...

Rosie jeta un coup d'œil à l'arrière de la Land Rover, puis porta une main à sa bouche. Un énorme golden retriever la fixait avec de grands yeux terrifiés. Mais ce n'est pas ce qui attira son attention. Une grosse bobine de fil barbelé dépassait de son abdomen, lui écartant affreusement les pattes.

— Mon Dieu.

— Effectivement. Donc, si vous vouliez bien vous écarter et dégager de ma route...

Rosie secoua la tête.

— À quelle distance se trouve la ville voisine ?

— À une soixantaine de kilomètres.

— Cela va prendre trop de temps.

— Je sais. C'est pour ça qu'on suit le médecin. Mais je ne suis pas certaine qu'il s'en sorte tout seul.

— Le *médecin* ?

— Vous avez une meilleure idée ?

Rosie fit non de la tête. Imaginer le médecin en train d'aider la pauvre bête à l'arrière de... C'était de la folie. D'un autre côté, elle avait vraiment besoin qu'on la ramène en ville.

— Euh, je suis aide-soignante, dit-elle en vitesse, sans insister sur le « aide ».

— Vous êtes soignante ?

— Aide-soignante, rectifia Rosie tout bas.

La pluie ne semblait pas vouloir se calmer. Mais Rosie avait déjà immobilisé des patients lourds, aidé à poser des cathéters, tenu des pattes... enfin, des mains.

— Je pourrai peut-être vous aider.

La femme fit vrombir son moteur.

— Dans ce cas, montez, dit-elle d'un ton brusque.

Puis elle partit en trombe, les pneus dérapant dans la boue, avant même que Rosie n'ait fermé sa portière.

— Là, là. Ça va aller, chuchota la jeune femme en caressant le chien à la tête. Il faut juste que je me lave les mains, et puis on t'aidera à te sentir mieux, d'accord ?

En réponse, l'animal poussa un petit gémissement. Il avait les yeux vitreux, ce qui l'inquiéta. Il était préférable que les patients soient récalcitrants, elle le savait ; cela signifiait qu'ils avaient encore envie de se battre.

— Dépêchez-vous, dit-elle, mais la femme à l'avant roulait déjà à toute allure sous la pluie.

*

De retour au village, qui ne se nichait pas du tout derrière la colline comme le pensait Rosie, le ciel était sombre ; les rues, désertes. Le cabinet médical était fermé (les consultations n'avaient pas lieu tous les jours, à l'évidence, et il n'était pas ouvert quand Rosie était passée devant dans la matinée), mais la Land Rover blanche qui l'avait éclaboussée plus tôt était garée n'importe comment le long du bâtiment et une porte était ouverte sur le côté. C'était bizarre : le cabinet avait manifestement été une demeure majestueuse autrefois, et il était toujours agrémenté d'un jardin paysagé, doté d'un cabanon.

Mais Rosie eut à peine le temps de le remarquer. La conductrice ouvrait déjà le coffre, et elles entreprirent de sortir l'énorme chien, aussi délicatement que possible.

— Comment s'appelle-t-il ?

— Bran, répondit la femme d'une voix étranglée. Oh, Bran, mon chéri.

Un homme grand, ses mains fraîchement stérilisées en l'air, leur tenait la porte d'un coude, tout en essayant, de l'autre, de rejeter une mèche rebelle en arrière. Le geste n'était pas très gracieux.

— Dépêchez-vous, leur cria-t-il.

Les deux femmes le suivirent à l'intérieur, et il laissa la porte se refermer derrière elles avec un bruit métallique.

— Si Hywel en entend parler, on est fichus, remarqua-t-il en les précédant dans un petit couloir qui menait à une salle de soins située à l'arrière du bâtiment. Vous vous êtes arrêtée en route pour prendre une auto-stoppeuse ?

Cet homme, qui parlait très vite, les aida à allonger le chien sur le dos.

— Elle m'a *dit* qu'elle était soignante.

L'homme parut incrédule.

— L'êtes-vous ? s'impatienta-t-il.

— Je suis aide-soignante.

— Est-ce que vous êtes compétente ? demanda-t-il d'un ton sec.

Heureusement, Rosie avait déjà vu ce genre de choses aux urgences, à de nombreuses reprises. Ce n'était qu'une plaie ouverte, se dit-elle. Sur un chien.

— Combien pèse-t-il, à votre avis ? répliqua-t-elle.

Le médecin était déjà en train de remplir une seringue d'anesthésiant.

— Vingt kilos ? Vingt-cinq ?

Ils se tournèrent tous les deux vers sa maîtresse, mais voir Bran allongé là, en train de gémir piteusement, était manifestement trop dur pour elle, et elle éclata en sanglots.

— Disons vingt-cinq, dit le médecin. Je n'ai pas envie qu'il se réveille et qu'il nous morde.

Rosie alla se placer près de la tête du chien, puis fit des petits bruits apaisants tout en tenant ses pattes écartées. Le médecin, penché au-dessus de l'animal avec sa seringue, ne paraissait pas franchement sûr de lui. Bran choisit ce moment précis pour se réveiller : il grogna, hurla, se tordant de douleur. Chaque fois que le médecin essayait de plaquer une patte sur la table, une autre se libérait. Le chien ne restait pas immobile assez longtemps pour lui permettre de faire sa piqûre. Sa maîtresse, elle, était complètement effondrée.

— Bon sang, Jim a vraiment choisi son jour pour aller mettre bas une fichue jument à Carningsford, grommela-t-il entre ses dents.

Machinalement (mais en essayant de ne pas se faire mordre), Rosie grimpa sur la table, puis, comme on lui avait appris à faire avec les ivrognes et les toxicomanes violents, immobilisa les pattes récalcitrantes en effectuant une sorte de prise de catch. Le médecin put alors s'agenouiller sur l'arrière-train du chien et l'attraper par la peau du cou, malgré les cris de sa maîtresse, pour enfoncer en douceur l'aiguille dans la veine.

Au bout de quelques secondes, Bran commença à se détendre. Rosie vérifia sa respiration, puis jeta un coup d'œil à ses pupilles, avant de faire signe au médecin et de lâcher ses pattes avant. Sa maîtresse restait plantée là, à moitié sous le choc, tremblante, la bouche grande ouverte.

— Hetty, vous voulez bien aller patienter dans la salle d'attente, dit le médecin.

C'était un ordre, pas une question.

— Vous, stérilisez-vous les mains, dit-il en se tournant vers Rosie. Vous allez devoir m'aider.

Rosie prépara le fil chirurgical, tandis que le médecin choisissait son instrument et s'accroupissait, entreprenant de retirer le fil de fer avec précaution. Elle le regarda extraire les bouts de métal, retenant son souffle.

— Cette vieille clôture toute pourrie, pesta-t-il. Les barbelés sont complètement rouillés.

— Allez-vous réussir à tout extraire ?

Les plaies, bien que douloureuses, ne semblaient pas très profondes. Il délogea la dernière pointe, couverte de sang, puis haussa les épaules.

— On pourra lui faire une radio demain, à la clinique vétérinaire. Mais il faut recoudre cette zone. Si la blessure s'infectait, cela pourrait être très grave.

Une fois l'entaille au ventre suturée et saupoudrée d'une grande quantité de poudre antibactérienne, ils purent se détendre un peu. Rosie resta à côté de lui pour lui passer le fil et les ciseaux, tandis qu'il finissait de recoudre avec soin les dernières plaies.

— Vous êtes doué pour ça, remarqua-t-elle au bout d'un moment. J'ai travaillé avec de vrais bouchers.

— J'ai toujours aimé ça, admit-il. Ça me manque un peu en médecine générale.

Il laissa un sourire fendre son visage.

— Je m'appelle Moray.

— Comme le saint ? lança Rosie avant de se sentir idiote. Désolée.

— Ne soyez pas désolée. Je m'en sers pour diagnostiquer. Les gens qui ne disent pas « comme le saint » ont manifestement un trouble de l'attention ou une lésion cérébrale.

— Oh, fit Rosie, se sentant rougir, avant de remarquer que les fils avaient besoin d'être coupés et de le faire mécaniquement.

— Alors, quoi, une infirmière vétérinaire débarque au bon moment, comme tombée du ciel ?

— Oh non, répondit-elle, ravie qu'il pense cela. Non, non. Je suis une vraie infirmière. Enfin, pas vraiment. Je suis aide-soignante. Je l'étais, du moins.

Moray haussa les sourcils.

— Eh bien, on a eu de la chance. Ça devenait périlleux avant l'anesthésie. Je ne sais pas ce qu'on aurait fait sans vous. Avez-vous un nom, madame l'aide-soignante, ou allez-vous vous volatiliser sur votre nuage magique ?

— Je m'appelle Rosie. Est-ce que vous faites souvent ce genre de choses ?

— Presque jamais. Jamais, en fait. Et vous ?

Rosie secoua la tête, puis ils se sourirent, comme le chien commençait à remuer.

— Je ne sais pas comment je vais me débarrasser de tous ces poils, se lamenta Moray. Le Dr Evans ne va pas être content.

Et cela ne rata pas : quand le Dr Hywel Evans, qui dirigeait le cabinet, arriva quarante minutes plus tard, après avoir reçu un coup de téléphone auquel il n'avait rien compris, il fut sidéré de trouver un chien sur la table de la salle de soins, complètement K-O. (Moray et Rosie avaient légèrement surestimé la dose d'anesthésiant, malgré le poids conséquent de Bran.) Son confrère le moins expérimenté et une parfaite inconnue étaient en train de lui faire un énorme pansement, pendant qu'une femme pleurait de soulagement dans la salle d'attente.

— Je crois qu'on a tout enlevé, cria Moray, tourné vers la salle d'attente, au moment où il entra. Mais il faudra sans doute lui faire une radio et une visite de contrôle, juste au cas où.

Le Dr Evans paraissait très remonté, constata Rosie.

— Bonjour, lança-t-elle timidement.

— Mais qui êtes-vous, bon sang ? l'interrogea cet homme corpulent, l'air aisé, vêtu de tweed.

— Oh, fit-elle, se décomposant.

Après la montée d'adrénaline que lui avait procurée leur course folle jusqu'au cabinet, Rosie se rendait enfin compte du nombre d'actes illégaux qu'elle avait commis ces quarante dernières minutes.

— Oh, répéta-t-elle. Oh, mince. Oh, mince. Je suis vraiment désolée... C'était juste...

Hywel considéra le chien, puis Rosie, puis Moray, puis à nouveau le chien.

— Vous... vous avez amené un *chien* ici ?

— On n'a pas eu le choix, lui expliqua Moray avec respect. Jim Hodds est dans la vallée voisine pour une mise bas délicate. Perforation de l'abdomen. Ce chien serait mort. Et, par chance, cette jeune femme passait par là et s'avère être une excellente infirmière.

— C'est formellement interdit, bafouilla Hywel.

Rosie retourna près de la table, puis, d'une main timide, caressa Bran, qui, à sa grande surprise, releva un peu la tête et lui donna un petit coup de langue. Elle avait beau se trouver dans une situation délicate, ce fut plus fort qu'elle : elle était folle de joie.

— Salut, mon grand, dit-elle tout bas, d'une voix tremblante.

Le visage de Moray s'épanouit en un grand sourire.

— Salut, mon vieux ! Regarde ça, Hye.

— Eh bien, je... je n'en crois pas mes yeux, répondit ce dernier. Est-ce que je dois appeler la police ?

— Est-ce que vous devez appeler *qui* ? lança une voix forte, impérieuse, comme la propriétaire du chien entrait d'un pas décidé dans la pièce.

— Bran se réveille, lui dit Rosie.

Sa maîtresse fonça sur lui, posa sa main sur son museau, et Bran donna un autre petit coup de langue hésitant.

— Bran. Oh, mon Bran, se réjouit-elle en enfouissant son visage dans son cou, juste une seconde.

Le Dr Evans observait la scène, incrédule.

Elle se tourna alors vers lui.

— Hye Evans, votre jeune collègue et cette drôle de fille viennent de sauver la vie de mon chien. Ils ont été *formidables* !

S'ensuivit un long blanc.

— Lady... Lady Lipton, balbutia le Dr Evans.

Rosie écarquilla les yeux, stupéfaite. Une lady ! Enfin, c'était stupide, de réagir ainsi, à l'évidence. Mais quand même. C'était peut-être pour cela qu'elle n'arrêtait pas de répéter que c'était « sa » route. Parce que c'était le cas.

— C'est incroyable. Vous avez tant de chance d'avoir ce jeune homme dans votre cabinet. Je le dirai à tout le monde.

— Euh, mais..., balbutia le Dr Evans.

Lady Lipton hocha la tête.

— Je paierai pour les soins, bien sûr. Sans ces jeunes gens, la soirée aurait pris une tout autre tournure.

Vous savez, ce n'est pas la première fois que je viens ici pour trouver le cabinet vide.

Moray et Rosie échangèrent un regard, puis grimacèrent.

— Vous devrez quand même lui faire passer une radio, l'avertit Moray.

— Je n'y manquerai pas. Bien joué, Hye. Je suis contente de voir que vous avez embauché une personne compétente, pour changer.

Le médecin répondit d'un bafouillement.

— Je vous enverrai Mme Flynn pour tout nettoyer. Maintenant, s'il vous plaît, Moray, pourriez-vous m'aider à remettre mon toutou adoré dans ma voiture ?

*

Après avoir aidé lady Lipton avec son gros compagnon, Moray s'éclipsa. Il voulait retrouver cette fille (comment s'appelait-elle déjà ?) pour la remercier. Il ignorait si elle n'était que de passage ou si elle allait rester un peu. Il lui avait fallu un moment pour mettre le doigt sur ce qui était particulier chez elle, puis cela avait fini par le frapper : elle était trempée jusqu'aux os.

Chapitre 5

« Le Milky Way fit son apparition aux États-Unis en 1932 ; la barre Mars, invention de M. Mars Junior, au Royaume-Uni en 1933. En 1935, ce fut au tour des barres Aero ; en 1936, des Maltesers et, en 1937, des Kit Kat, des Rolo et des Smarties. En musique, l'équivalent serait l'âge d'or de Bach, Mozart et Beethoven. En peinture, de la Renaissance italienne ou de l'avènement de l'impressionnisme à la fin du XIXe siècle ; en littérature, de Tolstoï, Balzac et Dickens...

« Oubliez l'accession au trône d'Angleterre de Guillaume le Conquérant en 1066, et celle de Guillaume II en 1087. Ces événements n'affecteront pas la vie des gens..., mais l'invention du Mars en 1933, des Maltesers en 1936 et des Kit Kat en 1937 – ces dates sont à marquer d'une croix blanche et devraient rester gravées dans la mémoire de tous les enfants du pays. »

Tels furent les mots de Roald Dahl en personne, et il savait de quoi il parlait. C'était même une référence en matière de confiseries.

Alors fermez votre caquet, vous autres amateurs de chocolat noir au piment quatre-vingt-dix pour cent de cacao, que vous dégustez avec un verre de Château Petrus 1978. Vous vous croyez plus malins, mais voilà les faits : plus le chocolat est amer et affiné, moins vous avez de chances de l'apprécier RÉELLEMENT. Le chocolat de votre enfance, produit en masse, riche en sucre et en matières grasses, faible en cacao, est l'une des nombreuses choses qui ont fait de l'Angleterre un grand pays. Avec, bien sûr, Roald Dahl.

Même si vous êtes un vrai snob en matière de chocolat, un produit de la grande distribution peut faire votre bonheur : les barres Fry's Chocolate Cream, accord parfait entre le chocolat noir et le cœur fondant au goût légèrement mentholé (les natures, dans l'emballage bleu marine). Si ce délicat mélange de saveurs, ce plaisir sucré légèrement acidulé, ne satisfait pas vos papilles raffinées, vous êtes dans le faux. Dans ce cas, laissez-moi vous recommander un autre livre, intitulé *L'Art d'être vainement snob et précieux : manuel à l'usage des consommateurs*.

*

Une fois dehors, où le ciel de l'après-midi était aussi bleu et dégagé que dans la matinée, quand elle avait quitté Lipton, et une fois l'adrénaline passée, Rosie se rendit compte qu'elle était trempée de la tête aux pieds. Que s'était-il passé ? Était-ce un déluge localisé ? Toute dégoulinante, elle remonta la rue en direction du cottage de Lilian, trouvant un peu injuste que tant de visages se tournent vers elle pour la fixer du regard. La météo était complètement folle dans la région ; ils ne le savaient pas ou quoi ?

Lilian s'affairait dans la maison quand elle y entra, l'air inquiet, mais tentant désespérément de ne pas trop le laisser paraître.

— Qu'est-ce qui t'est arrivé ? l'interrogea-t-elle. J'ai cru que tu avais fait demi-tour et que tu étais rentrée chez toi. Ce que tu peux faire quand tu le souhaites, d'ailleurs.

Elle avait peut-être été trop dure avec elle, jusque-là. Même si elle avait une mine affreuse.

La jeune femme ne mentionna pas que, toute seule au sommet de la colline, elle avait été près de se jurer de rentrer.

— Un orage a éclaté ! Je me suis fait rincer !

— On est dans le Derbyshire, ma chérie, pas aux Baléares. Fais-toi couler un bain et procure-toi un vrai manteau.

Rosie mit la bouilloire sur le feu, puis se passa une main dans les cheveux. Elle préférait ne pas ébruiter l'histoire du chien, pour ne causer de problèmes à personne, aussi mentionna-t-elle incidemment avoir rencontré le médecin du village.

— Hye Evans ? Ce vieil imbécile ? Cet homme était incapable de diagnostiquer un clou enfoncé dans votre pied, même si vous arriviez avec un clou enfoncé dans le pied en lui disant : « Docteur, je viens de m'enfoncer accidentellement un clou dans le pied. » Et crois-moi, j'en sais quelque chose.

— Euh, non, l'autre.

Lilian haussa les sourcils.

— Étais-tu aussi trempée à ce moment-là ?

— Pourquoi est-ce que tu dis ça ?

Lilian jeta un bref regard à ses portraits de jeune fille glamour, mais ne répondit pas. Rosie fit la moue, puis monta se faire couler un bain, s'efforçant de ne pas se regarder dans la glace. Ses cheveux, telle une miche de pain en train de lever près d'une cuisinière, avaient doublé de volume.

— J'ai un petit ami, tu sais.

— Oh, les petits amis, ça va, ça vient. Il n'est pas ici, à ce que je vois.

— Je vais préparer le déjeuner. Et tu vas manger. Et après, tu te lèveras de ce fauteuil : ce n'est pas bon pour toi de rester assise comme ça.

*

— Bon, dit-elle en redescendant quarante-cinq minutes plus tard, réchauffée, dans des vêtements secs.

Elle n'avait apporté qu'un pull. Il faudrait sans doute y remédier. Lilian, toujours assise dans son fauteuil, écoutait Radio 4 en contemplant le feu. Rosie fut tentée de l'imiter, mais elle n'était pas là pour rien.

Elle réchauffa l'épaisse soupe de légumes qu'elle avait achetée au *Spar*, toute ruisselante, sans tenir compte des regards et des murmures des autres clients.

— Mange ça. Et le pain, aussi.

— Ça dégouline de beurre, répondit sa tante d'un air dégoûté.

— Tout à fait. Et si tu ne veux pas que je te force à en manger deux tranches, tu ferais bien de t'y mettre. Sauf si tu préfères que je le dissolve dans du lait.

Lilian grimaça, mais attaqua sa soupe. Ce faisant, elle ressentit une bouffée d'angoisse : depuis combien de temps n'avait-elle pas mangé chaud ? Hetty passait de temps à autre pour lui réchauffer un plat, mais elle se plaignait, elle aussi, car Lilian n'avait pas l'un de ces nouveaux fours qui réchauffaient la nourriture à toute vitesse. Lilian s'en méfiait et puis, de toute façon, elle s'en était toujours passée.

— On va devoir t'acheter un micro-ondes. Tu sais, si tu veux continuer à vivre ici.

— C'est vilain, un micro-ondes, murmura Lilian. Il y a tellement de choses vilaines, de nos jours.

Rosie s'efforça de ne pas le prendre pour elle, mais ne sut pas quoi répondre.

— As-tu passé toute ta vie à Lipton ? l'interrogea-t-elle.

— J'ai voyagé, répondit Lilian avec colère.

Cette fille se mêlait de ce qui ne la regardait pas.

— Je suis allée à York... À Scarborough, naturellement. En Écosse, une fois.

— Et à Londres.

— Je ne comprends pas pourquoi tout le monde est obsédé par cette ville. Je l'ai trouvée bondée, pleine d'individus innommables, terriblement bruyante et d'une saleté rare.

— C'est vrai, acquiesça Rosie en souriant. Mais c'est ce qui rend cette ville aussi extraordinaire.

— Si on aime les hooligans, sans doute.

— N'as-tu jamais eu envie d'aller plus loin ? À New York ? À Paris ?

— Pas vraiment, répondit Lilian avec une petite moue. Je savais ce que j'aimais. Et j'avais le magasin. Et puis, j'irai peut-être un jour.

Le silence se fit dans la pièce ; l'atmosphère se tendit. Aucune d'elles ne pouvait le dire. Qu'il n'y aurait pas de « un jour ». Que la tâche que Rosie avait à accomplir ne déboucherait pas sur un voyage à Paris. Avec une nouvelle moue, Lilian se détourna, refusant de finir son déjeuner.

Un peu plus tard, Rosie insista pour examiner la hanche de sa tante. Lilian aurait aimé refuser, mais se rendit compte qu'elle ne pouvait pas se le permettre.

Sans surprise, la cicatrice, légèrement purulente, n'était pas belle à voir, mais ce n'était rien de bien méchant. Rosie l'examina avant de changer le pansement. Lilian, quant à elle, fut impressionnée par les mains fraîches et l'efficacité de sa petite-nièce, mais ne le montra pas. Puis Rosie estima qu'il ne servait à rien de tourner autour du pot plus longtemps.

— Allons voir la boutique, maintenant.

— Eh bien, depuis que je me suis fait mal à la hanche…, commença Lilian d'un air coupable.

— Je sais. Franchement. Je l'ai vue.

Il y eut un blanc.

— Mais tu n'as jamais eu envie de la vendre plus tôt ? De partir ? D'aller voir Paris ?

— Tu n'as qu'à partir, toi, rétorqua Lilian d'un air mutin.

Rosie tint sa langue. Au prix d'un gros effort.

— Bon, dit-elle. Est-ce que je peux avoir les clés ?

Non sans difficultés, Lilian attrapa un gros trousseau de vieilles clés en cuivre sur le manteau de la cheminée.

— Allez, allons jeter un coup d'œil.

*

La clé tourna difficilement dans la vieille serrure qui ornait la porte en bois rouge avec ses neuf carreaux en verre biseauté. Rosie réussit malgré tout à lui faire faire un tour complet, avec un déclic sec et un horrible grincement.

— Il y a une technique pour l'ouvrir, murmura Lilian.

— Ah, vraiment ? Et c'est quoi ?

— Tu demandes à Rob, le boucher, de le faire.

Incrédule, Rosie secoua la tête, puis poussa le courrier qui s'accumulait sur le paillasson.

— Je n'en reviens pas que ça dure depuis aussi longtemps.

Elle se plaça au milieu de la petite pièce, qu'elle parcourut du regard en pivotant sur elle-même. Le soleil de l'après-midi avait du mal à entrer par les minuscules fenêtres.

— Ouah !

Elle ne put en dire plus.

Déjà, c'était indéniable, la boutique était dégoûtante. Les fenêtres étaient couvertes de crasse. Il y avait des toiles d'araignées dans les coins et des choses renversées partout, grises, chiffonnées. Les vieilles touches de la caisse enregistreuse, une véritable antiquité, étaient toujours en shillings et en pence. Une balance en cuivre poli, dont les plateaux penchaient bizarrement, trônait sur le comptoir, comme si on ne l'avait pas manipulée depuis soixante-dix ans. C'était un vrai musée.

Mais chaque centimètre carré de la petite boutique était aussi recouvert de… de bonbons, d'affiches, de choses que Rosie n'avait pas vus depuis des années. Il y avait de petites boîtes en fer de pastilles de voyage et de gommes à mâcher, empilées avec soin pour former une pyramide ; de grands saladiers en verre remplis de bâtons de sucre d'orge parés de rayures et d'un nœud ; d'énormes tablettes de chocolat Bournville, à l'emballage rouge foncé ; des ballotins de Dairy Milk et de Black Magic superposés alternativement, méticuleusement. Les étagères du haut accueillaient les plus grosses boîtes de chocolats, sophistiquées, en velours rouge et en forme de cœur, ornées d'énormes rubans, recouvertes de poussière. Une vieille échelle accrochée à un rail coulissant, comme dans une bibliothèque, permettait d'y accéder. Et puis, évoquant une boutique d'apothicaire, les trois murs du fond étaient bordés de rayonnages garnis d'énormes bocaux de verre ronds, qui contenaient tous les bonbons possibles et imaginables : des Edinburgh Rocks, aux jolis coloris pastel ; de la nougatine aux cacahuètes, coupée grossièrement ; des boules magiques vert vif et des gommes Hubba Bubba ; des grenouilles et des coccinelles en chocolat ;

des Dolly Mixtures, des Rainbow Drops, des pastilles contre la toux, de gros morceaux moelleux de guimauve aux couleurs pâles et des loukoums collants, enrobés de sucre glace, à quatre parfums différents. Enfin, près de la vieille caisse enregistreuse noire se nichaient les classiques, en rangs nets et ordonnés : les barres chocolatées Mars, Kit Kat, Aero, Fry's Chocolate Cream, Crunchie, Twix. Bizarrement, cela ne sentait pas mauvais : une douce odeur de renfermé, et non d'atroce pourriture, flottait dans l'air.

— Est-ce qu'il y a des souris ? commença par demander Rosie. Je parie que oui, ajouta-t-elle en regardant autour d'elle. Ouah, répéta-t-elle. Je n'en reviens pas que tu ne te sois pas déjà fait cambrioler. Je veux dire, depuis combien de…

— Rien de tout ça n'a de valeur, la coupa Lilian.

Rosie prit une profonde inspiration. Elle ne partageait pas cet avis, malgré les couches de poussière et l'état d'abandon apparent des lieux. Dans les quelques espaces libres entre les présentoirs étaient affichées des publicités vintage : on y voyait une petite fille en manteau de fourrure violet pour le chocolat Fry's ; un garçonnet élégamment vêtu en train de jouer au cricket pour Cadbury, ou encore une pin-up qui suggérait qu'une barre Mars constituait un repas en soi – le triumvirat des chocolatiers anglais.

Le vieux sol en lino noir et blanc avait été usé par les générations d'enfants qui s'étaient pressés là, tout excités, leurs pièces (vingt farthings, six ou dix pence, une livre) bien serrées dans leur paume collante, parcourant les rayonnages du regard pour se décider ; terrifiés à l'idée de faire le mauvais choix.

— Mais c'est... Enfin, ça se voit : ça a dû être génial ici autrefois, répliqua Rosie. C'est extraordinaire.
— Ça prouve que tu n'y connais rien. C'est fini, tout ça. En tout cas, ce n'est plus ce dont les enfants ont envie aujourd'hui. Ils ne veulent plus de boules magiques. Ils veulent d'énormes tablettes de chocolat au lait, qu'on achète par six au supermarché. Ils veulent des formats familiaux, des litres de Coca, des hot-dogs et des nachos, quoi que ce soit. Les bonbons ne sont plus à la mode. Ça n'intéresse plus personne.
— Je ne peux pas croire que ce soit vrai, répondit Rosie en promenant ses yeux autour d'elle.

Son regard fut alors attiré par quelque chose au fond du magasin, et son visage s'illumina.

— Est-ce... Est-ce que ce sont des cigarettes en chocolat ? Ça fait des années que je n'en ai pas vu. Tu n'as plus le droit d'en vendre. Lilian, pourquoi est-ce que tu n'as pas jeté ton stock ?

Sa tante parut contrariée, mais resta stoïque.
— Les bonbons se conservent longtemps. Je vais rouvrir boutique.
— Mmm.

Rosie n'avait pas mesuré la gravité de la situation. Cela ne datait pas de l'opération de Lilian. Le magasin était manifestement à l'abandon depuis très, très longtemps, et Lilian n'avait pas pu, ou voulu, dire qu'elle ne s'en sortait plus toute seule.

— Ces cigarettes ne sont même plus *autorisées* à la vente ! s'exclama-t-elle.

Malgré tout, elle ne put se retenir d'ouvrir le paquet pour humer la lourde odeur sucrée, collante, de ces petits bâtonnets blancs avec leur bout rose.

— J'adorais ça, confia-t-elle.
— Tu les paies, si tu les prends.
— Bien sûr. Combien coûtent-elles ? Neuf pence ?
— Je vendais encore des bonbons aux touristes, expliqua Lilian en regardant autour d'elle, un peu perdue, comme si elle ne savait plus si la confiserie était ouverte ou non. Et quelques chocolats pour la Saint-Valentin. Mais les enfants sont passés à autre chose.
— Mais ça pourrait être... Je veux dire, le fait que la boutique soit restée intacte, que rien n'ait changé...
— Tu sais, le monde des confiseries ne va pas en s'arrangeant. Tout ce qu'ils inventent de nos jours a moins bon goût que ce qui se faisait avant. Ce sont les enfants que je plains, ronchonna Lilian. Je n'ai donc jamais eu de raison de changer.

Rosie considéra la vieille caisse enregistreuse.
— Comment te servais-tu de ça ?
— C'est un coup de main à prendre. Mais la décimalisation a été terrible pour les enfants. Le prix des bonbons a augmenté. Ça a été une très mauvaise chose. D'après moi, on devrait revenir à l'ancien système. Ces crétins d'hommes politiques.
— Je ne suis pas sûre que ça arrive. Mais, le côté positif, c'est qu'avoir gardé cette caisse était sans doute très malin. Ce genre de choses est très à la mode, tu sais.

Lilian parut presque flattée.
— Eh bien, les articles de qualité ne passent jamais de mode.
— C'est vrai. Mais, tu sais, les adultes aussi aiment les sucreries.
— Tu m'en diras tant ! remarqua Lilian d'un air pince-sans-rire, au moment où Rosie réalisait qu'elle

avait mis une cigarette dans sa bouche sans même s'en rendre compte.

— Ah ! Et pourtant, je ne fume pas.

Un tintement retentit soudain dans leur dos : c'était la petite clochette en cuivre au-dessus de la porte. Les deux femmes se retournèrent, Rosie l'air un peu coupable, et virent entrer la propriétaire du chien. Ou lady Lipton, plutôt, supposa Rosie.

— Coucou ! Lily, ma *chérie*, il faut que je te parle de cette nouvelle fille extraordinaire dans le village : tu n'en *reviendras* pas de ce qu'elle a fait pour Bran...

On aurait dit une autre femme.

— Oh, qui est-ce ? demanda Lilian avec enthousiasme. Est-elle odieuse ?

Rosie leva les yeux au ciel.

— Dur à dire, répondit lady Lipton avant de finir par voir que Rosie était là, elle aussi.

Imperturbable, elle lui tendit la main.

— Et la voilà ! Bonjour. Vous êtes-vous acheté un manteau digne de ce nom ? On nous annonce quatre jours de pluie, au fait. Ce qui veut dire neuf ou pas du tout. Lily, j'ai mis les courses dans ta cuisine. Pas un mot à Malik. J'ai demandé à Mme Cosgrove de me prendre quelques produits chez *Asda*. On ne peut pas vivre qu'avec le *Spar*. Maintenant, laisse-moi tout te raconter.

Rosie dut donc patienter, pendant que lady Lipton relatait toute l'histoire à Lilian, en omettant la partie où elle était bouleversée, au bord de l'hystérie, à cause de son chien et avait dû quitter la pièce, mais en rajoutant un peu sur Rosie qui, à l'entendre, courait en bikini sous la pluie.

— Et ce jeune docteur d'une élégance folle a réussi à retirer tous les barbelés. Formidable, non ?

Ne souhaitant pas faire remarquer à lady Lipton qu'elle l'avait aidé, Rosie s'occupa en examinant le reste de la boutique. Non pas qu'il reste grand-chose à voir ; mais la réserve se révéla être une mine, doublée d'un capharnaüm, de barres Gold et Wham, de caramels au chocolat et de bonbons acidulés au citron. Débordant d'enthousiasme, Rosie découvrit aussi un énorme bocal de Chocolate Limes. Ces confiseries, avec leur coque au citron vert et leur cœur en chocolat, étaient ses préférées, et de loin, mais cela faisait des années qu'elle n'avait plus pensé à elles. À présent, elle n'avait qu'une envie : en engloutir une bonne douzaine. Et si elle ressentait cela, se dit-elle, peut-être que d'autres ressentiraient la même chose… auraient envie de déguster à nouveau une friandise qui les faisait se sentir heureux, aimés et protégés lorsqu'ils étaient enfants.

Pour Pip et elle, c'était le vendredi matin : leur mère leur donnait vingt pence, et ils choisissaient ce qu'ils voulaient pour la récré. Rosie avait dans l'idée que les enfants n'avaient plus le droit d'apporter de sucreries à l'école, aujourd'hui. Elle trouvait cela dommage. Avec Daniela, sa meilleure amie, elles planifiaient leur vendredi toute la semaine. Elles achetaient chacune un sachet de friandises différent, qu'elles partageaient solennellement, au bonbon près. Si elles en avaient un nombre impair, elles offraient celui en trop à leur institutrice, Mme Gilford, qui avait des cheveux blond platine, ne lésinait pas sur l'ombre à paupières bleue et était en réalité, Daniela et Rosie n'en démordaient pas, une princesse qui se serait déguisée. Mme Gilford leur souriait poliment, puis, quand les fillettes lui expliquaient qu'elles voulaient être équitables, elle prenait le bonbon en les remerciant chaleureusement et en leur adressant un grand sourire de ses lèvres rose vif. En y repensant, Rosie ne se rappelait pas l'avoir déjà vue en manger un seul.

En revanche, elle se rappelait le sentiment de satisfaction d'avoir été gentille avec sa maîtresse et remerciée pour sa générosité : il ne la quittait pas de la journée, même si l'acidité du citron et le fondant du chocolat ne lui flattaient plus le palais depuis longtemps.

*

Elle passa la tête à la porte de la réserve. Elle voulait savoir ce que cette femme racontait à sa tante. Et puis, c'était plus fort qu'elle. Elle était fascinée. Elle n'avait encore jamais rencontré personne avec un titre honorifique.

— Est-ce que vous vivez dans une grande maison ? l'interrogea-t-elle.

Elle se rendit compte de sa grossièreté au moment même où elle prononçait ces mots : ils sonnaient comme une accusation.

Lilian se fendit d'un rire, comme pour excuser la maladresse de sa débraillée de nièce, ce qui irrita un peu Rosie.

— Eh bien, cela dépend de ce que vous entendez par « grande », répondit lady Lipton en tripotant quelque chose sur le comptoir.

À raison, Rosie prit cela pour un « Oui, gigantesque ».

— Il doit y faire un froid glacial, non ?

Les deux femmes la dévisagèrent un instant, puis Lilian éclata de rire.

— Bien sûr. C'est pour ça que Hetty est tout le temps fourrée ici.

— Certainement pas, répliqua lady Lipton. Je suis une âme charitable.

— Tu viens te mettre au chaud, poursuivit Lilian avec une moue. Regarde-la, ordonna-t-elle à Rosie avant de soulever le ciré Barbour de son amie avec sa canne.

Un immense pull-over d'homme, manifestement très vieux, se cachait dessous, et les trous dans la laine laissaient voir qu'il y en avait encore un autre dessous.

— Et on est en été, gloussa Lilian. Attends novembre : elle campera dans son salon.

— Tu chauffes bien trop ta maison, rétorqua lady Lipton. Ce n'est pas bon pour toi.

— Elle est forte comme un bœuf, lança Rosie, qui avait vu Lilian mettre des bûches dans le feu plus tôt dans l'après-midi.

— Apparemment, je suis forte comme un bœuf. Et elle est infirmière, elle en sait quelque chose.

— Aide-soignante, la reprit lady Lipton, poussant Rosie à se dire qu'il ne fallait pas la sous-estimer. Mais savez-vous ce qu'est un bœuf, au moins ?

— C'est une énorme vache. Une vache garçon, répondit Rosie, toute rouge, soudain prise de panique à l'idée de confondre avec l'équidé issu du croisement entre un âne et un cheval.

Les deux autres partagèrent un rire.

— Eh ben, profitez bien de votre séjour, conclut lady Lipton en sortant d'un pas altier.

Rosie la regarda s'éloigner.

— Bah, ça alors. Et dire que j'ai sauvé son chien.

— Oh, elle est comme ça, répondit Lilian en gloussant.

— Argh ! Je déteste quand les gens disent : « Oh, il ou elle est comme ça. » Si une personne est impolie et désagréable, elle ne devrait pas être « comme ça ». Les autres n'ont pas à faire preuve d'indulgence, juste parce que c'est une lady Machin-Chose. De toute façon, elle n'a pas à s'inquiéter. Je ne m'approcherai plus de sa stupide route.

Chapitre 6

Les Dolly Mixtures

Les Dolly Mixtures, comme les crottes en chocolat, sont souvent considérés comme des friandises pour bébés, à éviter une fois les dents de lait tombées. C'est une honte : dégustés ensemble ou séparément, ces petits bonbons assortis sont un mélange diablement malin de pâtes de fruits et de pâtes à sucre de forme cubique, cylindrique ou rectangulaire. De couleur mauve, rose ou verte (les verts étant les moins populaires, naturellement), ils s'allient pour former une trinité on ne peut plus satisfaisante.

L'apparition des paquets de bonbons « géants » (et l'hégémonie grandissante de ces infects paquets bien connus auxquels on m'a conseillé de ne plus faire allusion pour des raisons juridiques) a dans l'ensemble eu des résultats catastrophiques : épuisement des stocks, obésité, mastication sans plaisir, pareils à des bovins, devant des écrans de quarante-deux pouces qui diffusent des âneries vingt-quatre heures sur vingt-quatre. Elle a ruiné la santé de nos enfants et des générations futures. Mais on peut faire une exception ici.

Dans le cas des Dolly Mixtures, passer à un plus gros paquet (ou tout ce qui peut rappeler cette triade délicate et équilibrée aux amateurs de sucreries dans la force de l'âge) ne peut être que recommandé.

*

1942

Le père de Lilian la regarda d'un air perplexe.
— Alors, il s'agit juste d'une sortie avec ta copine, c'est ça ? l'interrogea-t-il en donnant un coup de fourchette dans ses œufs au bacon.
Ils avaient gardé plusieurs bonnes pondeuses dans le jardin, comme la plupart des gens, pour compléter leurs rations alimentaires, et le potager existait depuis aussi longtemps que le cottage lui-même.
Lilian reposa les yeux sur le petit pot de fard à joues que Margaret lui avait donné. Elle ne savait pas vraiment quoi en faire. Il lui arrivait de penser que la vie s'était montrée injuste envers elle, pas uniquement parce qu'elle avait perdu sa mère (elle connaissait plein d'autres enfants orphelins de père ou de mère), mais aussi parce qu'elle n'avait pas de sœur aînée.

Ce n'étaient pas ses frères qui allaient l'aider à découvrir la féminité. Elle pouvait parler de tout avec Neddy, sauf des garçons. Terence était bien trop collet monté, et Gordon, bien trop rustre, c'était évident.

Son amie Margaret essayait bien de l'aider, mais elle n'avait rien dans le citron et ne pensait qu'aux garçons. Elle n'avait qu'une idée en tête : flirter et se marier, et Lilian ne savait jamais si elle devait suivre ses conseils. Elle appliqua un peu de fard sur ses joues.

— Ah, maintenant, on dirait que tu as travaillé dans les champs toute la journée, commenta son père, réalisant au même moment que c'était précisément la chose à ne pas dire à son unique fille, sa Lilian, si vive et si intelligente, qu'il aimait de tout son cœur, mais ne faisait même pas mine de comprendre.

Lilian répondit d'une moue, puis tira sur sa robe en coton à motif floral, qui datait de l'année précédente. Ses manches étaient déjà démodées, et sa taille trop basse pour mettre en valeur sa jolie silhouette ; elle avait l'air d'une grande tige, songea-t-elle. Malgré tout, au moins, Margaret pourrait la coiffer. Sans surprise, cette dernière arriva bientôt, sur sa vieille bicyclette grinçante. Ses cheveux laqués, son ombre à paupières lumineuse et sa robe aussi moulante que la décence le permettait faisaient presque oublier sa petite coquetterie dans l'œil. Margaret ne parlait jamais de son œil, mais elle détestait sa dent de devant, qui était de travers, et passait souvent des soirées entières avec une main devant la bouche. Malgré tout, elle était drôle, loyale, fofolle, et Lilian l'adorait.

— Viens là, toi, dit son amie. On va s'occuper de toi.

— Eh bien, on dirait que tu vas briser des cœurs, ce soir, dit le père de Lilian, qui trouvait Margaret plus facile à cerner.

Gloussant, piaillant, elle lui dit de se taire, puis mit les bigoudis à chauffer près du feu, sommant Lilian de rester tranquille, même quand une odeur de cheveux brûlés commença à flotter dans la petite cuisine.

Lilian s'efforça de rester tranquille, mais elle ne pouvait nier la vérité : depuis la semaine précédente, Henry Carr avait occupé toutes ses pensées ou presque. Tout ce qu'elle trouvait agaçant chez lui jusque-là (ses taquineries, son toupet, ses visites à la boutique) lui manquait terriblement, maintenant qu'il ne le faisait plus. L'idée qu'il sorte avec Ida Delia l'horrifiait. Gerda ne s'était pas fait renvoyer, en fin de compte, mais elle avait été rétrogradée et marchait tête basse dans le village. Mais ce soir, ce soir, peut-être, avec sa nouvelle coupe... peut-être que Henry la regarderait à nouveau avec ces yeux, comme quand ils avaient soigné la petite Hetty. Et, cette fois, elle soutiendrait son regard, rejetterait ses beaux cheveux bruns en arrière et...

— Mince ! s'exclama Margaret.
— Quoi ?
— Rien.
— Quoi ?
— Ça me rappelle l'odeur quand le maréchal-ferrant est venu au printemps dernier, dit le père de Lilian. Les chevaux hurlaient comme des fous.

— Mais qu'est-ce que tu fais ? lança Lilian en se dépêchant de se lever pour aller se regarder dans le minuscule miroir suspendu dans le vestibule.

En vain, Margaret essaya de cacher une petite boucle de cheveux brûlés derrière sa robe mauve.

— Margaret !

— Je suis désolée !

— Tu as tout fichu en l'air !

— Je ne l'ai pas fait exprès !

— Allons, allons, les filles, intervint son père en riant de bon cœur.

Puis, tout à coup, comme sur un coup de tête, il sortit la bouteille de vin de rhubarbe maison que Johnson, le boucher, lui avait donnée et qu'il gardait pour les grandes occasions.

— Venez. Buvons un verre. À la santé de deux jolies filles qui sortent pour s'amuser.

— L'une d'elles est à moitié chauve, remarqua Lilian avec colère.

C'était une catastrophe.

— Et pas de bêtises, compris ? Si vous devez danser avec un garçon, je veux qu'il soit gentil, du coin et de bonne famille. Surtout pas un de ces saisonniers venus de Derby.

Les deux filles virèrent au rouge vif, et Margaret éclata de rire. Un grand groupe de jeunes hommes était au village pour la moisson : le bal était organisé pour eux. Margaret continua de glousser, mettant la main devant la bouche. Lilian, elle, leva les yeux au ciel, comme pour signifier qu'elle était au-dessus de tout cela ; s'efforçant de ne pas trahir le fait que, en effet, elle était déterminée à se trouver un gentil jeune homme. Elle savait déjà lequel, voilà tout.

Son père leur servit un petit verre de vin. Les autres pères s'inquiétaient pour leurs filles, il le savait, mais lui aurait préféré s'inquiéter davantage pour Lilian. Pourtant, avec trois fils partis à la guerre (les autorités avaient dit que Gordon n'était pas obligé d'y aller, qu'il pouvait rester pour s'occuper du magasin, mais son cadet, une forte tête, n'avait rien voulu entendre), il avait assez de soucis comme cela. Malgré tout, il voyait que ce n'était pas facile pour elle, la laissée-pour-compte, et la seule fille. Quand les garçons revenaient en permission et leur parlaient des grandes villes, avec leurs spectacles et leurs lumières, il avait de la peine pour elle, coincée au magasin. Mais ils n'avaient pas le choix. Il fallait bien gagner sa vie, même en temps de guerre. N'empêche, s'amuser un peu ne pouvait pas lui faire de mal. Ce n'était pas une écervelée comme Margaret, ni une petite sournoise comme Ida Delia Fontayne ; Lilian était une fille bien, et il souhaitait qu'elle rencontre un garçon bien. Avant que la guerre ne les emporte tous, songea-t-il avec abattement avant de vider son verre.

Réchauffées par le vin, toutes guillerettes, et ayant plus ou moins oublié l'incident capillaire, Lilian et Margaret enfourchèrent leur bicyclette grinçante en direction de la salle communale. Lilian, les joues roses sans avoir besoin de maquillage, les yeux brillants, sentait son cœur cogner contre sa poitrine. En cette fin d'été, pour une fois, l'air était chaud, le ciel, dégagé, et les étoiles commençaient à paraître au-dessus d'elles. Et, même avec une boucle de cheveux en moins, elle ne s'était jamais sentie aussi belle.

*

Le lendemain matin, Rosie était déterminée à repartir de zéro. Elle sourit à sa tante, qui s'approchait de la table en faisant mine de ne pas trop s'intéresser au porridge agrémenté de miel sauvage, de crème entière et de myrtilles fraîches que Rosie lui avait préparé.

— Lilian, as-tu déjà demandé un avis juridique au sujet du livre que tu as écrit ?

Sa tante parut fuyante.

— Je ne peux pas en parler, répondit-elle en pinçant les lèvres avant de s'asseoir. Qu'est-ce que c'est ?

— C'est pour...

Rosie s'interrompit. Elle avait failli répondre : « C'est pour te remplumer un peu », avant de se rendre compte que Lilian risquait de mal le prendre.

— C'est le petit déjeuner à la mode. C'est ce que mangent les mannequins.

Sa tante fit la moue. Ce jour-là, elle portait une robe droite couleur cerise et un foulard rouge vif noué autour du cou. L'association aurait pu être osée, mais, avec ses cheveux gris argenté soigneusement relevés en chignon, Lilian était en réalité très chic.

— Où as-tu acheté la crème ?

— Euh... Au *Spar*.

— Eh bien, évite à l'avenir. Les Isitt ont une très bonne exploitation laitière un peu plus loin. Mais ne fais pas attention à...

— À quoi ?

— Oublie ça. C'est là que tu dois aller. La ferme est à trois kilomètres. À la sortie du village, tourne à gauche, puis descends la colline. Tu ne peux pas la rater. Le lait aussi. Ramène les bouteilles vides.

— Tu veux que je fasse trois kilomètres à pied en portant des bouteilles de lait vides ?

— Bien sûr que non, répondit Lilian en haussant les sourcils. Tu peux prendre mon vélo.

— Heu... Enfin, on va avoir un petit problème.

Lilian la fit sortir dans la lumière vive et dorée du petit matin. Rosie ne s'y fiait pas pour autant, elle préférait ne rien laisser au hasard. Bien que les magasins du village ne semblent vendre que des cirés, ils lui paraissaient de plus en plus attrayants, compte tenu de l'épaisseur (plus que mince) de son blouson en fausse fourrure. Mais elle n'avait pas un sou, songea-t-elle. Elle suivit sa grand-tante dans le magnifique jardin à l'arrière du petit cottage.

— Là-dedans, lui dit Lilian en montrant un petit abri.

Le simple fait d'avoir fait le tour de la maison l'avait essoufflée.

— Vraiment ?

Lilian fit un signe de tête en direction de la porte, et Rosie finit par obtempérer, tirant de toutes ses forces pour ouvrir les verrous rouillés.

À l'intérieur se trouvait une énorme chose noire, qui ressemblait à une araignée métallique et devait peser une tonne. Rosie repassa la tête à la porte.

— Tu n'es pas sérieuse !

— Tu es ici pour m'aider, oui ou non ?

Rosie traîna cette chose dehors. Elle faisait la taille d'un petit char d'assaut. Rosie la posa contre le mur, et les deux femmes la fixèrent.

— Qu'est-ce que c'est ? finit-elle par demander.

— C'est ma bicyclette ! répondit Lilian en lui jetant un regard consterné. Tu vas pouvoir l'utiliser. Non pas que je ne puisse plus m'en servir à cause de ma hanche ou quoi que ce soit, c'est juste que je n'en ai pas envie.

Ce vélo était très vieux, solide, avec un énorme panier attaché devant. On aurait dit celui de la sorcière dans *Le Magicien d'Oz*.

— D'accord, mais je ne sais pas faire du vélo.

Les sourcils fournis de Lilian se haussèrent aussitôt.

— Tu ne sais pas faire du *vélo* ?

Rosie rétropédala aussitôt, au sens métaphorique.

— Enfin, bien sûr que je sais faire... Je veux dire, je savais faire quand j'étais petite. Naturellement.

Sa mère les avait emmenés au parc à quelques reprises : elle s'asseyait avec un thermos de thé et une cigarette, pendant qu'avec Pip ils poussaient leur vélo d'occasion avant de l'abandonner pour jouer dans la cage à poules. Rosie n'était pas certaine que cela compte.

Là où elle avait grandi, ils ne pouvaient pas circuler à vélo (enfin, certains enfants avaient le droit, mais pas eux), pas plus qu'ils ne pouvaient les prendre pour aller à l'école, où on les leur aurait volés, de sorte que Rosie n'avait jamais vraiment pris le pli. Et puis, qui avait dit que pour réussir sa vie d'adulte, il fallait savoir faire du vélo, de toute façon ?

— Tu as de la chance, tu sais, ajouta Lilian. Je vais demander à Jake Randall de venir. Il répare les vélos des enfants du village. Je l'appellerai quand on sera prêtes : il te le réparera en moins de deux. Il ferait n'importe quoi pour du toffee des Highlands.

Avec un soupir, Rosie retourna vers la maison.

— Je suis censée m'occuper de *toi*, dit-elle pour lancer une dernière pointe.

— Tu le feras, rétorqua Lilian. Quand tu seras allée chercher le lait et la crème. Et tu remarqueras laquelle d'entre nous est en pyjama dans la rue… Bonjour, monsieur le pasteur ! interpella-t-elle l'homme qui passait alors devant elles en costume noir.

Et Rosie disparut dans les escaliers.

*

Il était inutile de bien s'habiller, songea Rosie, compte tenu de la tâche ingrate qui l'attendait : vider la boutique. Elle se prépara donc à voir les sourcils arqués de sa tante en redescendant vêtue d'un vieux jean et d'une polaire, ses boucles brunes relevées sous un foulard à fleurs. Lilian lui jeta un coup d'œil.

— Alors, comme ça, Angie dit que tu as un petit ami ? se renseigna-t-elle comme Rosie emplissait un gros seau d'eau savonneuse, puis attrapait une brosse à récurer sous le bel évier blanc en céramique.

— Comment ai-je pu te prendre pour une vieille dame frêle et réservée, quand tu venais nous rendre visite ? Tu es très indiscrète, en réalité.

— Parce que je ne venais chez vous que lorsque je me remettais d'aventures, répondit Lilian de façon théâtrale.

— Quel genre d'aventures ?

— Je ne suis pas qu'une vieille dame qui tient une confiserie, tu sais.

— Eh bien, raconte-moi.

— J'ai bien peur que non, dit Lilian en ramassant les bols vides du petit déjeuner (Rosie remarqua qu'il ne restait rien dans celui de sa tante). C'est bientôt l'heure de *The Archers*[1], mon émission de radio.

— Eh bien, je n'aurai pas le temps de te parler de Gerard, dans ce cas.

— Gerard ? Qu'est-ce que c'est que ce prénom ? Ça fait très moderne.

— Oui, étonnamment, l'homme avec lequel je sors n'est pas centenaire.

Lilian la regarda, dans l'expectative.

— Eh bien, il est petit, mignon...

— On dirait que tu parles d'un écureuil, lança Lilian avec une moue.

— Il est pharmacien.

— Pas médecin ?

— Non, ce n'est pas du tout la même chose, expliqua Rosie sans révéler que Gerard ne s'était jamais vraiment remis de ne pas avoir été accepté en fac de médecine. C'est un travail avec beaucoup de responsabilités, il est très doué.

— Pour mettre des crèmes pour les fesses dans des sacs en papier ?

— Si tu dois être grossière, on n'est pas obligées d'en parler. De toute façon, je comptais m'y mettre tout de suite, dit-elle en attrapant les lourdes clés en cuivre sur le buffet.

— Qu'est-ce que tu fais ? l'interrogea Lilian avec méfiance. Tu veux te mettre à quoi ?

— À faire ce pour quoi je suis venue, annonça Rosie d'un ton qui, à l'hôpital, ne tolérait aucune discussion.

---

[1]. Soap opera agricole diffusé sur les ondes de la BBC depuis 1951, comptant plus de 19 500 épisodes.

Sa mère et son frère, d'un naturel plus doux, s'étaient toujours demandé, tout haut, d'où elle tenait cela. Rosie commençait à avoir une petite idée de la réponse.
— Ranger ta boutique.

*

Lilian avait aussi une radio dans le magasin. Rosie changea de station, préférant la BBC Radio 1 à la BBC Radio 4, puis sortit un rouleau d'énormes sacs-poubelle noirs. Elle n'avait pas le choix : elle allait devoir jeter beaucoup de choses. Le petit cottage n'était pas équipé d'un lave-vaisselle, elle allait donc aussi devoir laver tous les bocaux en verre à la main, et ils pesaient une tonne. Pour autant, grâce à une infirmière en chef très stricte et un programme de formation solide au St Mary's Hospital, s'il y avait bien une chose que Rosie maîtrisait, c'était le grand nettoyage ; dans l'idéal, tous les germes à huit kilomètres à la ronde, terrorisés, devaient prendre leurs jambes à leur cou. Le soleil se remit à briller à travers les fenêtres crasseuses, lui facilitant le travail, puisqu'elle pouvait repérer toutes les taches et les traînées ; toutes les vieilles traces de doigts et tous les petits bouts de mélasse et de caramel écrasés par terre. Elle commença par les rayonnages du haut, puis descendit, alignant tous les bocaux, goûtant les friandises et vérifiant les dates limites de vente. Tous les chocolats piqués de blanc finirent aussitôt à la poubelle.

Elle récura les vieilles étagères poussiéreuses avec du détergent au citron, jusqu'à ce qu'elles sentent le frais et semblent comme neuves ; elle épousseta les énormes boîtes de chocolats vintage, en velours rouge, décrétant que, même si leur contenu ne pouvait être conservé, elle les briquerait et les garderait pour s'en servir comme présentoirs ; on n'en trouvait plus des comme cela, aujourd'hui. *Idem* pour les boîtes en fer de pastilles de voyage, avec leurs dessins de lieux exotiques (la Côte d'Azur, des voyages en train à travers les Alpes), imprimés sur le couvercle. En les astiquant un peu, elles feraient un joli décor et, si d'aventure quelqu'un voulait vraiment des pastilles de voyage (bien qu'elle tende à penser qu'offrir des sucreries à une personne sujette au mal des transports soit passé de mode, compte tenu de la quantité de vomi produite), elle en commanderait quelques boîtes, qu'elle stockerait dans la réserve.

Après tout, elle était censée trouver un repreneur pour la confiserie, vendre à une entreprise en activité. Et puis, la nuit précédente, elle avait eu une idée. Et si, au lieu de se débarrasser de tout et de vendre une coquille vide, sans âme…, et si elle la remettait en état, exactement comme elle était avant, pour lui rendre sa gloire d'antan ? Presque comme un musée, avec les aménagements et les équipements d'origine. Ils étaient toujours là, autant en profiter.

Cette idée l'avait tant emballée qu'elle avait téléphoné à Gerard (en se penchant à la fenêtre de sa chambre, elle avait un peu de réseau). Quand il lui avait répondu qu'il était chez sa mère en train de regarder *Inspecteur Barnaby* et lui avait demandé s'ils pouvaient se rappeler le lendemain, elle avait passé un coup de fil à Angie, qui lui avait dit de faire comme bon lui semblait, tant qu'elle réglait le problème. Rosie ne s'était pas sentie très soutenue, mais trouvait son idée bonne.

Avant de s'attaquer aux vitres, elle prit un paquet de caramels au chocolat et un verre d'eau (elle se demandait si sa tante accepterait qu'elle installe une cafetière quelque part ; la vie dans ce village serait vingt fois plus agréable s'ils ouvraient un *Starbucks*), puis alla s'asseoir sur la grosse marche en pierre grise devant la boutique pour polir la vieille balance en observant les passants – en l'occurrence, deux dames très chics à dos de cheval, sacs d'emplette à la main. Comme il devait être étrange d'aller faire ses courses à cheval. *Mais c'est sans doute mieux que de devoir y aller à vélo*, songea-t-elle sombrement, en regardant les chevaux s'éloigner dans un bruit de sabots. L'un d'eux s'arrêta pour faire ses besoins, mais les deux femmes n'y prêtèrent pas attention et continuèrent à bavarder. Aucun doute, la vie à la campagne était très différente. Quand elles repartirent, elle les suivit des yeux sur la petite route pavée, puis reprit sa brosse à récurer.

— Qu'est-ce que c'est ?

La voix était sèche, avec un fort accent local. Elle semblait mécontente. Rosie releva la tête. Éblouie par le soleil, elle avait du mal à distinguer l'homme qui se tenait devant elle, mais, à ce qu'elle voyait, il était chauve et très mince.

— Bonjour, je suis la nièce de Lilian Hopkins, répondit-elle en se relevant. Je suis venue l'aider à la boutique.

L'homme recula d'un pas. Il portait de petites lunettes rondes et avait des lèvres étonnamment rouges, sur lesquelles il passa un coup de langue rapide et nerveux, révélant une petite langue pointue et des dents d'une blancheur éclatante, qui étincelèrent avec ostentation. Rosie se demanda si elles étaient fausses. Il n'était pas aussi grand qu'elle l'avait pensé, assise sur sa marche ; à présent qu'il ne la surplombait plus, ils faisaient presque la même taille.

— Que voulez-vous dire par « l'aider à la boutique » ? Vous allez la rouvrir ?

— Je n'ai pas encore décidé, répondit Rosie en le dévisageant.

Sur quel ton lui parlait-il ? Cela ne le regardait pas. Elle croyait qu'à la campagne les gens étaient censés être gentils, aimables ; que c'était à Londres qu'ils étaient froids et inhospitaliers. Eh bien, jusqu'ici, ce n'était pas le cas.

— On verra.

— Eh bien, ça ne me plaît pas. Sa fermeture est la meilleure chose qui soit arrivée au village.

Quel genre de tordu se réjouissait de la fermeture d'une confiserie ? se demanda la jeune femme.

— Roy Blaine.

Il ne tendit pas le bras pour échanger une poignée de main, mais se contenta de faire un signe dans sa direction.

— Je suis le dentiste du village, poursuivit-il.

— Oh ! fit Rosie, comprenant mieux. Ha. Eh bien.

L'homme jeta un coup d'œil par la fenêtre, le visage austère.

— En fait, j'aurais cru qu'une confiserie, ce serait bon pour vos affaires, hasarda Rosie pour plaisanter, mais cela ne le dérida pas.

— C'est une vraie honte.

— Euh, ce ne sont que des bonbons. Vous trouverez la même chose au *Spar*. Sauf qu'ils vendent aussi des tas de boissons pétillantes. Qui sont *bien* pires.

Roy Blaine la considéra, l'air de dire qu'il connaissait mieux qu'elle les maux du monde.

— C'est mal de vendre ce genre de choses. Vraiment mal.

— On encouragera une bonne hygiène dentaire, promit tout à coup Rosie. On mettra des pancartes pour rappeler aux enfants de se brosser les dents après avoir mangé un bonbon. Et on vendra de petites portions. Et des chewing-gums ! s'exclama-t-elle, avant de se rappeler que l'un des chapitres du livre de sa tante s'intitulait « Pourquoi les chewing-gums sont mortels ». Enfin, peut-être pas des chewing-gums. Mais on sera responsables !

En prononçant ces mots, elle réalisa qu'elle n'était pas censée rouvrir la boutique comme elle l'entendait ; elle devait simplement la préparer pour la vente.

— Tout le monde s'en fiche, poursuivit Roy Blaine avec une petite moue. Tout le monde se fiche que les enfants aient des dents pourries et meurent dans d'atroces souffrances. Tout ça, à cause des *bonbons*.

Il prononça le dernier mot d'un air dégoûté, comme si le simple fait de le prononcer lui arrachait la bouche.

Rosie le dévisagea.

— Désirez-vous que j'aille chercher ma tante ?

— Non. Oh non, non, ne faites pas ça. Non, répondit-il en reculant avant de s'éloigner dans la rue en bougonnant.

— Était-ce cet escroc de Roy Blaine ? l'interrogea Lilian, qui venait d'ouvrir sa porte avec difficulté, intriguée par cette agitation. Ce charlatan. C'est le pire dentiste de ce côté des Pennines. Non pas que j'en sache quelque chose, ajouta-t-elle fièrement. Je n'y suis jamais allée.

— Jamais… Lilian ! s'exclama Rosie, désespérée. Je lui ai dit qu'on encouragerait une bonne hygiène dentaire. Et qu'on vendrait peut-être des chewing-gums.

— Jamais de la vie, rétorqua Lilian avant de tourner les talons et de claquer la porte.

Rosie se rassit.

— Retourne te coucher, lui conseilla-t-elle d'une voix faible, mais sans grand espoir.

*

Suite à cela, Rosie se remit à son ménage avec colère. Elle n'était pas là pour se faire des ennemis et, franchement, comment pouvait-on s'emporter de la sorte contre une confiserie ? Elles ne feignaient pas de vendre des aliments sains. C'était un lieu où l'on venait se faire plaisir, avec enthousiasme et impatience, son argent de poche serré dans sa main. Elles ne prétendaient pas vendre du jus d'orange frais, qui s'avérait plein de conservateurs et de sucre, ni des plats préparés diététiques bourrés de saccharine et de sel. Elles vendaient, sans s'en cacher, des bonbons authentiques, emballés dans des sachets en papier rose et vert…

Tout à coup, Rosie réalisa qu'elle s'était laissé emporter et qu'elle parlait du magasin comme du sien. Elle ne savait même pas quels sachets elles utilisaient. Il y avait des sachets vert et rose chez Mme McCreadie, sur Blackthorne Road. Elle se demanda où les acheter en gros. Puis elle se dit de cesser de divaguer. Elle était juste là pour donner un coup de main. Pas longtemps. Pour installer sa grand-tante. À l'évidence, Lilian ne passerait plus jamais ses journées debout derrière un comptoir, mais elle avait manifestement toute sa tête ; si la confiserie pouvait couvrir ses frais et faire un peu de bénéfice, cela permettrait de payer les soins de Lilian et un gérant pour la boutique, et tout le monde serait content.

— Tu es bien pensive ! lança une voix rauque.

Elle releva la tête, plissa les yeux à cause du soleil et fut accueillie par un jeune homme au sourire amical, qui dévoilait des dents blanches et saines.

— C'est toi, la nièce de Lilian ? lui demanda-t-il d'une voix grave, qui rendait son accent encore plus prononcé.

Rosie se releva en hâte ; elle aurait aimé porter autre chose qu'un vieux pantalon pourri et une polaire, bon sang. Elle pourrait peut-être enlever la polaire. Mais elle se rappela que, dessous, elle portait son tee-shirt *Race for Life* tout passé, avec ses inscriptions contre le cancer du sein. Mieux valait éviter.

— Je m'appelle Jake, poursuivit-il en tendant une main puissante et calleuse.

Il avait des cheveux couleur paille, éclaircis par le soleil ; le visage hâlé, ce teint bruni des hommes qui travaillent la terre toute la journée, pas le bronzage de ceux qui restent allongés au bord d'une piscine, claquettes aux pieds. De petites rides faisaient ressortir ses yeux d'un bleu éclatant.

— Il y aurait un vélo à réparer, c'est ça ?

*

Rosie le regarda travailler à côté de l'abri de jardin. Il avait retourné le vélo et tenait la roue avant entre ses jambes pendant qu'il tripotait les vitesses. Elle se demanda si elle pouvait filer mettre une touche de rouge à lèvres.

— Est-ce que tu veux une tasse de thé ?
— Non, ça va, mon chou.

Sans que Rosie la voie arriver, Lilian apparut soudain à ses côtés.

— Tu profites de la vue ? lança sa tante en gloussant.
— Est-ce que tu l'as fait exprès ?
— Oui. Mais je pensais que tu te serais lavé les cheveux.
— Je sais, grommela Rosie au moment où Jake retournait la lourde machine comme si elle ne pesait rien, s'arrêtant une seconde pour passer un bras musclé dans son épaisse chevelure paille. Oh, tant pis, je suis sûre qu'il est odieux.
— Jake est un amour, répliqua Lilian avec fermeté. Il fait toute la... je veux dire, il m'aide *très occasionnellement* à faire la manutention des marchandises.
— Eh bien, dites donc, madame Hopkins, dit le jeune homme en relevant les yeux. Vous ne huilez jamais ce truc ou quoi ? Il est aussi raide qu'une échappatoire à sangliers.
— Qu'est-ce que ça veut dire ? s'enquit Rosie, mais Lilian lui fit signe de se taire.
— Merci beaucoup d'avoir trouvé le temps de venir, dit Lilian d'une voix douce que Rosie ne lui connaissait

pas. On te revaudra ça avec des bonbons à la menthe. Je sais que tu es très occupé.

— Ne m'en parlez pas, répondit-il en levant les yeux au ciel.

— Ça ne s'arrange pas ?

— C'est une… c'est une…

Il parut sur le point d'employer des mots durs. Puis, comme s'il se rappelait être en présence de deux dames, il se contint.

— Bref. Tiens. Il est comme neuf, dit-il en redressant le vélo et en le tenant par la selle.

*

1942

Des volutes de fumée flottaient dans la salle communale éclairée, ainsi qu'une odeur de parfum, où se mêlaient des relents de transpiration et d'alcool introduit de manière illicite ; l'endroit était noir de monde, des jeunes hommes et des jeunes filles qui riaient sottement. Les saisonniers étaient présents, ainsi que les land girls, *ces volontaires venues aider aux travaux agricoles pendant la guerre, que les filles du village fuyaient comme la peste, les considérant, à raison, comme des rivales pour les rares hommes encore disponibles. Lilian avait essayé de leur parler au magasin ; elle les trouvait fascinantes, avec leur assurance et leurs accents, mais elles préféraient aussi rester entre elles. Les soldats en permission étaient venus de tous les villages environnants. La douceur de la nuit et toutes ces personnes de passage surchauffaient l'atmosphère. En cherchant du regard ce garçon qu'elle mourait d'envie de voir, Lilian ressentait une grande excitation, mais elle avait aussi le sentiment rare d'être jeune et libre, et non pieds et poings liés – même si elle l'était, bien sûr, à de nombreux égards. Pour la première fois de sa vie, elle avait l'impression d'entrer dans cette salle sans connaître toutes les personnes présentes. Avec toute la confiance dont une jeune fille de dix-sept ans était capable, elle pensait vivre la soirée la plus importante de sa vie.*

Margaret ne savait plus où donner de la tête : ses yeux papillonnaient d'un garçon à l'autre, tandis qu'elles garaient leur bicyclette puis se faufilaient à l'intérieur. Le brouhaha était assourdissant. Sur l'estrade installée dans le fond de la salle, les membres du groupe transpiraient dans leur chemise bon marché pour suivre le rythme des danseurs, qui semblaient bien décidés à profiter au maximum de cette soirée ; comme s'ils ne pouvaient prévoir quand auraient lieu les prochaines réjouissances.

Lilian régla le prix modique de leur billet à la porte et laissa son gilet sur sa bicyclette. Sa robe n'était sans doute pas la plus à la mode, remarqua-t-elle, mais elle était légère, fraîche, dans l'air chaud et moite, et ses chaussures n'étaient peut-être pas d'élégants souliers à talons, mais elles étaient confortables. Si, bien sûr, on l'invitait à danser. Elle redoutait presque de balayer la pièce des yeux, de peur qu'il ne soit pas là, et garda donc la tête baissée en suivant Margaret jusqu'au stand de punch. S'attarder là était un bon moyen de commencer la soirée : elles avaient vue sur toute la salle. C'était toujours mieux que de se résigner, en tout cas, pour faire aussitôt tapisserie, à l'instar de Merry Foxington, qui souffrait d'une acné sévère : Lilian, impressionnée qu'elle soit venue, se promit d'aller la saluer plus tard.

Serrant nerveusement leur gobelet en papier, Margaret et Lilian échangèrent un sourire – elles ne pouvaient guère faire plus avec tout ce bruit –, puis regardèrent autour d'elles. Lipton n'était assurément pas habitué à ce genre de soirée. Les hommes en uniforme étaient assis, beaux comme tout, en compagnie de quelques filles. Ils riaient entre eux, jouaient aux durs ; racontaient des histoires de bravoure, de batailles contre dix hommes, et d'accrochages dans les airs ou en mer. Adossés au mur d'en face, les saisonniers les mesuraient du regard : les garçons trop jeunes pour s'engager ; les nomades, qui ne se battaient pour personne ; les fils d'agriculteurs trop importants pour partir à la guerre. Ils étaient brûlés par le soleil, ne portaient pas d'élégants uniformes, semblaient mal à l'aise. Aucune fille ne leur tournait autour. La soirée pourrait dégénérer, pressentit Lilian.

Sur la piste de danse, les robes des filles brillaient comme de la soie de parachute ; il n'y avait pas beaucoup de magasins dans les environs, mais elles avaient tiré le meilleur parti de ce qu'elles avaient à disposition. Bleu cyan, jaune pâle ; les filles tourbillonnaient dans leurs robes chatoyantes, au son du groupe de fermiers enthousiastes, qui jouaient du Glenn Miller du mieux possible avec une contrebasse, un banjo, un tambour, deux trompettes et un harmonica ; elles riaient aux éclats, avec exubérance, rejetaient en arrière leurs cheveux aux anglaises parfaites (constata Lilian, pleine d'amertume), tandis que les garçons gominés les faisaient virevolter sur la piste, se pavanant, en sueur, nerveux, eux aussi.

— Il faut qu'on se trouve un flirt, murmura Margaret, surexcitée. Ce soir. Je n'ai pas vu autant d'hommes depuis qu'on est allées au défilé.

Lilian ne répondit pas. Elle se moquait qu'il y ait beaucoup d'hommes. Elle n'avait pas envie qu'un marin de Scarborough la ravisse, ni qu'un officier de Harrogate s'encanaille avec elle. Il n'y avait qu'un garçon, aux cheveux châtains indisciplinés et aux yeux noisette rieurs, qui l'intéressait.

Soudain, elle l'aperçut de l'autre côté de la salle.

*

Rosie regarda Jake, le réparateur de vélos, et s'efforça de lui sourire. Elle ne voulait pas d'un vélo comme neuf. Elle ne voulait pas de vélo du tout.

— J'ai changé les pneus, huilé la chaîne, réparé les freins et remonté la selle... sans vouloir vous offenser, madame Hopkins.

— Tu ne m'offenses pas, répondit Lilian, assise sur une chaise longue. Je n'arrête pas de rapetisser : c'est grotesque. C'est le défaut de conception le plus affligeant. Parmi les très nombreux défauts de conception scandaleux qui accompagnent la vieillesse.

Elle secoua la tête.

— Mais je suis sûr que vous le laissez entre de bonnes mains, ajouta le jeune homme.

Cela, Rosie n'en était pas sûre du tout.

— Eh bien, merci, dit-elle, dans l'espoir que Jake se contente de poser le vélo contre l'abri et reste boire une tasse de thé.

Ensuite, quand elles auraient besoin du précieux lait de sa tante, elle se contenterait d'appeler un taxi.

Mais Jake restait planté là.

— Allez, en selle. Je n'ai pas toute la journée.

— Oh, mais je ne vais pas... dans un moment...

— Allez, il faut que je voie si la selle est à la bonne hauteur.

Il secoua le vélo, geste qui se voulait encourageant, manifestement.

Le cœur serré, Rosie s'approcha doucement. Cette bicyclette était énorme, elle pesait une tonne. La jeune femme colla timidement sa hanche contre la selle.

— Eh bien, ça a l'air *parfait*, s'écria-t-elle d'une voix joviale. Merci mille fois.

— Allez, ma belle, en selle.

Avec un soupir, Rosie leva une jambe, puis tenta d'enfourcher le vélo, comme si elle montait sur un cheval, consciente, pendant tout ce temps, que Jake l'observait. Une fois en selle, ses pieds effleurant à peine le sol, elle posa l'un d'eux sur une pédale, se persuadant intérieurement que le vélo, cela ne s'oubliait pas. À l'évidence, cet adage valait si l'on avait appris à en faire correctement au départ, mais quand même. Rosie prit une profonde inspiration, puis appuya sur la pédale.

À sa décharge, elle y arriva presque. Elle tangua, vacilla et faillit avancer, et elle aurait réussi, d'ailleurs, si elle était parvenue à poser son autre pied sur la seconde pédale avant de s'ébranler, au lieu d'agiter sa jambe droite dans tous les sens en essayant de la trouver.

En l'occurrence, elle passa par-dessus le guidon et fit un vol plané peu gracieux, se cognant l'épaule droite au passage, pour atterrir directement dans un massif de fleurs, sur le dos, le souffle court, fixant les minuscules nuages qui roulaient dans le ciel.

S'ensuivit un long silence.

— Un coup de main, peut-être ?

Le visage amical de Jake apparut au-dessus d'elle, mais, pour le moment, elle se sentait presque plus à l'aise allongée dans ce massif.

— D'accord, finit-elle par dire en se relevant, avant de se secouer comme un chien.

Son blouson en fausse fourrure ne résistait pas bien à la vie à la campagne. Elle jeta un regard contrit au massif.

— Je suis désolée pour tes jolies fleurs, s'excusa-t-elle, l'air triste, en bougeant son épaule pour vérifier si elle s'était blessée, mais c'était son amour-propre qui avait le plus souffert.

— Angie ne t'a pas appris à faire du vélo ! Mais qu'est-ce qu'elle avait dans la tête ? commenta Lilian avec une moue.

— Elle s'assurait avant tout qu'on ne passe pas sous les roues d'un énorme camion, rétorqua Rosie, consciente d'avoir les joues rouges et que ses cheveux s'échappaient du foulard à fleurs censé les retenir. Je vais juste aller appeler un taxi, marmonna-t-elle.

Jake et Lilian échangèrent un regard, avant d'éclater de rire.

— C'est ça, ma chérie, ironisa sa tante. Tu en trouveras un juste en face du grand magasin *Fortnum and Mason*, en face du restaurant *Le Caprice*, tout près de la National Gallery. Il y a une station. Et des licornes.

Jake eut un sourire hésitant, puis consulta sa montre.

— Écoute, poursuivit Lilian. Jake doit rentrer. Va faire un tour avec lui, il t'aidera.

Rosie leva les yeux au ciel, mais se laissa reconduire près du vélo, avec le sentiment que cette journée lui échappait. Cette fois, Jake tint patiemment l'arrière de la bicyclette, indifférent à ses protestations, puis la fit avancer un peu, et encore un peu, jusqu'à ce qu'elle tourne la tête et réalise qu'il l'avait lâchée. Elle avançait toute seule ! Cette sensation était grisante ; elle sentait le vent dans ses cheveux, comme elle commençait à accélérer.

— Doucement ! lui cria Jake.

Mais pourquoi n'avait-elle jamais eu envie de faire du vélo avant ? C'était génial ! Elle s'engagea avec assurance dans la venelle adjacente à la maison. Mais elle n'avait pas vu que cette dernière était pentue et le sol, en béton, et non plus en herbe, de sorte que le vélo allait très vite. En un rien de temps, elle se retrouva sur la route, incapable de s'arrêter.

Heureusement, aucune voiture ne passait à ce moment-là. Seul le jeune médecin de la veille, une grosse sacoche en cuir à la main, descendait la rue d'un pas déterminé. En le croisant, Rosie, qui fonçait à toute allure, affecta un sourire insouciant ; elle voulut le saluer d'un signe de la main, mais oscilla dangereusement, et l'inquiétude se lut sur le visage de Moray.

Comme elle le regardait toujours, elle ne se rendit pas compte que le vélo poursuivait sa course et qu'elle était sur le point de tomber dans une énorme ornière de l'autre côté de la route, à l'endroit où les pavés s'arrêtaient pour laisser place à la boue. Elle se déporta pour l'éviter, puis réussit à tourner dans un autre chemin, un sentier cabossé qui descendait la colline en direction d'un bâtiment nommé « La ferme Isitt » et longeait des champs remplis de vaches qui la regardèrent passer... Elle dévalait la pente de plus en plus vite, réalisa-t-elle soudain ; toujours plus vite. Elle lâcha les pédales, le vélo prenant inexorablement de la vitesse, les freins semblant ne servir à rien, jusqu'à ce qu'elle se retrouve face à une immense grange et à une ferme en pierres grises. Pendant ces quelques secondes, elle pensa à l'embarras d'Angie quand elle apprendrait que sa fille s'était tuée à vélo, en s'encastrant dans un mur, le deuxième jour de sa nouvelle vie, puis elle se demanda ce que dirait Gerard dans son éloge funèbre. Regretterait-il de ne pas avoir demandé sa main avant son départ ? Il était grand temps qu'elle rédige un testament, non pas qu'elle ait autre chose que des dettes à laisser, mais elle tenait à préciser, sans équivoque, que sa mère n'aurait droit à rien, après avoir insisté pour qu'elle s'installe dans ce trou uniquement pour s'y faire tuer.

Au dernier moment, son instinct de survie, stimulé par l'adrénaline, prit le dessus. Elle tourna le guidon à gauche pour contourner la maison, mais, horrifiée, fonça droit dans un petit potager parfaitement entretenu, aux rangs soignés de rutabagas et de pommes de terre. Après une nouvelle embardée, comme elle ralentissait enfin sur le sol plat, elle alla finir sa course derrière la grange, où elle parvint à effectuer un demi-cercle et à se laisser tomber lourdement sur le côté, pour atterrir, à bout de souffle, dans un gigantesque tas de paille, au beau milieu de la cour des Isitt.

Près de la maison, deux personnes âgées, une dame à l'air peu amène et un monsieur pesamment appuyé sur un déambulateur, la fixaient du regard. Ils avaient tous les deux la bouche grande ouverte. Rosie s'efforça de leur adresser un sourire poli, comme si ce genre de choses lui arrivait tous les jours. Mais elle avait mal à la tête, était un peu sonnée et avait pris un mauvais coup au coude, malgré la paille. Soudain, une irrésistible envie de pleurer la submergea. Elle puisa néanmoins dans ses toutes dernières réserves, s'arma de courage, esquissa un sourire douloureux et leur dit bonjour.

La femme ne lui sourit pas en retour.

— Mais qu'est-ce que vous fichez là, bon sang ? l'interrogea-t-elle, les bras croisés, en la regardant par terre.

Rosie était si lasse qu'elle s'apprêtait à répondre « Je suis du MI5[1], je viens vérifier qu'il n'y a pas de sniper », quand elle entendit un bruit de pas précipités le long de la grange, et une voiture qui s'arrêtait dans un crissement de pneus. Elle plissa les yeux, releva la tête et, soudain, cela la frappa : aussi gênée soit-elle, aussi échevelée, aussi indisposée soit-elle, soudain, elle n'eut plus du tout l'impression d'être une femme presque fiancée qui vivait en concubinage. Elle avait plutôt envie de minauder et de rire sottement. Car, là,

---

1. Service de renseignements responsable de la sécurité intérieure du Royaume-Uni.

au-dessus d'elle, l'air tous deux inquiets, hors d'haleine, elle vit Jake et Moray.

*

Rosie s'assit aussi doucement que possible, avant de vérifier si elle s'était cassé quelque chose. Elle pouvait s'attendre à avoir de gros bleus sur le haut des bras, partie de son corps qu'elle n'aimait déjà pas beaucoup en temps normal. Puis elle se rendit compte que quatre personnes et une vache étaient en train de la scruter.

— Euh, je voudrais un litre de crème, lança-t-elle d'une voix tremblante en ôtant un brin de paille de ses cheveux.

— Vous avez vu ce qu'elle a fait au potager de Pa ? s'écria la femme. Non, mais vous avez vu ?

L'homme ne paraissait pas aussi contrarié que son épouse. En réalité, il ne semblait pas du tout en colère. Il se gratta la tête.

— Je suis sincèrement désolée, dit Rosie. Le vélo… a dû avoir un problème mécanique.

Moray s'accroupit à côté d'elle.

— Eh bien, vous savez vous faire remarquer, marmonna-t-il en examinant ses yeux avec une lampe de poche d'un geste expert. Combien ai-je de doigts ? l'interrogea-t-il.

Elle réalisa alors qu'elle était un peu confuse, car elle ne se concentrait pas du tout sur ses doigts : elle se disait que ses yeux étaient d'une couleur très inhabituelle, un mélange de bleu et de vert, ce qui signifiait sans doute qu'elle avait une commotion.

— Euh, quatre, répondit-elle en reprenant ses esprits. Sans aucune hésitation.

— Êtes-vous sous l'influence de l'alcool ou de n'importe quelle autre substance ? poursuivit-il, un petit sourire amusé aux lèvres.

— Est-ce une proposition ? rétorqua-t-elle du tac au tac, avant de prendre sa tête entre ses mains, horrifiée. Pardon. Pardon. Ces deux derniers jours ont été éprouvants.

— Dois-je prendre cela pour un non ? s'enquit Moray en l'aidant à se relever.

— Malheureusement, oui, répondit-elle en s'époussetant, avant de sourire à Jake, qui attendait dans le coin, l'air anxieux. Tu es le pire prof de vélo au monde, lui dit-elle.

— Pourquoi est-ce que tu n'as pas freiné ? Non, attends, pourquoi est-ce que tu t'es jetée du haut d'une colline ? Tu n'es pas aux sports d'hiver.

— Mais je ne pouvais pas freiner ! J'aurais fait un soleil.

— Pour atterrir dans notre potager, lança Mme Isitt avec amertume. Oh non ! Impossible, vous l'avez déjà massacré.

— Je suis sincèrement désolée. Vraiment. Je viens d'arriver.

Mme Isitt émit un petit bruit sarcastique, qui lui dilata les narines, à tel point que Rosie se demanda si un cheval ne venait pas d'entrer dans la grange.

— Tant que je suis là, Peter, laissez-moi jeter un coup d'œil à votre hanche, dit Moray.

— Ça va, répondit Mme Isitt.

— Oui, mais j'aimerais quand même jeter un œil. Vite fait. Puisqu'on n'a pas d'autres victimes.

— À part le...

— Oui, oui, à part le potager.

Rosie, qui ne se remettait pas d'avoir répondu une telle ânerie à Moray, était toujours empourprée, mais Jake s'approcha d'elle.

— Est-ce que tu veux que j'aille te chercher la crème ? lui proposa-t-il gentiment.

— Je ne voudrais pas avoir à affronter Lilian si je reviens sans, approuva Rosie avec un sourire de gratitude.

Il la dirigea vers la porte de la grange.

— Tu as tout le fourrage à rentrer, l'avertit Mme Isitt avec mauvaise humeur quand il s'éloigna.

— Oui, madame Isitt, je m'occupe juste de ça avant.

Rosie l'accompagna sans discuter.

— Tu travailles pour eux ?

— Les temps sont durs, répliqua-t-il en haussant les épaules.

Elle comprit à son ton qu'il ne souhaitait pas en dire plus et le suivit en silence dans la laiterie, une grande salle en béton dépouillée.

— Ça sent bizarre.

— Toi aussi tu sens bizarre, pour une vache. Tu vas t'y habituer.

— Je ne crois pas.

— D'où est-ce que tu viens ?

— De Londres.

— Londres ! J'y suis allé !

— Et ça sentait quoi ?

— Très mauvais. La friture, les nouilles, la transpiration et les gaz d'échappement de ces gros bus rouges.

— Mouais. Et le café à emporter, la nourriture mexicaine, les produits capillaires bizarroïdes, les cigarettes, les bâtons d'encens, l'asphalte chaud…

— Oui, acquiesça sévèrement Jake. Pouah !

Rosie lui sourit, et le jeune homme prit deux bouteilles en plastique, puis se rendit près d'une grande cuve en métal argenté pour les remplir à la louche d'une crème épaisse, fraîchement barattée.

— C'est gratuit, aujourd'hui. Mais ramène ces bouteilles en plastique, sinon Mme Isitt m'étripera. Elle n'hésitera pas.

Rosie opina du chef.

— Mais comment est-ce que je vais remonter la colline ?

— Appuie sur la pédale, ma vieille, répondit-il en éclatant de rire.

— Ce n'est pas possible, protesta-t-elle gravement. Tu me fais marcher.

— D'accord, j'enverrai l'hélico.

— *Jacob !* lança une voix stridente à l'extérieur de la grange. Le fourrage ne va pas se rentrer tout seul !

— Il faut que j'y aille, l'informa Jake. Salut !

Et il laissa Rosie en plan, avec ses bouteilles d'un demi-litre remplies à ras bord de crème, un rien étourdie par cette vie à la campagne qu'elle pensait trouver si monotone.

*

Le vélo était indemne : quelqu'un l'avait ramassé pour le poser contre le mur de la grange. Il n'y avait plus personne dans la cour. Rosie lorgna la Land Rover garée devant la ferme austère, mais elle ne semblait pas avoir le choix. Elle posa ses bouteilles dans le vieux panier en osier à l'avant du vélo, puis entreprit de pousser le lourd engin sur le sentier boueux et escarpé.

Cela dura une éternité. À un moment, elle fut tentée d'essayer de se remettre en selle, mais elle commença aussitôt à vaciller dangereusement et à glisser dans la pente. Elle renonça donc et reprit sa marche avec difficulté. Monter la colline prenait beaucoup plus de temps que la descendre. Elle aurait pu admirer la vue, la belle mosaïque de prés de l'exploitation des Isitt, les vaches qui paissaient l'herbe verte des pâturages avant leur traite du soir, mais elle s'en moquait. Un tracteur labourait deux champs, l'un rouge, l'autre marron. C'était beau, songea-t-elle, mais elle poursuivit son ascension d'un pas lourd, le visage rouge, gênée, en colère. Tout ce qu'elle voulait, c'était une carte de transport ; une station de métro ; s'attabler dans un café. Croiser quelqu'un qui ne semblait pas déjà tout savoir à son sujet. Elle regarda vers le sommet. Encore des kilomètres. Bon sang. Elle mourait de chaud et de soif, était furieuse, lasse d'être la risée de tous, et…

Elle ne prêta pas attention à la Land Rover qui s'arrêta à côté d'elle, jusqu'à ce qu'elle entende un gros coup de klaxon.

— D'accord, d'accord, dit-elle en essayant d'extraire son vélo des ornières pleines de boue pour le mettre sur le bas-côté. Je me pousse ! Je me pousse ! C'est pas vrai !

Moray passa la tête à la fenêtre.

— Est-ce que je peux vous déposer quelque part ?

Rien n'aurait fait plus plaisir à Rosie que coucher cette vieille bécane sur le sentier et la laisser là, mais elle secoua la tête.

— J'ai cet énorme truc.

— Oui, euh, je vois ça. Mettez-le à l'arrière.

Effectivement, la Land Rover était presque aussi grosse qu'un camion. Rosie essaya donc de le rentrer avec désinvolture, mais la roue pivota et lui cogna le tibia. L'air sombre, grommelant, elle sortit ses bouteilles du panier pour les poser par terre, puis retourna le vélo pour le faire entrer.

— Dites-moi, êtes-vous toujours soit trempée jusqu'aux os, soit couverte de paille ? lança Moray quand elle se hissa sur le siège avant.

— Et vous, avez-vous toujours vécu dans un univers de pluie et de boue, alors que la révolution industrielle est passée par là et que tout le monde a évolué ? Regardez, ça se couvre à nouveau.

C'était vrai. Des nuages noirs menaçants venaient d'apparaître, comme sortis de nulle part.

— Comment est-ce qu'ils font ça, d'ailleurs ? se lamenta-t-elle.

Moray lui jeta un regard, comme ils continuaient de progresser en cahotant sur le sentier criblé de trous.

— Pourquoi êtes-vous ici ? lui demanda-t-il au bout d'un moment. Est-ce un genre d'alternative à la prison ?

— Oui. Enfin, j'ai l'impression. Ce n'est pas facile de s'installer dans un nouvel endroit.

— Non. Non, c'est vrai.

— Tout le monde pense que je suis une citadine qui n'y connaît rien à la campagne.

— Est-ce de la boue sur votre nez ?

— Peu importe, répondit-elle avec colère, cherchant à changer de sujet. Je rentre bientôt chez moi. Comment va la hanche de ce vieux monsieur ? l'interrogea-t-elle en repensant à la ferme. Il ne semblait pas en grande forme.

— Ça fait cinq semaines.

Elle plissa les yeux.

— Il devrait être plus mobile. Il l'est, mais il grimace de douleur, ça se voit.

Moray lui jeta un nouveau regard.

— Je suis d'accord. Je crois que cette vieille sorcière… hum, hum, sa femme, je veux dire… le force à faire des choses pour lesquelles il n'est pas encore prêt. Jake lui donne un coup de main, mais je crois qu'elle tire trop sur la corde. Un peu d'exercice, c'est bon…

— Bêcher un potager, par exemple…, dit Rosie avec regret.

— Hum… Mais je crois qu'elle le force à se déplacer à pied, et cela ne lui rend pas service.

— Non. Vous pourriez peut-être élaborer un plan ? Vous savez, avec des papiers qui ont l'air officiel et qui mentionnent le mot « assurance ». C'est toujours efficace. Et parlez-en à Jake, pour voir si M. Isitt pourrait donner *l'impression* de travailler sans avoir à faire de faux mouvements.

Moray haussa les sourcils.

— Ça pourrait marcher, commenta-t-il en s'arrêtant devant chez Lilian.

— Heu, merci de m'avoir déposée.

Elle descendit du véhicule, et Moray sortit d'un bond pour l'aider à récupérer son vélo.

— Merci. Maintenant, je vais le mettre dans le jardin, puis le brûler solennellement.

Cela fit sourire le médecin.

— En fait, si ça vous dit... il est toujours utile d'avoir l'avis d'une infirmière par ici. Nous avons une infirmière de proximité, mais elle fait un peu peur et elle est toujours à la recherche de choses à vacciner... Enfin, bref, si ça vous dit, vous pourriez m'accompagner pendant mes visites à domicile, demain. Je vous ferais visiter. Pour vous remercier de votre aide hier. Et de m'avoir permis d'examiner Peter Isitt. Il ne mettrait jamais les pieds au cabinet.

Rosie réfléchit à sa proposition.

— D'accord. Mais vais-je me retrouver trempée jusqu'aux os et recouverte de boue ?

— Normalement, non. Mais, puisque c'est vous, je ne serais pas étonné. Et on pourrait peut-être se tutoyer, non ?

*

— Qu'est-ce que c'est ? s'enquit Lilian en poussant sa soupe avec sa cuillère.

— Encore de la soupe de légumes, répondit Rosie avec fermeté. Avec plein de crème. Et mange du pain avec. Du bon pain.

— Je préférerais manger une glace, répliqua sa tante d'un air digne.

— Eh bien, ce n'est pas possible. Tu dois prendre des forces. Je pense qu'il faut qu'on se mette au travail à la boutique. Qu'on élabore un plan pour quand je rentrerai à Londres.

— Hum. Et quand est-ce qu'on commence ? Demain ?

— Tu ne commences rien du tout. Tu reprends des forces.

— Et toi ? Tu commences demain ?

— Euh, non, pas exactement. En fait, euh, le médecin m'a demandé de l'accompagner demain. Pour, euh, me faire visiter. Me montrer comme c'est joli par ici.

Lilian haussa aussitôt les sourcils.

— Ce freluquet. Hum.

— Quoi ? Ce n'est rien. Il se montre juste amical. Je ne l'intéresse pas. Il ne m'a vue que couverte de gadoue. Ce n'est que de la gentillesse, rien de plus. Et j'ai un petit ami.

— C'est ce que tu dis, oui.

Rosie préféra ignorer cette remarque.

— Tu vas te faire une réputation dans le village, lança Lilian en recouvrant son pain d'une bonne couche de beurre.

— Je crois que c'est déjà le cas.

— Je crois aussi, oui, répliqua Lilian d'un ton pincé.

Sur ce, elles se turent à nouveau.

Chapitre 7

En effet, il faut être bien malade pour considérer une pastille contre la toux comme une friandise.

*

— Rentre, si ça ne te plaît pas.
Rosie n'en croyait pas ses oreilles : Gerard avait de nouveau la gueule de bois. Il semblait renfrogné, n'était pas du tout lui-même. Elle l'avait appelé, juste pour se rassurer. Elle avait été si niaise la veille, quand Jake et Moray l'avaient aidée à se relever, une vraie ado ; elle n'en revenait pas et avait souhaité entendre l'homme qu'elle voulait vraiment, pour se rappeler sa vraie vie, qui ne se résumait pas à de la boue et de la bouse. Mais elle l'avait réveillé pendant son jour de congé, et il ne paraissait pas franchement ravi de l'entendre.

— Tu n'y es que depuis quelques jours.
Il donnait l'impression de penser qu'elle se lamentait sur son sort, alors que la vérité était tout autre : Rosie n'avait jamais vécu ailleurs qu'à Londres, et Gerard

non plus. Elle aurait tout aussi bien pu déménager à Tombouctou. Elle aurait aimé un peu plus de soutien de sa part.

— Alors... tu ne peux pas venir ce week-end ? l'interrogea-t-elle, détestant avoir l'air de le supplier.

Il poussa un soupir.

— Je vais voir, grogna-t-il, mourant d'envie de raccrocher pour se recoucher.

Après ce coup de fil, Rosie éprouva un profond sentiment de solitude. Avec Gerard, ils n'avaient jamais un mot plus haut que l'autre ; c'était du moins ce qu'elle croyait jusque-là. Il lui apparaissait désormais qu'en réalité ils ne s'écoutaient peut-être pas. Elle aurait aimé qu'il lui demande sa main, pour cesser de paniquer à cause de ce genre de choses. Se sentir en sécurité. En ce moment, elle avait l'impression de battre la campagne, couverte de boue, sans savoir ce qu'elle faisait. Elle n'avait même pas eu l'occasion de lui dire qu'elle passait la journée avec un beau médecin, pour le seconder dans sa tournée.

Confusément, elle se demanda si Moray considérait cela comme un genre de rendez-vous galant. Sûrement pas ? Même si, bien sûr, elle était arrivée seule au village et ne portait pas d'alliance... Elle devrait le détromper, juste au cas où. D'un autre côté, s'il disait la vérité, s'il ne s'agissait que d'une sortie professionnelle, elle mourrait de honte et cela mettrait fin à tout espoir d'amitié entre eux. Elle décida d'improviser. Et, au moins, de cesser de ressembler à un agneau ébouriffé.

Elle serait jolie, élégante, sympathique, mais ne serait ni aguicheuse ni désespérée. Dehors, la journée était belle, avec quelques nuages, mais, si le temps devenait pluvieux, salissant, elle était déterminée à rester dans la voiture. Pour avoir une discussion intéressante avec son nouvel ami. Qui se trouvait être un homme de belle taille, serein, au sourire plutôt coquin. Mais cela n'avait pas d'importance ; elle ne l'avait même pas remarqué, de toute façon. Elle poussa un soupir.

— Lilian, as-tu une planche à repasser ? cria-t-elle à sa tante depuis l'étage.

— Est-ce que tu vas encore avoir l'air débraillé ? demanda le ton impérieux.

Sa tante, malgré sa nouvelle alimentation molle, ne s'amollissait pas, constata Rosie.

— *Non !*

— Dans ce cas, ma chère, bien sûr que j'ai une planche à repasser. Mais sais-tu t'en servir, au moins ? répliqua Lilian, assise dans son fauteuil, sortant de sa rêverie.

*

1942

Il faisait plus chaud encore au milieu de la salle et, au début, parmi tous ces visages enjoués, enthousiastes, et ces yeux brillants, Lilian douta l'avoir vu. Margaret, sourire aux lèvres, saluait avec effusion de vagues connaissances, tout en sirotant son punch et en murmurant à l'oreille de son amie que, d'après elle, les saisonniers avaient brassé leur propre bière. Elle se demandait si elle devait essayer d'aller leur en chercher. Mais Lilian ne répondit pas. Elle resta figée, car, là, dans le fond de la pièce, elle venait d'apercevoir deux têtes, l'une châtaine et bouclée, l'autre blonde comme les blés, d'une couleur que Lilian détesterait à jamais. Elles n'étaient pas en train de danser, mais semblaient plongées en pleine conversation.

Elle serra son gobelet entre ses doigts, si fort que ses articulations blanchirent ; elle se sentit rougir, la poitrine, d'abord, puis le cou, jusqu'aux oreilles ; son corps entier était fiévreux. Tout le monde devait le remarquer, elle en était certaine. Le bruit et le tumulte autour d'elle lui apparurent soudain comme autant de cris d'oiseaux ; sa poitrine se serra, elle avait du mal à respirer. À ce moment précis, Henry Carr releva la tête et vit son visage affligé. Incapable de cerner la gent féminine, il se demanda si elle avait un problème. Puis, comme il lui lançait un grand sourire et qu'elle ne réagissait pas, il se demanda si cela pouvait être autre chose.

— Je sors une minute... pour respirer un peu, parvint-elle à souffler à Margaret, qui avait déjà gagné l'affection d'un jeune soldat, tout petit, avec une dentition à peu près similaire à la sienne.

— Ooh, est-ce que tu vas chercher de la bière ? l'interrogea Margaret. Pourras-tu nous en ramener, s'il te plaît ?

Le jeune homme lui adressa un sourire aimable, mais pas avant qu'Ida Delia ne les ait rejoints d'un pas déterminé.

— Lilian, est-ce que ça va ? s'enquit-elle. Tu es très rouge.

Sa voix dégoulinait de fausse sollicitude.

— Ce n'est pas à cause de Henry, si ?

Lilian comprit alors : Ida Delia avait jeté son dévolu sur Henry précisément parce qu'elle savait qu'il lui plaisait ; cela le rendait d'autant plus désirable à ses yeux. Et tout ce qu'Ida Delia voulait (à l'instar de sa jolie robe verte aux minuscules motifs d'oiseaux), Ida Delia l'obtenait.

— Je veux dire, tout va bien ? Parce que chaque fois que tu nous vois ensemble, tu sembles devenir toute chose !

Elle échappa un petit rire perlé, qui sonna comme un bris de verre.

— Henry ! Viens dire bonjour à Lilian.

Ida agita la main, comme si Henry était son dévoué serviteur, qui obéissait à tous ses caprices.

— Je sors juste prendre l'air, réussit à répéter Lilian d'une voix étranglée, ses yeux la piquant.

Henry, plein d'optimisme, lui fit un grand sourire.

— Une danse ? lui proposa-t-il.

Pile au même moment, le groupe brut de décoffrage entama un jitterbug au rythme endiablé.

— Oh non, je ne peux pas, répondit-elle, humiliée.

Elle l'avait attendu, espéré... Mais Ida Delia se tenait devant elle, embaumée du parfum qui venait de Paris, elle insistait sur ce point, sa chevelure blonde aux anglaises impeccables tombant parfaitement sur son front. Elle ne chercha pas à cacher le regard qu'elle jeta à Lilian quand Henry l'invita à danser.

— Oui, tu devrais danser avec lui, lança-t-elle d'un air supérieur. C'est un très bon danseur. Il pourrait t'apprendre un ou deux trucs.

Son ton était si possessif que Lilian eut aussitôt l'impression de se retrouver à l'école, quand tout le monde obéissait à Ida. Incapable de refuser, elle laissa Henry lui prendre la main et la conduire vers un coin moins encombré de la piste noire de monde. De jeunes soldats, le visage rouge, toujours vêtus de lourds pantalons de tweed, dansaient frénétiquement le jitterbug, essayant de flirter avec les femmes qui appréciaient de ne pas être en infériorité numérique, pour une fois.

Au lieu d'essayer tous les nouveaux pas inutiles, Henry se contenta de la prendre par la taille et de mener, en suivant le rythme avec agilité. Ida Delia avait raison : c'était un bon danseur. Elle se laissa guider et, peu à peu, sentit son corps se détendre.

Enhardi, Henry tenta de la faire tourner une ou deux fois ; elle rata la première pirouette, mais pas la seconde et, soudain, elle se laissa emporter par la musique ; ils suivaient la mesure et, alors que Henry la cambrait en arrière et qu'ils se regardaient en riant, elle oublia sa gêne, sans doute pour la première fois de sa vie. Elle se moquait qu'on les observe ; elle ne pensait à rien d'autre qu'à la personne qui la dévorait des yeux et la faisait tournoyer sur la piste, comme s'ils étaient au bal de Noël du manoir (où elle n'était jamais allée, bien sûr) et non dans la salle communale de Lipton, où se réunissaient les scouts et le country club, un samedi soir, entourés d'une tripotée de soldats en permission. Les ampoules nues au-dessus de sa tête, à l'éclairage cru, disparurent pour devenir des lustres scintillants ; les tasses en étain près du bol de punch se transformèrent en coupes emplies d'un vin exquis ; les murs lambrissés de bois s'ornèrent de tapisseries et d'épais rideaux en peluche ; sa robe terne et légère se changea en longue robe de soirée virevoltante. Et son partenaire était un prince, le plus beau, le plus gentil, le plus charmant des princes.

À la fin de la danse, leurs mains s'attardèrent l'une dans l'autre, refusant de se lâcher. Mais, bien sûr, Ida Delia fondit sur eux, telle une mère poule.

— Je l'avais bien dit, lança-t-elle à Lilian. Est-ce que ça t'a plu ? Je t'avais dit que c'était un bon danseur.

Puis elle glissa sa main sous le bras de Henry, comme si le jeune homme lui appartenait.

— Allez, maintenant, va me chercher un verre, lui murmura-t-elle.

Henry regarda Lilian du coin de l'œil. La jeune femme était désorientée. Après la danse qu'ils venaient de partager... il n'allait quand même pas laisser Ida Delia l'entraîner loin d'elle, si ?

*

Henry était désorienté, lui aussi. Cette fille n'arrêtait pas de le coller. Lui n'avait qu'une envie : danser encore avec Lilian. Or, quand il la regarda, elle recula, avec ce même visage inquiet. Pendant qu'ils dansaient, elle rayonnait ; elle avait plongé ses yeux dans les siens, et il avait ressenti... eh bien, il n'avait jamais ressenti cela auparavant. Mais elle semblait gênée à présent, mal à l'aise, comme si elle n'avait pas du tout envie d'être là, avec lui. Elle continua de reculer, approchant sans s'en rendre compte d'une table pleine de gobelets usagés et, soudain, la renversa.

Ida Delia partit dans un grand éclat de rire. D'un bond, Henry s'avança pour réparer les dégâts et faire taire les soldats assis à côté. Mais Lilian était horrifiée. Devant ce fiasco, elle tourna les talons et prit la fuite.

*

Dehors, dans le silence et la fraîcheur du soir, Lilian traversa le champ d'un pas décidé. Elle passa devant les couples déjà formés, inspirant profondément l'odeur du pâturin annuel et du chèvrefeuille, jusqu'à atteindre la barrière du fond. La musique du groupe s'évanouit derrière elle, la fumée quitta ses narines, et elle put entendre les agneaux appeler leur mère dans les collines. Elle agrippa la clôture, puis attendit que son pouls ralentisse. Pour la première fois de sa vie, elle se sentait vraiment idiote, d'une bêtise sans nom.

Ce bazar. Cette agitation. Il devait la prendre pour une cruche. Toute mièvre le temps d'une danse, pour mieux se ridiculiser après. Elle contempla les énormes étoiles suspendues dans le ciel au-dessus d'elle, se maudissant intérieurement, encore et encore. Puis, même si elle se haïssait pour cela, elle se retourna. Juste au cas où. Juste au cas où il l'aurait vue, aurait compris et l'aurait suivie. Comme David Niven l'aurait fait.

Il n'y avait personne. Pas même Margaret. Lilian, furieuse, essuya le rouge ridicule qu'elle s'était mis sur les joues, se jurant de ne jamais remettre les pieds à un bal, puis alla chercher son vélo.

Le temps que Henry calme tout le monde, finisse de nettoyer le sol et sorte dans le champ pour la trouver, elle avait déjà filé.

Rosie se présenta à l'inspection : elle avait lavé et lâché ses cheveux bruns et souples ; mis du mascara, mais aussi une touche de blush pour avoir le teint rose et frais que la campagne ne lui avait toujours pas donné ; et enfilé une jupe noire brodée, des collants opaques et un pull-over noir.

— Vous ne pourriez pas mettre un peu de couleurs, les filles d'aujourd'hui ? lança Lilian avec une moue. C'est beaucoup plus flatteur pour le teint. Regarde-moi !

C'était vrai : Lilian portait un haut lilas sous une robe chasuble d'un rose très pâle et de lourds bijoux en argent. Dans cette tenue, elle aurait dû ressembler à une fillette de quatre ans, mais non. Le rendu était ravissant.

— Tu es très élégante, la complimenta Rosie. Mais je ne suis pas sûre que ça m'irait.

— Oh ! s'offusqua Lilian, quand une voix chaleureuse les interrompit.

— Ohé ! s'écria-t-elle avant d'entrer sans frapper par la porte de derrière.

C'était Hetty.

— Ah, bien, vous êtes levées ! annonça-t-elle en regardant autour d'elle, l'air impatient, et en ôtant ses gants.

— Alors, à quel point a-t-il fait froid, la nuit dernière ? l'interrogea Lilian.

— Affreusement, répondit Hetty. Tu veux bien mettre l'eau à bouillir, s'il te plaît, ma poupée ?

Rosie, qui mit du temps à comprendre qu'elle s'adressait à elle, se rendit d'un bond dans la pièce voisine.

— Rosie a mis Roy en rogne, expliqua Lilian sur le ton de la conversation.

— Oh, bien. Je n'aime pas les dentistes, de toute façon. C'est une convention bourgeoise ridicule.

Rosie passa la tête à la porte. En effet, Hetty avait de longues dents jaunes, solides, exactement comme un cheval.

— Il n'y a pas de mal à se contenter des dents que nous a données le Bon Dieu. Quand est-ce que vous ouvrez la boutique ?

— Eh bien, notre Rosie a un rendez-vous aujourd'hui, elle ne peut pas travailler, lança Lilian avec malice.

— Ce n'est pas vrai, protesta la jeune femme, sentant ses joues devenir chaudes pendant qu'elle attendait que l'eau bouille. Et, au fait, tu ne boiras pas de thé, mais un bouillon de bœuf. Avec un sandwich au beurre de cacahuète et à la banane.

— Je ne mange pas ces trucs d'Américains. Ils ont mis trop de temps à entrer en guerre.

Rosie leva les yeux au ciel, sans prêter attention à ce qu'elle disait.

— C'est ce jeune Dr Moray, poursuivit Lilian. Il l'emmène faire un tour en voiture.

— Et tu as accepté ? l'interrogea Hetty, amusée.

— Oui ! s'emporta Rosie. Parce qu'on n'est pas en 1895 et que je n'ai plus quatorze ans. Alors mêlez-vous de vos affaires !

Hetty et Lilian échangèrent un nouveau regard.

— Non. À l'évidence, tu ne réagis pas du tout comme une gamine de quatorze ans, répliqua Hetty.

Rosie disparut dans la cuisine pour finir de préparer le thé.

— Bien sûr, tu sais pourquoi il l'a invitée ? ajouta Lilian, sa voix traversant facilement les épais murs en pierre du cottage.

— Oh oui, répondit Hetty de façon énigmatique. Oh ! Eh bien, je leur souhaite bonne chance. Mais... je sais que c'est ta nièce... mais. Vraiment. Je ne crois pas.

— De quoi est-ce que vous parlez ? demanda Rosie, les joues toutes roses, en posant le plateau.

Les deux femmes la dévisagèrent.

— Tiens, tu nous adresses à nouveau la parole ? dit Lilian.

— Oh, tu le sauras bien assez tôt, ajouta Hetty au moment où une voiture klaxonnait à l'extérieur.

— Dites-moi ! insista Rosie en coupant le sandwich de sa tante en petits morceaux.

Lilian ne cessait de se plaindre de la nourriture, mais engloutissait ses repas dès que Rosie avait le dos tourné.

— Eh bien, je me contenterai de te souhaiter bonne chance, répondit Hetty. Je me demande si tu peux réussir, là où tant d'autres ont échoué.

— Est-ce que tu comptes sortir dans cette tenue ? l'interrogea Lilian. Tu ne peux pas sortir comme ça.

Rosie venait d'enfiler un gilet ample.

— Oh, ma chérie, tu vas attraper la mort !

— Il fait beau dehors ! C'est l'été !

Hetty poussa un soupir.

— Tu ne comprendras donc jamais, hein ?

— Et je suis jolie comme ça.

Secouant la tête, Hetty attrapa son énorme imperméable, qui avait des rabats sur les épaules et la faisait ressembler à un gros Velociraptor rougeaud.

— Tiens, prends ça. J'ai celui de mon éleveur dans la voiture.

Rosie le fixa.

— Je ne peux pas mettre ça.

— Bien sûr que si, dit Lilian. D'ici onze heures, il va pleuvoir des cordes. Tu seras trempée.

— Il me faut vraiment un nouveau manteau, grommela Rosie.

— Oui, c'est vrai, acquiesça Hetty. Mais, d'ici là, celui-ci sera parfaitement adapté.

— *Non !* protesta la jeune femme, mais toute résistance était inutile.

Hetty la força à enfiler ce manteau gigantesque, qui sentait le foin et le chien, et Rosie aperçut son reflet dans le miroir accroché au-dessus de la cheminée : elle ressemblait à un pêcheur assassin.

— Je suis sûre que...

— Pas un mot ! lança Hetty d'une voix souveraine, qui ne souffrait aucune discussion.

Était-ce elle qui commandait, en réalité ? se demanda Rosie. La loi l'obligeait-elle à obéir à la lady du manoir ? Il faudrait qu'elle vérifie.

— Allez, file maintenant !

— Tu nous raconteras tout à ton retour ! conclut Lilian en pouffant.

La vieille dame trouvait manifestement la situation hilarante, et l'arrivée de Rosie aussi divertissante que la télévision par satellite.

*

Moray fixa la silhouette qui sortait du cottage avec le même sourire amusé aux lèvres. Rosie ne savait pas si elle trouvait cela charmant ou agaçant.

— Pardon, dit-il en s'appuyant contre sa Land Rover, les bras croisés.

Il portait une veste en tweed usée un tout petit peu trop grande pour lui, une chemise à carreaux et une cravate verte.

— Je cherchais la nouvelle, poursuivit-il. Toi, à l'évidence, tu es là depuis des générations.

— C'est bon. C'est la faute de lady Lipton.

— C'est son manteau ? Elle est vraiment reconnaissante qu'on ait sauvé Bran.

— Elle me l'a prêté. Est-ce que je peux l'enlever et le mettre à l'arrière ?

— Si tu veux. Mais il va se mettre à pleuvoir d'ici quarante minutes. Tu ferais mieux de le garder à portée de main.

— Mais il empeste.

— Vraiment ?

— Tu n'y connais vraiment rien à la campagne. Bien sûr qu'il sent mauvais ! Regarde ! dit-elle en sortant un brin de foin de sa poche, que Moray considéra.

— Oh, regarde : un ticket de métro.

— On n'a plus de ticket de métro depuis longtemps, rétorqua Rosie d'un air hautain.

— Ah oui ? Ils ont arrêté de vous faire payer pour vous entasser deux heures par jour dans des rames bondées, comme du bétail en route pour l'abattoir, le nez sous l'aisselle d'inconnus ?

Rosie ne considéra pas cette remarque digne d'une réponse.

— Alors, en quoi puis-je t'aider ?

— Eh bien, je me suis dit qu'une balade en voiture pourrait te plaire, répondit Moray avec précaution. Pour te faire visiter la ville et ses environs.

— Tu n'auras pas besoin de mon point de vue professionnel ? demanda Rosie en souriant. Qu'est-ce qui peut bien arriver dans le coin, de toute façon ? Des morsures de chèvre ?

Moray haussa les sourcils.

— Bref, débarrassons-nous d'abord des visites du matin.

Ils passèrent voir une femme très enceinte qui n'avait pas de voiture et qui voulut savoir si Rosie avait des enfants. Quand Rosie lui répondit que non, elle ne prêta plus attention à elle.

Puis ils se rendirent chez Anton Swinley, un chauffeur routier qui s'était blessé au dos dans un accident six ans plus tôt et qui ambitionnait depuis de devenir l'homme le plus gros de Grande-Bretagne. Il était loin d'avoir réussi, mais il avait plusieurs problèmes de santé, dont une mycose cutanée beaucoup plus facile à traiter à deux.

Moray regarda Rosie, un rien coupable.

— Je t'ai apporté un déjeuner, dit-il.

Rosie lui rendit son regard.

— J'espère que ce ne sont pas des couennes de porc frites, répondit-elle tout bas avant d'enfiler ses gants en plastique.

— Ooh, commença Anton d'une voix d'asthmatique.

À côté de son lit, un gros respirateur artificiel l'aidait à dormir.

— Vous allez rouvrir la confiserie ! J'adore la confiserie de Lilian. Des caramels au chocolat... des carrés de fudge...

— Hmm, émit Rosie en commençant à lui frotter la peau.

Accomplir des tâches ingrates ne la dérangeait pas – cela faisait partie de la vie. Un corps était un corps, et il fallait bien que quelqu'un s'en charge. En revanche, que le séduisant médecin, qui frottait lui aussi M. Swinley, la voie dans des circonstances aussi peu romantiques la chagrinait un peu. Elle n'était pas à la recherche d'un homme. Bien sûr que non, un homme adorable l'attendait à la maison. Un homme adorable, lui disait une petite voix dans sa tête qu'elle essayait d'ignorer, qui semblait faire la tournée des bars jusqu'à pas d'heure depuis son départ et qui avait commencé à aller dormir chez sa mère. Un homme adorable qui avait été enchanté d'emménager avec elle de façon à partager un emprunt immobilier impossible à obtenir seul, tout en se servant de leur appartement comme d'une base d'où sortir avec ses copains et… L'homme qu'elle aimait, se dit-elle. L'homme qu'elle aimait, dans l'appartement qu'elle aimait, la ville qu'elle aimait, où son avenir s'écrivait, tout tracé.

D'un autre côté, quoi qu'en disent Lilian et Hetty, savoir qu'un homme la trouve attirante, ait envie de lui proposer un rendez-vous, pourrait être agréable. Elle avait beau essayer de le nier, quand elle avait vu Moray le matin même, adossé à sa voiture, grand, beau et drôle, son cœur s'était arrêté une seconde. Juste une seconde. Comme pour montrer qu'il restait une lueur de vie en elle. Elle était prise ; pas morte.

De toute façon, cela importait peu. Si elle lui plaisait, il ne l'aurait sans doute pas emmenée chez un homme souffrant d'obésité morbide pour traiter une mycose lors de leur premier rendez-vous. Oui. Cela paraissait improbable. Elle était en couple depuis longtemps, mais les choses ne pouvaient pas avoir autant changé. Donc, pas de quoi s'inquiéter. Mais elle devrait essayer d'arrêter de le regarder, pour vérifier que ses yeux étaient vraiment de cette couleur inouïe, mélange de bleu et de vert.

— Est-ce que votre visiteur de santé vous a parlé du nombre de sucreries que vous pouvez manger ? se renseigna Rosie.

Anton et son épouse, une femme étonnamment menue, secouèrent tous deux la tête. Le fait qu'elle soit menue était moins surprenant que le fait qu'Anton ait une femme, songea Rosie. La pénurie d'hommes était peut-être plus grave qu'elle ne l'avait réalisé.

— Mon visiteur de quoi ? demanda-t-il.

— Quelqu'un qui pourrait discuter avec vous des conséquences de votre... heu... votre hygiène de vie sur votre santé, précisa-t-elle.

Anton et sa femme échangèrent un regard.

— Eh bien, on regarde les émissions de régime à la télé, avança timidement son épouse.

— Oui, ajouta Anton en hochant sa tête curieusement allongée par son triple menton. Oui, on les regarde. Toutes.

— Mais vous ne pensez pas à suivre leurs conseils ?

— Oh si, répondit Anton.

— Si, acquiesça son épouse. On va remplir les formulaires. Ils viennent et ils vous coupent les cheveux, ce genre de choses.

— Eh bien, même si vous ne passez pas dans l'une de ces émissions, je suis sûre que vous pouvez y trouver plein de conseils utiles.

— Oh, je passerai dans une émission, annonça Anton, tout fier. J'ai mangé quatre sandwichs au bacon ce matin. Quatre ! Ça devrait être bon.

Rosie jeta un regard à Moray, qui resta impassible.

— Mais si vous suiviez leurs conseils à propos des fruits et légumes et de l'exercice physique, vous n'auriez pas besoin de participer à l'émission ! Vous pourriez vous déplacer beaucoup plus librement !

Anton parut troublé. Il jeta un coup d'œil à sa femme avant de regarder à nouveau Rosie.

— Revendrez-vous des chocolats fourrés à la crème de violette quand vous rouvrirez ?

Rosie parut surprise.

— Je n'y avais pas pensé. Pensez-vous que la demande soit forte ? Ces chocolats sont un peu passés de mode aujourd'hui.

— Pas pour moi. Je les adore, n'est-ce pas, chérie ?

Sa femme sourit fièrement.

— Ceux à la violette sont les meilleurs, mais je ne suis pas difficile. J'aime aussi ceux au café, ceux à la framboise.

— Vous devez bien vous porter à Noël. De nombreuses personnes ne les aiment pas.

— Je sais, poursuivit Anton. C'est mon numéro préféré en soirée.

— Quoi ?

— Je peux vous dire à quoi sont les chocolats… sans les toucher !

— Ouah ! On pourrait peut-être vous faire venir au magasin pour le faire !

— Mmm.

— Non, je suis sérieuse... si vous réussissez à vous reprendre en main et à venir à pied, on organisera une démonstration, et les gens pourront parier contre vous. Ce sera génial.

Le regard d'Anton s'illumina.

— Ce serait génial, oui. Je pourrais les bousculer un peu, pour les encourager. En mélangeant un goût cacahuète et un goût raisin sec, par exemple.

— Ce qui serait une grossière erreur, commenta Rosie avec sérieux.

— Bon...

Moray se racla la gorge, puis, les soins terminés, tendit de grands pots d'émollient à la femme d'Anton, accompagnés d'instructions pour les utiliser.

— C'est la seule crème que je veux voir près de vous, dit-il avec insistance. Est-ce que ça vaut le coup que je vous donne ça pour le bain ? demanda-t-il en regardant d'un œil critique une grande bouteille de sels de bain blancs.

L'épouse secoua la tête.

— Moi dans une baignoire ? Je ne pourrais jamais ressortir ! Il faudrait appeler les pompiers !

Les deux époux se mirent à ricaner et gloussaient toujours quand Moray et Rosie sortirent de la maison, qui sentait bel et bien le bacon.

Moray s'engagea sur la route qui menait au sommet de la colline.

— Alors comme ça, on voit un patient qui mange tant qu'il risque d'en mourir et tu lui suggères de manger encore plus ?

— Je n'ai rien suggéré de tel. J'ai agité une carotte... Certes, une carotte recouverte de glaçage, mais n'empêche. Je l'ai tenté avec quelque chose qui implique qu'il sorte de chez lui. Et sortir de la maison est la première étape. Crois-moi. J'ai travaillé en bariatrie. J'ai vu des choses dont tu n'as pas idée.

Moray lui jeta un regard en coin.

— D'accord, tu pourrais peut-être être utile à l'occasion... quand je ne suis pas en train de te sortir d'un fossé.

Ça ne ressemblait pas beaucoup à un rendez-vous galant, songea Rosie. « Utile » n'était pas un terme que l'on employait pour parler de son rencard. On l'employait pour une agrafeuse. Non. Bien. Mieux valait oublier toute cette histoire.

— C'est difficile, expliqua Moray. Je ne peux pas hurler sur Anton. On le soutient, mais on ne peut pas faire la police. Trop manger n'est pas illégal.

— C'est ce qu'on se disait quand on nous ramenait les mêmes toxicomanes quatre fois par semaine. Bien sûr, les drogues sont illégales, elles, mais c'est le même principe. On fait ce qu'on peut et on passe à autre chose. On remet sur pied et on délègue.

— Es-tu sûre de vouloir ouvrir une confiserie ? Parce que tu ressembles toujours à une infirmière pour moi.

— As-tu idée du nombre de personnes qui entrent dans une confiserie couvertes de sang ? plaisanta-t-elle.

— Presque aucune ? avança Moray.

— Presque. Dont une petite partie de genoux écorchés. Quoi qu'il en soit, je n'ouvre pas une confiserie. Je vends une confiserie. C'est *très* différent.

— Puis tu iras retrouver les toxicomanes, les tickets de métro, le bazar et la foule, n'est-ce pas ?

— Londres est une ville merveilleuse.
— Mmm.

*

Ils poursuivirent leur ascension, la Land Rover adhérant bien à la route, franchissant sans effort les lacets et les fortes pentes. À présent que les nuages s'étaient dispersés, Rosie pouvait mieux apprécier le lieu où elle s'était échouée. Tout à coup, Moray s'arrêta au bord de la falaise. La route était déserte. À sa droite et derrière elle, Rosie voyait à des kilomètres à la ronde ; sur sa gauche se trouvait le sommet de la colline.

— Ça te dit de déjeuner ici ? lui proposa-t-il, et ils sortirent tous les deux de la voiture.

Elle ne pouvait le nier : la vue était imprenable. Il devait y avoir des gens en bas, en train de travailler, de labourer, de crier sur Jake, mais ici, en altitude, de pâles rayons de soleil perçaient le ciel gris ; ombres et lumière glissaient sur la vallée et les landes onduleuses, morcelées par d'antiques murets de pierre, évoquant un jeté en patchwork aux nuances délicates, les orange, les verts et les marron se fondant les uns dans les autres.

Il y avait des moutons un peu partout, mais Rosie n'entendait que le croassement d'un corbeau qui tournait dans le ciel ; elle avait l'impression de voir le paysage tel que le voyait cet oiseau, détaché des préoccupations humaines. Sauf que, là-bas, au loin, niché sous la prochaine chaîne de collines, telle une belle femme qui aurait revêtu un tee-shirt blanc tout simple par correction, pour ne pas éclipser les autres, se nichait un superbe manoir. Cette grande bâtisse carrée était encadrée de quatre tours, et des motifs complexes ornaient ses milliers de fenêtres. On se serait cru dans *Orgueil et Préjugés* ; M. Darcy n'allait pas tarder à arriver. Cet endroit était fabuleux.

Il apparut alors à Rosie que le paysage qu'elle contemplait, même s'il paraissait entièrement naturel, avait en réalité été façonné par l'homme : un lac avait été creusé, de façon à être visible de la maison ; un verger d'arbres fruitiers, planté ; et la terre, cultivée – des hectares et des hectares, qui, à n'en pas douter, appartenaient à ceux qui vivaient dans cet édifice ou y avaient vécu, autrefois. Ce domaine avait été conçu par l'homme, mais n'en était pas moins beau. On l'aurait dit tout droit sorti d'un conte de fées.

Assise sur un gros rocher, Rosie sentit tout le stress de la matinée et de sa nouvelle vie, temporaire, bizarre, à laquelle son compagnon ne semblait pas s'intéresser, s'envoler. Sans un mot, Moray sortit une bouteille d'eau et un paquet entouré de papier paraffiné. À l'intérieur se trouvaient d'épaisses tranches de pain blanc et croustillant, garnies de rosbif froid, d'une couche de moutarde, d'un peu de poivre noir et de rondelles de tomates salées.

— Je les ai achetés en ville, murmura-t-il.

Rosie le remercia, puis mordit dans son sandwich en admirant le panorama. Elle se sentit sereine, tout à coup ; elle avait trouvé la paix, un lieu où reposer son cœur. Cette sensation était agréable. Elle ne laisserait plus personne la décourager. Elle prit une photo avec son téléphone pour l'envoyer à Gerard. Pas de réseau. Bien sûr que non. Mais elle se rendit compte qu'elle trouvait cela bien.

— C'est parfait.

— Eh bien, on peut dire ce qu'on veut de Phyllis, mais elle fait de bons sandwichs.

— Non, je veux dire, ça... tout ça, corrigea Rosie en montrant les teintes de brun, de vert et de doré du monde qui s'étalait à ses pieds, avant de pointer son doigt vers le manoir. Est-ce... est-ce la maison de Hetty ?

— De lady Lipton, tu veux dire ? répondit Moray d'une voix amusée.

— Euh, oui. Je vais sans doute me remettre à l'appeler comme ça, maintenant que j'ai vu ça. Comment peut-on *vivre* là-dedans ? Il doit y avoir un millier de chambres. Il est impossible d'avoir le wifi partout, pour commencer.

Cela fit sourire Moray.

— Je crois qu'elle n'en occupe qu'une petite partie. Elle loue le reste pour des mariages et des tournages, ce genre de choses. Elle organise des journées portes ouvertes, de temps à autre. Pour les jardins, surtout. Elle est obligée, je crois. Ça doit coûter une fortune à entretenir. Elle est sans doute encore plus fauchée que toi.

— Je doute que ce soit possible, répondit Rosie avec un soupir.

— Quoi ?

— Oh, rien. Il faut juste... il faut juste que je m'organise pour vendre la boutique rapidement.

— Mais ce sera une bonne chose, non ?

— Oui. Oui, ce le sera, acquiesça-t-elle en considérant à nouveau le manoir. Ouah ! Est-ce qu'elle vit là toute seule ? Elle n'a pas de famille ?

S'ensuivit un long blanc.

Puis Moray changea de sujet.

— Au fait, est-ce que je peux te demander un service ? Pour mon prochain patient.

— Tiens donc ! s'exclama Rosie en s'essuyant les cuisses. Bon sang, ce sandwich était vraiment excellent.

— Mmm.

Pour la première fois, l'assurance naturelle de Moray sembla ébranlée ; il paraissait peu sûr de lui.

— Essaies-tu de me soudoyer avec un sandwich ?

— Mmm. Mon prochain patient. Il s'avère être un peu… récalcitrant.

— Qu'est-ce que tu veux dire ? Est-ce qu'il est armé ?

— Je ne crois pas, répondit Moray, avant de paraître inquiet, comme si cette possibilité ne l'avait jamais effleuré. J'espère que non. Mon Dieu. Non. Non, sûr et certain.

— Houla !

— C'est juste que… Il refuse tout traitement. On y est allés tous les trois, et il n'a voulu voir aucun de nous. Du coup, maintenant, on ne fait que l'agacer encore plus. Je me disais donc que… éventuellement… un nouveau visage pourrait faciliter un peu les choses.

— Qu'est-ce qu'il a ?

Moray faillit lui tendre un épais dossier, mais se ravisa.

— Je n'ai pas le droit de te le donner.

— Non. Raconte-moi juste.

— En fait, pourquoi tu ne me dirais pas ce que tu en penses ? Une fois que tu es à l'intérieur, préviens-le qu'on va jeter un coup d'œil, puis appelle-moi.

— Il n'y a pas de réseau ici.

— Non, *appelle*-moi : « MORAY ! » Tu sais, en criant.

La gorge de Rosie se serra.

— Je ne sais pas trop. Est-il violent ?

— Non ! se récria-t-il. Non, non, rien de ce genre. J'en suis sûr. Non. Non. Et puis, tu es très courageuse, je l'ai vu avec Bran.

— Est-ce que j'ai plus ou moins de chances de me faire mordre ?

— Tu n'en as que pour cinq minutes. Jusqu'à ce que je puisse passer la porte.

— Ou que je me fasse tirer dessus.

Moray la dévisagea.

— Promis, je ne te le demanderais pas si on n'était pas... un peu désespérés.

Sur ce, ils remontèrent en voiture.

Sur la crête de la colline, où le soleil disparut et où la température dans la voiture sembla aussitôt chuter de plusieurs degrés, serpentait un minuscule sentier. Mais qui pouvait bien avoir construit une maison ici ? se demanda Rosie. Elle avait remarqué que les fermes tendaient à être implantées dans les vallées, pour les protéger des vents cinglants qui balayaient la région pendant les longs mois d'hiver. À l'évidence, ce patient n'aimait pas avoir de voisins.

Ils roulèrent longtemps sur ce sentier très boisé, où les arbres masquaient la lumière. Rosie sentit l'excitation monter ; peut-être allait-elle tomber sur un autre bâtiment féérique, comme le grand manoir blanc qu'elle venait d'apercevoir. Ce tunnel végétal pouvait déboucher sur tout et n'importe quoi, lui semblait-il : un château fantastique, une imposante chute d'eau, une tige de haricot géante.

Au lieu de cela, quand la Land Rover ressortit dans un espace découvert, Rosie découvrit une route qui menait tout droit au bord de la falaise. Là-bas, perchée au sommet, et portant parfaitement bien son nom, se trouvait « Peak House ».

À première vue, Rosie se dit que cette demeure sortait bel et bien d'un conte de fées : c'était le château du géant. Cet édifice en pierre grise de la région avait un aspect menaçant, qui l'empêchait d'être beau. Il était un peu trop large, avec de nombreuses fenêtres à guillotine, sombres en cette fin d'après-midi, alors que le soleil se couchait déjà et qu'un vent froid s'était levé. En sortant de la voiture non chauffée, Rosie se promit d'acheter l'une de ces horribles parkas rembourrées. Elle ressemblerait à un pingouin qui se dandine, mais cela lui tiendrait chaud par tous les temps. Moray lui adressa un sourire reconnaissant.

— Toi, reste là, bien au chaud. Profites-en, dit-elle avant d'entreprendre la longue marche jusqu'à la maison.

— Fais-moi juste entrer, répondit-il. Use de ton charme exceptionnel. Je serai… euh… juste derrière toi.

Elle lui tira la langue, puis poursuivit son chemin d'un pas lourd. L'énorme porte d'entrée était loin ; autrefois rouge, sa peinture était passée. Le bâtiment entier paraissait quelque peu décrépit, en manque de soin et d'attention. Il y avait une vraie cloche à côté de la porte, à l'ancienne. Elle n'était quand même pas censée s'en servir, si ? Elle frappa timidement. Personne ne répondit. Ce monsieur pouvait être sourd, bien sûr. Nombre de ses patients âgés l'étaient.

— Il y a quelqu'un ? demanda-t-elle avec prudence, avant de répéter sa question, plus fort.

Pas de réponse. Elle n'avait pas le choix. Se mordant la lèvre, elle tira d'un coup sec sur la corde de la cloche. Son carillon retentit, assourdissant dans le silence de ces hautes collines.

Toujours pas de réponse. Rosie commença à s'inquiéter. Cela faisait partie du travail, bien sûr : parfois, des personnes âgées trop isolées, sans proches ou amis à proximité, s'endormaient dans leur fauteuil et ne se réveillaient pas. Les infirmières plus expérimentées qui venaient les former leur racontaient des histoires atroces – des corps collés au canapé, des états de décomposition avancée. Mais cela ne lui arriverait pas : Moray ne le permettrait pas. Sûrement pas. Elle jeta un coup d'œil en arrière, mais elle ne voyait presque plus la Land Rover, garée sous un arbre. Malgré tout, songea-t-elle en se retournant vers la grande demeure, les ombres s'allongeant sur la vallée, si cela devait se produire quelque part, ce serait bien ici...

Puis elle se reprocha d'être aussi ridicule, ce n'était qu'une vieille demeure sinistre, qui cachait peut-être un macchabée et qui n'avait pas de réseau téléphonique. Elle poussa la porte qui, sans surprise, n'était pas fermée à clé et grinça, comme si elle auditionnait pour un rôle dans un film d'horreur. La jeune femme poussa un soupir. Elle pouvait entendre son ami Mike lui dire : « C'est ça, Rosie, maintenant, descends à la cave. Et fais attention à la hache ! » Elle essaya de se raisonner. Mais la vue du couloir sombre devant elle, du parquet poussiéreux et des peintures de l'époque victorienne accrochées aux murs, n'apaisa en rien ses craintes. Elle renifla, non sans hésitation. Aucune odeur, à part celle de la poussière. Eh bien, c'était bon signe. Sauf si, bien sûr, le cadavre était déjà à l'état de squelette.

— Ressaisis-toi, se dit-elle à haute voix. HÉ HO ! IL Y A QUELQU'UN ?

Rien. Rosie fit un pas à l'intérieur. Elle sentait le sang lui marteler les tempes.

— IL Y A QUELQU'UN ?

La première porte sur sa droite révélait un grand salon. Deux fauteuils à haut dossier encadraient une cheminée vide. Des livres étaient posés sur une étagère, des photos, accrochées aux murs, mais, à part cela, la pièce ne semblait pas habitée.

Rosie ferma la porte et avança encore d'un pas dans le couloir, retenant un cri, avant de réaliser qu'elle venait d'apercevoir son propre reflet dans un grand miroir voilé.

— Bon sang.

C'était ridicule. Elle se dépêcha d'avancer, passant en vitesse devant l'escalier pour rejoindre l'arrière de la maison ; la cuisine était toujours la pièce la plus chaude, c'était là qu'elle avait le plus de chances de trouver quelqu'un... ou quelque chose.

D'une poussée, elle ouvrit la porte, qui alla se cogner contre le mur avec fracas, et vit la silhouette d'un homme, assis, immobile, dos à elle. Elle retint son souffle, puis poussa un cri de surprise, les yeux fixés sur cette forme, qui se retourna et poussa elle aussi un cri perçant.

— AAAAAH !

Ils se dévisagèrent une seconde, paralysés par la peur. Enfin, le cerveau de Rosie se réoxygéna, et elle comprit qu'elle se trouvait face à : a) une personne ; b) une personne bien vivante ; c) une personne plutôt jeune, et pas vraiment laide, s'avérait-il ; et d) une personne qui avait des écouteurs dans les oreilles.

Le temps que son cerveau intègre tout cela, l'homme, qui paraissait affolé, retira ses écouteurs.

— Mais vous êtes qui, vous ? lui demanda-t-il en hurlant. Et qu'est-ce que vous faites dans ma cuisine, bon sang ?

Chapitre 8

Toutes les confiseries ne naissent pas égales, mais nombre d'entre elles passent peut-être inaperçues sur les étagères, comparées aux spécimens de leur espèce plus tape-à-l'œil, tels que les berlingots qui, avec leurs rayures, font tout pour se faire remarquer, les têtes de diable et leur goût pimenté, ou encore les barres Wham.

Prenez les Refreshers, par exemple. Ils peuvent paraître anodins, vous pouvez les considérer comme un petit plaisir acidulé ou un lot de consolation quand vous n'avez pas les moyens de vous offrir un Toblerone. Mais les Refreshers sont, en soi, une œuvre d'art.

Admirez leurs couleurs : ce gris-bleu délicat ; ce rose poudré ; ce jaune citron et ce vert pâle. Émerveillez-vous devant les heures de travail et d'expérimentation requises pour trouver l'équilibre parfait entre la coque sucrée et le cœur fruité légèrement acidulé, toujours agréable au palais. Admirez l'élégant sachet à rayures et sa police de caractères Art déco, qui n'ont jamais eu besoin d'évoluer ni d'être améliorés depuis les années 1930.

La personne qui a imaginé une telle beauté, une telle merveille, source de joie pour tant de monde, mérite vraiment qu'on lui érige une statue.

*

Rosie était ébranlée, elle ne pouvait le nier. Elle lui lança un regard sévère, tel l'ours Paddington, mais cela n'eut aucun effet ; il la dévisageait toujours, l'air furieux.

— Oh, fit-il au bout d'un moment, d'une voix plus normale maintenant qu'il avait ôté ses écouteurs, ses yeux se posant sur son sac. Qui êtes-vous ? Une infirmière ?

— Je ne suis pas infirmière, répondit-elle en essayant de se reprendre.

Elle venait d'avoir une belle frayeur, après quelques jours très éprouvants, et elle maîtrisait mal ses émotions.

— Je suis ici pour donner un coup de main, poursuivit-elle. Et j'ai sonné à la porte pendant une demi-heure, si vous voulez tout savoir.

Il la fusilla du regard.

— Pourquoi n'avez-vous pas fait le tour ? l'interrogea-t-il en désignant une porte semi-vitrée dans le fond de la cuisine.

— Parce que je ne cherche pas de place de domestique. Je ne savais pas où se trouvait la porte de derrière.

Quoi, vous auriez préféré que je fasse tout le tour de votre maison en fouinant, c'est ça ?

Un ange passa.

— Vous êtes très revêche pour une infirmière, finit-il par dire.

— Je suis aide-soignante, le reprit-elle.

— Ah, d'accord, ça explique tout, lança-t-il d'un ton sarcastique.

— Et vous m'avez hurlé dessus, ajouta-t-elle légitimement, de son point de vue.

L'homme leva les yeux au ciel.

— Je me réserve le droit de hurler sur toute personne qui se matérialise dans ma cuisine. Vous avez eu de la chance que je ne vous jette pas un club de golf à la figure.

— Oui, c'est exactement ce que je ressens en ce moment. J'ai l'impression d'avoir beaucoup, beaucoup de chance.

Ils se dévisagèrent.

— Je vais aller chercher le médecin.

— Cet escroc ? Lâchez-moi la grappe.

Rosie haussa les sourcils, puis posa le sac de Moray sur la table immaculée de la cuisine. Elle l'avait apporté, juste au cas où.

— Bon. Voyons voir ça, Stephen... Est-ce que je peux vous appeler Stephen ?

— Au lieu de quoi... Patricia ?

Rosie l'observa. Il ne s'était pas levé de son fauteuil pour la saluer. Derrière lui, contre une cuisinière à bois où brûlait une belle flambée (il faisait nettement plus chaud dans cette pièce que dans le reste de la maison) était appuyée une canne. Il avait les épaules très larges et une grosse tête, couronnée d'une épaisse tignasse brune. Il fronçait les sourcils, mais, en suivant les rides sur son front, elle vit que ce n'était pas inhabituel. Ses yeux étaient d'un bleu étonnamment vif, qui contrastait avec la noirceur de ses cheveux. Il était assis bien droit, mais elle remarqua que sa jambe gauche était raide, écartée du reste de son corps.

— C'est donc votre jambe, dit-elle en sortant son tensiomètre.

— Bien vu, Sherlock. En fait, ça va. Ne vous en faites pas pour ça. Je n'ai plus besoin qu'on vienne me voir.

— Vraiment ? Qu'est-ce qui vous est arrivé ?

Stephen ricana.

— On voit que vous êtes nouvelle dans le coin.

— Pouvez-vous vous déplacer ?

— Oui, je suis prêt pour intégrer l'équipe olympique de gym. Franchement, ça va. Dites à cette andouille de Moray qu'il peut arrêter de venir me voir.

Rosie lui fit les gros yeux.

— Pourriez-vous me servir une tasse de thé, s'il vous plaît ?

— Non, répondit-il, avec une grande impolitesse.

— Dans ce cas, pourriez-vous me servir un verre d'eau ?

— Les verres sont dans le placard derrière vous.

Rosie le toisa. Avec un profond soupir, Stephen finit par s'extraire de son siège. Elle l'observa attentivement. Il avait les bras très musclés : la façon dont il se déplaçait ne faisait aucun doute, et ce n'était pas en se servant de ses jambes, dont l'une était beaucoup plus maigre que l'autre. Il se traîna jusqu'au placard.

— C'est bon, j'ai changé d'avis.

Il lui lança un regard noir, mais se laissa retomber dans son fauteuil avec un soulagement évident.

— Allez-vous me laisser jeter un coup d'œil ?
— Non.

Rosie griffonna rapidement quelque chose.

— Qu'est-ce que vous notez ?
— Eh bien, il faut que je dise à Moray de s'organiser pour quand ils vous amputeront.
— Qu'est-ce que vous racontez ? C'est bon. Ça va. Je vais bien.

Rosie posa son calepin en soupirant.

— Vous êtes loin d'aller bien. Vous ne voulez même pas me laisser examiner votre jambe, vous ne vous appuyez pas dessus, rien ne montre que vous faites vos exercices, et vous êtes manifestement déprimé.
— Je ne suis pas déprimé.

Trop rapide pour lui, Rosie lui chipa son iPod.

— Leonard Cohen ? *This Mortal Coil* ?
— C'est ce qu'on vous apprend en école d'infirmière ? À poser un diagnostic par la pop music ?

Rosie parcourut la pièce des yeux. La cuisine, au moins, était propre, ordonnée, et une odeur de toast s'attardait dans l'air.

— Qui vous prépare à manger ?
— Mme Laird passe, répondit Stephen avec un haussement d'épaules.

Rosie nota dans un coin de sa tête de se renseigner sur cette Mme Laird.

— Et elle trouve que vous allez bien, c'est ça ?

Cette idée ne semblait pas lui avoir déjà traversé l'esprit.

— Je suppose, oui. Elle ne prend pas la peine de me réveiller, en général.

— Et, à part ça, vous vivez tout seul ici ?

— Ça me plaît.

Rosie jeta un coup d'œil par l'immense fenêtre, qui, dans le jour déclinant, offrait une vue extraordinaire sur les vallées, jusqu'au manoir blanc en contrebas.

— Jolie vue.

— Hmm.

— Raison pour laquelle vous étiez tourné de l'autre côté quand je suis entrée.

— Écoutez, mademoiselle l'infirmière, je ne voudrais pas être impoli, mais est-ce que vous pourriez partir, maintenant ?

— Je vais au moins prendre votre tension. Car vous avez fait monter la mienne, ça, c'est sûr.

Elle fit le tour et saisit son bras gauche, qui était musculeux. Le brassard était presque trop petit. Elle le lui enfila maladroitement, stressée par son agressivité, consciente d'outrepasser son rôle. Stephen portait un ample pantalon en velours côtelé, à l'évidence trop grand. Il ne broncha pas, resta immobile comme une statue. Elle sentait sa présence, toute proche.

Elle vérifia l'écran : 90/60. Bas.

— Bon, ça va, dit-elle.

— Merci, madame l'infirmière.

— Est-ce que vous mangez bien ?

— Ça va.

— Vous faites votre kiné ?

— Oui, oui.

— Vous dormez bien ?

Pour la première fois, comme il ne répondait pas, elle sentit qu'il fendait l'armure. Sa voix, qui paraissait assurée jusque-là, voire agacée, se fit hésitante.

— Euh. Je...

Rosie attendit qu'il finisse. Quand il reprit la parole, sa voix était enrouée.

— Je ne dors pas du tout.

Elle le regarda, puis nota autre chose dans son calepin.

— C'est pour quoi, ça ?

— Vous verrez, répondit-elle en rangeant son matériel.

— Vous partez, maintenant ?

— Oui.

— Bien.

— Mais je vais revenir.

— Pas la peine.

— Eh bien, soit c'est moi qui reviens, soit c'est l'ambulance qui viendra, quand ils devront vous amputer la jambe car vous aurez manqué de soins.

Stephen planta ses yeux dans les siens.

— Madame l'infirmière...

— Rosie, le reprit-elle avec fermeté.

— *Rosie*. Vous ne savez pas de quoi vous parlez. Croyez-moi.

Sur ce, il reprit son iPod, puis cliqua dessus, encore et encore, refusant de croiser son regard, tel un ado renfrogné.

Rosie le scruta. Puis elle fouilla dans sa poche pour en sortir les bonbons au coca qu'elle avait apportés, au cas où elle tomberait sur des enfants réfractaires. Elle venait d'en rencontrer un, à l'évidence. Elle laissa le gros sachet à rayures roses sur la table.

*

Moray, nerveux, l'attendait près de la voiture.
— Est-ce que je peux entrer ?
— Euh, il ne vaut mieux pas.
— Mais tu es restée une éternité !
— Est-ce que tu croyais qu'il m'avait tiré dessus ?
— Non ! Mais tu as fait mieux que n'importe qui. Mieux que moi ; mieux que Hywel.
— Ça n'a pas servi à grand-chose. Mais sa tension est basse.
— Il t'a laissée prendre sa tension ?
— Désolée, je sais que je n'aurais pas dû.
— Non, non, pas de problème. C'est super.

Ils redescendirent la colline en silence, et Rosie réfléchit à ce qu'elle venait de voir. À l'évidence, ce Stephen Lakeman souffrait beaucoup : seuls vingt pour cent de ses souffrances étaient d'ordre physique, estimait-elle, mais le plus urgent était de faire examiner cette jambe.

Il ne pouvait pas vivre tout seul là-haut, si ? Qui pouvait vivre ainsi ? Où était sa famille ? Ses frères et sœurs ? Sa petite amie ?

— Que lui est-il arrivé ? demanda-t-elle tout haut.
— Va savoir. Il est revenu avec une jambe blessée, sans dossier médical, et en refusant catégoriquement de coopérer avec tous ceux qui étaient susceptibles de l'aider. Une histoire d'hôpital militaire.
— Et donc ?

— Si tu veux mon avis…, poursuivit Moray en tournant à nouveau dans la grand-rue. J'imagine que le pauvre bougre s'est fait sauter par accident et a trop honte pour en parler.

*

— Est-ce que ce sont des bruits de bisous que tu fais ? s'enquit Rosie, énervée. Tu n'y arrives pas très bien.
— J'ai mal aux dents, répondit Lilian avec mauvaise humeur.

Assise sur le canapé, elle était contrariée d'être réveillée au beau milieu de sa sieste. Dormir était son activité favorite, ces derniers temps. Dans ses rêves, elle avait toujours une santé de fer, tout allait bien. Au fond d'elle, elle savait que faire un petit somme l'après-midi l'empêcherait de dormir la nuit, mais elle ne pouvait s'en empêcher.

— Alors, comment s'est passé ton rendez-vous ? Est-ce que tu l'as convaincu de m'envoyer à l'asile psychiatrique ?

C'était plus fort qu'elle : elle trouvait cette fille intéressante. Déterminée et mal à l'aise, elle lui faisait penser à elle quand elle était jeune. Même si, bien sûr, Rosie n'était plus si jeune. N'empêche, il y avait quelque chose. Et elle n'appréciait pas beaucoup ce petit copain à Londres, qui n'avait pas pris la peine de la conduire en voiture ni d'appeler pour vérifier qu'elle était arrivée à bon port ; qui ne lui avait pas passé la bague au doigt ; qui ne lui avait même pas envoyé de carte postale. Elle ne l'appréciait pas du tout.

— Est-ce que tu veux aller à l'asile ?

— Toutes les maisons de retraite sont des asiles psychiatriques.

— Je suis sûre que certaines sont très bien. Et je suis sûre qu'elles ne servent pas toutes des sucettes pour le dîner.

— On pourrait croire qu'à la fin de sa vie on pourrait manger des bonbons, en profiter, sans qu'on nous enquiquine toutes les cinq minutes, grommela Lilian.

— Oui, oui, c'est ça. Maintenant, mange ta banane et ton miel. Comment peux-tu trouver que ce n'est pas assez sucré ?

Lilian lui tira la langue, telle une petite fille.

— Beurk. Je déteste les bonnes âmes.

— Je m'en remettrai.

— Sinon, comment s'est passée ta journée avec ce jeune homme ?

— Ce n'est pas du tout ce que tu crois.

— Ah non ?

— Eh bien, disons que ce n'était pas une catastrophe que je porte ce fichu manteau.

*

Cette nuit-là, allongée dans son lit, Rosie ne cessa d'y penser. Pour la première fois depuis son arrivée, quand tout était si étrange, si nouveau, elle ne tombait pas de fatigue, elle ne s'était pas endormie dès que sa tête avait touché l'oreiller. C'était comme si ce non-rencard avec Moray lui avait chamboulé la cervelle, car, maintenant, de façon ridicule, Stephen Lakeman occupait toutes ses pensées. Son comportement était-il typique des gens de la région ? Le mode de vie était plus traditionnel ici, les gens avaient peut-être plus de retenue. Il n'y avait qu'à voir Lilian. Si renfermée, si en colère. Elle avait visiblement été belle dans sa jeunesse, il était impossible qu'elle n'ait pas eu d'idylle, qu'elle n'ait pas connu l'amour. Mais y avait-elle déjà fait allusion ? Parlait-elle de sa vie, y pensait-elle même ? Jamais. Elle gardait tout en elle et avait jeté la clé depuis des décennies, et, si ce garçon ne se reprenait pas en main, il pourrait bien connaître le même sort.

Elle n'avait toujours pas de réseau. Elle pesta, avant de se rappeler qu'il y avait un téléphone à côté de son lit. Elle avait supposé que ce bel objet rétro n'était là que pour décorer, mais, en décrochant le combiné, elle entendit la tonalité.

Comment les gens faisaient-ils pour composer un numéro autrefois ? Il lui fallut trente bonnes minutes, ses doigts n'arrêtaient pas de glisser. Elle finit par y arriver et, enfin, entendit la sonnerie. Encore. Et encore.

Elle essaya un autre numéro.

— Allô ? dit Mike.

Elle comprit aussitôt qu'elle ne tombait pas bien. Elle entendait Giuseppe râler dans le fond.

— Ne lui dis pas que c'est moi, se dépêcha-t-elle de dire. Il me déteste.

Mike grogna.

— Il déteste tout le monde. Parce que tu te détestes toi-même ! *Perche mi odio !* cria-t-il en éloignant le combiné.

Le flot d'invectives continua, à peine étouffé.

— Euh, oui ?

— Ce n'est pas grave, dit Rosie à la hâte. Juste... est-ce que tu as vu Gerard ?

Il y eut un petit blanc. Giuseppe devait faire des gestes obscènes dans le dos de Mike, supposa-t-elle.

— Eh bien, oui, finit-il par répondre avec une certaine réticence.

— Oh. Et il avait l'air comment ?

— Tu tiens vraiment à le savoir ? lui demanda Mike, marchant sur des œufs.

— Oui, assura-t-elle, inquiète tout à coup. Qu'est-ce qui se passe ?

— Bon, d'accord. Mais je t'aurais prévenue.

— Quoi ?

— Il avait l'air..., commença son ami, pesant ses mots. Il avait l'air... repassé.

S'ensuivit un long blanc. Puis Rosie poussa un soupir.

— Oh.

— Je sais, dit Mike au moment où une porte claquait derrière lui. Je sais.

— Je ne peux pas... Je veux dire, je pensais vraiment...

— Je sais.

— Je n'en reviens pas qu'il soit retourné chez sa mère. Je viens juste de partir !

— Elle lui fait rentrer ses chemises dans son pantalon.

Ils se turent tous les deux. Mike, qui aimait beaucoup Rosie, ne voulait pas remuer le couteau dans la plaie en discutant de ça.

— Parfois, parfois je me dis que... s'il n'est pas capable de prendre soin de lui, il ne pourra jamais prendre soin de moi, si ? Ou...

Le silence perdura.

— Je suis sûr qu'il avait juste faim, avança Mike avec optimisme.

— Oui. De poissons panés et de haricots préparés juste comme il les aime, avec beaucoup de ketchup, devant la Formule 1. C'est n'importe quoi.

Mike commença à s'agiter.

— Écoute, je ferais mieux d'aller chercher Giuseppe... Tu le connais.

— Il est fou. Mais, au moins, il ne vit pas avec sa mère.

— Elle est encore pire. Haut les cœurs, ma belle.

*

Le lendemain matin, toujours aussi en colère, Rosie se mit à son ménage avec un enthousiasme qui aurait surpris Angie si elle avait été témoin de la scène : elle démonta les vitrines pour les laver, faisant disparaître toutes les taches, toutes les traces de doigts, jusqu'à ce qu'elles soient comme neuves, hormis quelques égratignures. Elle jeta des boîtes et des boîtes de bonbons dont la date de péremption était dépassée (en cachant les sacs-poubelle afin que Lilian ne les voie pas) : du toffee, une barre Marathon douteuse et des barres Wham potentiellement radioactives, mais, dans un élan de nostalgie, elle avala en vitesse un paquet de Spangles. Ce travail manuel astreignant, la radio en fond sonore, lui remonta un peu le moral, en réalité. Il faisait beau, chaud. Vers midi, elle envisageait de chercher où Moray avait acheté leurs sandwichs la veille quand elle entendit un bruit et se retourna. Un grand groupe de personnes remontait la rue, précédé d'une calèche tirée par des chevaux. Rosie s'essuya le visage, qui était un peu rose, puis se leva pour mieux voir.

C'était le cortège d'une noce : la plupart des invités se déplaçaient à pied, entourant la calèche et les chevaux. Une jeune fille était assise à l'intérieur, vêtue d'une élégante robe longue, qui évoquait une robe de cocktail des années 1930, ses beaux cheveux blonds tenus en arrière par de simples fleurs. Elle semblait très, très jeune aux yeux de Rosie ; une vingtaine d'années, le visage très maquillé, elle se mordait les lèvres avec une délectation teintée de nervosité. Elle était assise entre ses parents : son père, un haut-de-forme ridicule sur son crâne chauve, les avant-bras hâlés, le ventre peinant à rester dans son gilet de costume gris, le visage épanoui en un grand sourire ; et sa mère, tendue, en robe fuchsia. Deux petites demoiselles d'honneur étaient allongées sur le sol de la calèche, telles des fleurs blanches : elles remuaient leurs pieds chaussés de ballerines en l'air, toutes guillerettes, leur bouquet posé à côté d'elles. Personne ne leur disait rien. Derrière, Rosie la voyait à présent, suivait une élégante Rolls-Royce, qui roulait tout doucement et transportait les grands-parents et les invités les plus âgés. Autour d'eux, des gens heureux riaient : les autres demoiselles d'honneur, des adolescentes, mal à l'aise, en train de lisser leur robe ; des jeunes hommes affublés de cols rigides sur des cous brûlés par le soleil, les cheveux fraîchement coupés ; des grosses dames vêtues d'amples robes à fleurs ; de vieux messieurs, flasque à la main, et toute une ribambelle d'enfants – certains étaient de la noce, mais les autres s'étaient juste joints au cortège.

Les riverains sortaient de chez eux pour les regarder passer et leur témoigner leur sympathie, les voitures klaxonnaient, et les cloches de l'église à l'autre bout de la ville se mirent à sonner à toute volée. Lilian sortit elle aussi, avec lenteur et raideur, appuyée sur une canne. Voir cette canne fit plaisir à Rosie. Accepter qu'elle eût besoin d'aide était le plus gros problème de Lilian, et de loin.

— Regarde ça, dit Rosie.

Lilian observa le cortège, mais ses yeux noirs étaient embués, perdus dans le vague.

— Oh oui, le mariage. C'est surfait. C'est une perte de temps, en général.

— Que veux-tu dire ?

— Rien, s'agaça-t-elle. C'est une perte de temps, c'est tout. Pour tout le monde.

*

1943

Tous les garçons finirent par être appelés sous les drapeaux ; tous, sauf les fils aînés, à qui reviendraient les terres. Ils devaient rester, souvent contre leur gré, pour gérer les land girls, *les ouvriers agricoles plus âgés et les itinérants. Mais tous les autres ou presque étaient partis, un par un, foyer après foyer.*

Margaret était partie elle aussi, à Derby, pour fabriquer des munitions dans une usine ; obsédée par les garçons, elle était folle de joie à l'idée de loger avec d'autres filles et de quitter enfin le domicile familial où, étant l'aînée d'une fratrie de six enfants, elle avait rarement une minute à elle.

— Tu devrais venir, avait-elle supplié Lilian. Tu dois venir ! Tu sais, des groupes jouent tous les soirs de la semaine, et les soldats de la Royal Air Force sont tout le temps là. Il y aura des fêtes, des bals, et on gagnera notre propre argent.

Lilian était tentée, mais ne pouvait l'admettre. La moisson étant finie, le village semblait s'être arrêté, et être devenu plus petit, plus calme, à mesure que les saisonniers reprenaient la route et que les hommes partaient à la guerre. Elle se sentait très seule et, à dix-sept ans, pansait son cœur brisé.

Elle avait vu Henry et Ida ensemble, bien sûr. Les choses étaient ainsi à présent, apparemment ; cette fille ne le lâchait pas d'une semelle. Quand elle l'avait croisé, elle avait affiché un grand sourire, et il avait eu l'air troublé, puis s'était laissé embarquer de force. Il ne venait plus acheter de bonbons au magasin, ne la taquinait plus sur ses cheveux en bataille et ses taches de rousseur, qu'elle détestait : cela lui manquait. N'empêche. C'était du passé. Elle travaillait dur, veillait tard le soir, penchée sur les comptes ; elle organisait les tickets de rationnement, pesait, calculait, souriait toute la journée aux enfants qui comptaient leurs pièces collantes, donnant à l'occasion une petite tape sur les mains sales et malicieuses qui osaient s'approcher des tablettes de nougatine aux cacahuètes rangées sur l'étagère du bas, invitant à la tentation.

Oui, elle était tentée. Elle ne voulait pas passer une année de plus ainsi, sans amis en ville, sans activités, sans bals ni fêtes. Sans rien, en réalité. Et ses frères lui *avaient tant vanté les plaisirs de la grande ville. Elle avait donc répondu à Margaret qu'elle y réfléchirait, ce que son amie avait aussitôt pris pour un oui, se mettant à tout planifier : elles habiteraient ensemble, elle lui trouverait un emploi dans la même usine qu'elle. Et Lilian, avec la résilience de la jeunesse, s'était dit qu'elle avait encore quelque chose à espérer, après tout.*

C'était avant l'arrivée du télégramme.

Son père n'était pas un héros, mais cela n'avait pas vraiment d'importance ; il s'était toujours montré si fort, il n'avait pas craqué, ne s'était pas effondré à la mort de leur mère, quand il s'était retrouvé à devoir élever seul une fille et trois garçons, ni au début de la guerre, même s'il ne manquait pas d'être inquiet : il se rappelait la dernière. L'angoisse de savoir ses fils au front, la boutique qui couvrait à peine ses frais – Terence père y faisait face avec un sourire, une mauvaise blague et une cigarette, avant de vaquer à ses occupations.

Mais pas aujourd'hui. Quand Tom, le radiotélégraphiste du bureau de poste, traversait le village à bicyclette, tout le monde ou presque détournait les yeux, attendant qu'il passe avant de regarder dans quelle direction il allait ; poussant un soupir de soulagement quand il ne tournait pas dans leur route ou leur chemin. Tom détestait son travail au plus haut point ; dès qu'il aurait dix-sept ans et pourrait passer la visite médicale, il rejoindrait l'armée de l'air et deviendrait pilote, sa décision était prise.

Lilian, occupée à chercher sur les étagères du haut une boîte de pâtes de fruits qu'un jeune homme en permission comptait offrir à sa bien-aimée, ne l'avait même pas vu s'arrêter à côté. Tout le monde, songeat-elle ce matin-là, toujours accaparée par ses problèmes personnels, tout le monde avait un amoureux, sauf elle. Et elle n'en aurait jamais, à moins de quitter ce village.

À l'heure du déjeuner, elle fit un saut à la maison pour manger avec son père et, étrangement, le trouva assis à la table de la cuisine. Il ne bougeait pas, ne fumait pas : cela ne lui ressemblait pas du tout. Il ne tourna même pas la tête à son entrée.

— Papa ?

Il ne répondit pas.

— Papa ? Papa ?

Une peur froide l'étreignit tout à coup, et elle se sentit mal, encore plus mal que lorsqu'elle avait vu Henry avec Ida Delia au bal. Bien plus mal, réalisat-elle.

Elle l'aperçut aussitôt, sans vraiment comprendre sa signification – l'enveloppe déchirée, la feuille dactylographiée. Se sentant défaillir, elle prit une profonde inspiration puis, consciente de chanceler, s'agrippa au dossier d'une chaise et s'assit, hébétée, les yeux flous.

— Papa ? répéta-t-elle, mais il ne l'entendait toujours pas.

Ne restait plus qu'à savoir une chose : lequel ? Or elle n'eut même pas besoin de lire le télégramme. Elle savait. Ce ne serait pas Terence junior, aussi solide et sérieux que leur père, responsable, mûr, réfléchi. Et ce ne serait pas Gordon non plus, le plus jeune, une vraie canaille, un fauteur de troubles, qui se sortait toujours des situations les plus délicates avec un sourire radieux, une pirouette et, en général, quelques articles de contrebande. Aucun Allemand vivant ne pouvait l'emporter sur lui.

— Ned, dit-elle, sûre d'elle.

Le gentil Ned, doux et rêveur, de loin le plus beau et le plus indolent des trois, le chouchou des professeurs comme des filles, un rien nonchalant, mais avec un sourire et un mot gentil pour tous. Cela ne pouvait être que Ned.

Et, effectivement, c'était lui. Tué par l'explosion d'une mine sur une route. Ils apprendraient plus tard par un homme de son peloton qu'il s'était arrêté cueillir des pommes pour ses camarades. Cela lui ressemblait tant. C'était tout lui.

Il y eut un avant et un après ce télégramme pour Lilian.

Qu'elle ait pu se soucier de l'avis d'une autre fille, que de telles futilités aient pu la peiner ou lui paraître importantes, ne serait-ce qu'un instant, l'étonnerait toujours. Plus jamais elle ne se préoccuperait de ce que pensaient les autres, de ce qu'ils voyaient. Car, quand on connaissait la réalité de la vie, quand la peine, la tragédie vous frappaient, on s'élevait au-dessus de ces petitesses, et personne ne pouvait vous dire comment agir ; pas vraiment. Parce que tout le monde pouvait partir, tout le monde pouvait mourir, n'importe quand. Peu importait que l'on soit bon, courageux, honnête, gentil. Parce que Ned avait toutes ces qualités, mais cela ne l'avait pas sauvé pour autant.

— Papa, répéta-t-elle à nouveau, ahurie, avant de se jeter au sol et d'étreindre ses jambes, comme elle le faisait enfant.

Et, comme il le faisait alors, sans un mot, il posa une main sur ses cheveux et lui caressa la tête, tandis qu'elle mouillait son pantalon de ses larmes ; il la lui caressa longuement, son esprit embrouillé tournant en boucle, essayant d'appréhender, d'intégrer cette information : il avait perdu son fils chéri, il ne reviendrait jamais à la maison.

Lilian et son père ne reparlèrent jamais de son installation en ville. En revanche, ni Terence, qui, après la guerre, tira profit des avantages réservés aux soldats pour retourner à l'université et devenir un comptable accompli, ni Gordon, qui s'installa à Londres et se livra à divers trafics avant d'engendrer quatre enfants, dont sa chère Angela, la cadette, ne purent jamais revenir vivre à Lipton, où tout leur rappelait ce frère qui n'était jamais rentré.

*

Lilian sembla revenir à elle.

— Oh, ça, dit-elle. C'est la fille de Blowan, un agriculteur. Elle s'est mise à fréquenter un Rom. Au départ, son père ne voyait pas ça d'un très bon œil, mais ça lui est passé, apparemment.

Fascinée, Rosie regarda l'une des enfants courir vers la calèche, une énorme couronne d'épis tressés dans les mains. On fit arrêter les chevaux pour que la mariée, reine d'un jour, s'en empare avec gratitude, et la tende à sa mère, qui la posa délicatement. La petite fille la salua presque d'une révérence, avant de regagner le bas-côté, où la félicita sa propre maman.

— Un mariage estival, reprit Lilian avec un sourire.

— Elle paraît un peu jeune pour se marier, commenta Rosie en s'efforçant de cacher son amertume.

Observer cette scène, sous ce ciel bleu... Elle aimerait un tel mariage. Lilian lui jeta un regard en coin.

— Et toi ? l'interrogea-t-elle. Est-ce que vous comptez vous marier, avec ton jules ?

— Heu, on est bien comme ça, je crois.

— Vraiment ?

— Oui. Quand je ne suis pas ici en train de m'occuper d'invalides...

— Hé !

— On passe de bons moments. Ne pas être mariés... nous permet de garder notre liberté.

— Ah oui ? Pour quoi faire ?

— Qu'est-ce que tu veux dire ?

— Que faites-vous de toute cette liberté ?

— Eh bien, on va au pub, répondit Rosie, un rien mal à l'aise. Et, tu sais. On sort. On va au cinéma.

Ils n'allaient presque jamais au cinéma, en réalité. Gerard trouvait la plupart des films récents nuls, et il avait raison ; quant à Rosie, elle n'aimait pas que les ados discutent, envoient des textos et se lancent du popcorn pendant la projection, ce qui semblait autorisé de nos jours et la faisait se sentir très vieille.

— Mais, en général, on aime surtout rester à la maison tous les deux, poursuivit-elle, se disant une nouvelle fois que Gerard ne semblait pas aimer rester à la maison ces temps-ci, puisqu'il était reparti aussi sec chez sa mère et faisait la bringue tous les soirs. Tu le rencontreras bientôt. Tu vas l'apprécier.

Elle l'espérait, en tout cas. Lilian ne semblait pas apprécier grand monde.

— Hmm. Enfin, bref. Elle a vingt-deux ans.
— *Quoi ?* Ouah.
— Et toi, quel âge as-tu ?
— Tr… Euh, qu'est-ce que ça peut faire ?
— Rien du tout, répondit sereinement Lilian. Rien du tout.
— Vingt-deux ans, c'est bien trop jeune pour se marier. C'est ridicule.

Essayer d'expliquer cela à sa tante était inutile, songea Rosie. Elle ne connaissait rien à ce genre de choses, après tout.

— Bonne chance ! cria-t-elle à la mariée qui passait devant elle.

De nombreux enfants l'observèrent avec une curiosité non dissimulée. Ils ne croisaient pas souvent d'inconnus à Lipton, à l'évidence, et encore moins des inconnus qui traficotaient dans une confiserie.

Rosie retourna vite dans la boutique pour attraper une boîte de bonbons non périmés, mais un peu amochés. Puis elle ressortit en courant pour en lancer des poignées dans la foule, et regarda les gens rire pendant que les enfants se ruaient sur eux, plongeant au sol, des cris de joie fendant l'air.

— Merci, articula silencieusement la mariée au moment où la calèche se remettait en route, et Rosie ne put s'empêcher de lui retourner son sourire.

Lilian lui fit les gros yeux, mais elle refusa d'y prêter attention.

— C'est du marketing, lui expliqua-t-elle dans un murmure, avant de s'écrier, pleine d'entrain : Nous rouvrons bientôt !

Le cortège poursuivit son chemin. Rosie les regarda s'éloigner, perdue dans ses pensées, jusqu'à ce qu'elle prenne conscience d'une présence à ses côtés, qui lui arrivait à la taille. Quand elle baissa les yeux, elle tomba sur un visage très sérieux avec une coupe de cheveux démodée et des lunettes à monture en acier.

— Je crois que vous devriez le savoir, dit le garçonnet. Je n'ai pas eu de bonbons.

— Eh bien, c'est que tu n'as pas été assez rapide, répliqua Lilian. Tu feras mieux la prochaine fois.

Le petit et Rosie échangèrent un regard.

— Je ne peux pas me pencher, sinon je risque de faire tomber mes lunettes, expliqua-t-il avec soin. Enfin, maman pense que je les fais tomber. Mais en fait, parfois, on les fait tomber. Exprès. Des méchants garçons.

— C'est horrible, répondit Rosie avec sincérité.

— Oui, fit-il, l'air d'accepter qu'il existe des personnes malintentionnées en ce monde. Oui, c'est horrible.

— Eh bien, voilà un bonbon pour toi. Est-ce que tu as des frères et sœurs ?

Le petit secoua la tête.

— Oh, c'est dommage. Alors, est-ce que tu en veux un autre pour le donner à un ami ?

— Mon ami n'a pas le droit de manger de bonbons.

— Je vois.

Rosie, qui croyait savoir de quel genre d'ami il parlait, s'accroupit.

— Est-ce que tu voudrais manger le sien ? lui murmura-t-elle à l'oreille.

Les yeux déjà écarquillés du garçon s'agrandirent encore.

— Mais je ne veux pas que le dentiste vienne me chercher.

— D'accord, prends juste celui-là, alors.

— Oui, répondit-il avec hésitation. Je crois que ce serait mieux. Merci beaucoup de m'avoir reçu. Au revoir.

Sur ce, il s'éloigna en trottinant sur la route.

— Quel étrange petit bonhomme, commenta Rosie.

— C'est le fils d'un universitaire et de sa femme baba cool, expliqua Lilian avec dédain. Ils le couvent tant qu'ils l'empêchent de vivre, les idiots. Il en bave.

— C'est terrible, désapprouva Rosie avec compassion. Je l'aime bien. Comment s'appelle-t-il ?

— Edison. Et surtout pas Ed : as-tu déjà entendu une chose aussi absurde ?

— J'aime bien, moi.

— Tu fais le grand ménage, hein ? lança Lilian en regardant à l'intérieur de la boutique par-dessus son épaule.

Son ton était moins revêche, moins sarcastique, que d'habitude.

— Oui, répondit Rosie, toute fière.

Elle n'avait pas chômé.

— Et je vais me mettre à l'inventaire.

— C'est-à-dire ? dit Lilian en prenant distraitement une boîte de bonbons avant de tourner les talons pour rentrer chez elle.

— C'est... ce n'est pas grave. Et il va falloir que je voie tes comptes ! cria-t-elle à la silhouette qui s'éloignait avec élégance et qui lui répondit d'un simple geste de sa main osseuse.

*

Quelques heures plus tard, Lilian piquait à nouveau un petit somme, et le magasin était propre comme un sou neuf. Le soleil inondait la pièce à travers les fenêtres à meneaux immaculées, et Rosie regarda autour d'elle d'un air satisfait. Puis elle consulta sa montre : il n'était que quinze heures. Que faire maintenant ? Avec un soupir, elle se dit qu'elle ferait mieux de sortir pour explorer les environs.

Il ne pleuvrait pas, décréta-t-elle. Son blouson était parfaitement inutile, et le vieux cache-poussière de Hetty resterait là, sur la patère, jusqu'à ce qu'elle vienne le chercher ou qu'il rentre chez lui par ses propres moyens. Mieux, songea-t-elle, dès qu'elle aurait appris à faire du vélo, elle irait jusqu'au manoir pour le lui rendre en personne.

Son portable se mit à sonner. Elle regarda le numéro inconnu en plissant les yeux.

— Allô ?

— Mademoiselle l'infirmière ? lança la voix amusée.

— Moray ! s'exclama-t-elle, ravie. Qu'est-ce que tu fais ? Si tu es en train de poser un cathéter, je suis très occupée.

— Ce n'est pas franchement aussi excitant. En fait, j'allais te demander un autre service.

*

La petite route qui montait vers « Peak House » était encore plus féérique ce jour-là, les premières feuilles mortes jonchant l'allée qui menait au bâtiment de pierre grise. Moray ne se gara pas devant, mais fit le tour de la maison en donnant plusieurs coups de klaxon.

— Ça va le réveiller, s'il a des écouteurs dans les oreilles, dit-il avant de sortir de la voiture. Visite médicale ! Visite médicale ! hurla-t-il, puis il se tourna vers Rosie. Maintenant, passe par la porte de la cuisine.

— Pourquoi est-ce que tout le monde a peur de ce type ? l'interrogea-t-elle en prenant les médicaments qu'il avait prescrits, accompagnés d'une feuille de consignes.

— Je n'ai pas *peur* de lui. Même s'il crie beaucoup et a une arme.

Rosie haussa un sourcil.

— Je n'ai pas peur de lui, honnêtement, lança Moray en riant. Crois-moi. J'ai fait mon internat à Glasgow. Je n'ai pas peur de grand-chose, ajouta-t-il avant de devenir plus sérieux. C'est un de mes patients, j'aimerais qu'il se rétablisse. Et il semblerait que tu saches t'y prendre avec lui. Il t'a parlé, je veux dire.

— Il m'a mal parlé, rectifia-t-elle.

— Oui, mais tu as fait mieux que n'importe lequel d'entre nous. J'aimerais juste mettre tes compétences à contribution.

— Flatteur.

— Et j'ai trouvé que le coup des bonbons, c'était très malin.

Rosie sourit. Elle avait un sachet de bonbons crémeux aux fruits sur elle et avait réussi à n'en manger que quatre pour l'instant ; Moray, deux.

— D'accord. Si tu passes voir Lilian plus tard. Je sais qu'elle ne prendra jamais de rendez-vous, mais elle a vraiment besoin d'être examinée.

— C'est incroyable, tu sais, répondit-il avec incrédulité. Je suis devenu médecin pour aider les gens, mais aucun de ces vieux casse-pieds solitaires ne veut que je les approche.

Ils se turent tout à coup, et Rosie fut prise d'une furieuse envie de rire.

— D'accord, finit-elle par dire. J'y vais. Et je suis armée.

Elle lui montra le sachet de bonbons.

— Tu es une chic fille, lança-t-il avec un sourire.

— Les filles adorent entendre ce genre de choses, commenta-t-elle en secouant la tête. Laisse tourner le moteur.

*

Rosie alla directement tambouriner à la porte de la cuisine.

— C'est le Raid ! hurla-t-elle, avant de se rendre compte que crier une telle chose à un homme qui avait sans doute appartenu aux forces armées était, au mieux, de mauvais goût et, au pire, dangereux.

Elle se contenta donc de tourner la poignée.

— Stephen ? Nous sommes ici pour vérifier que tout va bien.

Elle n'avait pas besoin de s'inquiéter pour le bruit. En entrant, elle eut un choc. Le jeune homme dormait, la tête posée sur la table, son épaisse chevelure retombant sur son avant-bras.

— *Stephen ?* répéta-t-elle en s'approchant d'un bond.

Il se réveilla en sursaut, redressant brusquement la tête.

— Aaargh !

Manifestement désorienté, il la fixa de ses yeux injectés de sang. Il semblait vaseux, n'était pas rasé, et une bouteille de whisky à moitié vide ainsi qu'un verre sale étaient posés à côté de lui sur la table en bois.

— Là, là, fit-elle, éprouvant soudain un élan de compassion pour ce jeune homme diminué. C'est quoi, ça ?

Le spectre la regarda en battant des paupières, puis gratta sa petite barbe. Pragmatique, Rosie alla remplir un verre d'eau à l'évier (elle était glaciale), et le lui tendit. Il l'avala d'un trait, puis, peu à peu, sa vision s'ajusta.

— Stephen Lakeman, dit-elle. Ça va trop loin.

Il soupira.

— C'est pas vrai, mais qu'est-ce que je dois faire pour qu'on me fiche la paix ?

— Vos exercices de kiné ? rétorqua-t-elle d'un ton acerbe.

Il la considéra.

— Est-ce que c'est vous qui venez juste d'arriver dans le village, qui ne savez pas faire du vélo et qui flirtez avec tous les hommes du coin ?

— Je ne vois vraiment pas pourquoi on dit que la campagne est un nid de commères, répondit-elle en soufflant. Et je ne flirte pas avec tous les hommes du coin.

— C'est peut-être pour ça que vous êtes dans ma cuisine, poursuivit Stephen d'un air songeur.

— Non, pas du tout. Je suis dans votre cuisine parce que j'ai des antibiotiques pour vous et que je dois m'assurer que vous les prenez.

— Et comment comptez-vous vous y prendre ?

Le regard de Rosie se posa sur la bouteille de whisky.

— Est-ce que vous buvez souvent ? l'interrogea-t-elle avec douceur.

Stephen la dévisagea, d'un air de défi.

— Pourquoi ? Vous réfléchissez à l'endroit où vous prévoyez de m'envoyer en premier ? En rééducation ou en cure de désintox ?

— Je suis certaine que je peux trouver une clinique où ils s'occuperont des deux. Ça ne va pas vous plaire.

Stephen soutint son regard un long moment. Il avait des yeux très bleus, francs, et des cernes qui contrastaient avec sa peau trop pâle et sa petite barbe noire. Cela ne lui fit ni chaud ni froid. Elle regarda autour d'elle. À nouveau, la cuisine était en ordre : outre le verre vide sur la table, seule une assiette traînait dans l'évier.

— Mme Laird prend bien soin de vous, observa-t-elle. Vous n'êtes donc pas contre *toute* forme d'aide, à l'évidence.

— Redites-moi pourquoi vous êtes là, déjà ? C'est un programme de bénévolat pour les gens trop curieux qui aiment embêter les autres ?

— Qu'est-ce que ça peut vous faire ? Descendez une autre bouteille de whisky, et vous oublierez tout.

Stephen poussa un profond soupir, puis lorgna la bouilloire.

— Voudriez-vous une tasse de thé ?

— Allez-vous me demander de le préparer ?

Rosie pesa le pour et le contre. Dans l'idéal, il devrait s'en charger. Tout ce qui l'obligeait à bouger était positif. D'un autre côté, c'était l'occasion de lui parler un peu, de découvrir ce qui se passait.

— Je m'en charge, finit-elle par proposer.

Stephen dut quand même se lever pour aller aux toilettes. Elle feignit de s'affairer à l'évier, mais l'observa du coin de l'œil. Il était très maigre, bien qu'il soit bien charpenté – elle devrait le remplumer, comme Lilian, songea-t-elle subitement. Il flottait dans son tee-shirt bleu marine, qui se releva, dévoilant son ventre plat. Or, même s'il avait un torse jeune et ferme, il avait la démarche d'un vieillard. Ce spectacle était désolant.

Pendant que le thé infusait dans une théière marron, devenant bien fort, Rosie dégota du lait frais, une boîte d'œufs intacte et un paquet de bacon pas ouvert dans le réfrigérateur. Elle alluma la cuisinière (elle dut s'y reprendre à plusieurs reprises ; elle n'avait encore jamais utilisé d'Aga), trouva une poêle et entreprit de leur concocter en vitesse une sorte de brunch. Quand Stephen reparut dix minutes plus tard, la cuisine était chaude et sentait bon ; il s'était lavé, constata-t-elle en se retournant. Il avait bien meilleure mine, avec ses cheveux mouillés et son tee-shirt propre.

— C'est bien mieux, remarqua-t-elle.
— Mais qu'est-ce que vous fabriquez ?
— J'avais faim. Je mange vos provisions. Vous êtes libre d'essayer de procéder à une arrestation citoyenne.

Il fit la moue.

— Et tout ça, c'est pour vous ? Est-ce comme cela que vous gardez votre ligne de marchande de bonbons ?
— Pourrait-on s'en tenir aux remarques personnelles concernant votre santé, s'il vous plaît ?
— Pardon, répondit-il, l'air penaud, comme s'il était conscient d'avoir dépassé les bornes. Il n'y a aucun problème avec votre ligne. En réalité…

— Hum, hum.

Un ange passa, et Rosie leur prépara deux assiettes. Le bacon qu'elle avait trouvé était emballé dans du papier paraffiné. Elle se demanda s'il pouvait provenir d'un cochon que Stephen avait connu. Cela l'aurait mise un peu mal à l'aise, mais ses doutes s'envolèrent quand elle le mit dans la poêle. Il sentait divinement bon. Elle posa deux grosses tasses en faïence remplies de thé bien fort sur la table. Elle avait ajouté du sucre dans celle de Stephen. Tout le monde aimait le thé sucré, en réalité, d'après son expérience. Ceux qui le buvaient sans sucre respectaient simplement les convenances[1]. Elle vit Stephen regarder sa tasse en hésitant : il avait envie de faire son difficile, sa mauvaise tête, mais avait manifestement faim et une petite gueule de bois.

— Ça va, je ne dirai à personne que vous vous êtes abaissé à manger. Je leur raconterai que vous avez refusé de me parler et que vous m'avez tourné le dos pour aller pleurnicher dans un coin.

— Est-ce censé être un électrochoc ? Pour me faire sortir de ma dépression larvée ? l'interrogea-t-il avec paresse. Félicitations. Vous êtes à l'évidence une fine psychologue. Pourquoi n'y avais-je pas pensé ?

— Non, c'est censé vous inciter à manger, répliqua-t-elle en sortant le ketchup.

Avec un profond soupir, Stephen s'assit, en ménageant sa jambe blessée. Une nouvelle fois, Rosie mourut d'envie de l'examiner. Il était si bête, si buté, comme si ignorer le problème allait le faire disparaître. Son

---

[1]. La majorité des Britanniques boivent le thé avec du lait, mais sans sucre.

attitude était si vaine, il cherchait seulement à attirer l'attention. Un peu comme un enfant, songea-t-elle distraitement en prenant sa fourchette.

— Mais d'abord, dit-elle en lui tendant les antibiotiques.

— Encore des médicaments ? grogna-t-il. Vous avez fait tout ce chemin pour me donner d'autres médicaments ?

— Non, je suis venue pour votre esprit, votre charme et votre conversation. Maintenant, est-ce que je dois faire l'avion avec mon bras ?

Stephen considéra son assiette avec envie.

— Non.

— Êtes-vous sûr ? Bbbbbrrrrmmmm... bbrrm...

— Arrêtez ! Taisez-vous !

Rosie crut d'abord qu'il plaisantait, mais se rendit vite compte que, pour une raison ou une autre, il était véritablement bouleversé.

— Pouvez-vous arrêter de faire ce bruit, s'il vous plaît ? lança-t-il avant de se ressaisir.

Puis, vite, sans commentaire, il avala son comprimé et attaqua son repas, l'engloutissant comme un homme qui n'avait pas mangé depuis longtemps.

Rosie se rassit et l'observa. Cela l'avait vraiment mis en colère – non, cela lui avait fait peur, bien sûr. La colère n'était que la manifestation d'une peur. De quoi avait-il eu peur ? Elle avait fait semblant d'être un avion. C'était idiot. Mais aussi sérieux. Il avait besoin d'aide.

Ils mangèrent en silence, les oreilles de Stephen rosissant tandis qu'il finissait rapidement son assiette, puis se calait dans sa chaise pour boire son thé. Ils ne dirent rien, jusqu'à ce que Rosie reprenne la parole.

— Merci, Rosie, pour ce délicieux repas.

— Merci, marmonna-t-il, à nouveau complètement replié sur lui-même.

— Un comprimé, trois fois par jour, au cours des repas, l'informa-t-elle en prenant les médicaments. Je vais parler à Mme Laird et je lui demanderai de passer toutes les cinq minutes, s'il le faut.

— Non, s'il vous plaît, ne faites pas ça. J'ai besoin d'être seul.

Tout le contraire de ce dont il avait besoin, d'après elle.

— Et vous devez finir la boîte. Sinon, ça ne sert à rien et ça rend les antibiotiques moins efficaces, moins susceptibles de marcher. Ce qui veut dire que, maintenant que vous avez commencé le traitement, vous devez le finir, sinon, en gros, vous tuez les générations futures avec des virus invisibles.

— Vraiment ? répondit-il, son sarcasme habituel reprenant le dessus.

— Oui. Et aussi, les infections se nichent en un rien de temps dans les plaies mal cicatrisées, et il ne fait aucun doute que vous en avez une. Et si vous voulez être seul, vous ne voulez pas d'une plaie infectée, croyez-moi. Parce que, sinon, vous allez passer des mois allongé dans un lit, entouré de vieux messieurs qui vous raconteront leurs problèmes de prostate et passeront leurs nuits à tousser.

Une seconde, Rosie écouta le silence qui régnait dans la maison, remarquant les petites piles de livres éparpillées dans la pièce.

— Je ne crois pas que ça vous plairait, c'est tout, conclut-elle, mais il ne répondit pas.

Elle débarrassa les assiettes pour les mettre au lave-vaisselle, bien qu'il tente de l'en empêcher du bout des lèvres. Puis elle ramassa son sac. De nouveau, elle eut le sentiment que, même s'il n'était pas capable de le verbaliser, il aurait préféré qu'elle reste – mieux valait une présence autoritaire et moralisatrice dans sa cuisine que pas de présence du tout.

Elle se tourna vers lui, au moment même où il se tournait vers elle, et, gênés, ils se retrouvèrent tout près l'un de l'autre. Stephen s'apprêtait à dire quelque chose, aurait-on dit, mais elle se recula, et il s'interrompit. Elle se pencha donc vers lui.

— Rester... terré ici, lui dit-elle d'une voix douce, mais ferme. Ça ne fera pas disparaître la douleur. Il existe des moyens de la faire disparaître, et je peux vous aiguiller, mais il va falloir que vous demandiez de l'aide. À un moment ou à un autre.

Elle ne savait pas pourquoi elle lui disait cela ; après tout, d'ici quelques semaines, elle serait partie, dès qu'elle se serait occupée de la boutique et aurait trouvé un gérant. Lilian semblait déjà en meilleure forme. Gerard avait besoin d'elle... Enfin, il n'avait peut-être pas vraiment besoin d'elle, mais elle devait lui manquer. Son appartement lui manquait. Elle devait rentrer chez elle, arrêter de perdre son temps ici.

Mais cela importait peu, puisque Stephen ne prit pas la peine de répondre.

Chapitre 9

Cela ne fait aucun doute, à l'exception possible des bâtons de sucre d'orge à la menthe, qui, en tout état de cause, ont un goût désagréable et pour seule utilité de servir d'épée de substitution aux petits garçons, la nougatine aux cacahuètes est la confiserie la plus mauvaise pour les dents. Ce qui ne poserait pas de problème si cette friandise n'était pas aussi répandue. Sa survie dans un monde rempli de Reese's Peanut Butter Cups, ces chocolats fourrés au beurre de cacahuètes qui sont sans doute la seule bonne chose que nous aient apportée les États-Unis depuis la pomme de terre, reste un mystère. Des brisures de caramel sont susceptibles de s'enfoncer dans les gencives ou, du moins, de rendre l'expérience douloureuse, tandis que les cacahuètes peuvent se loger entre les dents et y rester pendant des semaines, attirant les bactéries, tel un récif de corail. En plus d'être un rien désagréable à déguster, la nougatine aux cacahuètes entraîne sans doute plus de visites chez le dentiste que n'importe quelle autre sucrerie, hormis peut-être la boule magique, capable de casser une molaire si on la croque de façon inconsidérée. Mais que serait la vie sans un peu de danger ?

*

1943

Lilian n'aurait pu imaginer pires conditions pour revoir Henry Carr. Ce fut atroce, horrible, monstrueux ; l'homme qu'elle aimait et le frère qu'elle venait de perdre seraient à jamais liés dans son esprit et, chaque fois qu'elle y repenserait, cela la couvrirait de honte.

Trois jours après l'arrivée du télégramme, la boutique était toujours fermée ; le rideau, baissé. Les habitants de Lipton, même sans le sou, étaient passés, laissant des tourtes et du chou sur le pas de leur porte ; les lettres et les mots de condoléances affluaient. Alerter Gordon et Terence junior fut une véritable épreuve, tâche rendue plus difficile encore par la bureaucratie de l'armée qui, bien qu'elle fasse la même chose des milliers de fois par jour, s'appliquait à la rendre aussi démoralisante et difficile que possible. Enfin, dans la cabine téléphonique du bureau de poste, Lilian s'entretint avec une femme aimable qui lui promit de transmettre son message à Tripoli, où Gordon était posté avec une unité de blindés, mais elle eut moins de chance avec Terence, enrôlé dans la flotte marchande et impossible à joindre, au beau milieu de l'Atlantique. Une heure plus tard, Lilian ressortit dans la rue, trébuchante, et cela la frappa tout à coup : le village était toujours le même ; les mêmes villageois vaquaient à leurs occupations, quand elle venait d'essayer de contacter le monde entier ; un monde dans la tourmente, un monde en pleine déroute. Bien sûr, Lipton était affecté par la guerre. Elle n'épargnait personne. Mais, jusque-là, il avait été possible de continuer à vivre, de prendre la relève des hommes, de cultiver la terre, de sentir le soleil sur son visage, de penser aux événements normaux, quotidiens, de l'existence.

Jusque-là. À présent, tout était corrompu, stupide, tout avait changé, et personne ne semblait y prêter attention. Ils ne le savaient pas ou quoi ? Ils ne savaient pas qu'une guerre faisait rage, que tout le monde pouvait mourir, que tout pouvait arriver, que c'était terrible ? Soudain, au beau milieu de la rue, sans penser à ce qu'on dirait, Lilian éclata en longs sanglots déchirants.

Henry fut le premier à la voir. Il l'avait aperçue dans le bureau de poste et avait attendu, bien après l'heure de son dîner, pour lui parler quand elle sortirait. Il était dans la même classe que Ned, à l'école ; Ned riait toujours à ses blagues et à ses canulars, participait de bon cœur aux différents sports et se montrait totalement impartial, qu'il gagne ou qu'il perde, partageant ses richesses (son abondante collection de bonbons et de chocolats, réunie avant-guerre) aussi bien avec les gagnants qu'avec les perdants. Henry l'appréciait sans bien le connaître ; il ne pouvait imaginer comment Lilian, qui avait déjà perdu l'un de ses parents, vivait cette perte.

Et elle était là, tombant à genoux au milieu de la place ; les passants semblant mal à l'aise à la vue d'une jeune femme qui faisait étalage de ses émotions en public. Même si la plupart des habitants connaissaient la famille, cette situation était gênante. Ils avaient tous un fils à la guerre, après tout.

Henry se précipita vers elle sans réfléchir, furieux, ulcéré que personne ne la réconforte.

— Ma chérie, dit-il en passant un bras puissant autour d'elle pour l'entraîner à l'écart. Là, là, ma chérie.

Sans vraiment savoir qui l'avait relevée ni où ils allaient, Lilian se retrouva derrière l'église, où le village disparaissait dans les bois. Henry avait eu la prévenance d'éviter le cimetière. L'édifice était sur un petit monticule, à l'ombre d'un énorme chêne, loin de la rue principale, de la poste, des femmes aimables qui faisaient de leur mieux à l'autre bout d'un fil télégraphique, des fusils, des mortiers et des gentils garçons qui descendaient d'un camion au mauvais moment. Elle se jeta dans les bras forts de Henry et pleura, pleura sans s'arrêter.

*

— Alors, où étais-tu ? As-tu passé la journée à batifoler ? l'interrogea Lilian.

Rosie mit l'eau des pâtes à bouillir, puis commença à râper le parmesan. Elle réservait la plus grosse part pour Lilian. Son travail actuel consistait à engraisser les autres, cela lui semblait un peu injuste. Et qu'est-ce que Stephen avait voulu dire en parlant de sa silhouette de marchande de bonbons ? Rosie n'avait pas un physique de mannequin, elle le savait, elle ne répondait pas aux critères, mais les hommes l'avaient toujours complimentée sur ses hanches pulpeuses et sa taille fine et aimaient le fait qu'elle soit petite, même si elle aurait préféré être plus grande.

Bref. Moins de pâtes pour elle, plus pour les autres. Elle conduisit Lilian à table, espérant qu'elle les trouverait bonnes.

— En fait, j'ai vu un homme. Un autre. Tout seul ! Chez lui ! s'exclama Rosie d'une voix faussement outrée. Je vais me faire une réputation dans le village, grand-tata ! Une vraie Marie-couche-toi-là ! Tu vas devoir appeler le pasteur pour qu'il vienne me sermonner.

Lilian fit la moue.

— Cet homme te ferait passer pour Mary Poppins. Ces pasteurs progressistes.

— Pourquoi ? Qu'est-ce qu'il a fait ?

— Qu'est-ce qu'il n'a pas fait, plutôt ! Fais ci, fais ça ; ne crois plus en ça ; divorce de cette personne ; épouse ton animal de ferme préféré.

Rosie la laissa ronchonner, le temps de mettre la table et de servir les bolognaises.

— De la cuisine exotique maintenant, c'est ça ? demanda Lilian.

Rosie fut si étonnée qu'on puisse considérer les pâtes comme de la cuisine exotique qu'elle ne comprit pas tout de suite ce que sa tante voulait dire.

— Hum, tu n'aimes pas la cuisine exotique ?

La vieille dame grimaça.

— Je n'ai jamais…, commença-t-elle d'un ton qui laissait penser qu'elle s'apprêtait à parler de son prix Nobel. Je n'ai jamais acheté d'ail de ma vie !

— Bravo. Mais il en pousse dans ton jardin, non ? L'ail des ours, c'est délicieux.

— Oh oui, il y en a. Je le jette, en général.

— Tu ne fais pas ça quand même ?

Lilian la regarda d'un air de défi.

— Bon, reprit Rosie, fière d'elle. Tu vas arrêter de manger tout le stock de la boutique, et je vais te faire goûter plein de bonnes choses.

— Je ne les mangerai pas.

— Oui, je vois ça.

Lilian avait déjà englouti la moitié de son bol de spaghettis. En l'observant, il apparut à Rosie que la vie devait vraiment être très difficile quand on n'était pas capable de soulever une casserole d'eau bouillante. Que cela compliquait tout. Que, même quand Lilian était désagréable avec elle, c'était mieux ; mille fois mieux que de n'avoir personne à qui parler.

— Ce n'est donc pas *si* mal que je sois ici, non ? risqua-t-elle.

— Tant que tu es contente, répondit Lilian avec une moue.

Rosie leva les yeux au ciel intérieurement, mais elle le savait : le fait que Lilian prétende qu'elle était là pour son propre bien participait à sa guérison.

Tout à coup, la sonnerie du vieux téléphone à l'ancienne retentit, évoquant une alarme incendie. Rosie fit un énorme bond.

— Bon sang, lâcha-t-elle en retombant.

— Ça doit être l'un de tes admirateurs. Chérie, je sais qu'Angie ne t'a pas élevée dans une grange : où sont les serviettes ? lui demanda Lilian avant de se pencher pour décrocher. Lipton 453 ? Oh, bonjour, Angela chérie. On parlait de toi, justement.

Rosie sortit quelques serviettes du placard à linge très ordonné de Lilian. Vivre chez sa tante l'avait décidée à être plus organisée à la maison. Il n'y avait pas beaucoup d'espace dans le cottage, mais chaque chose était à sa place, et le fait que tout soit bien rangé, à portée de main, facilitait à l'évidence grandement la vie restreinte de Lilian. Comment sa tante se débrouillait-elle ? Cela restait un mystère aux yeux de Rosie ; elle ne faisait que manger et dormir, apparemment. La jeune femme écouta sans vergogne sa conversation avec sa mère.

— Oui, eh bien, ça va, d'après ce que je vois, raconta Lilian. Elle se laisse un peu aller dans le village, je dirais. Mais les jeunes filles se moquent de se faire une réputation aujourd'hui, n'est-ce pas ? Elles s'en réjouissent même.

Rosie se racla la gorge, mais Lilian feignit de ne pas l'entendre.

— Elle reprend des couleurs, somme toute... Ça lui fait manifestement du bien de faire un break.

Rosie se figea. Mais que Lilian entendait-elle par là ? Elle lui chipa le téléphone dès qu'elle le put.

— *Maman ?*

— Quoi ? répondit Angie, l'air un peu ailleurs.

Derrière elle, au moins une dispute était en cours : deux enfants hurlaient à tue-tête.

— As-tu dit à Lilian que j'avais besoin d'un break ?

— Eh bien, ma chérie, il fallait que je la pousse à accepter de l'aide et...

— Mais est-ce que tu pensais que j'en avais besoin ?

Il y eut soudain un silence, d'une petite fraction de seconde. Rosie se sentit chancelante.

— Mais... Mais pourquoi ? Je veux dire, tout est génial à Londres !

— Non, non. C'était juste parce que Lilian avait besoin de quelqu'un pour l'aider. Et tu étais entre deux emplois. C'est tout. Vraiment. C'est tout.

— Es-tu sûre ?

— Absolument.

— Enfin, tu aimes bien Gerard, non ?

Gerard et sa mère s'étaient vus de nombreuses fois au fil des ans. Il avait toujours été adorable, affectueux, séducteur, délicieux avec elle, comme il l'était avec tout le monde. Tout le monde aimait Gerard, bien sûr. Même si Angie semblait insensible à son charme.

— La ligne est très mauvaise. Ma chérie, Meridian a besoin de moi. Il faut que j'y aille.

Effectivement, un hurlement se fit entendre, tout droit venu d'Australie.

Rosie, un peu secouée, redonna le téléphone à Lilian sans discuter.

— D'accord, dit-elle. Au revoir.

*

Assise dans le salon, Rosie essayait de régler l'antique poste de télévision, en se demandant ce que sa mère avait voulu dire. C'était sans doute une concession destinée à ménager la sensibilité de Lilian, afin que la vieille dame orgueilleuse croie être autonome et s'occuper de sa nièce, et non l'inverse. C'était forcément ça. Forcément. Malgré tout, Rosie se jura qu'elle allait faire venir Gerard le plus tôt possible. Ils se retrouveraient, toujours aussi amoureux, et elle n'aurait plus de souci à se faire. Non pas qu'elle s'en fasse. Certainement pas.

Perdue dans ses pensées, elle n'entendit pas le petit coup à la porte. On frappa de nouveau, plus fort. Elle se leva, se demandant si c'était Hetty qui venait lui reprocher une chose ou une autre, mais eut la surprise de tomber sur Jake, les joues un peu rosies par le soleil.

— Te voilà, dit-il.

— Où voulais-tu que je sois ?

— C'est vrai, admit-il avec un sourire. Je viens juste de finir ma journée. Alors, on y va. En selle !

— Hors de question que je remonte sur ce vélo. Jamais de la vie.

— Il te faut du lait pour le petit déjeuner, non ? C'est bon pour les os des vieilles dames, tout ça.

— Je ne suis pas… Oh oui, je vois. Quoi qu'il en soit, c'est non. J'en achèterai au *Spar*. Je n'ai *aucune* envie de recroiser Mme Isitt, merci.

— Oh, elle n'est pas si méchante, répondit Jake avant de réfléchir une seconde. Bon, d'accord. Elle est très, très méchante. Mais elle a eu la vie dure.

— Assise dans sa grande maison en train de siroter du lait. Oui, je vois ça.

— Non, ce n'est pas tout…

Jake n'acheva pas sa phrase.

— Bref, ne t'en fais pas pour ça. Il faut que tu viennes avec moi, maintenant. On a des choses à faire.

Rosie protesta mollement.

— Mais je...

Elle tourna la tête en direction du salon. À l'intérieur, elle entendait la musique chevrotante, mélancolique, du générique d'un feuilleton télévisé. Dehors, le soleil parait de rose le sommet des collines, de petites touches d'indigo commençant tout juste à apparaître aux confins du ciel.

Jake la regarda, les sourcils levés.

— Oui ?

— Je vais chercher mon blouson, se résigna-t-elle.

*

Jake commença par la ménager. Stupéfait d'apprendre qu'elle n'était jamais montée à deux sur un vélo, il fit des allers-retours dans la rue afin qu'elle s'habitue. Rosie était assise sur la selle, les cheveux aux vents, l'air chaud de l'été sur sa peau, la sensation de vitesse excitante et nouvelle. Elle se mit à ricaner, puis éclata de rire, comme Jake allait de plus en plus vite (il salua amicalement le pasteur au passage, remarqua-t-elle), avant de dévaler la pente qui menait à la ferme des Isitt, accélérant encore la cadence. Or, cette fois, elle sentait clairement que quelqu'un maîtrisait le vélo, que la vieille bicyclette de Lilian pouvait supporter cette allure. Elle rejeta la tête en arrière et laissa échapper un cri de joie perçant, s'étonnant elle-même – elle n'aurait jamais fait cela à Londres –, puis un autre, se lâchant sur le chemin défoncé.

Une fois en bas, Jake mit pied à terre avec prudence, un grand sourire aux lèvres.

— Est-ce que tu cries toujours autant ? l'interrogea-t-il.

Puis il eut l'air gêné, comme s'il venait de lui poser une question coquine. Ce qui était le cas, bien sûr. Heureusement, elle aperçut les outils de jardinage posés contre le mur, ce qui lui évita d'avoir à répondre.

— C'est pour quoi faire ?

— C'est pour nous. Tu as saccagé le potager de Peter. Il faut qu'on le remette en état. Ou, plutôt, tu dois le remettre en état, mais je me suis dit que, si je te laissais faire, tu essaierais de semer des paquets de chips ou des gâteaux au chocolat, ce genre de choses.

— Oh, un arbre à chips ! C'est une super idée.

Jake ne répondit pas, mais lui tendit une binette en lui expliquant comment s'en servir. Ensemble, dans le jour déclinant, ils travaillèrent ce lopin de terre : ils le ratissèrent, tracèrent des sillons bien nets, puis Jake la laissa y déposer les graines (chou, pomme de terre, brocoli à jets violets) à intervalles réguliers. Rosie constata avec surprise qu'elle appréciait ce travail soigné, installant des ficelles et des tuteurs pour aider les plants à croître, avant d'étiqueter chaque rangée. Une heure plus tard, le potager avait déjà bien meilleure mine.

Comme ils reculaient pour admirer leur œuvre, les derniers rayons du couchant se posèrent sur une femme bien charpentée qui sortait de la maison : elle leur apportait un plateau, à contrecœur, aurait-on dit.

Mme Isitt considéra le nouveau potager, fit la moue, puis, sans un mot, posa son plateau et retourna à l'intérieur.

— Je crois que c'est sa manière de nous remercier, expliqua Jake.

Puis il examina le contenu du plateau : deux énormes chopes de bière mousseuse, ainsi que deux assiettes dans lesquelles étaient posés de gigantesques tranches de cake aux fruits beurrées et un gros morceau de fromage jaune pâle. Jake et Rosie s'assirent côte à côte au bord de l'herbe.

— J'ai peur de ne pas aimer, lança-t-elle en prenant sa chope. Je n'aime pas trop la bière. Je préfère le rosé.

— « Je préfère le rosé », répéta Jake en la singeant. Eh bien, je suis désolé, Votre Majesté. Je boirai la tienne.

Lorsqu'elle goûta cette bière brune, ni trop gazeuse ni trop froide, elle commença par la trouver amère, un peu étrange, mais, dès la troisième gorgée, elle était convertie.

— Elle est *délicieuse*.

— Et elle contient à peu près le même degré d'alcool que le vin. Vas-y doucement : le vieux M. Isitt assomme les hommes du village avec ça depuis des années.

Elle lui tira la langue, but une autre longue gorgée, gloussa, puis croqua dans le cake aux fruits fondant et acidulé.

— Oh là là, soupira-t-elle. Je vais devenir aussi grosse que Mme Isitt si je reste dans le coin. C'est exquis.

Il sourit.

— Peut-être parce qu'on le déguste dehors.

— Non, c'est parce que ce n'est pas un kebab ou un KFC.

— C'est quoi, un KFC ?

— Arrête.

— Non, sincèrement. J'en ai entendu parler, mais je ne sais pas vraiment ce que c'est.

— Eh bien, tu sais ce qu'est un poulet, non ? commença Rosie, avant d'être prise d'un fou rire.

Elle avait déjà bu la moitié de sa bière, et cette explication lui paraissait absurde, tout à coup.

— Oui, répondit Jake, se mettant à rire lui aussi, parce qu'elle était incapable de s'arrêter.

— Et tu sais ce qu'est la friture, non ?

— Oui.

— Bon, fit-elle, à bout de souffle. Eh bien, il n'y a que la partie Kentucky que tu ne comprends pas ! Kentucky Fried Chicken ! KFC ! Ha ha ha !

Jake secoua la tête, puis mordit dans son fromage.

— Tu es dingue, tu sais.

— Qui peut bien manger du fromage avec du cake aux fruits ? se demanda-t-elle avant de prendre une nouvelle bouchée de cake, suivie d'un morceau de fromage et d'une gorgée de bière.

— Oh. Oh ! Ouah !

Jake la regarda longuement.

— Je ferais mieux de te ramener, je crois, dit-il en ramassant leurs chopes et leurs assiettes avec soin. Avant que tu ne te mettes à tituber et que tu ne détruises à nouveau ce fichu potager.

*

Au sommet de la colline, pour une raison mystérieuse, Rosie trouva hilarant de pousser le vélo et, quand Jake la déposa devant la maison de Lilian, elle s'appuya sur lui sans faire exprès.

— Oups !

Puis elle se pencha vers lui.

— Mais j'ai... j'ai un petit ami, tu sais. Même s'il n'est pas aussi musclé que toi.

Jake s'écarta, comme si on venait de l'ébouillanter.

— Je ne savais pas que tu avais un jules, dit-il en se renfrognant quelque peu, avant de la dévisager. Pourquoi est-ce que tu as emménagé ici sans lui ?

— Euh, c'est juste...

Rosie dessoûla d'un coup, réalisant que ce qu'elle avait considéré comme un flirt anodin pouvait avoir été pris plus au sérieux.

— Euh, je ne... je ne suis pas ici pour très longtemps.

— Ah non ? répondit Jake, son visage s'illuminant une seconde. Eh bien, on pourrait peut-être s'amuser un peu alors.

— Oh... Oh !

Rosie était mortifiée. Elle ne pensait pas que ses sottises puissent prêter à conséquence.

À Londres, elle était habituée à côtoyer des femmes glamours particulièrement brillantes. Elle ne se sentait jamais en phase avec elles, jamais à la hauteur. Ce n'était jamais elle qu'on draguait dans les bars ou dans le métro. Il y avait toujours une fille plus jeune, plus jolie, plus exotique, où qu'elle aille. Peut-être, se demanda-t-elle intérieurement, peut-être qu'ici, où les gens vivaient longtemps, où de nombreux jeunes quittaient le village dès qu'ils avaient l'âge d'aller à l'université, peut-être qu'ici, c'était elle qui était exotique.

Jake la regardait avec intérêt, les yeux brillants. Et il ne faisait aucun doute, songea-t-elle à regret, qu'il était très séduisant, avec ses yeux bleus, ses cheveux blonds et ses muscles fermes. Si elle le ramenait avec elle à

Londres, il se ferait happer par une gravure de mode blonde et longiligne en moins de dix secondes. Elle était tant habituée à ce qu'il n'y ait pas d'hommes autour d'elle ; pas d'hommes qui lui plaisaient ou auxquels elle plaisait, du moins. Elle était restée célibataire deux ans avant de rencontrer Gerard. Elle n'avait plus l'habitude.

Puis, horrifiée, elle vit Jake enlever sa main de son épaisse chevelure blonde, tendre son bras puissant et lui toucher le visage, pour l'attirer délicatement vers lui. Elle lui sourit, anxieuse.

— Qu'est-ce que tu fais ? balbutia-t-elle, bien qu'une part d'elle soit curieuse, sente son odeur de foin frais et ses mains calleuses sur sa peau.

Mais elle n'était pas folle, malgré la lumière dorée du soir et la légère odeur de bière, affriolante, de son souffle.

— J'ai un petit ami ! Je viens juste de te parler de lui !

— Oui, à *Londres*, répondit Jake, comme s'il venait de dire « sur Mars ». Allez, ma belle, tu es à la campagne maintenant.

— Certainement pas ! se récria Rosie, se dépêchant de reculer.

— Oh, ça valait le coup d'essayer, lança-t-il avec un clin d'œil.

L'indignation céda la place à l'agacement chez Rosie.

— Et c'est tout ? C'est comme ça que tu tentes ta chance ?

Jake haussa les épaules.

— Ben, je ne vais pas embrasser une fille qui n'en a pas envie, si ?

— Ça manquait de romantisme, se plaignit-elle. Tu pourrais persévérer un peu.

Jake lui fit un grand sourire.

— Eh bien, tu sais où me trouver si tu veux me rejoindre à vélo…

À ce moment-là, heureusement, le téléphone de Rosie sonna. Elle avait du réseau, pour une fois.

Elle l'attrapa, l'air contrit, mais Jake était déjà en train de ramener le vélo à l'arrière du cottage.

— Salut ! dit-elle dans le téléphone.

— Enfin ! lança la voix familière de Gerard.

Elle était ravie de l'entendre.

— Je n'arrive jamais à te joindre, tu sais. Est-ce que tu éteins ton portable ?

— Bien sûr que non ! Le réseau est très mauvais ici, c'est tout.

— Vraiment ?

Il parut dubitatif. Un monde sans réseau fiable (il était marié à son iPhone) était très étonnant pour lui.

— Hmm.

— Alors…, commença-t-elle, espérant ne pas avoir l'air coupable.

Parce qu'elle ne l'était pas. Alors pourquoi sa voix était-elle aussi coupable ? C'était très agaçant.

— Comment vas-tu ? Ça fait une éternité qu'on ne s'est pas vraiment parlé.

— Oh, tu sais, ma chérie. Je suis tellement triste sans toi.

— Bien.

— En fait, je me demandais si tu aimerais…

— Que tu viennes pour le week-end ? finit-elle avec enthousiasme.

— Faire l'amour par téléphone ? répondit Gerard en même temps.

— Euh, oui, eh bien...

Jake reparut alors.

— Je vais y aller maintenant, dit-il très fort, mais la question s'entendait dans sa voix.

— Qui est-ce ? demanda Gerard.

— Personne... C'est juste Jake.

— Personne ? répéta l'intéressé.

Rosie aurait voulu le faire taire, mais ne savait pas comment s'y prendre sans : a) être d'une grossièreté sans nom ; et b) éveiller les soupçons de Gerard.

— Avec Jake, on a planté un potager, expliqua-t-elle, le plus dignement possible, étant donné qu'elle était un peu pompette, qu'on venait juste de lui faire des avances et qu'elle avait un petit ami excité au bout du fil.

— Oui, c'est ça, lança Jake. Est-ce qu'on va boire une autre pinte ?

Rosie jura intérieurement, tentant de couvrir le haut-parleur avec sa main.

— Je ne peux pas. Je dois prendre ce coup de fil très important.

— *Qui* est-ce ? hurla Gerard.

— Je peux attendre, répondit Jake avec un nouveau sourire.

Enfin, Rosie fit preuve d'initiative : sérieuse, elle congédia Jake, entra dans le cottage et ferma la porte. Mais, avec Gerard, l'ambiance n'était assurément plus à la fête.

Chapitre 10

Les jeunes enfants dédaignent souvent les bonbons durs : ils leur préfèrent un apport en sucre plus instantané, et ils ont bien raison ; les bonbons à sucer sont destinés aux fins connaisseurs, plus âgés, qui savent qu'ils libèrent leur saveur lentement. Les bonbons durs (ceux au beurre, en particulier) invitent à la contemplation : c'est le plaisir serein du cigare, opposé à une satisfaction immédiate, mais momentanée, que l'on doit aussitôt reproduire. Réservez donc les bonbons salade de fruits, les boules à sucer ou encore les pastilles pour vos vieux jours, quand vous saurez mieux les apprécier. Ils vous le revaudront bien.

*

1943

Cet automne-là, comme Lilian n'avait rien à quoi se raccrocher (la confiserie était fermée ; son père restait assis à la table de la cuisine, les yeux dans le vide ; les lettres de Ned – idiotes pour la plupart, pleines de petits dessins ridicules de chiens et d'oiseaux – s'accumulaient sur le buffet, à côté de médailles stupides, inutiles), la maison lui parut bien triste. Ils n'avaient pas de corps à enterrer, et n'en auraient jamais, et ses frères n'étaient pas là pour le pleurer. De sorte qu'elle n'avait rien à faire, si ce n'était se soustraire, heure après heure, aux regards compatissants, emplis de pitié, des villageois – ou, pire, au chagrin et aux pleurs des autres familles endeuillées. Elle ne pouvait pas aider Mme Archer, qui avait perdu son seul fils, son fils adoré, et devait s'occuper de ses quatre petites-filles : cette dernière se jetait au cou de quasi-inconnus, leur racontait que son garçon ne pouvait pas s'endormir si elle n'était pas là pour le border ; qu'il ne devait pas bien dormir, il avait besoin de sa mère, il ne pouvait pas vivre sans elle, il n'était pas lui-même, ce pour quoi il s'était fait tuer.

Folle de douleur, elle s'était jetée sur Lilian, compagne d'infortune à bord du même train fantôme, en route vers l'oubli, alors que tous les autres empruntaient une voie différente. Elles étaient aiguillées sur une voie de garage, qui n'allait nulle part. Lilian ne le supportait pas non plus.

Henry, lui, ne faisait rien, et c'était tout pour elle. Il ne disait rien, ne lui parlait pas de Ned, n'essayait pas d'engager la conversation. Il se contentait de quitter la ferme le plus souvent possible, à l'heure du déjeuner ou le soir, et la laissait pleurer, la tête sur son épaule ou, parfois, dans son giron, assise sur ses genoux, comme une enfant. Elle pouvait alors rentrer chez elle pour préparer le souper et essayer de forcer son père à manger, répondre aux questions du ministère, remplir des papiers, passer les commandes et, de temps en temps, pas souvent, mais de temps en temps, dormir un peu.

Un matin, juste avant l'aube, elle était allongée dans son lit, s'efforçant de ne pas penser à Ned, incapable de trouver le sommeil, les yeux irrités, ses pensées tournant en boucle dans sa tête ; les mêmes pensées, les mêmes craintes, encore et encore, au point de ne plus avoir les idées claires ; elle était plongée dans un tel abîme de fatigue, de peur, de désespoir et de mélancolie qu'elle aurait voulu perdre connaissance ; se cogner la tête contre son cadre de lit en fer, pour que cela s'arrête, ne serait-ce que cinq minutes. Alors qu'elle se retournait une nouvelle fois sous son épais édredon, elle entendit un bruit de caillou sur sa fenêtre.

Elle commença par sursauter, terrorisée ; elle pensait tant à son frère qu'elle s'imagina que c'était lui qui l'appelait. Elle se leva d'un bond, le cœur battant, pour se diriger vers sa lucarne, et vit, dans les premières lueurs du jour, une silhouette vêtue d'un pantalon de toile marron retenu par des bretelles (dont l'une avait perdu un bouton, remarqua-t-elle) et d'une chemise sans col largement ouverte, qui avait été si souvent lavée que ses fines rayures étaient presque effacées. La main qui venait de lancer le caillou était posée sur sa nuque brûlée par le soleil ; l'autre tenait son vélo.

Rien ne remuait dans le village ; seul un milan tournoyait paresseusement dans le ciel, au loin, au-dessus des collines.

Il releva les yeux vers elle, son sourire timide aux lèvres, qui la touchait en plein cœur, puis mit le doigt devant la bouche et lui fit signe de descendre.

Elle s'habilla en une seconde, versa de l'eau dans son bassin pour s'asperger le visage et se rincer la bouche, avant d'enfiler sa robe en vichy de tous les jours, simple et démodée. Elle ne s'intéressait plus du tout aux vêtements, de toute façon, mais elle remarqua malgré tout qu'elle commençait à lui être trop grande. Elle voulut mettre un peigne dans ses cheveux, sans réussite, puis se rendit au rez-de-chaussée, traversant la maison silencieuse.

Toujours sans un mot, Henry insista pour qu'elle monte sur son vélo. Il n'accepta aucun refus. Inquiète qu'on la voie sortir en cachette, elle n'eut d'autre choix que d'obtempérer.

Il pédala à toute allure en direction de sa ferme. Les gouttelettes de rosée en suspension dans l'air transformaient le village et les champs alentour en paysage onirique, comme s'ils roulaient à travers les nuages. Henry accéléra, et Lilian commença à sentir un infime changement ; une petite amélioration; elle eut la sensation que quelque chose s'éveillait en elle, que tout n'était pas mort, vide. Ils grimpèrent la colline sans peine, avant de dévaler la longue ligne droite qui descendait dans la vallée où les Carr cultivaient la terre et gardaient leurs moutons.

Comme le vélo prenait de la vitesse dans la pente, Lilian souffla, sentant la tension la quitter, la résilience de la jeunesse revenir, ne serait-ce qu'un instant. Assise derrière Henry, le tenant par la taille, elle regardait son dos puissant et ses cheveux qui volaient au vent. Ils progressaient sur l'herbe mouillée en cahotant, les premiers rayons de soleil qui perçaient sur les collines promettant une autre belle journée et un ciel dégagé. Une seconde, elle ferma les yeux.

— Bien, dit Henry, les joues rosies par l'effort, quand ils s'arrêtèrent dans un grincement. Voilà. Il faut que je les mette à l'enclos ce matin, il faut qu'on les marque, mais j'ai un problème.

Lilian le dévisagea, sans comprendre.

Le jeune homme siffla, et Parr, son chien, sortit en trombe de l'une des dépendances les plus éloignées. Tel un éclair noir et blanc, il arriva quelques secondes plus tard en haletant, arborant son sourire habituel. Il blottit sa tête sous la main de Lilian, et elle le gratta derrière les oreilles. Henry fronça les sourcils. Il n'aimait pas que l'on caresse les chiens de ferme. Lilian le savait, bien sûr, mais n'en tint pas compte. Parr était adorable, aux yeux de tous.

— Allez, Parr, dit Henry avant de siffler deux fois.

Le chien s'élança d'un bond pour accomplir son devoir, Henry s'apprêtant à le suivre.

— Pourquoi as-tu besoin de moi ? l'interrogea Lilian timidement.

Henry sortit un biberon de lait de sa poche. Il était mousseux, chaud ; les vaches avaient déjà été traites.

— On en a une... Elle est à la traîne, expliqua-t-il. Sa mère s'est prise dans les barbelés. Elle s'est ouvert la gorge. Et la petite... elle ne s'adapte pas bien. Elle a besoin d'aide.

En effet, sur la colline, où les moutons suivaient les mouvements aguerris de Parr, Lilian vit qu'une agnelle, petite pour cette époque de l'année, était à la traîne, le museau touchant presque le sol.
Elle opina du chef.
— D'accord.
— Sinon, il va me falloir toute la journée pour les rassembler, lui expliqua Henry.
Mais il n'avait pas besoin de se justifier. Lilian comprit en soulevant la petite agnelle, qu'elle n'eut aucun mal à attraper : celle-ci suivait les autres avec difficulté, bêlant piteusement, en sous-poids. Elle comprit pourquoi Henry avait pensé à elle en la voyant. Elle s'assit sur une pierre dans un coin du champ et agita la tétine sous son museau. La petite commença par se débattre et se tortiller, anxieuse, apeurée. Puis elle sentit l'odeur du lait et renifla avec nervosité. Son corps minuscule était lourd, chaud dans les bras de Lilian, sa toison blanche, encore douce, immaculée. Au bout d'un moment, elle finit par comprendre et saisit la tétine pour se mettre à boire avec vigueur. Lilian, sentant son petit corps se relâcher, la serra fort contre elle. Le soleil se levait, l'agnelle buvait son biberon, Henry et Parr poursuivaient leur travail sur la colline, et elle ne se sentit peut-être pas heureuse, mais elle éprouva une certaine paix.

*

Rosie sifflotait. C'était plus fort qu'elle. Elle s'était réveillée de bonne heure et de bonne humeur, et il faisait un temps splendide. Mais il y avait autre chose :

la veille, elle avait réceptionné sa première commande pour la confiserie. Et, ce jour-là, elle la déballait. Une légère odeur de rose, à laquelle se mêlait une pointe de menthe et de lavande, de fruits et de caramel sucré, s'échappait des cartons et des emballages pour embaumer la boutique. Le soleil brillait à travers les fenêtres fraîchement nettoyées, éclairant les bocaux immaculés – il lui avait fallu toute la matinée pour les laver, ainsi qu'une bouteille entière de liquide vaisselle. Elle en avait cassé deux en jurant, mais à présent ils étaient parfaits, propres, reluisants, comme neufs, prêts à accueillir des berlingots, des gommes à mâcher, des cubes de coca – des noirs *et* des rouges, Rosie s'était montrée inflexible, même si elle avait eu du mal à trouver des rouges, qu'elle avait fini par se procurer dans un petit entrepôt d'Aberdeen. Il y avait de longs lacets de réglisse rouges, que l'on prenait par deux, et des bâtons de sucre d'orge rayés, bien qu'ils fassent un peu Noël. Mais Rosie était convaincue que toute confiserie digne de ce nom vendait des sucres d'orge.

*

— Il faut que tu aies le sens des affaires, ma chérie, avait insisté Angie au téléphone. N'importe quel acheteur voudra voir le compte de résultat, ce genre de choses.

Rosie avait secoué la tête, incrédule.

— *Angie !* Tu m'as envoyée ici pour, je te cite, « quelques semaines à t'occuper d'une vieille dame ». Et maintenant, tu me dis que je dois postuler à « Qui veut être mon associé ? » ?

— Bien sûr. Réfléchis un peu. Tu dois savoir comment marche la boutique.

— Je suis *infirmière*.

— Aide-soignante, l'avait reprise Angie avec dédain.

— Je vais te raccrocher au nez.

— Non, écoute-moi.

Il fallait bien l'admettre : Angie avait occupé suffisamment d'emplois temporaires dans sa jeunesse. Et, comme se le rappelait Rosie à contrecœur quand sa mère commençait à l'exaspérer, elle avait travaillé d'arrache-pied, chaque jour, pour subvenir à leurs besoins, quand tout le monde se désintéressait d'eux.

— Maintenant, écoute-moi. Laisse-moi essayer de t'expliquer comment ça marche.

Et elle lui avait expliqué, plutôt bien, en réalité, le fonctionnement d'un commerce : le pourcentage qu'elle devrait consacrer au stock ; la différence entre chiffre d'affaires et bénéfice ; la quantité de marchandises à avoir en rayon. Rosie avait fini par prendre des notes, avec réticence, le vieux combiné calé dans son cou. Au bout d'un moment, elle avait commencé à y voir plus clair.

— Angie, avait-elle dit après avoir écouté sa mère pendant une heure. Tu sais, quand tu travaillais comme une folle quand on était petits avec Pip et qu'on n'avait pas beaucoup d'argent…

— Tu n'as jamais manqué de rien.

— Je sais ! Tu étais formidable ! Je ne m'en rendais même pas compte à l'époque. J'aimais bien avoir des brosses à dents pour Noël. Bref. Ce que je voulais savoir, c'est si Lilian… Enfin, elle n'a personne à qui donner de l'argent... Est-ce qu'elle... je veux dire, j'imagine qu'elle était occupée, tout ça, mais...

— Est-ce qu'elle nous a déjà aidés ? C'est ça que tu veux savoir ?

Rosie avait haussé les épaules.

— Ça n'a pas d'importance. Je sais que tout le monde est occupé.

Mais sa question portait une charge émotionnelle qui l'avait surprise.

— Bien sûr, avait répondu Angie à mi-voix. On ne s'en serait jamais sortis sans elle. Ni ton grand-père. Tous les Hopkins. Cette confiserie nous a maintenus à flot pendant des années.

*

Rosie regarda autour d'elle avec satisfaction. Des Edinburgh Rocks aux jolies couleurs pastel et des loukoums vendus à la livre étaient exposés dans la vitrine en verre, à côté des chocolats à la crème de violette et des truffes en chocolat. Mais Rosie avait préféré commencer prudemment concernant ces petits chocolats artisanaux onéreux : elle en avait acheté des boîtes minuscules, au cas où les gens voudraient en goûter un ou deux. Elle n'était pas certaine d'en vendre beaucoup par ici. En revanche, qui refuserait des Rainbow Drops, ces petits grains de maïs et de riz soufflé enrobés de sucre ? Du fudge fourré aux raisins secs ? Des caramels crémeux ? Toute guillerette, sans cesser de siffloter, elle enfila son tablier flambant neuf.

Elle avait convaincu Lilian qu'il s'agissait d'un achat essentiel pour la boutique : celui, tout blanc, que sa tante lui avait donné était propre, doux, mais manifestement très vieux. Le nouveau était chic, à rayures, et Rosie s'extasiait devant lui. Elle l'adorait, mais elle était une jeune femme professionnelle et moderne, se rappela-t-elle : s'émerveiller devant un tablier revenait à trahir la cause féminine. Mais elle reprenait un commerce tenu par des femmes, songea-t-elle ensuite, il n'y avait donc aucun problème, d'autant que les nouveaux propriétaires n'auraient pas à le garder s'ils n'en avaient pas envie.

Fredonnant de bon cœur, elle arrangea les bocaux avec soin, en rangs bien droits, apportant les dernières retouches, de sorte qu'ils se trouvent à égale distance les uns des autres, leur étiquette tournée vers les clients. Elle avait demandé à Lilian de se charger des étiquettes, mais la vieille dame souffrait d'arthrite, ses articulations étaient trop raides, si bien que Rosie les avait faites elle-même, avec son écriture ronde. Elle avait conservé la vieille balance de sa tante, qu'elle avait polie avec du Brasso et du papier journal jusqu'à ce qu'elle soit étincelante. Elle devait utiliser le système métrique, mais s'attendait à ce qu'on lui demande des quarts de livre et des demi-livres, et avait donc mémorisé ses réponses au gramme près (« Ça fait deux cent vingt-quatre grammes ? Ça marche ! »). Elle cherchait aussi un moyen de doser les bonbons comme lorsqu'elle était enfant : « Pourrais-je en avoir pour vingt pence, s'il vous plaît ? »

Elle avait également conservé la caisse enregistreuse – même si elle se disait qu'elles pourraient la vendre sur eBay si les affaires allaient mal –, mais s'en était procuré une électronique d'occasion. Elle n'avait aucune idée de comment s'en servir, mais cela viendrait, elle en était certaine, et elle l'avait cachée derrière le comptoir, espérant garder la boutique dans son état original et l'illusion intacte.

Enfin, elle ne put en faire plus. La confiserie était reluisante. Propre comme un sou neuf. Elle évoquait un décor de drame historique ou une scène de *Harry Potter* – à condition de plisser les yeux pour que la nouvelle caisse, avec sa petite lumière verte, soit hors de vue. Elle la trouvait magnifique. Elle poussa un soupir de satisfaction.

— Lilian ? dit-elle en frappant à la porte du cottage avant d'entrer, bien que personne d'autre ne le fasse. Lilian ? J'ai quelque chose à te montrer.

Lilian somnolait, l'air un peu renfrogné, enveloppée dans sa couverture. Rosie ne voulait pas la réveiller, mais sa tante commençait à bouger. Et la jeune femme pensait que Lilian devrait essayer de moins dormir la journée ; elle se plaignait de ne pas trouver le sommeil la nuit. S'occuper d'une personne âgée, se disait souvent Rosie, équivalait un peu à s'occuper d'un bébé. En moins mignon.

— Quoi ? Pourquoi est-ce que tu me cries toujours dessus ? demanda Lilian en clignant des paupières. Est-ce que c'est moi qui t'ai donné ce tablier ?

— On en a déjà parlé. Allez, donne-moi ton bras.

Lilian se leva en maugréant et en renâclant, bien que Rosie lui ait dit qu'elle pouvait rester en chaussons.

— Sortir de chez moi en chaussons ? Certainement pas. J'ai beau être vieille, ma chère, je ne suis pas une souillon.

Rosie dut donc s'agenouiller pour lui mettre ses élégants escarpins à brides. Puis Lilian s'appuya sur elle pour sortir de la maison. Rosie avait emprunté une canne à Moray, mais ne parvenait pas à la lui faire utiliser. Elle espérait qu'elle s'en servait quand elle n'était pas là.

Il faisait toujours chaud dehors, mais Lilian insista pour mettre un gilet sur ses épaules. Si elle réussissait à la remplumer un peu, elle n'aurait peut-être plus aussi froid, espérait Rosie.

Elle la conduisit à côté. Rosie avait remis en état la cloche suspendue au-dessus de la porte. Elle ne pouvait imaginer quand elle avait tinté pour la dernière fois, tant elle était encrassée. Elle l'avait frottée, grattée, polie avec du Brasso et, à présent, son tintement retentissait gaiement. Quand elle l'entendit, Lilian ne put retenir une exclamation. Puis elle pénétra dans la nouvelle confiserie rutilante et s'arrêta net.

— *Oh !* s'écria-t-elle en se cramponnant à une étagère pour ne pas tomber. Oh.

Rosie, qui vit les couleurs quitter son visage, redoubla d'effort pour la retenir.

— Qu'est-ce... qu'est-ce qui se passe ?

Mais sa tante ne put que pointer du doigt.

— Mais..., commença-t-elle d'une voix haletante, en penchant dangereusement. C'est... c'est exactement comme avant. Exactement.

*

Rosie la fit rentrer chez elle, aussi vite que possible, la mit au lit, puis alla lui préparer un thé avec trois morceaux de sucre pour la revigorer. Elle trouva Lilian assise dans son lit, le regard perdu dans le vague.

— Décroise les jambes, lui ordonna-t-elle machinalement avant de s'asseoir à côté d'elle. Est-ce que ça va ?

Les yeux de Lilian semblaient à mille lieues de là.

— La boutique..., dit-elle d'une voix étranglée, tendue, haut perchée. Elle n'a pas ressemblé à cela... depuis longtemps.

Elle secoua la tête.

— Le simple fait... de la revoir. Je ne l'avais pas vue... je n'y étais pas retournée depuis... un bon moment.

— Oui, j'avais cru comprendre, répondit Rosie, qui avait dû rétablir l'électricité.

— Ça m'a rappelé des souvenirs.

Elle pensait à une chaude journée d'été, avec des fenêtres impeccables, quand la cloche avait tinté et qu'une tignasse châtaine et bouclée était entrée.

— Lesquels ? l'interrogea Rosie, contente de voir que sa tante reprenait des couleurs.

La vieille dame grignotait même les petits bouts de banane qu'elle lui avait coupés dans une assiette, sans grand espoir de succès.

— Regarde, tu manges un de tes cinq fruits et légumes par an !

Lilian feignit de ne pas l'entendre, ce que Rosie prit comme un bon signe.

— Raconte-moi.

Ce doux tintement, qu'elle n'avait pas entendu depuis des décennies (la cloche s'était bloquée un jour, et elle avait oublié de la réparer, et puis, enfin, elle était sans doute préoccupée à l'époque, le temps avait passé, et la réparer ne lui avait pas paru utile : elle voyait tout le monde entrer dans la boutique), avait résonné dans son esprit, ravivant tous ses souvenirs.

— Quelqu'un que je connaissais qui venait au magasin. Quand il venait, la cloche sonnait.

— Oh ! Tu m'intrigues ! Un homme ? Raconte-moi tout !

Mais Lilian paraissait épuisée.

— Je crois que je ferais mieux de me reposer un peu.

— D'accord, mais je te réveille bientôt. Tu ne peux pas passer tes journées à faire la sieste. Sinon, les nuits sont trop longues.

— Mes nuits sont toujours trop longues, répondit Lilian tout bas quand Rosie ferma la porte.

*

Rosie s'interrogea au sujet de Lilian tout l'après-midi, tandis qu'elle confectionnait à la main des prospectus à distribuer dans le village pour annoncer la réouverture du magasin et vingt pour cent de réduction sur tous les achats le premier jour. Après tout, Lilian leur avait caché pendant des années que la boutique était fermée. Quels autres secrets avait-elle ? Il était fou de penser qu'on puisse atteindre l'âge de Lilian (qui était vieille comme Hérode) sans avoir eu au moins une intrigue amoureuse. Elle avait à l'évidence été très séduisante. Et, comme elle n'avait jamais quitté Lipton, cela devait être quelqu'un du village. Le seul problème, songeait Rosie en sa qualité d'infirmière, était de savoir si fouiner dans le passé de sa tante serait bon pour sa santé.

*

Tiens donc, se dit-elle, sourire aux lèvres, en voyant le cabinet médical. Une secrétaire était en train d'ouvrir la porte de la grande bâtisse d'un air distrait.

— Puis-je vous laisser quelques prospectus ?

Entendant sa voix, une tignasse passa la tête à l'une des grandes portes du cabinet.

— Je me disais bien que c'était toi, lança Moray.

En réalité, il l'avait vue dans la rue et avait espéré qu'elle s'arrêterait ; classer des dossiers était fastidieux. Et puis, il voulait savoir pourquoi elle portait un tablier. Cela ne faisait aucun doute : en règle générale, son style vestimentaire était surprenant. Mais, surtout, l'idée de lui parler le réjouissait.

— Bonjour ! s'exclama-t-elle.

— Venez-vous vous inscrire au cabinet ? l'interrogea la secrétaire médicale.

— Oh, non. Je suis en parfaite santé.

Moray haussa un sourcil.

— Et je ne suis que de passage.

— Non, répondit-il. Tu ne veux pas remplir un dossier, juste au cas où ?

— Eh bien, même si je restais, je ne te voudrais pas comme médecin.

— Vraiment ? As-tu une de ces maladies très gênantes qu'on voit à la télé ?

— Non !

— Es-tu sûre ? Une queue vestigiale, peut-être ?

— Es-tu seulement autorisé à me poser cette question ?

La réceptionniste, qui connaissait bien Moray, leva les yeux au ciel.

— Ne t'inquiète pas pour ça. Comme tous les médecins, je me concentre uniquement sur le corps humain ; je ne le relie jamais à un individu.

— Est-ce la vérité ou le genre de choses que disent tous les médecins qui exercent dans une petite ville ? l'interrogea Rosie avec méfiance.

Elle avait assisté à de nombreuses conversations d'officines qui ne corroboraient pas cette affirmation. Moray jeta un rapide coup d'œil à la secrétaire, qui confirma les soupçons de Rosie.

— Peu importe, ajouta-t-elle à la hâte. Je me porte à merveille, merci. Je voulais juste vous donner ces prospectus.

Moray les lui prit. L'ancienne professeure de calligraphie de Rosie aurait été ravie d'apprendre qu'il fut très impressionné.

```
         Vous êtes conviés
    à la grande réouverture de
        la Confiserie Hopkins
  ... Tous vos vœux seront exaucés...
      20 % de réduction le jour
          de la réouverture !
```

S'ensuivaient une liste des friandises disponibles et la promesse d'être servi avec le sourire. En outre, les cinquante premiers clients auraient droit à un cadeau.

Moray lui fit les gros yeux.

— Rosalind, dit-il.

— C'est Rosemary, en réalité.

— Vraiment ? Je préfère Rosalind.

— D'accord, Morgan.

D'un geste, Moray désigna la salle d'attente, qui contenait beaucoup de jouets et de magazines, mais aussi de nombreuses affiches autoritaires, accrochées aux murs.

— Qu'est-ce que ça dit ?

Rosie considéra d'un air abattu une affiche qui représentait une pomme et une orange affublées de baskets et arborait le slogan « On aime les produits frais ». Sur celle d'à côté, intitulée « Problèmes de poids », on voyait le dessin d'un pèse-personne et, dessous, une liste terrifiante de maladies qui risquaient de vous arriver si vous aviez quelques kilos en trop. Enfin, la pire de toutes, la photo d'un enfant affalé sur un canapé en train de jouer aux jeux vidéo, assortie d'une légende effroyable : « Choisissez la mort prématurée... Restez passif ».

— Bon sang, dit-elle. C'est gai par ici. Pas étonnant que tout le monde soit malheureux et malade avec ça sous les yeux une bonne partie de la matinée.

— Hum. Donc, tu ne crois pas qu'il y aurait un conflit d'intérêts si on prenait tes prospectus ?

— Mais ce ne sont que des bonbons ! Ils ne contiennent pas d'horribles acides gras transformés. On n'a pas besoin de donner des jouets gratuits pour que les enfants reviennent. Ce ne sont que des bonbons ! C'est un petit plaisir, pas leur petit déjeuner, bon sang !

— Est-ce que je peux te donner un conseil ? Ne va pas chez...

— M. Blaine. Je sais, je l'ai rencontré.

— Si je n'étais pas un professionnel de santé, je te dirais même de garder tes distances.

— Regarde, répondit-elle en sortant son stylo. Qu'en dis-tu ?

En bas du prospectus, elle rajouta rapidement :

```
    Et n'oubliez pas vos cinq fruits
          et légumes par jour !
```

— Tu me fais penser aux gens qui disent que le whisky est à consommer avec modération. On se demande si on ne se fiche pas de nous.

— Dis donc, tu ne fais rien pour aider un commerce local. Et puis, tu sais, si la boutique marche bien, ce sera bon pour la ville d'un point de vue économique, et, comme tout le monde le sait, plus les gens sont riches, plus ils sont en bonne santé. Donc, grâce à nous, Lipton serait plutôt en meilleure santé.

— Tu gâches ton potentiel avec ces histoires de bonbons, tu devrais faire de l'épidémiologie.

— Oui, oui.

— Bon, je vais t'en prendre quelques-uns, avec l'avertissement concernant les fruits et légumes. À condition que tu fasses quelque chose pour moi.

— Est-ce ce à quoi je pense ? l'interrogea-t-elle en fronçant les sourcils.

— Non. C'est de retourner voir Stephen Lakeman. Tu sembles être la seule capable de lui faire entendre raison.

— C'est *exactement* ce à quoi je pensais !

— Oh, vraiment ? répondit Moray, l'air un rien coupable. Euh, oui. Enfin. Évidemment. Super.

*

Au bout du compte, Rosie trouva le courage de se rendre seule à « Peak House » et de gravir la colline à vélo. C'était exactement ce dont elle avait besoin, se dit-elle, pour contrer les effets de ses repas nourrissants – y compris un rôti de porc avec couenne et une compote de pomme auxquels elle savait que Lilian ne pourrait résister. Son séjour développait ses talents de cuisinière. Le plat maison préféré de Gerard était les pâtes bolognaises qu'elle préparait avec de la sauce « sans morceaux » achetée au supermarché.

Le trajet, si rapide en Land Rover, lui parut interminable et affreusement pentu. Pourquoi certaines personnes vivaient-elles dans des lieux aussi isolés ? Elle ne pouvait l'imaginer. Son sac à dos pesait une tonne, un caillou s'était logé dans sa chaussure, et, pour une fois, elle ne pestait pas contre la pluie, mais contre la chaleur de cette journée d'été : son tee-shirt à rayures lui collait à la peau.

Enfin, de très mauvaise humeur, se disant que le jeu n'en valait sans doute pas la chandelle puisqu'il allait l'ignorer et se montrer impoli pendant vingt minutes, elle mit pied à terre, courbaturée, le postérieur endolori, devant la porte de derrière.

Peut-être, songea-t-elle. Peut-être que, cette fois, il serait content de la voir, et cesserait de se montrer hostile. Il comprendrait peut-être qu'il avait besoin de quelqu'un comme elle... Quand les poules auraient des dents.

Elle tapa fort à la porte de la cuisine, puis entra d'un pas décidé, avant qu'il n'ait le temps de lui dire de s'en aller.

— Repas à domicile, annonça-t-elle.

Il était là, à la même table, sur la même chaise. Elle ne pouvait croire qu'il soit toujours là, à la même place, après tout ce temps.

— Vous n'avez pas *bougé* ? l'interrogea-t-elle en s'efforçant de ne pas avoir l'air horrifié.

— Non, répondit-il d'un ton sec. C'est évident, j'ai pris des vacances pour essayer ma nouvelle fusée. Après, j'ai participé au concours hippique de Wimbledon. Et j'ai passé un week-end de folie à Ibiza.

— Vous êtes en train de vous transformer en ermite. La prochaine fois que je viendrai, vous aurez soixante-sept chats.

— « La prochaine fois » : mon cœur s'emballe, je vais défaillir.

Mais elle vit qu'il regardait son sac.

— Qu'est-ce qu'il y a là-dedans ?

— Rien, rétorqua-t-elle en installant des côtes de porc, des pommes de terre à demi rôties, de la compote de pomme maison et du chou rouge sur la table, ainsi qu'une demi-livre de fudge et un grand sachet de Dolly Mixtures.

Ils se dévisagèrent.

— La Sécurité sociale est beaucoup plus attentionnée que dans mes souvenirs.

— Cela n'a rien à voir avec la Sécurité sociale. J'essaie de soudoyer les gens pour qu'ils viennent dans ma confiserie, rétorqua-t-elle en allumant le four.

Stephen parut déconcerté.

— Ah oui ?

— Je croyais que Mme Laird vous racontait tous les ragots ?

— Elle parle, mais je n'ai pas dit que je l'écoutais.

— Ma jolie confiserie… enfin, la jolie confiserie de ma grand-tante Lilian rouvre… demain, expliqua-t-elle en lui montrant les prospectus. Pourquoi ne viendriez-vous pas ?

Il grimaça.

— Merci. Après, je pourrais peut-être faire de la vannerie ou de l'art-thérapie.

Elle lui fit les gros yeux.

— Non. Vous pourriez manger une sucette, comme les gens normaux.

— Merci de me compter parmi les gens normaux.

— Ah ! Vous *détesteriez* ça. Faire partie des gens normaux.

— Vous êtes injuste, répondit-il d'une voix douce, mais blessée.

Rosie installa les pommes de terre dans la lèchefrite d'une propreté étonnante pour finir la cuisson. Elles sentaient déjà merveilleusement bon.

— À quoi dois-je cette munificence ? Moray essaie-t-il de m'empoisonner ?

— Non. Peut-être, oui. Non, je ne crois pas. Mais il y a un hic.

— Je me disais aussi.

— Vous devez me laisser changer votre pansement.

Le regard de Stephen s'éteignit aussitôt.

— Non, je le fais moi-même.

— Je suis surprise que vous ne soyez pas déjà mort de septicémie.

— Ça va.

— Si ça allait, vous seriez dehors, dans le jardin, vous monteriez les escaliers, vous iriez à la salle de sport ou voir des amis, ou draguer une fille ou un garçon, vous retourneriez travailler... Stephen, où est votre *famille* ?

— Mêlez-vous de vos oignons, lança-t-il d'un air renfrogné.

— Non. Je suis impliquée maintenant. Si je pars, je vous imaginerai toujours assis à cette table, en train de vous faire dévorer par des coccinelles ou quelque chose comme ça.

— Des coccinelles ?

— Cela pourrait arriver, vu comment vous vous déplacez.

— Des coccinelles, sérieusement ?

— J'ai mis des fines herbes sur les côtes de porc, dit-elle, comme une odeur divine commençait à emplir la cuisine.

Stephen parut partagé, et si triste que Rosie en fut bouleversée. Qu'avait-il bien pu endurer pour finir comme cela ? Un homme jeune, beau, visiblement en forme, à part sa blessure... Que lui était-il arrivé ? Elle jeta un coup d'œil dans le four et le mit moins fort.

— Vous savez, si on commence maintenant, quand on aura fini, le repas sera prêt.

— Rosie. C'est horrible à voir, vous savez. Horrible.

— J'ai vu pire, répondit-elle stoïquement. Honnêtement, tant qu'on n'a pas vu quelqu'un se présenter aux urgences avec un cafard dans les fesses, on ne connaît rien de la vie.

— Un *quoi* ?

— Exactement. Et pourtant, c'est *vous* qui êtes déprimé. Venez.

Il était temps d'agir. Avec douceur, mais fermeté, Rosie lui prit le coude et le conduisit dans ce qu'elle devinait être, à raison, la salle de bains, un peu vieillotte, mais propre.

— Enlevez votre pantalon, dit-elle en se retournant pour se laver les mains. Je ne regarde pas. Dites-moi si vous avez besoin d'aide.

Il lui soutint qu'il n'en avait pas besoin, mais elle devinait à ses mouvements prudents que ce n'était pas facile pour lui.

— Est-ce que vous me regardez dans le miroir ?

— Oui. Je vous regarde et je vous mets une note sur dix. Continuez, s'il vous plaît.

Quand elle se retourna, il était juché sur le bord de la baignoire, l'air anxieux. Il se passa les mains dans les cheveux, qui auraient eu besoin d'une bonne coupe.

Il portait un caleçon blanc : sa jambe droite était très longue, musclée, toujours halée et ferme. La gauche, en revanche, ne semblait pas appartenir au même homme. Elle était blanche, glabre, d'une extrême maigreur. Rosie s'agenouilla et, sans rien dire, parce qu'elle savait que cela serait douloureux, retira vite le pansement, d'une main experte. Stephen ne fit pas un bruit, mais elle sentit à la contraction de ses muscles qu'il souffrait, et elle le vit agripper le bord de la baignoire.

S'attendant à bien pire, elle examina la plaie avec soin : une grande déchirure irrégulière à l'intérieur de sa cuisse. Elle n'était vraiment pas belle à voir (elle était toujours béante), mais, le plus important, c'est qu'elle était propre ; elle ne sentait pas mauvais et ne semblait pas s'être aggravée. Rosie releva les yeux vers lui.

— C'est propre, dit-elle en fronçant les sourcils.

— Hum, je ne suis pas totalement idiot.

— Eh bien, en dehors du fait que vous l'êtes, vous avez nettoyé cette plaie, répondit Rosie, qui voyait parfaitement l'endroit où les points s'étaient résorbés avant d'avoir fini leur travail. Ou quelqu'un d'autre l'a fait.

— Non. Mme Laird est super, mais elle n'est pas infirmière.

Rosie suivit son regard jusqu'à l'armoire à pharmacie accrochée au-dessus du lavabo. Une énorme bouteille d'alcool à 90 était posée dessus, à moitié vide.

— Bon sang. Ça doit faire un mal de chien.

— Le whisky m'aide. J'aime faire les choses à fond.

— Mais vous ne voyez pas que ça ne sert à rien ? Vous pouvez en mettre autant que vous voulez : si vous ne vous faites pas recoudre, ça ne s'arrangera jamais. C'est impossible.

Comme il ne répondait pas, elle entreprit de nettoyer la zone, délicatement, en utilisant une crème anesthésiante.

— Pourriez-vous le faire ? Me recoudre ? lui demanda-t-il tout bas.

— Non. Je ne devrais même pas faire ça, en réalité. Ne vous avisez pas de glisser et de vous assommer, ou nous aurons de gros problèmes.

— Vous voulez dire que je vais devoir aller voir Moray, ce crétin dédaigneux ?

— Qu'est-ce que vous avez contre lui ?

— Il croit tout savoir, répondit-il avec un haussement d'épaules. Il aime se mêler des affaires des autres. Il prend la peine d'obtenir un diplôme de médecine, puis le gâche en restant là pour examiner les fesses des vieilles dames.

Dans son for intérieur, Rosie se dit qu'ils devaient avoir à peu près le même âge, mais le garda sagement pour elle.

— Bon, et si vous vous rendiez à l'hôpital le plus proche ? Ils vous recoudraient ça en un rien de temps aux urgences.

Stephen regarda sa jambe pendant qu'elle la bandait. Il y eut un long blanc. Elle poussa un soupir.

— Est-ce que vous comptez rester assis là à ne rien faire, comme un vieillard, en croisant les doigts et en espérant que ça s'arrangera tout seul ? demanda-t-elle avec une pointe de tendresse dans la voix.

Il y eut un silence.

— Je dois vous dire que ça n'arrivera jamais.

S'ensuivit un autre blanc. Rosie savait ce qu'il voulait qu'elle dise. Il était marrant : on aurait dit un enfant, à certains égards.

— Je pourrais peut-être vous emmener, proposa-t-elle.

— Sur votre vélo ?

— Je trouverai un moyen.

Il ne répondit pas ; il resta assis et soupira. Puis il finit par la regarder.

— Est-ce que vous pouvez sortir pendant que je mets mon pantalon ?

Rosie rangea ses affaires, puis se dirigea vers la porte.

— Je prends ça pour un oui ! cria-t-elle avec entrain.

*

1943

La vie reprit son cours normal ; aussi normal que possible en temps de guerre, du moins. Même si cela paraissait impossible ; même si personne ne semblait capable de retrouver un comportement normal ; même si les enfants qui riaient et les vieux messieurs qui la saluaient dans la rue lui apparaissaient comme autant d'affronts à l'abominable destruction du monde. Le vrai chagrin, découvrit Lilian, était implacable, épuisant, trop lourd à porter. Mais, peu à peu, elle retourna au monde réel : un programme à la radio, un joli coucou dans une haie ou la sensation du soleil sur sa peau détournait son attention, et, un instant, la rendait heureuse, avant que tout ne lui revienne en mémoire. Son père semblait avoir perdu pour de bon son humour jovial, savoureux, mais était toujours capable d'échanger des remarques banales à table : il la complimentait sur la soupe, lui parlait des recettes en hausse ou en baisse de la boutique. Et quand l'agnelle, qu'ils avaient appelée Daisy, fut mise à paître, qu'elle commença à sautiller gaiement dans les prés (Lilian feignait toujours de savoir laquelle était la sienne), avec Henry, ils eurent plus de temps pour bavarder. Ils découvrirent qu'ils avaient envie de parler de tout ou presque, pas seulement de sa perte : de la sœur de Henry, morte de la scarlatine quand il avait neuf ans ; de l'institut d'enseignement technique de Chester qu'il rêvait d'intégrer ; il ne voulait pas travailler à la ferme, mais il n'était pas sûr de pouvoir rassembler assez d'argent, et puis, de toute façon, il serait bientôt appelé sous les drapeaux, alors cela n'avait pas vraiment d'importance.

Lilian se rendit compte qu'elle aimait parler de sa vie, de ses projets, de ses rêves ; ils lui permettaient de s'évader, de ne plus penser à Ned, à la confiserie et au petit salon étouffant qui contenait ce qu'il restait de sa famille. Pendant ces heures volées, ils s'asseyaient l'un à côté de l'autre, dégustant à l'occasion un sachet de sucres d'orge abîmés, et discutaient de ce qu'il ferait plus tard. Parfois, après sa longue journée dans les champs, Henry manquait s'endormir ; d'autres fois, ils partageaient une bouteille de cidre, et Lilian fixait sa nuque brûlée par le soleil, ses cheveux bouclés ébouriffés, se demandant comment elle avait pu le trouver agaçant ; comment elle avait pu, même une seconde, ne pas le considérer comme l'homme le plus merveilleux, le plus gentil, le plus extraordinaire qu'elle ait jamais rencontré. Au fil du temps, Lilian s'enhardit : elle posa la tête sur son épaule, le laissa lui prendre la main, allongés dans la prairie, et, petit à petit, leurs projets, leurs idées de l'avenir, commencèrent à devenir communs ; à se mêler, telles deux plantes poussant côte à côte.

Avant la guerre, songea-t-elle un soir qu'ils rentraient tard, la lune rousse se levant au-dessus d'eux, cela n'aurait pas été permis ; le scandale les aurait éclaboussés. À présent, les règles semblaient avoir changé ; tant de jeunes hommes étaient partis, avaient quitté le village ou avaient été tués. Lilian avait appris une chose avec effroi : tout le monde cachait les nombreuses tragédies qui les frappaient. Elle qui croyait être la seule personne malmenée par l'univers avait réalisé qu'elle avait en réalité été innocente, préservée, jusque-là ; que perdre un frère ou un fils était courant ;

l'était depuis que les guerres existaient. Elle avait le sentiment d'avoir intégré un nouveau groupe : ceux qui connaissaient la cruauté du monde et ne pouvaient plus l'oublier.

Comme ils traversaient la rue pavée, elle tendit la main, se mordant les lèvres ; sans même ralentir le pas, Henry tendit la sienne, puissante, calleuse, pour s'en saisir, et ils poursuivirent leur chemin sur la route sombre, leurs doigts entrelacés.

Elle savait, tout au fond d'elle, que Henry recevrait bientôt son ordre de mobilisation, qu'il devrait partir sous peu ; elle avait perdu Ned, et ses deux autres frères étaient toujours au front, mais elle repenserait toujours à ce moment comme à l'un des plus heureux de sa vie.

Chapitre 11

Déloger les bouts de nougatine coincés entre les dents nécessite certaines compétences. À un moment donné, j'ai donc suggéré aux nougatiers d'inclure un cure-dents dans chaque paquet, mais ils se sont montrés très désagréables, répondant que les enfants risquaient de s'éborgner, et j'en passe. Raison pour laquelle, à mon avis, la nougatine est moins en vogue aujourd'hui. Mais qui suis-je pour parler ? Après tout, pourquoi les fabricants de confiseries écouteraient-ils quelqu'un qui vend des bonbons directement au grand public depuis cinquante ans ? Comment puis-je outrepasser mon rôle et envoyer des informations utiles sur un produit qui pose un problème évident (en plus de vous donner une haleine de singe diabétique) ? Pauvre de moi !

*

— Tada !

Rosie se tenait au pied de l'escalier. Il n'était que sept heures, mais l'excitation l'avait empêchée de dormir, et elle avait entendu sa tante s'agiter en bas. Elle l'avait donc aidée à se laver et à s'habiller, puis elle avait filé se préparer à l'étage avant de mettre des œufs brouillés sur le feu.

— Qu'est-ce que tu en penses ? C'est trop ?

Lilian releva les yeux de son journal, qu'elle lisait avec attention.

— On parle de toi là-dedans, dit-elle en le lui tendant.

Le petit journal local de seize pages, rempli d'annonces pour des machines à laver et des engins agricoles, avait publié une photo de la confiserie remise à neuf.

— Ooh ! s'exclama la jeune femme.

Dessous, la légende disait : « La famille Hopkins, spécialiste des caries, récidive. »

— Oh, fit-elle, surprise que cela lui sape autant le moral. Ce n'est pas très gentil.

— Non.

— C'est même odieux.

« L'ancienne confiserie de Lipton, autrefois à l'abandon, rouvre aujourd'hui, au même endroit ; elle revient d'outre-tombe pour gâter les dents d'une nouvelle génération d'enfants. »

Rosie releva les yeux.

— Lilian ?

— Je crois que tes œufs brouillés sont en train de brûler.

— Minute, papillon ! répondit Rosie en les recouvrant de fromage râpé.

Sa tante la regarda faire, presque avec avidité. Ravie, Rosie, glissa deux tranches de pain complet sous le grill (il n'y avait pas de grille-pain dans la maison de poupée de Lilian), puis elle leur prépara deux tasses de thé, et elles s'installèrent à table.

— Lilian, qui dirige le journal local ?
— Le *Lipton Times* ? Ce charlatan de Blaine.

Rosie jeta un coup d'œil aux autres articles de la petite gazette, qui parlaient pour la plupart d'un concours de dents blanches à l'école.

— Il fait ça en parallèle de son travail de dentiste ?
Lilian parut attristée.
— Le *Lipton Times* était un journal prospère avant. Tout le monde le lisait. Il y avait un journaliste, un rédacteur en chef et tout. Et puis, tu sais…
— Quoi ?
— Ce truc dont tout le monde parle. L'énorme journal dans le ciel qui est arrivé et qui a détruit tout le reste, blablabla.

D'abord perplexe, Rosie finit par comprendre.

— Tu veux parler d'Internet, c'est ça ?
— Oui. Je déteste ce truc.
— Tout Internet ?
— Oui.
— Tu détestes Internet ?
— Oui.
— Pourquoi ?

Lilian la dévisagea, comme si elle était la pire des idiotes.

— Parce que ça a transformé mon bon journal local en immonde torchon gratuit, voilà pourquoi. Et ça fait dix-sept ans que je ne reçois presque plus de lettres dignes de ce nom ! Pourquoi voudrais-je d'une chose pareille ?

— Tu sais, répondit Rosie, qui venait d'avoir une idée, si tu avais un site Internet, tu pourrais envoyer des confiseries à n'importe qui, dans le monde entier.

— Et pour quoi faire ?

— Eh bien, les gens aimeraient peut-être acheter des confiseries à l'ancienne. Ils aimeraient peut-être recevoir de savoureux berlingots, des bonbons gélifiés qui se respectent, ou des loukoums dignes de ce nom, au lieu des machins roses bizarroïdes qu'on trouve aujourd'hui. Le tout bien présenté.

Lilian parut plus que sceptique.

— Dis donc, tu es pleine d'entrain aujourd'hui. Et qu'est-ce que c'est que cette tenue ?

— Oui, je me demandais si ce n'était pas trop.

Elle portait une robe Get Cutie qui lui allait à merveille. Dotée d'un décolleté en cœur, de manches trois-quarts et d'un joli motif d'oiseaux, elle était protégée par son tablier à rayures. Une charlotte recouvrait ses boucles brunes.

— C'est la charlotte, c'est ça ? La charlotte est en trop.

— Je ne dirais pas ça, répondit sa tante, un sourire flottant sur ses lèvres. Quoique ça me rappelle un peu l'équipe de traiteurs que Hetty embauche au manoir pour la fête de Noël ou ces horribles réceptions de mariage.

— C'était juste une idée en l'air, répliqua Rosie en l'enlevant aussitôt. Mais il faut que je la porte quand je sers du chocolat.

Lilian pouffa.

— Le politiquement correct poussé jusqu'à l'absurde !

— Je ne crois pas, contredit Rosie avec douceur. C'est une question de propreté.

— Ma boutique a toujours été propre !

Les deux femmes se dévisagèrent.

— Évitons de parler des souris maintenant, rétorqua Rosie, qui avait eu la mauvaise surprise d'en trouver dans des pièges plusieurs matins de suite. Alors, est-ce que tu viens ? Je vais distribuer des sucettes gratuites ! Et des ballons !

— *Gratuites ?*

— C'est du marketing. Et je me suis dit que... si tu voulais venir... Moray pourrait me prêter un fauteuil roulant qu'il a au cabinet.

— Certainement pas. Je ne vais pas rester assise là-bas comme une vieille chouette blessée par la guerre... Enfin...

— C'était juste une suggestion. J'espère... j'espère qu'il y aura du monde. Jake m'a dit qu'il viendrait avec des ouvriers agricoles, et j'ai distribué de nombreux prospectus...

— Non, la coupa Lilian. Les gens de Lipton ne se font pas avoir par ce genre de choses, il faut que tu l'acceptes, Rosie. J'apprécie ce que tu essaies de faire pour moi. Ce serait bien que tu trouves un repreneur et que la confiserie reste ouverte, je suppose. Oui, je suppose.

— Est-ce ta façon de me dire merci ?

— Mais nous devons regarder la réalité en face, Rosemary. Ces boutiques... elles sont en voie de disparition. Comme tout le reste. Comme le bureau de poste. Comme les journaux. Comme moi, et tous ceux que j'ai connus.

Lilian ébaucha un sourire ironique, peu flatteur sur son vieux visage émacié. Il révéla de longues dents plantées dans des gencives rétractées et lui dessina de profondes crevasses sur les joues.

— C'est fini pour nous. Tu es gentille d'être venue ici et de t'occuper de moi. Et, si nous obtenons un repreneur pour la boutique, ce serait rudement bien pour moi, j'imagine. Je pourrais trouver une maison de retraite et m'asseoir dans un coin pour regarder la télé toute la journée, de la bave me coulant le long du menton. Je sais ce que vous manigancez.

— On ne « manigance » rien du tout. Nous avons eu tort de te laisser te débrouiller seule. Je n'ai pas changé d'avis. Et j'essaie de faire de mon mieux pour toi et la boutique. Et je crois…

Elle s'interrompit, jetant un coup d'œil à la bonbonne d'hélium qui avait été livrée la veille au soir.

— Je crois qu'on peut y arriver.

Lilian poussa un grognement.

— J'allais très bien, tu sais.

— Je sais, mentit Rosie pour la énième fois. Je sais que tu allais bien, tata Lil. On essaie juste de t'aider. J'essaie juste de t'aider.

— Les gens devraient attendre qu'on leur demande de l'aide.

— Certaines personnes en sont incapables, répondit Rosie en pensant à quelqu'un d'autre. C'est là que j'interviens.

*

C'était encore une belle journée ; une douce odeur de foin fraîchement coupé flottait dans l'air, remarqua Rosie. Les rues du village étaient pleines de travailleurs agricoles saisonniers, de derniers touristes de la saison et de premiers groupes d'enfants. À huit heures trente, Rosie avait déjà réussi à gonfler les ballons avec la bonbonne d'hélium – elle eut un petit pincement au cœur, regrettant que Gerard ne soit pas là pour entendre sa voix de Donald Duck, mais cela lui passa rapidement. Elle les installa dehors, puis la cloche tinta et elle se retourna pour se retrouver face à un petit garçon qui la regardait, l'air grave. Elle le reconnut aussitôt.

— Bonjour, Edison.

— Je suis venu tôt, expliqua le garçonnet, clignant des yeux derrière ses épaisses lunettes. Je me suis dit que, si je venais tôt, je pourrais manger quelques bonbons avant que les grands ne me les prennent.

— Dis aux grands d'arrêter ! Ou donne-leur un coup de poing.

— Je ne peux pas faire ça. Je suis un pacifique.

— Un quoi ?

— Un pacifique. Ça veut dire que je ne réponds pas par la violence, parce que c'est immaral.

— Tu veux dire que tu es pacifiste, Edison, c'est ça ?

— Oui, c'est ce que j'ai dit.

Rosie sortit la grande boîte de sucettes à l'ancienne – fraises et crème, citron et citron vert, cassis et vanille, leurs couleurs se mêlant en tourbillonnant, chacune enveloppée dans une papillote.

— Eh bien, tu peux voir les choses comme ça : ne cherche jamais la bagarre, mais si on t'embête, rends coup pour coup.

Edison examinait les sucettes de près : il les prenait dans sa main et les faisait tourner, essayant de se décider.

— Oui, mais le truc, c'est que mes lunettes coûtent cent cinquante-neuf livres, tu vois ? dit-il, ressemblant à un petit professeur. Je suis stig-ma-mate. Ma mère dit que ça va me rendre très intelligent.

Rosie haussa les sourcils, puis jeta un coup d'œil dehors. Une femme avec une coupe de cheveux sévère, non maquillée, lui adressa un sourire pincé avant de regarder délibérément sa montre.

« Ne cherche jamais la bagarre, mais rends toujours coup pour coup », lui disait son grand-père, Gordon. Il lui avait appris à se battre sur le balcon de leur ancien appartement. Cela lui avait servi une fois, en CE2, contre une bande de filles de l'immeuble d'à côté, de vraies dures à cuire. À la seconde où elle s'était servie de la prise au cou de papi Gordon, ses rivales avaient reculé en chancelant, en l'insultant, et elles ne l'avaient plus jamais embêtée. Elle était tentée d'apprendre cette prise à Edison, mais elle se doutait que sa mère ne verrait pas cela d'un très bon œil. Faire revenir le méchant sucre au village était déjà assez grave comme cela, imaginait-elle.

— As-tu fait ton choix, petit génie ?

Edison paraissait démuni.

— Tu te rappelles ton ami qui n'a pas le droit de manger des sucreries ?

— Reuben ?

— Oui, Reuben.

— Mmh mmh.

— Voudrais-tu en prendre une pour lui ?

— Mais ce ne serait pas immaral ?

— Non. Pas si des méchants essaient de te prendre ta sucette. Tu pourras leur donner celle de Reuben, puisqu'il n'a pas le droit de la manger, de toute façon.

Edison fronça les sourcils, réfléchissant à ce que cette proposition impliquait. Au bout d'un moment, il trouva une solution qui lui convenait, sourit et releva la tête.

— D'accord ! Est-ce que je peux avoir une sucette fraise-crème, et Reuben en voudrait une citron-citron vert. Ou peut-être que Reuben préférerait le cassis. Je déteste le cassis. Si des méchants voulaient prendre la sucette de Reuben, ils diraient peut-être : « Pouah ! Beurk ! Ça va nous rendre malades, on déteste le cassis. »

— Ça pourrait arriver.

Edison opina du chef, et Rosie mit les sucettes dans un sachet.

— Félicitations ! Tu es officiellement notre premier client.

Puis elle ouvrit la porte pour trouver des badauds, des passants et des enfants curieux amassés devant.

— Je déclare cette confiserie… ouverte ! lança-t-elle avec un grand sourire.

Un flot de clients pénétra à l'intérieur. Rosie observa les petits garçons et les petites filles, se demandant si elle pouvait identifier ceux qui rendaient la vie infernale à Edison, mais ils avaient tous l'air adorables, avec leurs joues roses.

— Je vais prendre *le plus gros sachet du monde* et acheter tous les bonbons de ce magasin, annonça un blondinet.

— Moi aussi, je vais faire pareil, ajouta son copain. Sauf que le mien, ce sera le plus gros sachet de l'espace. Du coup, il sera plus gros que le tien, et toc.

— Je vais apporter tout l'argent de mon anniversaire, tout l'argent de ma tirelire : c'est beaucoup, dix livres, oui, et je vais acheter *tous les chocolats de ce magasin*, renchérit un autre.

— Certainement pas, intervint une voix de maman.

Rosie releva les yeux. C'était Maeve Skitcherd, la secrétaire médicale.

— Bonjour !

— Bonjour, répondit Maeve. Je n'ai pas pu résister. Quand j'étais petite, Mlle Lilian avait toujours des… J'imagine que ça n'existe même plus, je n'en vois plus nulle part…

Rosie inclina la tête, croisant les doigts. C'était le plus important ; c'était comme cela que la boutique pouvait renaître de ses cendres. Pas grâce aux pence et à l'argent d'anniversaire des enfants, mais grâce aux souvenirs et aux envies des adultes.

— … j'imagine que vous n'avez pas de bonbons à la crème de menthe ?

Rosie faillit lever le poing en signe de victoire. Elle en avait. Elle avait réapprovisionné le magasin avec tous les bonbons d'origine qu'elle avait pu trouver.

— Oh, si, bien sûr. Souhaitez-vous un gros ou un petit sachet ?

Rosie connaissait le système métrique depuis qu'elle était infirmière, mais savait qu'il n'était pas approprié pour une confiserie traditionnelle. Elle vendait donc des sachets à une, deux ou trois livres : les petits contenaient un seul type de sucreries, mais, pour les moyens et les grands, on pouvait en choisir deux ou trois à mélanger.

— Ooh, un grand ! répondit Maeve, les joues roses de plaisir. Ou peut-être un petit. Non. Un grand.

Pendant que Lavender, la fille de Maeve, déballait sa sucette à la fraise, Rosie remplit un grand sachet de bonbons à la crème de menthe. Elle nota dans un coin de sa tête que, quand on proposait des bonbons fruités aux enfants, ils penchaient toujours pour ceux à la fraise (une petite voix lui dit que savoir cela ne lui servirait à rien quand elle vendrait la confiserie, mais elle la fit vite taire). Maeve ne put attendre. Dès qu'elle eut tendu sa monnaie, elle sortit un bonbon et mordit dans ce grand disque blanc.

— Oh là là, fit-elle, comme le goût fort de la menthe lui envahissait la bouche. Ils n'ont pas du tout changé. Pas du tout.

Elle rosit.

— J'en achetais un gros sachet tous les jours en rentrant de l'école. Tout mon argent de poche y passait. Les autres enfants achetaient des bonbons différents : des bonbons Alphabet, par exemple. Le nom qu'on arrivait à écrire était celui de notre futur mari. Mais, moi, j'achetais toujours ceux-là, j'étais complètement accro. Tous les jours, pendant environ un an. Et puis, je n'y ai plus pensé. Alice Mandon achetait des bonbons Alphabet ; Carly, une souris en sucre, elle surveillait toujours sa ligne... Il faut que je la contacte pour lui dire que cet endroit a rouvert. Elle l'adorait. On s'est retrouvées, vous savez, sur Facebook...

Elle consulta sa montre.

— Bref, pourquoi est-ce que je vous raconte tout ça, moi ? Je vais être en retard pour ouvrir le cabinet, et Hye sera furieux.

— Ça ira, lança une voix tonitruante derrière elle.

Maeve sursauta, avant de se retourner.

— Alors, c'est là que vous envoyez tous les accros au sucre, mademoiselle ? poursuivit-il.

Avec son pantalon en velours et sa chemise rose, on aurait vraiment dit une caricature de médecin de campagne, songea une nouvelle fois Rosie.

— Hmm. Avez-vous des Red Hots ?

À nouveau, Rosie remercia sa tante de n'avoir rien jeté, pas même ses factures, puisque, pour la première fois, elle se servit de l'échelle pour atteindre les étagères du haut (elle ne pensait pas que les Red Hots seraient populaires) et mettre une poignée de ces pastilles au goût très prononcé de cannelle dans un sachet.

— Ça terrifie les gamins, ces machins, expliqua Hye. Ça évite qu'ils ne me les piquent.

Rosie l'imagina aussitôt enfant, en short, avec de grosses fesses.

— J'espère que vous les trouverez bons, répondit-elle en souriant.

— Hum. Je suis juste content que vous n'approchiez plus les chiens du village.

Rosie tenta de fermer le sachet en le faisant tourner sur lui-même, mais elle n'avait pas encore pris le coup de main. Elle ne maîtrisait pas mieux la caisse enregistreuse, contre laquelle elle se cognait toujours le coude, au plus mauvais moment. Forcément, cela lui arriva. Hye se moqua gentiment d'elle . Puis il se retourna, mettant pensivement l'un de ses gros bonbons rouges dans la bouche.

— Pas mal, remarqua-t-il. Pas mal du tout.

Rosie sourit, ravie. Hye ouvrit la porte, l'air un peu moins bourru.

— Je crois que Moray est très reconnaissant de votre aide avec notre petit... problème, à « Peak House ». Merci.

Sur ce, la cloche tinta, et il s'éloigna. Qu'entendait-il par là ? Pourquoi Stephen était-il un problème ? Pourquoi était-ce un patient aussi important ?

Or elle n'eut pas le temps d'y penser plus longtemps, la cloche tintant de nouveau. Une fois les enfants dispersés (l'un d'eux chipant un ballon au passage – elle se demanda si c'était le fauteur de troubles du village), les travailleurs commencèrent à passer devant la boutique, certains s'attardant dehors pour admirer la vitrine. Elle avait placé certains des chocolats les plus beaux et les plus tentants dans le coin le plus ombragé et, de l'autre, avait disposé des souris et des cochons en sucre, qui jouaient ensemble. Quelques personnes s'aventurèrent à l'intérieur, qu'elle accueillit avec un sourire avenant. Les gens lui demandaient les friandises les plus étranges qui soient : des bonbons à la rhubarbe et à la crème anglaise, des gommes à mâcher à l'ananas, des sucres d'orge et des Eucalyptus – des confiseries dont Rosie n'avait parfois jamais entendu parler, mais que, le plus souvent, grâce au petit livre de Lilian, elle avait depuis peu en rayon, brillantes dans leurs bocaux de verre.

Elle pesa, fit tourner les sachets sur eux-mêmes jusqu'à prendre le coup de main, rendit la monnaie. L'une des énormes boîtes de chocolats en forme de cœur fut emportée par un jeune marié qui souhaitait l'offrir à son épouse, puisque, avoua-t-il à Rosie avec gêne, ils avaient dû passer leur lune de miel à moissonner alors qu'elle voulait aller à Malaga. Devant cette charmante attention (personne ne lui avait jamais offert de chocolats, même si Gerard rapportait de la pizza à la maison de temps à autre, quand il était d'humeur romantique), elle baissa aussitôt le prix de cinq livres.

À vrai dire, elle ne s'attendait pas à réaliser de grosses ventes. Les clients étaient pourtant là, inondant la boutique. C'était la nouveauté. Forcément. Tout le monde passerait, pendant deux ou trois jours, puis la situation reviendrait à la normale. Ce qui signifiait, songea-t-elle en pesant un petit sachet de bonbons à la violette, dont l'odeur légèrement âcre et acide se mit aussitôt à embaumer l'air, incitant deux enfants à demander la même chose, qu'elle devrait sans doute la mettre en vente le plus vite possible. C'était ce qu'il fallait faire.

Rosie se pencha et donna un petit bonbon violet à chacun des deux enfants. Ils la dévisagèrent, les yeux écarquillés, avant de jeter un coup d'œil à une femme près de la porte, qui hocha la tête avec indulgence.

— J'aime *beaucoup* votre magasin, dit le garçonnet.
— Ça me fait très plaisir.
— Comment est-ce que tu t'appelles ?
— Rosie, répondit-elle en souriant.
— Bonyour, mamoiselle Rosie. Moi, je m'appelle Kent.
— Bonjour, Kent. Et toi, comment tu t'appelles ?

Mais la fillette, la petite sœur de Kent, à l'évidence, resta muette, émerveillée, et fixa Rosie, la bouche et les yeux grands ouverts.

— Elle est très timide, expliqua sa mère.

Cette dernière était mince, jeune et, fait étonnant à Lipton à l'exception de Lilian, bien habillée, comme une maman tendance, avec un pull-over en cachemire rose pâle et un élégant pantalon large.

— Mais je crois que votre magasin lui plaît. Elle s'appelle Emily.

— J'en suis ravie, répondit Rosie.

— Il me plaît, à moi aussi, poursuivit cette femme en jetant un coup d'œil à l'intérieur. Vous avez fait un travail remarquable. Ça ressemble vraiment à une confiserie d'autrefois.

— Oh, c'en est une. Tout est d'époque. Je n'ai rien changé, je me suis contentée d'astiquer un peu.

— Eh bien, ça me plaît beaucoup, renchérit cette dame avec un sourire, qui révéla de belles dents blanches. J'espère que ça marchera. Je m'appelle Tina, au fait. Tina Ferrers.

— Enchantée. Rosie Hopkins.

— Oh, je sais qui vous êtes. Tout le village le sait.

— Hmm. Est-ce une bonne ou une mauvaise chose ?

— Oh, ils me connaissent tous, moi aussi, commenta Tina en levant les yeux au ciel. C'est la campagne. C'est comme ça ici. Kent, Emily, venez. On devrait boire un café un de ces jours, vous me raconterez tout au sujet de cet endroit, proposa-t-elle avant de sortir du magasin dans un tintement de cloche.

Rosie était ravie que quelqu'un se montre amical sans qu'elle ait eu besoin de sauver un chien pour cela, même si elle essaya de se persuader du contraire. Et Tina semblait s'intéresser à la confiserie. Cela pouvait s'avérer utile.

Rosie n'eut pas une seconde à elle de la matinée, mais, à un moment, elle releva la tête et eut la surprise de voir Mme Isitt, qui l'observait à travers les minuscules carreaux. La vieille dame n'entra pas, et Rosie se souvint d'apporter des confiseries à la noix de coco à son mari aussi vite qu'il était humainement possible de le faire.

*

1943

C'était indéniable, cela les aida à aller mieux. Gordon, qui avait une semaine de permission, quitta le front nord-africain pour rentrer à la maison. Après un voyage de plus de soixante-douze heures, à bord de bateaux et de camions de ravitaillement, il prit un car vert à Derby, son paquetage sur les genoux, et franchit enfin les collines, à une allure d'escargot, arrivant juste à temps pour le déjeuner du samedi. Pour la première fois depuis longtemps, Lilian décela une étincelle dans les yeux de son père et, une seconde, se demanda pourquoi elle ne l'y avait pas vue avant.

Les deux hommes ne s'étreignirent pas – ils n'étaient pas très démonstratifs dans la famille –, mais son père tint longuement la main de son fils, puis lui serra l'épaule, les yeux humides. Gordon, avachi, épuisé, paraissait plus âgé, plus adulte, mais avait toujours son air espiègle. Les deux hommes restèrent assis, dans un silence presque total, pendant que Lilian servait les côtelettes – leur ration de viande pour deux semaines ;

ils échangèrent à peine quelques mots, quelques remarques sur la nourriture de l'armée, mais ils ne s'étaient pas sentis aussi bien depuis longtemps, elle le voyait. Et, en son for intérieur, elle aussi. Chaque fois qu'elle pensait à Henry, elle éprouvait, jusque dans ses tripes, un sentiment de joie, d'excitation mêlée de nervosité et d'incrédulité ; cela lui tordait le ventre. Elle avait prévu de filer en douce pour le rejoindre dans la soirée, mais, comme Gordon était là... peut-être, peut-être, était-ce le moment de l'inviter chez elle.

— Alors, qu'est-ce qui se passe au village ce soir, sœurette ? lui demanda Gordon. Je suis allé à Piccadilly Circus, tu sais.

Lilian ne répondit pas. Elle aurait adoré y aller. Peut-être un jour, avec Henry... mais ce rêve était si fou qu'elle le chassa aussitôt de ses pensées et interrogea son frère sur les lumières de la ville. Mais Gordon tenait plus à leur parler de la fois où l'un des soldats s'était fait chiper son pantalon et tout son argent par un vagabond, à Londres ; de Tanger, cette cité de sable et de bazars, où, sous une brume de chaleur, les enfants vous couraient après en criant : « Charlie Chaplin ! Charlie Chaplin ! » C'était si loin d'elle. Il leur raconta des anecdotes amusantes sur ses officiers supérieurs, une bande d'incapables, et sur leur matériel défectueux, mais, quand leur père lui demanda s'ils avaient livré des escarmouches, il se tut un instant. Lilian pensa à Ned et se détourna. Mais Gordon ne put contenir longtemps son exubérance naturelle. Après un silence, il releva les yeux.

— Papa, j'ai eu la peur de ma vie. À me faire pipi dessus.

Le père de Lilian lâcha un gros rire, le premier depuis des mois.

— Ha ! Ha ! Oui. Exactement. Je ne l'aurais pas mieux dit. Ha ! *répondit-il, avant de rire aux larmes et de se caler dans sa chaise.* Tu me remontes le moral, fiston. C'est bon de te voir.

Lilian n'avait jamais vu son père aussi expansif.

— Viens, *lui dit Gordon après un bain et une petite sieste.* S'il ne se passe rien du côté de la salle paroissiale, autant aller au Red Lion. Je t'emmène au pub.

Lilian regarda son père, qui se contenta d'agiter la main.

— Voui, allez-y, les jeunes. Je vous verrai demain matin. Soyez sages.

*

Lilian ne savait pas comment l'annoncer à Gordon, mais n'eut pas à le faire, finalement. Comme ils marchaient tous les deux sur la route plongée dans le noir, il lui posa naturellement la question.

— Est-ce que tu as un petit copain ?

Elle marqua un silence, rien qu'un instant, et il éclata de rire, avant de lui donner un petit coup de coude.

— C'est quelqu'un de bien ? *demanda-t-il.*

Elle se mordit la lèvre. Comment allait-il le prendre ? C'était l'un de ses copains. Celui qu'elle aimait le moins. Quand Henry la taquinait ou lui faisait des réflexions, Gordon ne réagissait pas, le plus souvent ; il ne la défendait pas. Cela pouvait s'avérer délicat.

— C'est... c'est Henry Carr, *répondit-elle tout bas, presque dans un murmure.*

Gordon, qui dut tendre l'oreille pour l'entendre, partit d'un gros rire.

— Carr ! Il a enfin réussi. Ça alors ! J'ai cru qu'il n'y arriverait jamais.

— Qu'est-ce que tu veux dire ? l'interrogea-t-elle, profondément surprise.

— Il a toujours eu un faible pour toi, non ? Mais Terence l'en a souvent dissuadé. Et voilà ! Je suis content pour lui.

— Mais il a toujours été odieux avec moi.

Gordon lui jeta un regard en coin.

— Tu sais, j'aurais cru qu'avoir trois frères t'en aurait appris un peu plus sur les garçons.

Lilian se sentit rougir. Était-ce vrai ? Lui avait-elle toujours plu, depuis tout ce temps ?

— Est-ce que c'est pour ça que tu ne prenais jamais ma défense ? lui demanda-t-elle, d'un ton plus accusateur qu'elle ne le voulait.

Gordon sourit.

— Non. C'était parce que tu étais un vrai bonnet de nuit. Sans vouloir t'offenser.

Le pub n'était pas éclairé, mais des rais de lumière chaleureux filtraient des rideaux opaques aux fenêtres, et les bavardages conviviaux d'un samedi soir leur parvenaient jusque dans la rue. Lilian était tout excitée, comme enhardie, mais surtout nerveuse. Puis, avec un profond soulagement, elle aperçut Margaret : de retour de Derby, la jeune femme arrivait dans la direction opposée, accompagnée d'un garçon à l'air empoté vêtu d'un uniforme de la marine. Quand elle vit Lilian, elle poussa un cri perçant et lui fit de grands signes.

— *Tu ne portes plus tes vêtements de deuil !* cria-t-elle, *sans tact, avant de lui faire un câlin, que Lilian lui rendit. Est-ce que tu as reçu mes lettres ?* lui demanda-t-elle d'un air de reproche.

Margaret lui avait fidèlement écrit pour lui parler de la grande ville, de son travail à l'usine de femmes, des cabarets et des hommes qu'elle avait rencontrés. Lilian trouvait ses lettres presque impossibles à lire ; dans les jours qui avaient suivi la mort de Ned, l'idée que la vie de quelqu'un d'autre puisse continuer comme si de rien n'était, et même s'améliorer, lui avait paru insupportable.

— *Je vous présente George,* poursuivit Margaret *avec fierté en poussant en avant ce garçon dégingandé qui avait des taches de rousseur et des cheveux d'un roux vif, et qui marmonna quelque chose si bas que Lilian eut du mal à l'entendre. Je viens le présenter à papa et maman.*

Sur ce, elle fit un gros clin d'œil à son amie, un peu déroutant, mais qui visait manifestement à la mettre dans la confidence. Lilian mit une ou deux minutes à comprendre le message.

— *Est-ce que... est-ce que vous deux... ?*

— *Oui ! C'est tellement romantique ! Il faut que je te raconte tout en détail !*

À cet instant, George ne semblait pas être l'homme le plus romantique du monde ; si Lilian avait eu à le décrire, elle aurait plutôt opté pour l'homme le plus gêné du monde, mais Margaret passa son bras sous le sien, et elles entrèrent dans le pub, où régnait une forte odeur de tabac, de chien mouillé et de bière chaude. Lilian y était déjà entrée, quelquefois, quand elle était petite et qu'on l'envoyait faire la monnaie pour le magasin à l'heure du déjeuner, mais, ce soir-là, elle y allait pour la première fois toute seule, comme une femme... Elle se sentait un peu vulnérable, mais la présence de Margaret la rassurait énormément. Et Gordon était aussi à côté d'elle.

— Je ne regrette pas d'être passé à côté de la charmante Margaret, lui dit son frère à voix basse. Mais il y a quelqu'un là-bas avec qui j'ai toujours voulu tenter ma chance.

Et là, dans un coin tranquille de la salle de bar, elle vit Ida Delia Fontayne et Henry Carr, attablés près de la cheminée, en train de siroter un porto tonique, plongés en pleine conversation, à nouveau tout proches l'un de l'autre.

*

Lilian finit les scones que Rosie avait préparés la veille. Elle ne pouvait le nier : même si elle avait toujours tenu à rester mince, depuis que Rosie la remplumait, elle se sentait un peu mieux, plus à même d'affronter la journée. Elle avait l'impression que ses articulations étaient moins raides, n'avait plus aussi froid aux pieds et aux mains toute la sainte journée, même quand elle se blottissait devant le feu. Elle dormait mieux aussi. Sans doute parce que Rosie, à son insu, ajoutait des protéines en poudre à son chocolat chaud du soir. Et pourtant, de façon paradoxale, aller mieux la rendait encore plus inquiète au sujet de l'avenir.

Tant qu'elle se sentait mal, elle pouvait se leurrer, se dire qu'elle était toujours fatiguée, un peu mal en point, après son opération. À présent, il fallait bien l'admettre : il était possible que les choses soient ainsi. Peu à peu, elle avait retrouvé de l'énergie, mais il viendrait un moment où elle ne le pourrait plus. Ne lui resteraient alors que son arthrite au poignet gauche, ses genoux trop faibles – elle mettait un temps fou à se lever le matin. Rien de plus. Rosie partirait (elle n'osait se l'avouer, mais elle avait beaucoup apprécié avoir de la compagnie), la boutique et la maison seraient vendues, et on l'enverrait dans une horrible maison de retraite quelque part, où on la poserait devant une fenêtre ou les jeux télévisés, la bave au menton, et où elle se ferait hurler dessus dans une pièce empestant l'urine. Tous les jours, jusqu'au dernier. Et elle n'avait que quatre-vingt-sept ans, elle pouvait facilement vivre encore dix ans, quinze même, par les temps qui couraient. Facilement. Elle n'avait pas voulu de changement. Elle se débrouillait. Et voilà que Rosie fourrait son nez dans ses affaires et venait tout chambouler.

D'une main tremblante, sans entrain, elle enfila un gilet, puis se mit une touche de rouge à lèvres rose pâle devant le grand miroir du salon, avec son rebord multicolore, accroché au-dessus de la cheminée. Elle contempla son reflet et poussa un soupir. Puis elle prit sa canne, ouvrit la porte d'entrée d'une poussée et alla visiter sa confiserie tant qu'elle le pouvait encore.

Chapitre 12

Le chewing-gum

Pour quoi vous prenez-vous ? Une vache ? Une grosse vache qui rumine au milieu d'un pré ? Ou ressentez-vous un besoin pressant de vous donner des gaz et de vous nouer l'intestin ? Votre nounou ne vous a-t-elle jamais appris qu'il était impoli d'ouvrir la bouche et de manger en public ? Avez-vous été mal éduqué ou êtes-vous un quadrupède qui vit dans un champ ? Alors, qu'en est-il ? Je veux savoir. Ou peut-être avez-vous si mauvaise haleine et une hygiène dentaire si épouvantable que votre bouche dégage une odeur fétide et que, pour une raison obscure, vous souhaitez le faire savoir au monde entier ? Est-ce cela ? Maintenant, vous pourriez peut-être faire claquer votre chewing-gum, l'étirer entre vos doigts telle une corde, et jeter ce postillon indélébile sur le trottoir. Bien. Merci.

Avec un peu de chance, à ce stade, nos amis bovins auront posé ce livre. À présent que nous sommes entre personnes sensées, puis-je vous recommander un Mint Imperial ?

*

Rosie ne vit pas Lilian tout de suite, pour la bonne raison qu'Anton, le patient en surpoids de Moray, lui bloquait la vue. Il était arrivé dix minutes plus tôt, en s'appuyant lourdement sur un déambulateur.

— Bonjour, Anton ! s'exclama-t-elle, ravie. Vous êtes sorti de chez vous !

Anton eut un sourire timide, son triple menton remuant de plaisir.

— Vous m'avez reconnu !

Rosie réprima un petit rire.

— Oui, Anton, je vous ai reconnu. Je vous félicite d'être sorti de chez vous ! C'est super !

— Oui, Chrissie a dit... elle a dit qu'il était peut-être temps, répondit-il, radieux. Elle m'a aussi dit que, si je me levais et que je descendais la grand-rue, elle m'emmènerait chez McDonald's.

Rosie lui lança un regard sévère.

— Ça ne reviendrait pas à faire un pas en avant, deux pas en arrière ?

— Oh, non. Je mange déjà plein de McDonald's. Mais je me réjouis à l'idée d'en manger un chaud. Le temps qu'ils arrivent à Lipton, ils sont toujours froids.

— Il faut bien avoir un rêve. Regardez, voici le mien. Qu'en pensez-vous ?

Anton regarda autour de lui, constatant sans le faire remarquer qu'il n'y avait pas de fauteuil. Or, dans un endroit aussi agréable, il devrait y avoir un fauteuil où s'asseoir.

— J'en pense que cette boutique est l'un des plus beaux endroits où je sois jamais allé. Elle n'a pas du tout changé.

Rosie préféra ne pas mentionner qu'elle l'avait surtout remise en état.

— Je sais. Voudriez-vous l'une de nos sucettes gratuites ? Prenez-en une au cassis, s'il vous plaît, les enfants ne les aiment pas.

— Beurk. Non merci. C'est trop fruité. Vous n'avez pas des chocolats, plutôt ?

— Où est Chrissie ?

— Elle est partie garer la voiture au bout de la rue. Elle dit que ça va me faire marcher. C'est dommage que vous n'ayez pas de fauteuil, ici, poursuivit-il en jetant un nouveau regard circulaire. Je pourrais rester ici toute la journée.

Ne surtout pas apporter de fauteuil, se promit Rosie.

— Elle a aussi dit qu'elle devait passer au garage pour leur demander quelque chose au sujet des suspensions.

Anton leva les yeux vers les étagères.

— Oh, ouah ! Je ne sais pas quoi choisir.

Il n'y avait personne d'autre dans la boutique. Rosie se pencha vers lui.

— Vous savez quoi ? dit-elle. Juste pour vous... et je ne le ferai pour personne d'autre... Si je vous faisais une petite sélection ? Un de chaque, dans un petit sachet.

— Je pensais plutôt à deux livres de fudge au beurre. Et à une livre de sucre à la crème. Et…

— Mais, avec ma solution, vous aurez l'occasion de goûter un peu de tout, le coupa-t-elle pour le persuader. Sans abuser. Juste un avant-goût. Après votre thé.

Anton, sceptique, lorgna le plateau de loukoums.

— Et quelques loukoums.

— Un tout petit peu, pour goûter.

Sur ce, la porte s'ouvrit et Moray entra, son habituel sourire amusé aux lèvres. Rosie lui sourit, puis se rappela qu'elle avait remis sa charlotte pour servir du chocolat et se dépêcha de l'enlever.

— J'adore la manière dont tu t'habilles, observa-t-il, espiègle. Chaque jour est une aventure.

Il regarda autour de lui.

— Bonjour, Anton.

— Mlle Rosie était en train de me dire que je pouvais avoir tous les bonbons du magasin.

— *Vraiment ?*

— Je n'ai pas *vraiment* dit ça. Vous allez juste en goûter quelques-uns, Anton, d'accord ?

— J'imagine, oui, répondit l'intéressé, qui avait mal aux genoux et détestait le conflit.

— On ne parle que de toi, au cabinet, reprit Moray. Quand Maeve est arrivée, elle a partagé tous ses bonbons avec nous. Quelqu'un d'autre, dont je tairai le nom, a fermé sa porte et mangé tous les siens tout seul. Bref, je me suis dit que j'allais passer te féliciter.

— Merci. Est-ce que tu veux une sucette au cassis ?

— Oh non. Je peux en avoir une à la fraise, plutôt ?

J'ai encore tant à apprendre, songea Rosie en lui tendant sa sucette.

— C'est sympa de te voir.

Mais Moray ne la regardait pas, il fixait les étagères.

— Est-ce que ce sont... Est-ce que ce sont des boules de chewing-gum à la menthe ? l'interrogea-t-il, l'air d'être redevenu un petit garçon.

— Bien sûr.

Il secoua la tête.

— Je n'en ai pas vu depuis... enfin, depuis très longtemps.

— Est-ce que tu en veux une ?

Moray secouait toujours la tête.

— On les partageait à l'école. Et on se battait comme des chiffonniers, s'il y en avait un nombre impair ou si on éclatait la bulle de l'autre.

— C'est qui, « on » ? lui demanda Rosie, mais il était plongé dans ses souvenirs.

— Peu importe. Personne d'important, répondit-il en revenant à lui.

— Mais en voudrais-tu quelques-unes ?

Il haussa les épaules.

— D'accord, je vais en prendre deux.

— Je sers toujours mes bonbons par paires, contrat-elle sévèrement. Petit, moyen ou gros ?

— Je déteste cette question, éluda Moray d'un air suggestif.

Rosie sourit de toutes ses dents, puis prépara deux sachets, sous l'œil attentif d'Anton et de Moray : elle remplit l'un d'une petite sélection de bonbons, et l'autre de boules de chewing-gum, puis elle les leur donna avant de tendre la main pour recevoir leur pièce d'une livre brillante.

— Merci, dit Anton en commençant à se retourner.

— De rien. Et, Anton, ne les finissez pas avant…

Mais la cloche avait déjà tinté, et Anton plongeait sa grosse main dans son sachet, qui paraissait étonnamment petit à côté.

— Oh ! C'est un début.

À l'endroit que venait de libérer Anton, elle aperçut alors la frêle silhouette de Lilian.

— Lilian ! s'exclama-t-elle.

Elle était ravie de la voir, mais, de nouveau, s'inquiéta vite pour sa tante, qui paraissait encore plus fluette hors de son cottage bas de plafond.

— J'ai menti tout à l'heure. J'ai un fauteuil. Attends une seconde, lui demanda-t-elle avant de disparaître dans la réserve.

— Bonjour, madame Hopkins, comment vous portez-vous ? s'enquit Moray.

La vieille dame lui répondit d'une moue.

— Quoi ? Voyons, je ne suis même pas votre médecin.

Lilian indiqua la réserve.

— C'est ma nièce, là-dedans, vous savez, dit-elle à voix basse.

— Je sais, oui, acquiesça Moray avec un sourire.

— Essayez de ne pas la mêler à vos bêtises, asséna Lilian d'un ton sec. Vous savez de qui je parle. Elle n'est pas là pour longtemps et elle n'a pas besoin de vos âneries, merci.

Le temps que Rosie extraie le fauteuil du tas de cartons vides destinés au recyclage, Moray avait filé.

— Où est-il parti ? demanda-t-elle aimablement, en faisant asseoir sa tante.

— Jouer au docteur, j'imagine, répondit Lilian en s'installant confortablement.

*

Depuis son poste d'observation, dans le coin, près de la fenêtre, elle avait vue sur toute la boutique, réalisa Lilian. Cela lui faisait tout drôle : revoir ces étagères, parmi lesquelles elle avait travaillé toute sa vie ; la vieille caisse enregistreuse, toujours sur le comptoir ; les sachets en papier rayés. Elle replaça ses lunettes sur son nez. C'était l'heure du déjeuner, Rosie servait des enfants plus âgés, les cheveux lâchés sur ses épaules, et Lilian eut l'étrange sensation d'avoir remonté le temps, de s'observer elle-même. Elle ferait les choses autrement, cette fois, songea-t-elle.

— Les berlingots ne sont pas à la bonne place, aboya-t-elle. Il faut les mettre une étagère plus haut.

Rosie regarda autour d'elle.

— Oui, mais je me suis dit que j'allais tout ranger par ordre alphabétique, pour trouver plus vite.

Les enfants achetèrent des Twix, puis détalèrent en trottinant.

— C'est n'importe quoi. Il faut les ranger où tu les atteins facilement. Il n'y a aucun intérêt à mettre les bonbons au coca sur l'étagère du haut, sous la lettre C, alors qu'on t'en demande toutes les deux minutes. Et tu dois garder les Love Hearts à portée de main, c'est l'évidence même.

Rosie était blessée. Elle attendait toujours des félicitations ou un mot de remerciement pour son travail.

— Eh bien, les goûts des gens ont peut-être évolué au fil des ans.

Lilian pouffa.

— Seulement s'ils sont idiots. Ce qu'ils sont. Je le vois bien : tu as commandé des chewing-gums.

— Qu'est-ce que tu as contre les chewing-gums ? La marge est excellente.

— Oh, rien, si tu considères que le déclin de la civilisation occidentale n'est pas un problème.

— Ça doit être ça, répondit stoïquement Rosie.

*

Lilian se cala dans son fauteuil, qu'éclairait un rayon de soleil. Elle se sentait bien, sereine. Entendre le tintement de la cloche, le ding de la caisse ; sentir l'odeur des bonbons durs et celle, plus forte, des sucettes ruban au goût de barbe à papa, comme les gens entraient pour jeter un coup d'œil, prendre un échantillon gratuit ou demander des confiseries bien précises (elle écouta, d'un air approbateur, Rosie expliquer de sa voix douce qu'elle était désolée, ils n'avaient pas de chamallows à la noix de coco ; Rosie, qui détestait cela, n'en avait pas commandé, mais promit d'y remédier sans délai). Elle salua quelques clients plus âgés, qui se souvenaient d'elle après toutes ces années, mais, sinon, laissa son esprit vagabonder. Elle était si confuse qu'elle s'attendait presque à voir entrer son père ou Gordon, venu quémander des cigarettes en chocolat et se faire taper sur les doigts, ou...

*

1943

— *Attends un peu, dit Gordon. Ce n'est pas ton copain là-bas ?*

Lilian était incapable de répondre. L'air restait bloqué dans sa gorge. Margaret lui serra fort le bras, puis s'écria tout haut :

— *Henry Carr ? Ce crétin ?*

En entendant son nom, Henry tourna la tête et, une nouvelle fois, prit cet affreux air coupable, abattu, qu'elle avait déjà vu au bal. Elle n'en croyait pas ses yeux. Il courait deux lièvres à la fois ; c'était un coureur de jupons, un séducteur, et elle n'en revenait pas d'être à nouveau tombée dans le panneau.

Pendant ce temps, Margaret fixait Ida Delia, qui était toute rouge : elle l'observait d'un air perspicace que Lilian n'arriva pas à interpréter.

Pour une fois, elle s'en ficha. Elle se ficha de ce qui était approprié, convenable ; de ce que diraient les gens du village ; de ce que penserait Ida Delia, de ce qu'elle raconterait à ses amis. Elle regarda Henry droit dans les yeux, tourna les talons et sortit en trombe.

Au début, empêtrée dans son propre drame, elle craignit que personne ne lui coure après. Puis la gravité de la situation lui apparut : elle était si bête, elle devait passer pour une idiote aux yeux du monde entier. Tous ses espoirs, tous ses rêves cachés, qu'elle n'avait même pas osé s'avouer à elle-même, firent surface pour jaillir, non pas sous forme de larmes (elle les avait toutes versées pour Ned, lui semblait-il), mais de fureur ; de rage contre l'univers. Tomber amoureuse était si injuste ; trouver l'homme idéal dans un monde qui en comptait si peu, tellement difficile. Elle avait envie de crier, de frapper les étoiles ; de hurler à la lune devant cette injustice. La discrète, la fluette, la timide Lilian avait envie de serrer les poings et d'abattre des arbres, de piétiner des buissons, des maisons, des charrettes, de réduire en poussière le trottoir flambant neuf. Battant des paupières, frustrée, elle se dirigea vers le jardin de l'église, sans même s'en rendre compte.

Elle entendit un bruit de pas derrière elle, qui s'arrêta net, mais elle ne se retourna pas. Margaret serait méchante ; Gordon ferait de mauvaises plaisanteries sur les garçons ; ce serait n'importe qui, sauf...

Il ne prononça même pas son nom. À la place, elle sentit une main timide, puissante, sur son épaule, et, une seconde, sa colère laissa place à la peur. Il prit une profonde inspiration, puis, lentement, presque malgré elle, la retourna.

— Lily, dit-il enfin, la détresse, le désespoir se lisant sur son visage. Lily, je...

Mais à ce moment-là, dans une tentative désespérée, il tendit les bras vers elle. Elle le sentit, en fut heureuse et le laissa lui attraper les épaules et la serrer contre lui. Puis elle s'abandonna à son baiser fougueux, ravageur, sentant le contraste entre son visage rugueux, mal rasé, et ses lèvres douces, moelleuses, pressées contre les siennes. Elle ne pensa plus à rien : sa colère, sa rage se transformèrent en passion, une passion dévorante, contenue depuis longtemps. Une fois la digue rompue, elle le savait, elle ne pourrait que lui donner libre cours. Près du cimetière, au clair de lune, appuyée contre le vieux chêne, elle se sentit fondre en lui, comme s'ils ne faisaient plus qu'un, tandis qu'ils continuaient à s'embrasser.

Pourtant, au bout d'un moment, haletant, Henry s'arracha à elle, bien que tout son corps soit tendu vers elle. Lilian se recula : s'y prenait-elle mal ? Avait-elle commis un impair, fait une chose obscène ? Elle commença à paniquer intérieurement.

Mais c'était bien pire que cela. Bien pire.

*

Dans la soirée, grisée par le succès, Rosie compta le fonds de caisse ; elle déposa l'argent avec soin dans les petits sacs que lui avait donnés la banque, puis entra les chiffres dans son ordinateur avec un soupir de satisfaction. Elle ne s'attendait pas à une telle somme ; en son for intérieur, elle éprouvait une certaine fierté.

— C'est génial, tu ne trouves pas ? demanda-t-elle à Lilian, espérant obtenir un mot d'éloge.

Elle aurait aimé que sa tante la félicite de son propre chef, qu'elle lui dise qu'elle avait redonné à la boutique son lustre d'antan ou la remercie pour son travail, qu'elle fasse n'importe quoi, en réalité, mais qu'elle arrête de regarder fixement par la fenêtre en feignant d'écouter Radio 4, comme elle le faisait depuis trois heures.

— Eh ben, moi, je trouve ça génial, se dit-elle à elle-même. Je me trouve géniale. Commandons-nous un curry.

Elle s'interrompit une seconde.

— Est-ce que c'est possible, seulement ? Y a-t-il un restaurant indien ici ?

— Un quoi ? l'interrogea Lilian, comme si Rosie venait de lui demander si elle pouvait commander un burger de steak d'éléphant.

— Et pourquoi pas une pizza ?

Il y avait un petit camion à pizzas à Lipton, garé à côté de l'école, et Rosie s'y rendit en flânant, éprouvant un étrange sentiment de satisfaction, comme cela lui arrivait à la fin d'une garde qui s'était bien passée, le soleil se levant sur la Tamise. Sauf que là, le soleil plongeait peu à peu derrière les lointaines collines, les parant de violet et de rose, et projetant de longues ombres sur les prés vallonnés, à des kilomètres à la ronde. C'était d'une beauté exquise, comme si la campagne paradait, juste pour elle, les maisons de la grand-rue étant tournées dans l'autre sens.

— Ouah ! s'extasia-t-elle, quand son téléphone se mit à sonner.

Pendant une seconde, elle n'y prêta même pas attention, puis, quand elle l'entendit enfin, elle se rendit compte que cela faisait des jours qu'il n'avait pas sonné.

La sonnerie retentit une seconde fois, et elle reprit ses esprits ; c'était Gerard.

— Allô ? dit-elle d'une voix hésitante, avant d'ajouter, plus affectueuse : Bonjour, mon chéri.

— Où étais-tu ? l'interrogea-t-il, en colère. Chaque fois que je t'appelle, ton téléphone est éteint.

— Il n'est pas éteint ! Le réseau est très mauvais par ici, c'est tout. Je suis au milieu de nulle part, rappelle-toi.

Il y eut un blanc.

— Hum.

— Comment vas-tu, mon chéri ? C'est génial, ici. Le coucher de soleil est magnifique. Ouah ! Le ciel est entièrement rose et...

Elle sentit une tension au bout du fil, comme si Gerard attendait seulement qu'elle arrête de parler.

— ... bref, c'est chouette, conclut-elle.

— On dirait que tu te plais, là-haut, commenta Gerard, un rien à cran.

— Non, ce n'est pas ça. Non, non. Il n'y a rien à faire.

Ironie du sort, Jake et ses copains passèrent devant elle au même moment. Ils criaient, riaient, hâlés par le soleil.

— Salut, Rosie ! l'appelèrent-ils. Tu viens manger une pizza ?

— Ça va, merci ! répondit-elle en leur faisant un petit signe.

— Qui t'emmène manger une pizza ? Je croyais que tu étais au milieu de nulle part, pas chez Pizza Express.

— Ce n'est rien. Juste un camion qui s'installe ici certains jours. Ce n'est rien. Franchement.

— Un camion où tu vas avec toute une cargaison d'hommes.

— Gerard, dit-elle, sentant que cette conversation prenait une mauvaise tournure et ne sachant pas comment changer de sujet. Mon chéri.

— Tu ne m'as pas appelé, hier.

— Oui, mais il y a eu plein de fois où je t'ai appelé et où tu étais sorti ou sur le point de sortir.

La voix de Gerard était maussade.

— C'est juste que je profitais... tu sais, de mes premiers jours de liberté, tout ça.

— De liberté ? Qu'est-ce que tu veux dire ?

— Ce n'est pas ce que je voulais dire. Je suis juste sorti avec les copains. Et puis je suis rentré chez ma mère.

— Eh bien, ça me rassure.

— Mais tu me manques, Rosie, tu sais, dit-il d'une voix changée. Tu me manques vraiment.

— Maintenant que tu en as marre de boire et que tu n'as plus de chaussettes ? le taquina-t-elle gentiment.

— Non ! Oui ! Peut-être. Un peu.

Elle sourit.

— Tu me manques aussi. Tout le temps. Je veux dire, j'ai été super occupée, mais…

Elle s'interrompit. Quelque chose la frappa. Elle avait travaillé, s'était fait des amis, avait visité la campagne, s'était ridiculisée. Et Gerard était sorti, avait vu ses copains et dormi chez sa mère.

Cela lui apparut avec force : ils auraient dû un peu plus se manquer, dans ce scénario. L'un d'eux, au moins, aurait dû être un peu triste.

— Du coup, j'ai pensé que je pourrais venir te voir ce week-end ! finit-il par dire.

— Oui ! répondit Rosie, soulagée. C'est le jour du marché ! Ils organisent une kermesse. Apparemment, c'est super : tout le monde vient avec ses bêtes, il y a une foire. Ça va être génial, et très bon pour la confiserie.

— Si tu le dis. Mais tu sais que ce n'est qu'un travail temporaire, cette histoire de confiserie. C'est un service que tu rends à ta famille. Tu dois t'en débarrasser.

— Oui, oui, je sais.

Les pizzas sentaient délicieusement bon, à présent qu'elle se rapprochait du camion équipé d'un vrai four en briques.

— L'as-tu mise en vente ?

— Euh, non, pas exactement. J'ai été très occupée.

— Et ta carrière ? As-tu vu quelque chose dans le *Nursing Times* ? As-tu contacté ton agence ?

Rosie devait bien l'admettre : elle n'avait rien fait de tout cela, mais elle avait perfectionné sa recette de gratin de chou-fleur au fromage, car Lilian en raffolait.

— Bon, j'arriverai vendredi, en voiture.

— D'accord ! Oh, attends une seconde, je ferais quand même mieux de demander à Lilian.

— Lui demander quoi ? Si deux personnes non mariées ont le droit de passer la nuit sous son toit ? s'esclaffa Gerard, incrédule.

— Oui ! C'est son toit, justement. C'est de la simple politesse.

— Si tu veux, répondit-il et, sur cette note peu satisfaisante, ils raccrochèrent.

Il était difficile de se faire bien comprendre au téléphone, songea-t-elle. Ils avaient besoin d'un bon câlin, et tout s'arrangerait, elle en était certaine.

Jake, de l'autre côté du camion à pizzas, lui sourit.

— C'est super bon, lui dit-il, avant de la présenter aux garçons qui travaillaient avec lui ou étaient venus pour la foire.

Ils étaient tous sympathiques, bavards, et Rosie commanda une grande pizza au jambon et aux champignons, avec supplément fromage et pepperoni. C'était la chose la plus grasse qu'elle pouvait imaginer ; ce projet qui visait à remplumer Lilian allait finir par avoir un effet dévastateur sur sa ligne, et c'était sans tenir compte des soucoupes volantes qu'elle piquait à l'occasion dans la réserve quand elle faisait une pause. Elle passa quelques minutes agréables en compagnie des garçons, puis rentra au cottage.

Au milieu du repas, que Lilian insista pour prendre à table, dans une assiette, avec une fourchette et un couteau, Rosie se rendit compte, horrifiée, qu'elle avait presque oublié la venue de Gerard. Sa tante avait renâclé, fait des remarques acerbes sur la propreté du camion et les indésirables qui traînaient devant, mais avait presque tout mangé, quand Rosie pensa à lui en parler.

— Alors, euh, mon petit ami pensait venir ce week-end…

Elle n'était plus vraiment certaine de vouloir que Gerard et Lilian se rencontrent, tout à coup. Elle avait l'habitude du tempérament bourru de sa tante, mais Gerard pouvait se montrer susceptible et se froisser facilement.

Lilian considéra sa nièce avec le regard pénétrant qu'elle avait parfois.

— Alors, est-ce qu'il va t'épouser ?

Rosie haussa les épaules, un rien mal à l'aise.

— Ah. Eh bien, tu sais, on n'en a pas vraiment discuté !

— Depuis combien de temps êtes-vous en couple ?

— Huit ans.

— Hum, répondit Lilian d'un air compatissant.

Rosie se tortilla sur sa chaise. Elle trouvait aussi que cela faisait trop longtemps. Chaque fois qu'elle tombait sur un article de magazine dans lequel elle lisait

« Il devrait demander votre main au bout de deux ans », elle se dépêchait de tourner la page et de se voiler la face.

— Ne fais pas preuve de sexisme, dit-elle.
— Et quel âge as-tu ?
— Ni d'âgisme.

Lilian garda ses yeux perçants, brillants, braqués sur elle.

— J'ai trente et un ans. Ce n'est rien, de nos jours.
— Oui, vous n'êtes que deux enfants.
— Non, répondit lentement Rosie. Mais je trouve qu'on est très bien comme ça, merci.

Elle entreprit de débarrasser la table, et Lilian la regarda, perdue. Les jeunes... Ne comprenait-elle pas ? Que, si ce n'était pas le grand amour, l'amour vrai, elle perdait son temps. Et gâchait sa vie.

— Les gens croient toujours avoir beaucoup de temps, commenta Lilian d'un air songeur.

Chapitre 13

Confiseries à la noix de coco

Voilà une confiserie boudée à tort de nos jours, au profit de la version bon marché, gélatineuse et aigre, d'un conglomérat dont on m'a conseillé de taire le nom. L'union du rose et du blanc ; une fleur printanière et une robe de mariée, saupoudrées de confettis : une bonne confiserie à la noix de coco est un régal pour les yeux comme pour les papilles. Même les réfractaires à ce fruit – qui se reconnaîtront – se laissent séduire malgré eux par l'accord parfait, telles deux pièces d'un puzzle qui s'emboîtent, de la pâte à sucre et des petits bouts de noix de coco légèrement acidulés. Ces confiseries, qui fondent dans la bouche, sont à la fois belles et utiles.

266 ml de lait concentré sucré
255 g de sucre glace tamisé (prévoyez-en un peu plus pour la présentation)

225 g de noix de coco râpée
Colorant alimentaire rose

Dans un grand saladier, mélangez le lait concentré et le sucre glace jusqu'à obtenir une pâte bien ferme. Ajoutez la noix de coco. Ce ne sera pas facile. Utilisez vos mains. Si vous portez des bagues, retirez-les.

Divisez la pâte en deux, puis incorporez une toute petite quantité de colorant alimentaire dans l'une des moitiés. Saupoudrez une planche à découper de sucre glace, puis façonnez chaque moitié pour former un rectangle bien lisse. Placez-les l'une au-dessus de l'autre. Étalez au rouleau à pâtisserie, refaçonnant la pâte avec vos mains tous les deux coups de rouleau, jusqu'à obtenir un rectangle bicolore d'environ 2,5 cm d'épaisseur.

Transférez dans un plat et laissez reposer pendant au moins quatre heures – toute la nuit, dans l'idéal. Les confiseries à la noix de coco se conservent jusqu'à un mois. Mais, si elles durent plus d'un mois, c'est que vous ne les faites pas comme il faut.

*

Le beau temps se maintint jusqu'au week-end. Rosie attendait avec impatience l'arrivée de Gerard. Elle était à la boutique, quand son élégante Alfa Romeo éclaira la grand-rue silencieuse, peu après dix-sept heures, le vendredi. La journée avait à nouveau été bonne :

des enfants, d'attaque pour le week-end, étaient venus dépenser leur argent de poche. Elle vendait surtout des barres chocolatées, très populaires, mais, peu à peu, timidement, les petits commençaient à expérimenter, à goûter de nouvelles friandises. Edison venait d'entrer, tout fier, une pièce d'une livre brillant dans sa main.

— De la part de la petite souris, expliqua-t-il en montrant le trou dans sa bouche à Rosie. J'ai attendu qu'elle arrive, mais je ne l'ai pas vue. J'étais content d'avoir de l'argent, mais j'aurais préféré la voir. Ça n'a pas fait plaisir à ma mère. J'ai vraiment attendu longtemps. Après minuit. Du coup, j'ai prouvé que la petite souris ne passait pas avant minuit. C'est un début, je dirais.

— C'est vrai. Maintenant, choisis ce que tu veux... Et n'oublie pas de bien te laver les dents ! ne put-elle s'empêcher d'ajouter.

Edison opina solennellement du chef.

— Et de changer de brosse à dents tous les trois mois.

— Tous les trois mois ? répéta Rosie, se demandant quand elle en avait changé la dernière fois. Hum... Alors, qu'est-ce qui te ferait plaisir, jeune homme ?

Derrière ses lunettes, ses yeux paraissaient immenses. Il scruta les étagères, l'air anxieux.

— Je crois que j'ai envie de goûter quelque chose de nouveau, dit-il avec hésitation.

Rosie le mesura du regard.

— As-tu déjà goûté les Edinburgh Rocks ? C'est un genre de sucres d'orge.

Il fit non de la tête.

— Je n'aime pas les sucres d'orge. C'est trop dur. Ça fait un peu peur.

— Ah, ah ! Pas ceux-là. Ceux-là sont mous et friables, comme de la craie. Comme de la craie délicieuse.

Le garçonnet redressa la tête.

— Est-ce que je pourrais...

Rosie se pencha, le visage faussement sévère.

— Tu ne vas pas me demander de goûter gratuitement, si ?

Edison secoua vivement la tête.

— Bon. Est-ce que tu me fais confiance ?

Il hocha la tête.

— Est-ce que tu veux que je fasse moitié-moitié, pour que tu aies d'autres bonbons, si tu n'aimes pas ça ?

Edison planta ses yeux dans les siens.

— Non, merci. Des Edinburgh Rocks, s'il vous plaît.

Puis il lui tendit stoïquement sa pièce d'une livre. Rosie se baissait pour lui donner son sachet quand la porte s'ouvrit avec son tintement habituel. Gerard entra, et, pendant cinq secondes, Rosie cligna des yeux : elle avait du mal à faire la différence entre son visage et celui du garçonnet de six ans. Ils arboraient tous les deux la même expression : une sorte de joie anticipée. Pour l'un, elle était due aux bonbons, pour l'autre... Le cœur de Rosie bondit dans sa poitrine. Gerard semblait ravi. Mais pas de la voir. Il parcourait les étagères, les boîtes en fer et les barres chocolatées d'un air enjoué, avide.

— Bonjour ! s'exclama-t-elle, tandis qu'Edison mordait timidement dans son premier Edinburgh Rock à la jolie couleur pastel.

— Bonjour ! répondit Gerard avec entrain. Ouah, c'est génial, ici ! Vous avez *tout* ! Et je suis content de te voir, Rosie. Et je suis content de… Est-ce que tu as des dragées à la réglisse ?

— Oui.

— Ouah. Je peux en avoir ?

— Oui, c'est une livre.

— Je n'ai pas droit à des bonbons gratuits ? demanda-t-il avec une moue.

— Si, lança une voix aiguë au niveau du sol. Mais tu dois perdre une dent. Et après, tu sais ce qui se passe ?

Gerard considéra le garçonnet avec attention.

— Est-ce qu'un dragon passe ?

— Nonnn, répondit Edison, tout fier de connaître la réponse.

— Un lutin ?

— Nonnn !

— Une fée ?

— C'est une *souris* !

— Pas possible ! Génial !

Rosie sourit.

Gerard avait toujours su s'y prendre avec les enfants. Bon, il en était un lui-même, cela aidait. Elle tendit le bras pour attraper les dragées à la réglisse, ces petits bonbons colorés en forme de gélule. Un vrai plaisir de garçons. Du Gerard tout craché.

— Une livre, s'il te plaît, dit-elle, main tendue.

— Ou une dent, ajouta Edison.

Gerard grimaça, mais tendit sa pièce.

— Merci. Comme tu le sais, nous sommes toujours en activité.

— Oui, oui.

Gerard était un peu flasque, remarqua Rosie. Il avait pris du poids et commençait à avoir des bajoues. Il avait abusé de la cuisine généreuse de sa mère ou des plats à emporter, supposa-t-elle. Au fond d'elle, elle ne pouvait s'empêcher d'être un peu contrariée. Si elle voulait continuer à le trouver sexy, séduisant, elle devait donc surveiller son alimentation ? Cela ne lui semblait pas juste. Même si, pour dire la vérité, sa ceinture la serrait un peu plus depuis qu'elle était à Lipton.

— Allez, oust, Edison, dit-elle à la petite silhouette. Je ferme.

Le garçonnet la regarda, la bouche pleine de pâte jaune et rose, le trou béant qu'avait laissé sa dent du bas agissant comme un conduit.

— C'est *trop bon* ! s'extasia-t-il. *Trop bon !* Il ne faut pas que j'en parle à Reuben.

— Non, répondit Rosie avec un soupir, songeant qu'il était temps d'avoir une discussion avec la mère de Reuben, qui qu'elle soit.

Il n'était pas normal que cet enfant soit persécuté de la sorte.

— Qui est Reuben ? lui demanda Gerard quand le garçonnet fut sorti en claquant joyeusement la porte.

— Son copain. Il n'a pas le droit de manger de bonbons. Edison est une bonne âme : il les lui cache.

— Mais ne serait-ce pas encore mieux s'il les partageait avec lui ?

— Quoi, pour qu'un parent en maraude vienne m'accuser d'infanticide par abus de sucre blanc ? Non merci.

Ils s'observèrent.

— Tu m'as manqué.

— Tu m'as manqué, toi aussi, répondit-elle en se rappelant ses premières soirées glaciales à Lipton. Viens là.

Elle l'enlaça, sentit son odeur familière (after-shave et chips), et sourit.

— Bon, dit-il en attaquant ses dragées avec gourmandise. Qu'est-ce que tu fais pour le dîner ? Je meurs de faim. Ou on commence par le sexe. Sexe, puis dîner ? Ou après le dîner ? Ou les deux ? Et pourquoi pas maintenant ? Dans la réserve ? Ton tablier m'émoustille.

Rosie sourit de toutes ses dents.

— Non, mon chéri ! Il faut que je ferme la boutique et que je compte le fonds de caisse. Je ferai le ménage demain matin.

— Eh bien, dépêche-toi. Allez. Tu ne pourrais pas tout faire demain ? Ce n'est pas vraiment ton magasin.

— Non, mais, en ce moment, ça l'est. Je n'en ai pas pour longtemps.

— S'il te plaît, j'ai fait toute cette route, insista-t-il, la mine boudeuse.

— Et moi, j'en ai pour dix minutes. Attends-moi ici. Après, j'irai te présenter Lilian. Sinon, tu peux aller au pub au bout de la rue pour boire une pinte, si tu veux, et je te rejoindrai dans une minute.

Sa proposition n'était pas sérieuse, mais elle eut la mauvaise surprise de voir aussitôt son visage s'éclairer, et il lui demanda le chemin.

— Est-ce qu'ils servent à manger ?

Elle acquiesça.

— D'accord. Super. On se voit là-bas ?

Rosie se tourna vers la caisse pour commencer à ranger.

— Je n'en ai vraiment pas pour longtemps, protesta-t-elle.

— Super, répondit Gerard, la laissant faire sans proposer de l'aider. Je te commande un gin tonic.

*

Rosie était dans une telle colère qu'elle tarda à faire les comptes. Puis elle passa en vitesse chez Lilian pour se changer.

— Ton jules n'est pas là ? l'interrogea sa tante à la porte.

Elle s'était mise sur son trente et un : elle portait une robe-manteau lavande, avec un rouge à lèvres assorti.

— Ooh, tu es très élégante, remarqua Rosie, manquant ajouter « Est-ce que tu vas quelque part ? », mais elle se retint, juste à temps.

— Alors, où est-il ?

— Euh... il est... Je le rejoins au pub.

— Au *pub* ? répéta Lilian, comme si Rosie avait dit : « Je le rejoins au bordel. »

— Oui, c'est bon. Tiens, j'ai de la tourte et des haricots pour toi. Je vais te les passer au micro-ondes.

Avec les bénéfices de la première semaine, Rosie avait acheté un micro-ondes à Lilian, qui refusait de s'en approcher, mais le savoir là rassurait la jeune femme.

— Désolée, ce n'est pas très élaboré, je sais, mais c'est délicieux et plein de calories.

— Il est au pub ? répéta Lilian une nouvelle fois, comme si elle ne l'avait pas entendue. Il n'est pas venu me saluer ?

Rosie voulut se dire que Lilian était vieux jeu, qu'elle avait des idées dépassées. Voilà tout. Elle était âgée, figée dans ses habitudes. Malgré tout, le doute l'envahit. C'était terriblement impoli, non ? De ne pas aller saluer la personne qui vous accueillait sous son toit ? Du Gerard tout craché.

— Il était épuisé après la route, expliqua-t-elle.

— Alors comme ça, il ne peut pas se passer d'alcool ? lança Lilian d'un ton acerbe.

— Mais non. Je... Je vais le rejoindre. On te verra après.

— Je n'aime pas ce pub. Je n'y ai jamais remis les pieds, après.

— Après quoi ?

Sa tante ne répondit pas.

— Est-ce que ça va ? l'interrogea Rosie en sortant le repas du micro-ondes, mais Lilian la congédia d'un geste.

— Amuse-toi bien.

— D'accord. Ne nous attends pas.

Lilian sourit. Et, pour la première fois, spontanément, sans réfléchir, Rosie se pencha pour embrasser sa tante sur la joue.

*

Le *Red Lion* semblait animé en ce vendredi soir. Rosie, qui n'y était encore jamais allée, fut saisie de timidité à l'entrée, le chahut, la lumière chaleureuse et les fumeurs se déversant sur le trottoir. Il y avait un abreuvoir rempli d'eau dehors, et des rires masculins bon enfant à l'intérieur. Les hommes pullulaient à la campagne, avait-elle remarqué : les ouvriers agricoles,

les vétérinaires, les élagueurs, les pharmaciens. C'était sans doute pour cela que ses copines se plaignaient toujours : il était si diffici e de trouver un homme en ville. Parce qu'ils s'étaient tous installés à la campagne ou n'en étaient jamais partis. C'était vrai, Lipton regorgeait d'apollons ; si on les avait lâchés dans Londres, les femmes auraient organisé une parade. Alors qu'ici, ils continuaient à transporter du foin, dans l'indifférence générale.

Rosie, un rien nerveuse, vérifia son rouge à lèvres, puis poussa la porte. À l'intérieur, la tapisserie était vieillotte, jaunie ; le feu brûlait dans la cheminée pour contrer les premiers froids de l'automne ; de longues tables rectangulaires étaient disposées pêle-mêle dans la salle, et des médaillons de cuivre ornaient les murs. Gerard était là, l'air un peu mal à l'aise, la chemise froissée, son visage enfantin et ses joues roses détonnant parmi les ouvriers agricoles bronzés. Une pinte de cidre bien entamée était posée devant lui, à côté de trois paquets de chips vides. C'était son homme, songeat-elle. Pour la première fois depuis qu'ils avaient emménagé ensemble et commencé à planifier leur avenir, ce qui lui avait procuré un plaisir grisant, elle le regarda d'un œil critique. Il était là. Il n'était pas parfait. Enfin, elle ne l'était pas, elle non plus. Et c'était son jules. Son visage se fendit d'un large sourire.

— Hé ! Où est ce gin tonic ?

*

Deux heures plus tard, Rosie s'était réhabituée à lui – bien qu'il lui parle de son retour chez sa mère (c'était génial, il avait droit à un petit déjeuner chaud tous les matins), puis, après sa troisième pinte, lui suggère, sans doute un peu trop fort, de filer faire l'amour aux toilettes – d'autant que Jake et ses amis étaient installés à quelques tables d'eux avec le pasteur et Malik, du Spar.

— Tu connais déjà tout le monde, on dirait. Comment ça se fait ?

Rosie envisagea de lui raconter que c'était parce qu'elle avait détruit le potager de M. Isitt et que, depuis, la moitié du village pensait qu'elle couchait avec l'autre moitié, mais elle se contenta de hausser les épaules.

— Oh, tu sais, c'est comme ça dans les petits villages.

— Non, je n'en sais rien. C'est bizarre. Tu m'as dit que ce mec tenait le Spar, c'est ça ?

Rosie salua Malik d'un signe de tête et d'un sourire. Il fallait bien le dire, ce dernier s'était montré très enthousiaste à propos de leur réouverture : il leur avait seulement signifié que, tant qu'elles ne vendaient pas d'alcool, de cigarettes et de billets de loterie, ils s'entendraient à merveille. Il leur arrivait de faire la monnaie l'un chez l'autre. Ils avaient discuté de la foire, censée améliorer leurs ventes, et Rosie avait aussitôt regretté de ne pas avoir de congélateur. Malik proposait des glaces standards, mais elle aurait pu s'en procurer des hauts de gamme, comme des Green & Black's, pour attirer les personnes plus âgées... Ça marcherait bien, l'été prochain. Jake vint alors lui dire bonjour. Il toisa Gerard de la tête aux pieds, ouvertement, et Rosie se sentit rougir.

— Qui est-ce ? lui demanda Jake.

— C'est... c'est Gerard. Euh, mon, mon petit ami.

Gerard essuya ses doigts pleins de chips, sans se lever.

— Bonjour, dit-il d'un ton affable. Tu es un grand gaillard, dis donc.

Jake lança un regard interrogateur à Rosie, qui n'y prêta pas attention.

— Il y a beaucoup de bonshommes, par ici, poursuivit Gerard en balayant la salle des yeux.

— C'est vrai, répondit-elle en souriant à Jake pour lui signifier de partir, mais ce dernier ne sembla pas comprendre.

— Il faut qu'on retourne faire du jardinage, lui dit-il.

Derrière lui, ses copains se donnaient des petits coups de coude.

— Quoi ? Maintenant ?

Jake fit la moue. Il ne devait pas avoir de mal à tomber les filles, soupçonna Rosie. Elle était nouvelle en ville, voilà tout.

— Bientôt.

— Oui, d'accord, bientôt.

Elle but une longue gorgée de gin tonic, puis salua poliment Hye, Maeve et Moray, qui étaient installés à l'autre bout de la salle et avaient déjà bu plusieurs bouteilles de vin. Typique des médecins, songea-t-elle.

— Mais on est où, là ? Dans *La Famille des collines* ? lança Gerard en se retournant. Tu viens juste d'arriver et tu connais déjà la moitié de la ville.

— Je tiens la confiserie. Bien sûr que je vais rencontrer des gens. Et tout le monde connaît Lilian.

— Oui, mais...

— Et puis, je ne connais pas tout le monde. Il y a plein de gens que je ne connais pas. Comme eux, par exemple.

Elle montra au hasard un couple près de la fenêtre, avant de se rendre compte qu'elle avait déjà vu la femme. Cette dernière, remarquant que Rosie la regardait, se leva pour s'approcher d'elle.

— Bonjour. Je suis la maman d'Edison.

— Oh, bonjour, enchantée.

— Même moi, je connais Edison, dit Gerard en levant les mains.

— Il adore la petite souris, poursuivit la mère d'Edison avec raideur. J'ai essayé de lui expliquer que ce n'était qu'une superstition ridicule, mais…

— Oh, ce n'est pas méchant.

La femme répondit d'une moue.

— En fait, je voulais vous demander quelque chose, dit Rosie en se levant.

La mère d'Edison, bien qu'encore jeune, avait les cheveux gris et des lunettes à monture métallique. Elle ne portait pas le moindre maquillage et était très mince. Elle avait le potentiel pour être superbe, songea Rosie.

— Edison m'a parlé de son copain qui n'a pas le droit de manger de bonbons. Je sais bien que les mamans sont fermes sur ce genre de choses, mais nous vendons des pastilles aux fruits, des raisins secs et…

La mère d'Edison eut un petit sourire, un rien supérieur.

— Oh là là ! Non. Reuben n'existe pas !

Rosie plissa les yeux. La mère d'Edison semblait insinuer qu'elle était idiote.

— C'est son ami imaginaire ! expliqua-t-elle avec entrain. Edison a une imagination débordante ! C'est le signe d'une grande intelligence.

Si sa mère se teignait les cheveux et lui achetait une paire de baskets, il ne serait peut-être pas obligé d'avoir des amis imaginaires et pourrait s'en faire un vrai, ne put s'empêcher de penser Rosie, peu charitable, mais elle afficha malgré tout un air inquiet.

— Vous savez, nous l'avons emmené chez différents psychologues pour enfants, mais ils ne savent pas quoi faire de lui, confia cette femme, comme si elle avait de quoi être fière.

— Mais de nombreux enfants ont un ami imaginaire, non ? répondit Rosie, stupéfaite qu'on envoie un si jeune garçon chez le psychologue. Ils trouvent peut-être cela parfaitement normal.

La mère d'Edison échappa un petit rire.

— Oh non, on ne peut pas dire que notre Edison soit normal ! Il n'y a rien de normal chez lui ! Il est particulièrement intelligent, vous savez. Cela nous inquiète beaucoup.

Elle ne donnait pas du tout l'impression d'être inquiète. Au contraire, elle semblait très heureuse de transformer son propre enfant en zinzin du village, songea Rosie.

Mais elle ne dit rien, ce n'était pas son rôle. Et puis, après tout, qui pouvait dire si, un jour, si elle avait des enfants (bien que Gerard n'ait jamais laissé entendre qu'il en voulait), elle ne serait pas une mère poule complètement cinglée, elle aussi. Même si elle espérait que non.

— Oh. Bonne chance, alors, répondit-elle. Il est toujours le bienvenu, en tout cas. Lui et son « ami ».

La mère d'Edison sourit.

— Eh bien, c'est *vraiment* agréable d'avoir une personne un peu ouverte d'esprit dans ce village, lança-t-elle d'une voix forte.

Rosie lui sourit le plus poliment possible pour lui dire au revoir avant de se rasseoir.

— Et la vente de la boutique, alors ? reprit Gerard. As-tu passé une annonce ? Est-ce que tu as eu des visites ? Combien la vends-tu ?

— Euh... Eh bien, tu sais, j'ai été très occupée à la remettre en état.

— La remettre en état ? Ça fait un mois que tu es là. Tu ne dois rester que six semaines. Tu as une carrière qui t'attend.

Pour la première fois, l'idée de retourner dans un grand hôpital (lieu qu'elle trouvait en général animé, palpitant et toujours intéressant ; si différent d'ici, supposa-t-elle) lui parut peu attrayante. Au lieu d'avoir hâte de partir, d'être frustrée par le rythme de vie à Lipton, elle se rendit compte qu'elle n'était pas du tout pressée.

— Oui, oui, je sais. Je sais, tu as raison.

— Eh bien, si tu sais que j'ai raison, pourquoi est-ce que tu ne le fais pas ? grommela Gerard. Ne te contente pas de hocher la tête et de dire « oui, oui ».

— Hum. Non, je vais le faire, c'est sûr.

— Parce que je n'ai pas envie de continuer à vivre chez ma mère.

— Mais tu n'es pas obligé de vivre chez ta mère ! s'exaspéra-t-elle soudain. Pourquoi est-ce que tu ne vis pas chez nous, comme un adulte normal ?

— Quoi, pour faire ma lessive et les courses, alors qu'elle peut le faire gratuitement pour moi ? se moqua

Gerard. Oui, bien sûr, c'est une super idée, Rosie. Oui, vraiment super.

— Mais tu n'aimes pas être indépendant ?

Il haussa les épaules.

— Pourquoi le devrais-je ? Ma mère n'a pas déménagé en Australie, elle.

— Oh, tu es vraiment injuste, rétorqua-t-elle, très ennuyée que la conversation dérape et qu'ils semblent sur le point de se disputer.

Elle était aussi consciente que, autour d'elle, les autres clients les regardaient. C'était l'un des grands inconvénients, quand on vivait dans un village où l'on connaissait tout le monde, songea-t-elle. Elle avait l'impression d'être une célébrité : les gens les observaient, la jugeaient, jugeaient Gerard, elle le savait. Comment osaient-ils ! D'un autre côté, si Gerard avait fait un peu plus d'efforts, s'il avait dit bonjour, s'il était venu se présenter à sa tante ; s'il était arrivé avec un énorme bouquet de fleurs, ou un petit acheté dans une station-service, ou… enfin. Ce n'était pas important.

— On devrait y aller, non ?

— Pour aller où ? rétorqua-t-il, amer, en fixant sa pinte.

Il n'avait pas tort sur ce point. Il y avait un hôtel de luxe un peu plus loin, utilisé pour des mariages et des congrès, mais Rosie n'y était jamais allée et ne savait pas à quoi cela ressemblait le week-end.

— Eh bien, on pourrait…

Elle regarda autour d'elle, puis prit une profonde inspiration. Elle allait faire un effort. Ils pouvaient repartir de zéro.

— Pourquoi est-ce qu'on ne boirait pas un autre verre ?

Gerard sourit, oubliant son dépit.

— Une pinte de Magners, s'il vous plaît ! Et des chips ! Et puis je prendrai des scampis ! Je peux prendre des scampis ?

Une seconde, Rosie se demanda s'il avait toujours été si puéril. Enfin, c'était mignon, bien sûr. Il était adorable, de l'avis de tous. C'était juste que... enfin, Jake ne prendrait jamais la peine de lui demander la permission. Moray ne mangerait pas de scampis. Et Stephen... enfin. Bref.

— Ça m'est égal, répondit-elle d'un ton plus sec que souhaité. Prends ce que tu veux.

— C'est juste que des chips *plus* des frites...

— Oui, ce n'est pas terrible comme mélange.

Il se décomposa.

— Mais si ça te fait envie, prends-en.

— Je ne vais pas les apprécier, maintenant que tu m'as dit ça, lâcha-t-il en se mordant la lèvre.

— Eh bien, prends autre chose.

— Mais j'adore les scampis !

— Dans ce cas, prends-en et je mangerai tes chips.

Le visage de Gerard se détendit.

— D'accord !

Rosie se rendit au comptoir et se commanda une salade : après tous les repas riches en calories qu'elle avait partagés avec Lilian et les deux frites qu'elle réussirait peut-être à attraper avant que Gerard ne les dévore toutes, c'était plus sage. En se retournant, elle l'observa, la tête enfouie dans le sachet de chips pour essayer d'en extraire les derniers grains de sel, et sourit sans conviction. Le voir hors de son environnement lui faisait tout drôle. À l'hôpital, avec sa blouse blanche, il était important, il en imposait. Personne n'avait besoin de savoir que sa mère la lui repassait toujours, parce que : a) Rosie s'y refusait, et b) une fois, un dimanche soir, elle avait accepté, mais l'avait « mal fait ». Elle prit leurs deux verres avec prudence. Mais elle avait l'impression d'avoir changé, en seulement quelques semaines. Elle n'était pas malheureuse, avant, si ? Non. Elle était comblée. Enfin, son travail la lassait peut-être un peu. Il fallait l'avouer. Et peut-être qu'emménager avec Gerard n'avait pas été aussi idyllique qu'elle l'espérait. Il fallait aussi l'avouer.

Comme elle payait leurs consommations (la moitié de ce qu'elle payait à Londres, remarqua-t-elle une fois de plus), une pensée lui traversa l'esprit : si elle avait été pleinement heureuse, elle aurait peut-être refusé de venir ici.

— En fait, je crois que je préférerais une tourte à la viande et à la bière, lança Gerard à son retour. Tu peux aller leur dire ?

— Vas-y, toi ! répondit-elle, exaspérée.

Elle aurait aimé qu'il lui dise quelque chose comme : « Tu m'as vraiment manqué », ou : « Tu es superbe », ou encore : « Raconte-moi l'installation de la boutique ».

— Tu ne peux pas y aller ? C'est toi qui vis ici.

Pourquoi tant de hargne entre eux ? D'habitude, elle trouvait Gerard mignon. Elle essaya de se rappeler comme il avait été gentil avec Edison un peu plus tôt. Cela l'aida un peu. Il avait déjà bu la moitié de sa nouvelle bière. Avec un petit soupir, elle se leva pour se diriger à nouveau vers le comptoir, les joues roses, conscientes que tous les yeux étaient braqués sur elle, quand la porte du pub s'ouvrit d'un coup et que tous les regards se tournèrent dans cette direction.

*

1943

— *Non, non, tu n'y es pour rien.*

Henry avait l'air hagard, affolé, tandis qu'il la serrait contre son cœur, tous les deux essoufflés, pantelants.

— *Tu n'y es pour rien. Rien. Ça a toujours été toi.*

Il la tenait par les épaules à présent, mais Lilian avait l'impression que, s'il ne l'embrassait pas de nouveau, tout de suite, elle allait exploser. Elle arrivait à peine à respirer. Qu'était-il en train de lui dire ? Elle n'y comprenait rien.

— *Embrasse-moi encore, dit-elle, enhardie par le clair de lune, par son odeur et ses bras autour d'elle.*

Elle voulait revivre cette sensation ; il le fallait. À la place, Henry se recula brusquement, au prix d'un gros effort, puis baissa peu à peu les bras pour prendre ses poignets fins dans ses grandes mains.

— *Je ne...*

La voix de Lilian était étrange, même à ses oreilles. On aurait dit une enfant. Elle ne pouvait l'empêcher de trembloter.

— *... je ne comprends pas.*

Henry tourna la tête. Elle aurait voulu le forcer à la regarder.

— Qu'est-ce qui se passe ?

À ce moment-là sortirent de sa bouche les mots les plus affreux, les mots qu'elle redoutait d'entendre, d'une voix si basse qu'elle dut tendre l'oreille pour les comprendre par-dessus le bruissement des arbres.

— C'est Ida, marmonna-t-il. Ça remonte à quelques mois. Elle est enceinte.

*

Lilian s'arracha à ses bras, comme s'ils étaient en feu.

— Quoi ? demanda-t-elle, pensant qu'elle avait peut-être mal compris.

Henry s'accroupit au bord de la route, se prit la tête entre les mains. Puis il se ressaisit et se releva. Il avait le même regard que ses frères quand ils avaient reçu leur ordre de mobilisation : celui d'un condamné.

— Je... je..., commença-t-il. Ida et moi... ce soir-là. Le soir du bal. Je t'ai couru après, mais je ne t'ai pas trouvée et... oh, j'ai été si stupide, mais elle ne me lâchait pas, et j'ai cru que ça n'irait pas plus loin, tu vois. Je veux dire, j'avais tellement envie de te voir et j'ai cru...

Il secoua la tête.

— J'ai fait une bêtise, Lilian. Une énorme bêtise.

*

Lilian pensa à Gertie Fanshawe, qui s'était subitement volatilisée l'année précédente, pour revenir cinq mois plus tard au village. Sa mère répétait qu'elle avait *eu une mauvaise grippe et était partie en cure de repos. Personne n'en parlait, bien sûr que non. Évoquer le sujet avec Bertie ou sa famille aurait été terriblement grossier. Mais Lilian se souvenait d'elle à l'école : sauvage, drôle, indisciplinée, vive d'esprit. Elle n'aimait que ses chevaux. Dès qu'elle pouvait s'échapper cinq minutes de son travail à la ferme familiale – ce qui n'arrivait pas souvent –, elle les montait. Elle sautait les haies dans les prés, ses longs cheveux flottant dans son dos ; une fois, Lilian l'avait même vue chevaucher pieds nus. Les gens jasaient, mais Lilian pensait que cela ne l'atteignait pas ; elle la croyait sourde aux rumeurs, seulement éprise de liberté.*

À son retour, Gertie ne montait plus à cheval. Ne sortait presque plus. Quand Lilian la revit, elle fut choquée par sa minceur, sa docilité. Plus de remarques acerbes, plus de regards envieux par la fenêtre de la salle de classe, comme elle le faisait avant. On aurait dit que quelque chose était mort en elle.

Six semaines plus tard, Gertie Fanshawe était partie sans un mot, et on ne l'avait plus jamais revue.

— Je... Je dois l'épouser, bredouilla Henry. Tu le sais. Je suis obligé. Rappelle-toi...

Lilian opina du chef.

— Oui. Je me rappelle.

— Je ne peux pas... Ça ne peut pas arriver à Ida. Ce serait inhumain. Sa vie serait fichue.

Lilian secoua la tête. Ses mains tremblaient toujours, mais elle était pragmatique, raisonnable, elle le savait. Toujours prête à aider. Toujours les pieds sur terre. C'était ce que tout le monde pensait.

Mais, au fond d'elle, elle pensait tout autre chose : Mets-moi enceinte, moi aussi. Mets-moi enceinte.
— *Sa mère va te faire vivre un véritable enfer, fut sa seule réponse.*
Henry la regarda.
— *Ça ne peut pas être pire qu'en ce moment.*
— *Henry ? cria une voix familière au bout de la rue. Elle semblait exaspérée.*
— *Henry ? Chéri ? Où es-tu ? Où es-tu ?*
— *Je vais y aller, se hâta de dire Lilian, l'esprit en ébullition.*
La situation n'avait pas besoin d'empirer. Henry lui lança un regard désespéré.
— *Je ne... Je ne veux pas que tu partes, lança-t-il, furieux contre lui-même ; amer, honteux, étranglé par l'émotion. Je n'ai jamais voulu que tu partes. Jamais.*
— *Si seulement...*
Lilian n'acheva pas cette phrase, qui la hanterait pendant très longtemps. Si seulement elle lui avait avoué ses sentiments plus tôt. Si seulement elle avait ravalé sa fichue fierté quand il l'avait invitée au bal. Si elle avait été plus courageuse, plus forte, plus femme. Si seulement, si seulement, si seulement.
La voix se rapprochait. Henry se tendit, puis se dressa de toute sa hauteur, s'efforçant de paraître stoïque face à son sort. Tout à coup, Lilian aperçut l'homme qu'il serait en uniforme, mais ce n'était qu'une illusion, due à la lune et au vent dans les arbres. Elle tourna les talons en un éclair et prit la route de derrière, à travers bois. Elle courut jusqu'à croire que son cœur allait exploser ; elle courut parce qu'elle avait envie qu'il

explose, qu'il rompe ses digues, l'emporte au loin et la laisse se noyer.

*

La porte du pub claqua contre le vitrail qui ornait l'entrée, et tout le monde tourna la tête pour voir ce qui se passait, l'air froid s'engouffrant à l'intérieur. C'était Stephen : debout dans l'encadrement, blanc comme un linge, il se découpait contre la rue sombre, penchant dangereusement du côté gauche. Rosie se précipita vers lui, et Moray, à l'autre bout de la salle, se leva d'un bond.

Stephen la regarda droit dans les yeux.

— Je crois… je crois que j'ai besoin…, parvint-il à dire avant que sa tête ne commence à tomber sur le côté.

— *Vite*, j'ai besoin d'aide ! cria-t-elle.

À son grand regret, Gerard resta à sa place, mais Moray la rejoignait déjà et, ensemble, ils installèrent Stephen sur une chaise, puis lui mirent la tête entre les genoux jusqu'à ce que sa respiration redevienne normale. Le sang coulait en cataracte le long de sa jambe gauche. Moray et Rosie échangèrent un regard inquiet. Le patron leur fit signe de l'emmener dans l'arrière-salle, mais dut les aider – Stephen avait beau être très mince, sa grande carcasse était difficile à manipuler. Enfin, à l'écart du brouhaha du pub (au moins, songea-t-elle en passant, Gerard et elle ne seraient plus le principal sujet de conversation), ils furent au calme.

Stephen regardait autour de lui, les yeux troubles ; Rosie alla lui chercher un verre d'eau. Comme il saignait toujours, Moray courut chercher son kit de secours.

Le patron, qui ne pouvait plus les aider et savait qu'il n'y avait rien de mieux qu'une petite mésaventure pour donner soif aux clients, s'éclipsa. Stephen et Rosie se retrouvèrent donc seuls.

— Mais qu'est-ce que tu as fait ? lui demanda-t-elle à l'oreille, le tutoyant tout à coup, avant d'improviser un garrot avec deux torchons.

Il secoua la tête.

— Rien. Rien. Un accident.

— Quel genre d'accident ?

Il avala encore un peu d'eau. Il était vraiment très blême.

— Cette fichue marche... J'ai trébuché.

— Tu te *vides de ton sang*, nom d'un chien. J'appelle une ambulance.

— Ça prendra trop de temps. Ce n'est pas grave.

Sa respiration était faible ; il avait du mal à fixer son regard.

— Pourquoi est-ce que tu ne nous as pas appelés ?

— J'ai oublié de payer la facture de la ligne fixe. Et je n'ai pas de réseau, là-haut.

Elle secoua la tête.

— Oh, cette *fichue* campagne.

— J'ai très froid, murmura-t-il.

Rosie le couvrit avec la première chose qui lui tomba sous la main, une nappe, puis vérifia son garrot. Il tenait, mais Stephen était très mal en point. Elle s'agenouilla à côté de lui pour qu'il reste conscient.

— Ça va, ça va aller, dit-elle, son cœur battant à mille à l'heure.

Où était passé Moray ? Elle serra les doigts gelés de Stephen dans les siens.

— Tiens le coup.

Ses paupières se fermaient.

— Comment... comment as-tu descendu la colline dans le noir ? l'interrogea-t-elle.

— Hum ? Oh. Oh, ils ont laissé... ils ont laissé un vieux machin... vraiment stupide. Stupide.

À ce moment-là, la porte s'ouvrit en grand, et Moray entra, une grosse sacoche noire à la main, suivi de près par le patron, qui apportait un verre de brandy.

— On n'a pas le temps pour ça, les reprit Rosie.

— Ce n'est pas pour moi, c'est pour lui, répondit Moray.

— Tu n'as plus de médicaments en stock ?

— *Quelqu'un* ne l'a pas réapprovisionné après l'incident avec le chien, expliqua Moray d'une voix haletante en jetant un coup d'œil dans le bar.

Hye n'avait même pas pris la peine de venir voir ce qui se passait.

Stephen regarda autour de lui d'un air confus.

— Où est passé cet escroc de médecin ? Est-ce qu'il a encore bu ?

Rosie s'agenouilla, lui tenant les mains, pendant que Moray lavait les siennes à l'évier.

— Écoute-moi, lui dit-elle en lui tournant le visage pour qu'il la voie.

Il était vraiment mal en point ; cela ne lui disait rien qui vaille.

— Moray va te recoudre, et le patron a appelé une ambulance. Tu as besoin d'une perfusion, de toute urgence. De quel groupe es-tu ?

Il fut incapable de répondre.

— D'accord, bon, je vais m'assurer qu'ils prennent tout ce qu'ils ont en stock. Mais écoute-moi. Moray va te recoudre, maintenant. Mais j'ai bien peur qu'il n'ait pas de produit anesthésiant. Il n'a que de…

Moray montra une boîte de Nurofen.

— Oh, bon sang ! lança-t-elle en prenant le verre de brandy des mains du patron. Bois ça.

Ensemble, Rosie et Moray parvinrent à le lui faire avaler presque en entier, accompagné de deux comprimés de Nurofen. Puis le médecin finit de déchirer le pantalon du jeune homme. La plaie, rouge vif, affreuse, contrastait avec la peau blanche de sa jambe.

— Allez, dit Moray en expirant profondément.

— Stephen, il va falloir que tu me fasses confiance, d'accord ? dit Rosie avant de se tourner vers Moray. Est-ce que tu penses que le garrot va tenir jusqu'à l'arrivée de l'ambulance ?

— Je ne sais pas quand elle va arriver. Donc non.

Elle opina du chef.

— Ne me quitte pas des yeux, dit-elle à Stephen en se mettant sur le côté pour laisser travailler Moray.

Stephen obtempéra, même s'il ferma les paupières une seconde quand l'aiguille s'enfonça dans sa peau pour la première fois.

— Ça fait mal, murmura-t-il tout bas, en serrant plus fort les mains de Rosie.

— Je sais, répondit-elle, comme si elle parlait à un enfant. Tu es très courageux.

— Oh, Rosie.

— Je sais. Je sais. Si tu n'avais pas été aussi têtu, on t'aurait fait ça sous anesthésie, espèce d'idiot.

Il grimaça, les cernes violets sous ses yeux lui donnant un air hagard.

— Aïe.

— Je sais. Je sais, répéta-t-elle en regardant Moray pour qu'il aille plus vite, mais le médecin était minutieux.

— C'est notre nouveau hobby, on dirait, dit ce dernier en croisant son regard.

— Je n'aime pas ça, répondit-elle avant de se reconcentrer sur Stephen.

Plus tard, le jeune homme ne se rappellerait pas grand-chose, si ce n'étaient deux mains qui tenaient fermement les siennes, sans faiblir, même quand il les agrippait, au supplice, comme si sa vie en dépendait, et deux yeux gris qui refusaient qu'il regarde ailleurs.

Recoudre la jambe de Stephen ne prit qu'un peu plus de dix minutes, en réalité. Mais, pour toutes les personnes présentes dans la pièce, cela dura une éternité. Le jeune homme se tut ; seule une larme qui perla au coin d'un de ses yeux prouvait qu'il était toujours conscient. Rosie, qui ne pouvait desserrer leur étreinte, leva doucement leurs mains jointes pour lui essuyer la joue. Puis elle s'efforça de se concentrer sur leur respiration, inspirant profondément avant de retenir l'air dans ses poumons, poussant Stephen à l'imiter ; à se caler sur elle pour soulager la douleur ; pour faire circuler l'oxygène, jusqu'à ce qu'ils respirent à l'unisson et que, un instant, Rosie ait une drôle de sensation, comme s'ils ne faisaient plus qu'un.

Moray travaillait avec précision et attention ; seule une goutte de sueur sur son front trahissait sa nervosité. Le patron apporta un autre brandy, leur annonçant que l'ambulance n'était pas encore arrivée et que tout le monde était inquiet. Rosie s'efforça de faire corps avec Stephen ; pour qu'il reste avec elle, pour l'empêcher de s'assoupir, pour éviter que sa tension ne baisse trop. Elle essaya de lui donner de l'énergie avec ses yeux, même si elle savait que c'était absurde ; mit toute sa volonté pour qu'il ne regarde pas sa jambe, qu'il ne voie pas ce que Moray était en train de faire.

Au bout d'un moment, le médecin se releva.

— Bon. Ça va arrêter le saignement, mais il a besoin de sang. Et il doit aller à l'hôpital. Si tu t'étais ressaisi il y a trois mois, on aurait évité ce petit drame, non ? lança-t-il en regardant Stephen avec sévérité, avant de se rendre à l'évier pour se laver les mains.

Il considéra le sol couvert de sang.

— Désolé, Les, dit-il.

— Oh, j'ai vu pire.

Rosie ne pouvait lâcher les mains de Stephen. Elle avait une crampe, mais la sentait à peine. Elle avait l'impression que l'univers entier s'était rétracté, qu'il se réduisait au bleu profond de ses yeux bordés de noir ; à sa respiration superficielle et au bronzage qui s'estompait sur ses épaules.

Enfin, la sirène de l'ambulance retentit ; dès que les secouristes arrivèrent, ils passèrent à l'action, dans une explosion de couleurs et de bruits.

— Avez-vous déterminé son groupe sanguin ? cria une secouriste bien en chair, qui semblait énervée.

Rosie s'empourpra, réalisant qu'elle n'avait même pas découvert cette information de base.

— O négatif, intervint Stephen tout à coup, comme s'il venait de retrouver la mémoire. Je suis O négatif.

Les secouristes firent entrer un brancard par la porte de service du pub ; l'un d'eux posa une perfusion ; un autre vérifia la plaie. Il y avait beaucoup de cris, de bruit, et le gyrophare de l'ambulance éclairait la rue silencieuse, attirant de nombreux curieux. Tous les clients du pub étaient sortis. Dans l'arrière-salle, la secouriste bien en chair se tourna vers Rosie.

— Vous pouvez y aller, maintenant, ma belle.

Rosie ne comprit pas tout de suite. Puis elle vit que sa main gauche et la main droite de Stephen étaient toujours enlacées. Stephen la regarda.

— Est-ce que tu peux venir avec moi ?

Tout à coup, Rosie se souvint qu'elle était dans un pub, qu'elle était censée y être avec son petit ami, qu'elle n'avait pas vu depuis quatre semaines ; que l'hôpital était à une heure de route, dans la vallée voisine, et qu'elle n'avait même pas ses papiers sur elle. Toutes ces pensées s'envolèrent en une milliseconde.

— Bien sûr, répondit-elle au moment où la porte du pub se rouvrait d'un coup pour laisser apparaître lady Lipton.

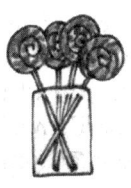

Chapitre 14

La guimauve

9 feuilles de gélatine
450 g de sucre cristallisé
1 cuillère à soupe de sirop de glucose
200 ml d'eau
2 gros blancs d'œuf
1 cuillère à café d'extrait de vanille
Sucre glace
Fécule de maïs

Huilez légèrement une plaque de cuisson peu profonde, d'environ 22 × 30 cm, et saupoudrez-la de sucre glace et de fécule de maïs passés au tamis.

Faites tremper la gélatine dans 140 ml d'eau froide.

Mettez le sucre, le sirop de glucose et l'eau dans une casserole à fond épais. Portez à ébullition, puis laissez cuire douze à quinze minutes environ, jusqu'à ce que la préparation atteigne la température de 125 °C sur un thermomètre à sucre. C'est très chaud, alors faites bien attention : ce n'est que de la guimauve, cela ne vaut pas la peine de finir à l'hôpital. Je vous recommande donc d'éloigner les enfants pendant la préparation et de ne les appeler qu'au moment de la dégustation.

Une fois la température désirée atteinte, incorporez avec prudence les feuilles de gélatine ramollies, ainsi que leur eau de trempage. Versez le sirop dans un pichet en métal.

Montez les blancs d'œuf en neige jusqu'à ce qu'ils soient bien fermes, en y incorporant le sirop brûlant. La préparation va devenir brillante et commencer à épaissir. Ajoutez l'extrait de vanille et continuez à fouetter pendant cinq à dix minutes environ, jusqu'à ce que la préparation soit suffisamment ferme et épaisse pour rester accrochée au fouet.

Versez la préparation dans la plaque. Uniformisez-la, puis laissez reposer deux heures.

Saupoudrez votre plan de travail de sucre glace et de fécule de maïs. Détachez la guimauve des bords de la plaque et retournez-la sur le plan de travail. Coupez la préparation en cubes, puis roulez-les dans le sucre et la fécule. Laissez sécher un petit moment sur une grille à pâtisserie.

*

1943

Lilian fredonnait en boucle « Down by the Salley Gardens » dans sa chambre, en faisant les comptes de la confiserie. Chanter lui changeait les idées. Depuis cette nuit épouvantable dans les bois, elle avait décidé de tout oublier. Gordon avait rejoint son régiment ; Margaret, après l'avoir suppliée une dernière fois de l'accompagner à Derby, était repartie avec son jules aux oreilles décollées. En trois jours de permission, il avait à peine prononcé un mot : c'était tout ce qu'il fallait à Margaret pour savoir qu'ils passeraient leur vie ensemble, et elle avait déjà réservé l'église. Elle avait demandé à Lilian d'être sa demoiselle d'honneur. C'était la dernière chose qu'elle souhaitait. Elle avait accepté, bien sûr. Mais entrer dans un lieu sacré et entendre deux personnes se jurer amour et fidélité lui laisserait un goût amer, elle le savait.

Elle s'était plongée dans le travail, apprenait la comptabilité en partie double pour soulager un peu son père. Gordon leur avait annoncé qu'après la guerre – si elle prenait fin un jour ; Lilian en doutait – il ne reviendrait pas à Lipton ; à présent qu'il avait vu le monde, il voulait s'y faire une place, ce qui était légitime, supposait-elle. Terence était si loin que le simple fait d'y penser la laissait perplexe : il leur écrivait de courtes lettres, soignées, aux mots serrés, qui passaient la censure. Et son Neddy ne rentrerait jamais à la maison. Elle devrait donc porter le fardeau. Il le faudrait. À dix-sept ans, elle réalisa que sa vie ressemblerait à cela désormais. Elle ravala ses larmes, jour après jour, prenant soin de forger une carapace autour de son cœur. Quand les bans du mariage d'Ida Delia et de Henry furent publiés, elle répondit d'un sourire poli à toutes les mauvaises langues et resta digne. Lorsqu'elle entendit dire que Henry avait reçu son ordre de mobilisation, elle se contenta d'opiner du chef, bien que, au fond d'elle, elle soit anéantie. Une part d'elle pensait, espérait que tout irait bien, l'implorait. Il se rendrait compte de son erreur à la dernière minute.

En son for intérieur, dans ses heures les plus sombres, tard la nuit, quand elle se tournait et se retournait dans son lit humide, l'esprit en ébullition, elle nourrissait même la pire des pensées : le bébé était peut-être de quelqu'un d'autre. Le bébé ne survivrait peut-être pas, et Henry serait libre.

Elle souhaitait du mal à un innocent, un enfant à naître. Cette pensée, terrible, atroce, la bouleversa ; la rendit encore plus déterminée à ne pas faire de crise ; à ne pas supplier, ne pas quémander, ne pas se plaindre de son sort. Elle n'était à l'évidence pas digne de lui. À cause de ses airs supérieurs par le passé et de ses mauvaises pensées actuelles, elle ne méritait pas Henry Carr ; elle aurait beau se languir de lui, cela ne changerait rien. Voilà ce qu'elle se disait. Cela ne la consolait pas.

Et, à présent, il avait reçu son ordre de mobilisation. Tant qu'elle pouvait le voir, curieusement, elle avait l'impression d'avoir encore de l'espoir. Il ne venait pas à la confiserie, bien sûr, l'évitait avec autant de soin qu'elle, mais elle l'avait aperçu – à l'église, vêtu d'une chemise à col haut, à côté de ses futurs beaux-parents, qui étaient, disait la rumeur, horrifiés que leur fille ait choisi un ouvrier agricole pour époux, comme l'avait prédit Lilian. Ou dans la grand-rue, au bras d'Ida Delia, qui portait une robe trop ample et disait à qui voulait l'entendre qu'il n'y avait rien de suspect, qu'ils étaient fous amoureux l'un de l'autre, rien de plus. Ida Delia, songeait-elle avec mesquinerie, avait sans doute été contente qu'il reçoive son ordre de mobilisation. Cela justifiait leur mariage hâtif.

Il lui jetait des regards furtifs quand il passait précipitamment devant elle, tête baissée... Ils ne signifiaient rien. Il ne lui envoya aucune lettre, aucun mot. Henry avait donné sa parole et s'y tenait, semblait-il. Le fait qu'il l'ait donnée à la pire personne possible aux yeux de Lilian ne le déchargeait pas de ses obligations.

Il y eut peu de monde à leurs noces ; la mère d'Ida Delia n'allait certainement pas convier ses cousins de Bristol, pour qu'ils voient sa fille magnifique, un bon parti, se contenter d'un garçon qui avait toujours de la paille plein les cheveux. Henry avait commencé son entraînement militaire ; il portait un uniforme en grosse laine peu seyant. Lilian resta toute la journée dans sa chambre, à l'étage, mais ne put s'empêcher de jeter un coup d'œil dehors pour voir passer le cortège. Ida Delia, vêtue d'une robe tailleur rose, un chapeau à voilette assorti posé sur ses belles boucles blondes, était splendide : heureuse, rayonnante, épanouie ; les seins ronds, la taille toujours fine, le visage radieux, victorieux. Henry paraissait plus grand, différent, avec son crâne rasé et son uniforme inconfortable en laine peignée. À ce moment-là, Lilian décréta qu'elle détestait les mariages.

Vers dix-huit heures, le cortège étant passé depuis longtemps, son père frappa à sa porte. Le pire était qu'elle ne pleurait pas. Elle était assise au bord de son lit une place avec son édredon fleuri, le regard dans le vide, sans un bruit, absente.

Ne sachant quoi faire d'autre, son père la prit dans ses bras et l'assit sur ses genoux, comme lorsqu'elle était enfant – elle était si fine, remarqua-t-il ; même pour sa petite Lily, elle avait beaucoup maigri –, puis il attendit, jusqu'à ce que, peu à peu, son corps figé penche vers lui. Elle se tourna, enfouit sa tête dans son cou, et fit de petits bruits d'animal blessé. Terence père sentit le cœur de sa fille se briser. Par la fenêtre, il regarda le soleil plonger derrière les collines bleutées, se demandant comment on pouvait vouloir accueillir un enfant dans ce monde.

*

— Elle a été beaucoup plus rapide pour son fichu chien, remarqua Moray tout bas.

Rosie dévisagea Henrietta, sans comprendre. Stephen s'autorisa à fermer les yeux une seconde.

— Ah, fit-il. Mère.

Rosie le fixa, consternée, puis regarda lady Lipton. En effet, il y avait une légère ressemblance entre eux. Mais cela n'avait aucun sens. Elle était au manoir pendant tout ce temps ? Sachant que son fils blessé était tout seul dans cette maison froide ? Pourquoi ne s'était-elle pas occupée de lui ? Au lieu de traîner en faisant des remarques sarcastiques et de s'inquiéter de façon insensée au sujet de son *chien* ? Rosie secoua la tête, incrédule.

— Pourquoi…, commença-t-elle, mais elle ne sut pas formuler sa question.

Si elle s'était blessée, sa mère aurait tout laissé tomber : elle aurait hanté sa maison, interféré, la rendant folle, lui tapant sur les nerfs, jusqu'à ce qu'elle soit totalement rétablie. Rosie aurait beau protester « Non merci, je n'ai pas besoin de ton aide », ou « Ne viens pas à la maison », elle n'en aurait rien eu à faire. Elle aurait défoncé la porte à coups de marteau. Et dire qu'elle avait passé tout ce temps à s'inquiéter pour Stephen, alors qu'il avait la moitié du comté à sa disposition, ainsi qu'un manoir doté d'une centaine de chambres, si d'aventure il en avait assez de sa mauvaise humeur. Son regard passa de l'un à l'autre.

Lady Lipton se tourna vers elle, l'air féroce.

— C'est ta faute, lança-t-elle d'un ton sec.

Rosie, stupéfaite, tressaillit.

— Tu es toujours fourrée là-haut, à le harceler, depuis ton arrivée. J'ai compris ton petit manège. Mme Laird me raconte tout, tu sais. Il aurait fini par revenir à la maison, quand il l'aurait décidé. Mais maintenant… maintenant…

Sa voix se brisa.

— Rosie, appela une voix faible sur le brancard, mais les secouristes l'emmenaient déjà, et la jeune femme était sous le choc.

Elle recula de quelques pas, puis regarda l'ambulance allumer son gyrophare et sa sirène, et partir en trombe pour Ashby.

Particulièrement ébranlée, Rosie essaya de se laver les mains dans le minuscule évier. Moray, à côté d'elle, rangeait son matériel.

— C'est quoi, ce délire ? l'interrogea-t-elle.

— Tu ne le savais pas ? s'étonna Moray.

— Comment aurais-je pu le savoir ? Ça fait cinq minutes que je suis là. Pourquoi est-ce que tu ne me l'as pas dit ?

— Je pensais qu'il te l'avait dit !

— Qu'est-ce qu'il s'est passé ?

Or, au même moment, Gerard fit irruption dans la pièce.

— Mais où étais-tu passée ? demanda-t-il.

Il était visiblement un peu saoul et avait des miettes de chips partout autour de la bouche.

— Ils ne servent pas à manger ! Et tu t'es volatilisée quand ce type est tombé. J'ai dû rester tout seul pendant une éternité ! Et tout le monde parlait de ce type. Et de toi. Et j'ai dû rester là à les écouter. Cette femme effrayante s'imagine que tu couches avec lui.

— Bien sûr que non !

Sa lèvre inférieure tremblait. Rosie craignait qu'il ne se mette à pleurer. Elle se rapprocha de lui.

— Je suis désolée. Il était souffrant. Il avait besoin d'aide.

Toucher son petit ami alors qu'elle venait de passer une demi-heure à serrer la main d'un autre homme était étrange, songea-t-elle, embarrassée.

— Il est médecin, lui, non ? rétorqua-t-il en désignant Moray, qui essayait de se faire discret.

— Oui, mais j'avais besoin d'un coup de main.

— Je croyais que tu tenais une confiserie, maintenant, s'entêta Gerard. Tu m'as laissé tout seul là-bas, comme un idiot.

— Je n'ai aucune relation avec lui, si ce n'est professionnelle !

Gerard, furieux, s'offusqua, puis se tourna vers Moray et tendit une main boudinée.

— J'imagine que je n'ai pas besoin de me présenter ?

Moray ne prit pas la peine de cacher sa perplexité.

— Euh...

Gerard dévisagea Rosie.

— Tu lui as parlé de moi ?

— Euh...

— Incroyable. Je m'appelle Gerard. Je suis son petit ami. Ce qu'elle n'a pas jugé utile de mentionner, *a priori*. Parfait. Ça va être un super week-end. Je rate la Formule 1 pour ça, poursuivit-il en regardant autour de lui. Je partirais bien en claquant la porte, mais il n'y a nulle part où aller dans ce trou perdu.

— Tu pourrais aller à la maison, dit Rosie tout bas.

Après cette montée d'adrénaline, l'heure qu'elle venait de passer, elle ressentit soudain une profonde fatigue ; elle était émotive, avait besoin d'un endroit calme où s'asseoir pour réfléchir aux événements de la soirée. C'était injuste envers Gerard (ce n'était pas sa faute si son week-end était gâché), mais elle n'avait vraiment pas l'énergie pour l'une de ses crises.

— Il n'est que neuf heures, geignit-il.

— On boira une bouteille de vin. Et je te préparerai quelque chose à manger.

— Est-ce que tu peux faire des scampis ?

— Bien sûr que non, Gerard.

Moray gardait la tête baissée, mais Rosie se sentit rougir en pensant qu'il était témoin de cette conversation ridicule.

— Est-ce que je peux t'appeler demain ? l'interrogea-t-elle en partant. Pour continuer… notre conversation ?

— Bien sûr.

— Quelle conversation ? demanda Gerard une fois sorti. De quoi parliez-vous ? De moi ?

— Non, répondit-elle, exaspérée.

Elle venait d'aider à réaliser une procédure médicale, avait tenu la main de Stephen, s'était fait hurler dessus par sa mère sans justification – elle en avait assez. Que Gerard ramène tout à lui était la dernière chose dont elle avait besoin. D'autant qu'elle soupçonnait qu'il y avait une part de vérité dans ce qu'il disait.

Certes, avec Gerard, ils n'étaient pas tout feu tout flamme. Mais qui l'était ? Tout le monde finissait par s'ennuyer dans son couple, non ? Et elle n'était pas la prise du siècle : trente ans passés, une bonne taille 38, une carrière peu florissante.

— Non. On parlait de ce jeune homme… cet homme qui a été blessé. Bref, ça n'a pas d'importance. Des histoires de famille, j'imagine.

— Eh bien, inutile de chercher plus loin, alors, répondit Gerard d'un ton plus conciliant. Tu seras partie d'ici deux ou trois semaines, de toute façon.

— Hum.

Il y avait un très bon *fish and chips* dans la grand-rue, un peu plus haut ; ils s'y arrêteraient pour manger. Dehors, la foule s'était dispersée ; les affaires étaient bonnes, ce soir, pour Les. En passant devant l'allée qui menait à l'arrière du pub, Rosie aperçut quelque chose du coin de l'œil. Elle se rapprocha, et ses soupçons se confirmèrent.

— Ah bah, ça alors ! murmura-t-elle.

« Peak House » devait bien être à six kilomètres de là. Gravement blessé, se vidant de son sang, avec une pente abrupte, Stephen avait beau être aimable comme une porte de prison et connaître toutes sortes de déboires familiaux absurdes, pour dévaler une route à toute allure en fauteuil roulant de l'armée, il fallait avoir du cran.

*

Rosie s'attendait à moitié à ce que Lilian dorme déjà. Sa tante se couchait plus tôt, d'ordinaire, mais elle avait sous-estimé sa curiosité. La vieille dame était là, dans son fauteuil, portant une longue chemise de nuit en flanelle de coton et des chaussons assortis immaculés, les yeux brillants, comme un oiseau. Elle mesura Gerard du regard. Il avait les joues roses, sentait le cidre et le *fish and chips* et transpirait un peu après avoir grimpé la colline : Rosie dut admettre qu'il n'était pas à son avantage. Enfin, son charme opérerait peut-être.

Or Gerard paraissait abattu ; il n'était pas en verve, pas égal à lui-même. Comme s'il n'avait plus d'allant.

— Bonjour, madame Hopkins, murmura-t-il, tel un enfant contraint de saluer une vieille tante lors d'un anniversaire. Comment allez-vous ?

Lilian l'observa longuement, puis jeta un bref coup d'œil à Rosie. Cela mit la jeune femme encore plus en colère. Ce n'étaient pas ses affaires. Elle n'y connaissait rien, ne savait pas comme il était difficile de trouver un homme aujourd'hui. Elle n'avait pas dégoté un prince charmant ? C'était la vie.

— Je suis ravi d'être là, marmonna Gerard, avec une expression qui laissait croire qu'il était tout sauf ravi d'être chez une vieille dame, au milieu de nulle part.

Tout à coup, Rosie se sentit elle aussi embarrassée : c'était ridicule. Elle vivait avec Gerard. Il y avait un lit double à l'étage. Elle n'avait pas à avoir honte.

— C'était pour quoi, ces sirènes ? demanda Lilian, comme Rosie passait dans la cuisine pour faire bouillir de l'eau et repousser le moment gênant où elle monterait se coucher avec Gerard.

Elle espérait que Lilian ferait la sourde oreille.

— Euh, c'était pour Stephen Lakeman. L'état de sa jambe a empiré.

— Oh, le fils de Hetty. Il lui cause bien des soucis.

Rosie sortit de la cuisine d'un pas décidé, en agitant la passoire.

— Pourquoi est-ce que tu ne m'as pas dit que c'était son fils ? Pourquoi personne ne me dit jamais rien ? Elle s'appelle Lipton !

Lilian haussa les épaules.

— J'ai supposé que tu le savais. Et puis ce n'est pas un fils très présent. Et Lipton, c'est son titre. Lady Lipton. Son nom de famille est Lakeman.

— D'accord. C'est ridicule. Une bonne fois pour toutes, dis-moi ce qui se passe.

— Je vais m'asseoir là-bas, d'accord ? dit Gerard avec un soupir.

Rosie sortit de la cuisine avec un plateau, puis s'assit à côté de sa tante.

— Comment… ? Comment lady Lipton a-t-elle pu l'abandonner, comme ça ?

— Et comment as-tu pu croire qu'elle n'avait pas essayé de l'aider ? rétorqua simplement Lilian.

*

— C'était la faute de Felix, bien sûr, expliqua Lilian en mordant d'un air songeur dans un gâteau sec au gingembre qu'elle avait pris soin de ramollir dans la vapeur de la théière. Le père de Stephen, précisa-t-elle. Il était obsédé par son régiment et tout ce qui avait trait à l'armée. Il ne manquait pas d'allure, à l'époque. Il aimait sortir son uniforme pour les mariages et les fêtes ; à chaque célébration, Felix astiquait ses médailles. Quand ils ont eu un fils après Jessica, il était aux anges. Il lui faisait faire des manœuvres, affublé d'un petit uniforme, avant qu'il n'ait cinq ans.

Jessica, apparut-il, avait rejoint le corps diplomatique (son enfance l'avait rodée) et travaillait désormais en Malaisie. Rosie essaya de s'imaginer Stephen petit. Il devait être particulièrement grave, s'imagina-t-elle.

— Il n'avait pas envie d'entrer dans l'armée, c'est ça ?

— Non, répondit Lilian. C'est très courant, bien sûr, les enfants qui ne veulent pas faire ce que leurs parents veulent. Regarde ton grand-père Gordon.

Rosie sourit.

— Il n'a même pas le même accent que toi.

— Bien sûr que non. Londres n'était pas assez loin de Lipton, pour lui. Il voulait tout laisser derrière lui. C'est pour ça qu'on ne vous voyait jamais.

Rosie haussa les épaules.

— C'est dommage, je trouve.

Lilian ne put cacher son sourire.

— N'importe quel homme un tant soit peu raisonnable aurait patienté, n'aurait pas fait attention. Mais as-tu déjà rencontré un aristocrate raisonnable ?

— Non, répondit Rosie avec honnêteté.

— Du coup, il y a eu des disputes, des menaces, des modifications de testament, et tout le tralala. Gros scandale. Stephen était un enfant si sensible.

— Il l'est toujours.

— Avec une tendance à être une vraie tête de mule.

— Oui, aussi.

— Il voulait étudier la littérature anglaise à l'université. Felix ne voulait pas en entendre parler. Il était hors de question que son fils étudie un sujet aussi gnangnan, pas avec son argent.

— Vraiment ? C'est absurde, aujourd'hui.

— Eh bien, ces gens-là ne vivent pas nécessairement dans le monde d'aujourd'hui, remarqua Lilian. Il y a un héritage, un manoir à entretenir. Cela demande du travail ; c'est un devoir. Des tas de gens dépendent du domaine pour vivre. On ne peut pas se contenter de disparaître pour étudier la poésie.

— Sa sœur ne peut-elle pas s'en charger ?

Lilian leva les yeux au ciel.

— Oh oui, bien tenté. Quelle modernité !

— Du coup, qu'est-ce qui s'est passé ?

— Eh bien, ils ont fini par trouver... un arrangement. Stephen pouvait aller à l'université, à condition qu'il fasse son entraînement militaire le week-end. Aux yeux de Felix, c'était le seul moyen pour qu'il apprenne la discipline et la retenue avant qu'il n'hérite du domaine, au lieu de consommer de la drogue et de s'amuser, comme le font tous les étudiants en lettres, apparemment.

Rosie n'avait jamais rencontré personne qui avait suffisamment d'argent pour prendre de la drogue et s'amuser pendant sa formation, mais les choses étaient différentes pour une jeune citadine qui se débrouillait seule et un gamin dont les études étaient financées par ses parents. Elle commença à avoir de la peine pour Felix.

— Donc, Stephen se plaisait à l'université. Et après ?

— Il est parti en Afrique sans le dire à son père. Il y a eu du grabuge, crois-moi. Il a arrêté ses études pour aller diriger une école de village en Namibie. Il a aussi arrêté son entraînement militaire.

— Il a déserté ?

— Pas vraiment. On a le droit de le différer, mais Felix était vraiment furieux. Il a eu une sacrée montée de tension.

— Qu'est-ce qui s'est passé ?

Lilian eut un demi-sourire.

— Eh bien, ça n'a rien de drôle, en réalité. Rien du tout. Mais on peut dire que c'est ironique, je crois... Stephen a été blessé par l'explosion d'une mine terrestre. Un éclat s'est logé dans sa jambe. Il a fini par être évacué par pont aérien et transporté dans un hôpital militaire.

Rosie prit une minute pour tout enregistrer.

— Alors que s'il avait rejoint l'armée...

— Il aurait pu faire partie d'une équipe de déminage. Oui. Il aurait pu améliorer les choses. Et, bien sûr, pendant sa convalescence en Namibie...

— Son père ? dit Rosie avec tristesse.

Lilian acquiesça.

— Crise cardiaque. Il n'était plus tout jeune, bien sûr. Et il ne criait pas seulement sur Stephen, il criait sur tout le monde. C'était une bombe à retardement.

Rosie but une gorgée de thé.

— Mais Stephen n'a pas aidé.

— Son fils unique qui se fait à moitié arracher la jambe en Afrique ? Non, j'en doute.

— Bon sang. Quelle histoire horrible.

— Les gens continuent à vivre, mais, pour Hetty et Stephen…, ça a été très difficile.

Rosi hocha la tête.

— Elle voulait s'occuper de lui, mais il… Je pense qu'il voulait seulement se complaire dans sa culpabilité. Et elle voulait lui confier le domaine et, enfin, tu imagines.

— Il n'a pas été déshérité ?

— Non, bien sûr que non. C'étaient des paroles en l'air, du vent. Felix était lui aussi une vraie tête de mule, mais il n'était pas idiot, et il aimait son fils. La pauvre Hetty, elle s'occupe bien du domaine, mais elle a besoin de lui. Qu'il reste enfermé là-haut à ruminer…

— Je pense qu'il est déprimé.

— La moitié du Derbyshire lui appartient, répliqua Lilian avec brusquerie. Il doit se remettre.

Tout à coup, elles jetèrent toutes les deux un coup d'œil à Gerard, qui venait de s'endormir et de laisser s'échapper un ronflement surprenant.

— Tu ferais mieux de mettre Sophie Canétang[1] au lit, à mon avis.

---

1. Personnage de cane particulièrement naïve inventé par Beatrix Potter dans *Le Conte de Sophie Canétang*.

— Lilian ! Ne sois pas grossière, répondit Rosie avant de le secouer doucement pour le réveiller ; il avait eu une longue journée. Viens, mon chéri.

Pendant que Gerard montait les escaliers en trébuchant, Rosie rapporta les tasses dans la cuisine pour les laver et les faire sécher. Lilian, elle, se leva prudemment, doucement, mais toute seule, prête à aller se coucher.

Quand Rosie la croisa dans le couloir, elle vérifia qu'elle n'avait pas besoin d'aide, mais la vieille dame secoua la tête, toute fière. Puis, alors que Rosie s'apprêtait à monter, elle lui demanda d'une voix douce :

— Est-ce que tu l'aimes ?

Et, pendant une fraction de seconde, Rosie n'eut pas la moindre idée de la personne dont elle parlait.

Chapitre 15

Les friandises accompagnées de jouets-surprises

Commençons par nommer les choses. Les œufs en chocolat qui contiennent une capsule en plastique ne sont pas des friandises, mais des jouets. Ils présentent un risque d'étouffement, de perte (le cas échéant, c'est la crise assurée) et, franchement, sont une abomination dans toute confiserie qui se respecte.

J'ignore depuis quand on considère qu'une petite gourmandise n'est pas un cadeau suffisant pour un enfant : quand on leur offre du chocolat, ils s'attendent aussitôt à recevoir un autre présent. L'apparition des indécentes pochettes-surprises pour les invités aux goûters d'anniversaire semble incarner cette obsession, histoire de s'assurer que les enfants n'apprennent jamais à en avoir assez.

De ce fait, je continuerai à m'opposer à l'invasion insidieuse du plastique et des confiseries de qualité inférieure, qui ressemblent à du chocolat, chaque fois que j'en aurai envie et aussi longtemps que je le pourrai. Il existe des vraies confiseries. Si vous voulez vraiment faire plaisir à vos enfants, laissez-les les découvrir.

*

Cette nuit-là, Rosie s'endormit tard et était toujours contrariée quand elle finit par trouver le sommeil, mais aussi à son réveil, quand elle se souvint avec abattement que c'était le jour de la foire. Une longue journée l'attendait.

Elle regarda de l'autre côté du lit. Gerard dormait toujours à poings fermés, la bouche ouverte, un peu de bave au coin des lèvres. Elle l'observa longuement. Qu'est-ce qui avait changé ? En seulement un mois ? Était-ce dû au fait d'avoir quitté la ville, de voir du pays ? Rien de plus ? Ou était-ce l'idée d'avoir sa propre affaire, de faire quelque chose pour elle-même ? Même si ce n'était que temporaire, se rappela-t-elle. Un remplacement. Elle était partie de chez sa mère pour s'installer à la cité universitaire, puis avec Gerard, sans jamais vraiment rien accomplir d'elle-même. Avoir pu restaurer la boutique et... Enfin, il était inutile d'y penser. Son téléphone sonna à point nommé.

— Rosie ? Meridian, pose ça. *Pose ça !*

— *Veux pas poser !* répondit une voix stridente à l'accent australien.

— Salut, maman, dit Rosie en passant dans la salle de bains pour ne pas réveiller Gerard.

Sa mère choisissait toujours son moment.

— Alors, comment est-ce que ça se passe ?

— Bien, bien.

— As-tu trouvé un acheteur ?

— Non, non, mais c'est en bonne voie... Je suis sûre que ça ne va pas tarder, mentit Rosie.

Ce genre de choses prenait du temps.

— Et la maison de retraite ? Qu'en dit Lilian ?

Même si Rosie savait que Lilian ne pouvait pas l'entendre du rez-de-chaussée, elle mit une main autour de sa bouche.

— Je l'aide seulement à se rétablir, tu sais.

— Tu peux l'aider à se rétablir autant que tu veux, elle va quand même avoir quatre-vingt-sept ans. Tu veux rester là-bas pour t'occuper d'elle ou quoi ?

Rosie ne répondit pas tout de suite.

— Non. Bien sûr que non. Non.

— As-tu rencontré de gentils messieurs pour remplacer ton gros bonhomme ?

— Angie !

— Oh là là, il est là, c'est ça ? Avec ou sans bague de fiançailles ?

— Maman. Arrête, s'il te plaît.

Angie fit un petit bruit sarcastique.

— Tu ne sais pas à quel point c'est difficile pour moi : ton petit ami se croit supérieur.

— Il ne se croit pas supérieur.

— Hum. Enfin, c'est bien. Je suis impressionnée qu'il ait réussi à se débrouiller tout seul, sans toi, à Londres.

À cela, Rosie n'eut pas le courage de répondre.

— Bon, passe une bonne journée et tiens-moi au courant dès que tout est réglé, d'accord ? Tu n'as pas envie de perturber ta vie plus longtemps, si ?

— Non, répondit Rosie en regardant par la fenêtre de la salle de bains, qui donnait sur l'arrière du cottage.

Des fleurs violettes scintillantes avaient éclos sur l'un des arbustes, dont Rosie ne connaissait pas le nom. Elle sentait leur odeur lourde, pénétrante, et entendait le murmure des bourdons, qui se mettaient au travail encore plus tôt qu'elle.

— Non, répéta-t-elle en pensant aux grèves des transports, aux poubelles bondées, aux files d'attente, aux gens, aux gens partout, aux camions qui passaient en tonnant dans la rue, au ramassage du verre à quatre heures du matin, aux ivrognes sur le trottoir, aux bars où il fallait se battre pour être servi, au métro où l'on s'entassait, pressés contre des inconnus, et... Désolée, maman. Je vais m'y mettre.

— Bien. Meridian, ne mange pas ça ! Ce coléoptère est-il rouge ou noir ? *Philip !*

— On se rappelle vite, maman.

— Très vite. Il faut qu'elle signe tous les papiers avant de... enfin, tu sais. Avant qu'elle ne perde la tête ou quelque chose comme ça.

— Je ne crois pas qu'elle perde la tête. Enfin, pas d'après les critères locaux.

*

1943

La vie continua. Il le fallait. Lilian se lança à corps perdu dans son travail à la confiserie, tâchant d'équilibrer les comptes. Le long été indien finit par toucher à sa fin. Quand elle croisait Ida Delia dans la rue, elle détournait vite le regard, tout comme Ida, ce qui les arrangeait toutes les deux – même si Lilian sentait son cœur se serrer chaque fois qu'elle voyait le ventre arrondi d'Ida et son alliance flambant neuve, bon marché, mais brillante malgré tout, qui serrait de plus en plus son doigt boudiné. Pendant tout ce temps, elle pensait : cela aurait pu être moi.

Cela aurait pu être elle, installée dans le petit cottage de Henry que lord Lipton lui avait alloué, à présent qu'il fondait une famille. Lilian le savait. Plus jeune, à l'âge tendre de dix-sept ans, elle passait souvent devant lors de ses promenades de l'après-midi – quand elle était insouciante, qu'elle pouvait errer librement, au lieu de rester assise à remplir d'innombrables rangées dans son livre de comptes à double entrée, s'assurant que tout coïncidait à la fin de la journée avant de le montrer à son père. Le cottage était petit, mais avait tout le nécessaire, ainsi qu'un magnifique jardin envahi par les mauvaises herbes, plein de fleurs sauvages et de rosiers tentaculaires. Il y avait même un pommier. Ils en avaient parlé une fois, au cours d'une de ces longues soirées d'été, quand elle pleurait Ned et qu'ils discutaient de tout et de rien pour lui changer les idées ; elle lui avait raconté rêver d'avoir un jour un jardin d'herbes aromatiques, un portillon de bois, un chèvrefeuille et des roses. Il avait ri, lui avait caressé l'épaule en lui répondant que le cottage n'était sans doute pas assez grand, et elle avait ressenti un frisson d'excitation en songeant qu'un jour elle entretiendrait peut-être ce jardin.

Ida Delia, soupçonnait-elle, le remplirait de plantes vivaces jaunes et roses plantées en rangs serrés, faciles d'entretien, recouvrirait le reste de gravier et n'y penserait plus jamais.

*

— Un sandwich au bacon ?

Rosie espérait de tout son cœur que le sandwich préféré de Gerard compenserait la soirée de la veille. Ils avaient simplement perdu l'habitude, décréta-t-elle. L'habitude d'être tous les deux. Ils étaient ensemble depuis si longtemps, enlisés dans la routine. Il devait être en manque de PlayStation. Voilà. Et elle voyait les choses sous un jour différent depuis qu'elle s'était s'installée ici, voilà tout. Cela passerait.

Elle s'assit sur le lit et le regarda se réveiller : il remuait, battait des paupières pour chasser le sommeil, ayant du mal à se rappeler où il était. C'était tout lui. Subitement, elle se rendit compte qu'il fallait qu'elle sache.

— Chéri, dit-elle tout bas. Est-ce qu'on peut parler ?

— C'est bizarre, répondit une voix endormie sur l'oreiller. Parce que j'ai d'abord cru entendre quelqu'un me proposer un sandwich au bacon. Quelle heure est-il ? demanda-t-il en ouvrant les yeux.

— Sept heures trente. Il fait très beau dehors.

— Sept heures trente ? Un *samedi* ? Tu as changé.

— Hum.

Gerard se retourna.

— Je vais me rendormir. Je ne me lève jamais avant onze heures le samedi, tu le sais.

— Oui, mais c'est différent ici...

En le regardant, en voyant qu'il se fichait totalement de ce qu'elle avait prévu, que rien ne l'intéressait, hormis savoir quand elle rentrerait pour lui préparer à manger et s'occuper de leur appartement, elle eut une prise de conscience. Même si elle le savait depuis longtemps, supposa-t-elle. Le plus discrètement possible, elle alla se renfermer dans la salle de bains, s'assit sur le siège des toilettes, puis se mit à pleurer tout bas.

Gerard n'y était pour rien – son tempérament débonnaire, complaisant, l'avait charmée autrefois. Mais ce qu'elle avait pris pour de la bonhomie, de l'amabilité, n'était que de la simple fainéantise, en réalité : être gentil avec tout le monde était plus facile que s'affirmer ; trouver une fille comme elle pour prendre soin de lui et remplacer sa mère était facile. Mais devenir adulte, assumer la responsabilité des choses qu'elle voulait (une jolie maison, une famille : rien de trop ambitieux, si ?), il n'en était pas capable. Pour le moment ; peut-être pour toujours. Gerard voulait une vie simple, rien de plus. Et elle avait été si accaparée par son travail, à courir aux quatre coins de la ville, qu'elle avait décrété que c'était suffisant, peu importait ce que ses amis racontaient derrière son dos et ce que sa mère lui disait en face.

Elle se sentait si bête. Huit ans de sa vie, *huit*. Huit ans, alors que tous les autres s'étaient installés, avaient fondé un foyer, commencé une vie à deux. Elle ne connaissait même pas le salaire de Gerard. La seule raison pour laquelle ils avaient acheté un appartement ensemble, c'était parce que, séparément, on ne leur aurait pas accordé de crédit. Bon sang, il y avait tant de choses à démêler. Cela allait faire tant d'histoires. Et elle devrait écouter tout le monde (dont sa fichue grand-tante, apparemment, qui ne l'avait pourtant vu que cinq minutes) lui répéter, encore et encore, qu'ils le savaient depuis le début ; lui demander comment elle allait trouver quelqu'un d'autre, elle qui n'était plus toute jeune, et...

Oh non, quel gâchis. Rosie laissa couler ses larmes, regardant fixement par la fenêtre ; des nuages s'amoncelaient au loin, au-dessus des collines pourpres. Quel immense gâchis. Elle était venue ici pour éviter à Lilian d'avoir des ennuis. Résultat, c'était elle qui s'en était attiré, irrévocablement. Son cœur battait dangereusement vite. Il n'était pas trop tard, se dit-elle. Il ne savait pas ce qu'elle ressentait. Elle pourrait peut-être lui poser un ultimatum, lui suggérer de faire un break, ou...

Mais elle sentait, en son for intérieur, que c'était fini, aussi sûrement que sonnaient les cloches de l'église. C'était fini. Tout à coup, douloureusement, elle se rappela l'avoir aperçu depuis une fenêtre de l'hôpital, des années plus tôt : il arrivait au travail le matin, en train de manger une barre chocolatée, sa mallette à la main, et elle s'était sentie profondément heureuse, amoureuse, en l'observant sans être vue. Comment la situation avait-elle pu se dégrader aussi vite ? Ils passaient tous leurs week-ends au lit jusqu'à midi, puis devant la télé jusqu'au dîner, puis il disait être trop fatigué pour sortir. Elle était devenue acariâtre, le bassinait avec la vaisselle, parce qu'il n'était pas fichu de vider un lave-vaisselle. C'était si... si banal.

Tout à coup, la porte de la salle de bains s'ouvrit en claquant, et Rosie se redressa brusquement, l'air coupable. Gerard était encore à moitié endormi.

— Il faut que je fasse pipi, marmonna-t-il, la main dans le caleçon, sa bedaine dépassant.

Puis, après s'être frotté les yeux, il finit par voir son visage baigné de larmes.

— Hé, qu'est-ce qui se passe ?

Bien sûr, ce fut encore pire. Gentil jusqu'au bout. Incapable de continuer à pleurer en silence, elle éclata en longs sanglots étranglés. Heureusement, ils ne manquaient pas de rouleaux de papier toilette. Gerard s'assit sur le bord de la baignoire, l'air inquiet.

— Qu'est-ce qui ne va pas ? Tu ne te plais pas ici, c'est ça ?

— Non ! Non, ce n'est pas ça. Gerard. Je ne... Je ne...

Elle poussa un soupir.

— J'aurais sans doute dû faire ça il y a longtemps. Gerard, il faut que tu me dises. Est-ce qu'on va quelque part ?

— Je croyais que tu travaillais, aujourd'hui, répondit-il, sourcils froncés.

— Toi et moi, Gerard. Toi et moi.

S'ensuivit un long silence. Un long silence au cours duquel, pour la dernière fois, Rosie se dit qu'il se révélerait peut-être ; mettrait un genou à terre, sortirait une bague, lui déclarerait son amour éternel. Mais non, il n'y eut qu'un très long silence. Elle s'inquiéta. N'avait-elle pas été assez claire ? Ne s'était-elle pas assez affirmée ?

Avait-elle cherché sa voie pendant si longtemps qu'ils n'étaient plus en mesure de se comprendre ? Elle était en colère contre elle-même.

— Enfin, je ne m'attends pas à des feux d'artifice ni à des fleurs, mais...

Gerard prit une expression glaciale.

— On dirait bien que si, pourtant.

— On n'a qu'une vie, Gerard. Tu n'attends rien de plus ?

— Qu'est-ce que tu veux dire ? Pourquoi les filles veulent-elles toujours savoir où on va et ce qui va se passer ? On est un couple, non ?

— Oui, mais...

— Mais quoi ? Tu es ici, entourée de tous ces types, et tu décrètes que je suis un peu trop barbant pour toi ? Pas assez bien ? Je pourrais peut-être découper un mouton ? Ce que je suis capable de faire, au passage. J'ai pratiqué la dissection, et tout le reste.

— Non, Gerard. Ce n'est pas ça.

— Qu'est-ce que c'est, alors ? À la seconde où on ne vit plus sous le même toit, tu veux sortir et faire ta vie ? Coucher avec la moitié du pub ?

— Bien sûr que non ! Ne sois pas aussi puéril !

Rosie n'en croyait pas ses oreilles. Elle ne s'attendait pas à ce qu'il soit ravi, mais elle ne pensait pas qu'il serait méchant.

— Ooh, ooh ! Attends, je dois aller voir cet homme ! Avec cet autre homme ! Je vais juste laisser mon crétin de petit ami tout seul au pub. Il ne m'en voudra pas. Il ne fait que s'occuper de moi, passer du temps avec moi et me supporter toute la journée.

Rosie écarquilla les yeux.

— Je ne pensais pas… je n'ai jamais pensé ça. Je te le promets.

— Tu as changé à la seconde où tu es arrivée ici.

— Non. Non, argua-t-elle, mais elle savait qu'elle lui devait la vérité. Je crois que j'ai commencé à changer il y a longtemps déjà.

— Vous êtes toutes pareilles, grommela-t-il.

Rosie cligna des yeux avec tristesse.

— Eh bien, c'est maman qui va être contente.

— Vraiment ? Elle ne m'aimait pas ? demanda Rosie, profondément surprise. Bon sang. Ouah. Je ne le savais pas.

— Elle t'aimait bien, mais elle a toujours pensé que tu ne resterais pas. Et elle avait raison.

— J'aurais aimé que tu l'écoutes il y a six ans !

— Sans compter qu'elle n'aurait jamais cru que tu étais une Marie-couche-toi-là.

— C'est faux, Gerard, et tu le sais.

— Si tu le dis, répondit-il en haussant les épaules.

S'ensuivit un long silence gêné, chacun détournant le regard. Au bout d'un moment, Gerard releva les yeux.

— Euh, j'ai toujours très envie d'aller aux toilettes.

Et, curieusement, comme s'ils n'avaient pas fait pipi l'un devant l'autre un millier de fois, Rosie sortit pour lui laisser un peu d'intimité.

*

Gerard resta un long moment dans la salle de bains. Rosie, assise sur le lit, tremblait, l'estomac noué par l'anxiété. Qu'avait-elle fait ? Avait-elle perdu la tête ? On entendait toujours ce genre d'histoires : des filles qui quittaient des hommes bien au début de la trentaine pour se rendre compte qu'il n'y avait personne d'autre ; et puis, dans huit ans environ, elle aurait quarante ans, et ce serait fini pour elle, il serait trop tard. Elle serait trop vieille... Elle s'efforça de respirer, de ne pas se mettre dans tous ses états. C'était dur. Elle avait mal à la gorge.

Quand Gerard sortit de la salle de bains, il se tenait un peu plus droit. Il s'était manifestement encouragé devant le miroir. Il la regarda : il était l'image même de l'homme blessé dans son orgueil.

Elle eut soudain l'impression d'attendre que ce soit fini. Comme si elle se trouvait en haut d'un grand huit, juste avant la chute.

— Quand veux-tu passer prendre tes affaires ?

Elle se mordit la lèvre. Bien sûr. Il y avait tout cela à régler.

— On va devoir y réfléchir.

— Oui. Parce que non seulement tu bousilles ma vie personnelle, mais tu t'apprêtes aussi à me priver de mon lieu de vie.

La gorge de Rosie se serra. Elle ne pouvait le nier. Elle venait de chambouler sa vie entière. Pour Gerard, qui détestait marcher cent mètres jusqu'à la station de métro et, partant, se déplaçait tout le temps en voiture, l'idée d'avoir tant de détails à régler était terrible.

— Je... je n'y avais pas pensé... Je pourrais... je pourrais peut-être racheter ta part, ou toi, la mienne.

Elle croisa les doigts pour qu'il croie à cet affreux mensonge. Elle n'avait pas un sou, pas de travail... Mais elle trouverait forcément une solution, non ?

— Oh, super ! Tu me quittes et tu me fais payer des milliers de livres pour ce privilège.

Il jeta un coup d'œil à sa montre.

— Je n'ai même pas envie d'y penser pour l'instant, grommela-t-il. Si je pars maintenant, je peux être chez maman avant le match amical de l'Arsenal. Je n'ai aucune envie de m'attarder dans ce trou paumé, de toute façon.

Rosie sourit, l'air contrit.

Il secoua la tête.

— Bon.

— Je suis désolée.

Ces mots semblaient si pathétiques, si faibles.

Gerard commença à rassembler ses affaires – cela faisait moins de douze heures qu'il était là, mais il avait déjà réussi à mettre un bazar pas possible. Elle le regarda faire, assise sur le lit, et, soudain, fut prise de panique. Huit années ne pouvaient pas s'envoler comme cela, si ? Être jetées à la poubelle si vite ? Leur conversation ne pouvait pas être finie ? Elle chercha désespérément quelque chose à dire.

— Est-ce que je peux te poser une question ? Juste pour savoir ?

Il haussa les épaules, et elle prit une profonde inspiration.

— Est-ce que tu aurais fini par demander ma main ? Est-ce que tu nous voyais ensemble pour toujours ?

Il haussa à nouveau les épaules.

— Je ne sais pas. Je n'y ai jamais vraiment réfléchi.

— Vraiment ? répondit-elle, se demandant s'il disait cela par bravade. Avec tous les mariages auxquels on a assisté, tu n'y as pas pensé une seule fois ?

— J'étais bien comme ça. Ça ne me posait pas de problème. Je pensais que c'était pareil pour toi.

— Ça l'était, consentit-elle en secouant la tête.

Cela ne lui avait jamais traversé l'esprit.

— Ça l'était, répéta-t-elle.

Ils se dévisagèrent, dans une incompréhension mutuelle.

Avant son départ, ils parvinrent même à s'étreindre maladroitement ; à se faire une bise, que Gerard tenta de transformer en baiser.

— Je n'en reviens pas : je n'ai même pas eu droit à une dernière partie de jambes en l'air, lança-t-il, ce que Rosie trouva encourageant.

C'était tout lui : son humeur joviale prenait toujours le dessus.

Il ne déprimerait pas longtemps, d'après elle. Mais, pour le moment, elle sonda attentivement son cœur, cherchant à connaître la vérité. C'était indéniable : en l'entendant fermer la porte de la chambre sans bruit, puis la porte d'entrée, qui grinça, et allumer le moteur de son Alfa Romeo adorée, même si elle risquait de le regretter plus tard, même si Gerard était sa toute dernière chance, elle le ressentit malgré tout.

Elle était soulagée.

*

— Dis donc, les portes ont claqué, remarqua Lilian au petit déjeuner, peinée de voir Rosie aussi pâle et tendue.

Sa nièce avait le même teint terreux qu'à son arrivée, dont quelques semaines passées au grand air, de bonnes nuits et une nourriture équilibrée étaient venues à bout. Elle s'efforça de se dire que c'était sa méchante parente, qu'elle était là pour lui prendre tout son argent et la mettre dans une maison de retraite, mais ne put s'empêcher de s'inquiéter pour elle.

— Je n'ai pas envie d'en parler, répondit Rosie en faisant cuire des œufs d'un air sombre.

Leur odeur lui donna la nausée, même si ces œufs avaient été déposés sur le pas de leur porte et que les poules du pasteur les avaient pondus quelques heures plus tôt seulement.

Lilian haussa les sourcils.

— Dans ce cas, autant se préparer pour une journée chargée, dit-elle.

*

1944

Il était impossible de prendre en grippe un enfant. Ce n'était pas bien, pas juste, Lilian le savait. Malgré tout, il semblait incroyable que la progéniture de deux spécimens aussi séduisants que Henry Carr et Ida Delia Fontayne soit aussi peu gracieuse. La naissance de Dorothy avait été difficile, avait entendu Lilian : Henry progressait en Italie avec les Alliés, et le travail d'Ida Delia avait duré trois jours, à crier comme un cochon qu'on égorge. Les gens lui racontaient cela, comme si cela allait lui faire plaisir – tout le monde était au courant, bien sûr –, mais Lilian n'en tirait aucune satisfaction. Dorothy était chétive, toute rouge, l'air de bouillir de rage. Elle semblait toujours énervée quand on la promenait dans l'élégant landau qu'ils avaient commandé, saucissonnée sous plusieurs couches de laine jaune vif qui lui donnait un teint jaunâtre, ornée de nœuds et de froufrous, ses deux petits petons gigotant, tentant désespérément de se dégager, la mine boudeuse, renfrognée.

Un jour, alors qu'elle se rendait chez le marchand de tissus, Lilian les aperçut : Ida Delia avait du mal à soulever l'énorme landau sur le trottoir. La jeune femme examina sa conscience et prit une décision. Elle lâcha son vélo, qui tomba avec fracas, faisant aussitôt hurler le bébé, puis courut les aider.

Ida Delia, qui paraissait plus âgée que ses dix-neuf ans, ses cheveux blonds non peignés attachés en arrière avec un bout de tissu, éloigna le landau.

— Je ne veux pas de ton aide, merci.

— Ida..., commença Lilian.

— Je ne parle pas aux gens qui essaient de voler le petit ami des autres. Il est à moi, maintenant. Garde tes distances. Je sais que tu voulais son môme. Eh bien, moi, je l'ai eue, elle.

Elle échappa un petit bruit horrible, entre un rire et un grognement.

— Donc. Ne t'approche plus de notre famille. Merci.

— Mais je... je... Enfin, je voulais juste te féliciter, répondit Lilian aussi humblement que possible.

— Eh bien, si tu veux venir faire bouillir du linge, tu es la bienvenue, répliqua Ida, pleine d'amertume.

Les hurlements de Dorothy redoublèrent.

— Est-ce que je peux...

— Tu ne ferais que l'encourager, répondit Ida en parvenant enfin à hisser le landau sur le trottoir.
Les deux femmes se dévisagèrent.
— Contente-toi de garder tes distances, répéta Ida d'un ton menaçant.
Lilian ne pouvait pas le savoir, mais, en la voyant dévaler la rue en toute liberté, si svelte, si jeune, si énergique, Ida (qui ne recevait que de rares lettres de Henry, très froides ; sans compter que ce dernier ne passait jamais une permission de quarante-huit heures sans parvenir, d'une manière ou d'une autre, à ramener la conversation sur les Hopkins) avait été emplie d'effroi.

*

Lilian n'avait pas menti au sujet de la kermesse. Le village entier était noir de monde. Il semblait y avoir autant de chevaux que de voitures, et les vaches meuglaient en passant dans de gros camions, en route pour le champ des Stirling, où se tenait la foire. Des forains s'étaient installés, et des guirlandes de fanions étaient suspendues tout le long de la grand-rue. Rosie voyait déjà un ballon rouge égaré, qui s'élevait dans les airs, à travers les arbres. Elle prit une profonde inspiration, puis noua son tablier.

Son premier client l'attendait devant la porte de la confiserie.

— Est-ce que ta maman sait que tu es ici, Edison ? l'interrogea-t-elle en ne voyant personne derrière lui.

Le garçonnet opina gravement du chef.

— Oui. Elle a dit que c'était le meilleur endroit pour moi. Ça m'apprend à être tonome.

— Vraiment ? Et comment cela ? répondit Rosie, un peu agacée.

Elle n'avait pas ouvert une garderie.

Edison releva ses lunettes sur son nez, d'un geste étonnamment adulte.

— J'ai très peur des animaux.

— Quoi, de tous les animaux ? l'interrogea-t-elle en tournant la lourde clé, incapable de retenir un sourire.

— Oui. Et de certaines plantes. C'est pour ça qu'il vaut mieux que je me tienne à l'écart. Hester a dit que je devais me rendre utile, dit-il en entrant tranquillement dans la boutique.

— Qui est Hester ?

— Ma mère. Bien sûr.

Rosie appelait parfois sa mère Angie, mais cela ne faisait pas le même effet.

— Elle pense que je peux vous aider.

— Qu'en sait-elle ? Pourquoi est-ce qu'elle ne t'emmène pas voir les animaux, pour que tu te rendes compte qu'ils ne sont pas effrayants ?

— D'après Hester, c'est mal qu'on tue des animaux pour les manger, marmonna-t-il. Elle ne prouve pas.

À ce moment précis, Hester fit son apparition, ses cheveux gris scintillant.

— Bonjour, dit-elle avec froideur. Dites, je dois aller distribuer ces prospectus sur le véganisme au marché. Est-ce que je peux vous laisser Edison un petit moment ? Je suis sûre qu'il vous aidera beaucoup.

— Eh bien, euh, j'imagine, oui, bredouilla Rosie, prise de court.

— Super ! Merveilleux ! Les animaux vous remercieront ! répondit Hester sans même s'arrêter.

Rosie et Edison la regardèrent s'éloigner dans la grand-rue. Puis la jeune femme se tourna vers le petit garçon maigrichon.

— Tout le monde a le droit d'avoir une opinion, lui expliqua-t-elle. Mais j'irai voir les animaux tout à l'heure.

Edison la regarda, battant des paupières derrière ses lunettes, l'air anxieux.

— Oh.

— Tu peux venir avec moi, si tu veux. Je te promets que je te protégerai.

Il y réfléchit.

— D'accord.

— Bien. Maintenant, j'ai besoin que tu plies ces boîtes et que tu les mettes dans ce grand carton pour le recyclage.

— Est-ce que je peux dessiner dessus, d'abord ?

— Oui, tant que tu ne me gênes pas.

Edison la considéra.

— Où est le gentil monsieur qui était là hier ?

Elle se mordit la lèvre.

— Il a dû partir.

— Oh. C'est dommage. Je l'aimais bien. Il était gentil avec les enfants. Tout le monde n'est pas gentil avec les enfants, vous le saviez ?

— Oui, répondit-elle, ayant soudain le sentiment d'avoir peut-être commis une grosse erreur. Gerard est très gentil avec les enfants. Parce qu'il se comporte un peu comme un enfant, en un sens.

— Non. C'est un adulte.

— C'est une métaphore. Hester t'a sans doute appris ce que c'était, non ?

Il hocha la tête.

— Mais ce n'est pas une métaphore. C'est une comparaison.

— Allez, on ouvre la boutique, d'accord ?

Voir le village aussi animé lui avait fait retrouver son enthousiasme, mais elle le sentait prêt à retomber, tel un ballon dégonflé.

La prochaine personne qu'elle vit était peu susceptible de lui remonter le moral.

— Monsieur Blaine.

Roy Blaine, le dentiste, se tenait devant elle, le journal à la main. Le journal qu'il dirigeait, bien sûr.

— J'ai vu une annonce, là-dedans, dit-il.

Elle plissa les yeux. De quoi parlait-il ?

— À propos de la vente prochaine de cette boutique…

Rosie comprit où il voulait en venir.

— Mais je l'ai publiée dans le journal de Derby.

— Nous partageons la publicité, expliqua M. Blaine. C'est la même entreprise.

— Oh.

Roy arpenta la pièce, l'examinant avec impolitesse.

— Bonjour, le salua Edison, assis par terre près du comptoir.

Il dessinait une grosse machine, très complexe, sur l'un des cartons.

— Tu dois venir faire ta visite de contrôle des six mois, répondit Blaine d'un trait. Je ne t'ai pas encore vu.

— Vous n'avez pas besoin de me voir, rétorqua le garçonnet avec un courage que Rosie trouva louable.

Hester dit qu'on va prendre soin de mes dents avec l'omopathie.

Rosie et Roy levèrent tous deux les yeux au ciel.

— Et je ne mange pas de sucre à la maison.

— Non, mais tu passes ta vie dans une confiserie. Donc, ce n'est pas vraiment une affaire *saine*, n'est-ce pas ? poursuivit Roy en regardant autour de lui. Ça fait quelques semaines que vous jouez à la fermière, rien de plus.

Rosie se promit de changer de tablier.

— Après des années à l'abandon. Un peu comme la bouche de certaines personnes.

— Êtes-vous intéressé ?

— Peut-être. Cet endroit serait idéal pour mon nouveau cabinet dentaire. Des facettes prothétiques flambant neuves, des sourires parfaits, des blanchiments ultrarapides, des plombages hors de prix.

Il s'en frottait presque les mains.

— Tout le monde veut un sourire parfait, aujourd'hui.

Personnellement, Rosie trouvait que ses dents toutes droites, d'une blancheur de néon, dignes d'un acteur d'Hollywood, étaient bizarres, effrayantes : elles lui rappelaient un crâne nettoyé par des charognards. Mais elle préféra ne rien dire.

— Il y a sans cesse de nouvelles technologies en soins dentaires. Un petit cabinet pittoresque pourrait séduire.

— Vous ne vendrez pas de bonbons, alors ?

— Non ! Je vendrai des kits de blanchiment haut de gamme à quatre cents livres chacun. Alors, qu'en dites-vous, mademoiselle Dents de Travers ?

— Mademoiselle quoi ?

— C'est affectueux, bien sûr.

Il regarda encore un peu autour de lui, avec avidité, puis consulta sa montre de luxe.

— Bon, je ferais bien d'y aller. Le temps, c'est des dents, et les dents sont de l'argent, lança-t-il avec un dernier sourire éclatant avant de sortir en faisant tinter la cloche.

Edison se dépêcha d'apporter quelques modifications à son dessin.

— Je l'ajoute, dit-il. C'est un dentiste très méchant.

Rosie le regarda. Imaginer Roy Blaine reprendre la confiserie adorée de Lilian pour la transformer en empire dentaire high-tech la rendait malade. Il enlèverait toutes les étagères, le comptoir, les équipements... Elle ne voulait pas de cela. Elle ne voulait pas vendre la boutique de cette façon.

— C'est vrai, c'est un dentiste très méchant, répondit-elle.

Elle baissa les yeux. Si elle devait avoir un enfant de six ans dans les pattes maintenant que Gerard était parti, autant que ce soit celui-là.

*

Le magasin se remplit vite. De nombreuses personnes venues des villages voisins poussèrent des cris de joie en voyant que leur confiserie adorée avait rouvert : elle leur avait manqué lors de nombreuses kermesses. Elles demandaient timidement leur friandise préférée, s'enquéraient de la santé de Lilian, soulignaient la ressemblance de Rosie avec sa tante, sourire aux lèvres, pendant que la jeune femme faisait tourner avec dextérité les petits sachets à rayures pleins de souvenirs et les passait à la foule.

La matinée passa en un clin d'œil, la cloche et la caisse n'arrêtant pas de tinter. La boutique était remplie d'enfants qui montraient du doigt, tout excités, et de parents qui piochaient à la dérobée dans les plats de dégustation de fudge que Rosie avait posés sur les vitrines, invitant à la tentation. Tout allait si bien qu'elle en oubliait presque son début de journée catastrophique, tandis qu'elle essayait de persuader Anton que quatre souris en sucre étaient largement suffisantes pour lui permettre de tenir une demi-heure, le temps que sa femme rentre de la foire. En effet, Chrissie passa le chercher un peu plus tard. Aussitôt arrivée, elle admira la boutique.

— Oh. Je suis dans le comité d'organisation de la tombola. Je n'y avais pas pensé : nous aurions pu vous contacter pour un don.

— Bien sûr. Que dites-vous d'une grosse boîte de chocolats ?

— Vous êtes un chou !

Les deux femmes se regardèrent. L'épouse d'Anton avait un sac d'emplettes dans une main et tenait son mari de l'autre.

— Je peux vous l'apporter plus tard, si vous voulez. J'aurais sans doute besoin de me dégourdir les jambes.

— Ce serait fantastique, répondit Chrissie.

— Vous savez, vous pourriez tenir cette confiserie, tous les deux, leur dit-elle, quand la cloche retentit dans son dos.

Elle n'eut même pas à se retourner.

— Qu'est-ce que tu fais encore, Hopkins ? lança Moray avec un soupir. J'apprécierais que tu arrêtes d'essayer de tuer tous mes patients.

— Je *voulais* dire, quand il sera assez mince pour passer derrière le comptoir. Comme un défi. Qu'en dites-vous, Anton ?

L'intéressé semblait emballé ; sa femme, un peu moins.

— Hum, je ne veux pas que tu t'approches d'une échelle.

— J'aimerais bien tenir une confiserie, dit Anton.

— Non ! protesta Moray. Sortez d'ici.

Anton regarda d'un air abattu l'intérieur de son sachet déjà vide.

— Je ne me rappelle même pas avoir mangé ces souris.

— Vas-tu lui prendre ce rendez-vous pour un anneau gastrique ? demanda Rosie.

— Non ! se récria le médecin.

Anton traîna sa grande carcasse jusqu'à la porte, un peu triste.

— Je ne lui en ai vendu que quatre, lança Rosie d'un air de défi. Et il en voulait dix-neuf au départ.

Moray jeta un coup d'œil à sa montre.

— Eh bien, ça fait presque quatre minutes qu'on est dans la même pièce et rien ni personne n'est arrivé en se vidant de son sang. C'est un record, non ?

Elle sourit.

— Que puis-je te servir ?

— Juste quelques pastilles de menthe. Je suis juré au concours de gâteaux et il arrive que les vieilles dames soient un rien trop enthousiastes quand elles gagnent.

— J'imagine, oui.

Moray était très élégant dans sa veste en tweed verte et sa chemise à carreaux. Elle était moins convaincue par son pantalon moutarde.

— Es-tu en train de regarder mon pantalon ?

— Oui, mais je vais arrêter avant de devenir aveugle.

— Il est de style *champêtre*. De toute façon, tu es mal placée pour faire des remarques d'ordre vestimentaire.

C'est à ce moment précis que Rosie eut une prise de conscience, dans un éclair de lucidité (elle n'était pas aussi lente, d'habitude ; elle avait toujours été entourée d'infirmiers, après tout) : Moray ne l'avait jamais invitée à un rendez-vous galant.

— Il est un peu champêtre, oui, mais aussi un peu rock and roll.

Elle lui sourit, ressentant... quoi ? du soulagement ? de la déception ?

— Elles t'aiment bien, toutes ces vieilles dames ?

— Elles aiment surtout les médecins qui passent à la télé, répondit-il en croquant dans un Mint Imperial. Mais, en leur absence, oui, elles doivent se contenter de moi.

— Qu'est-ce qui s'est passé ? Comment va Stephen ? l'interrogea-t-elle avec impatience.

— Je pensais que tu partirais avec l'ambulance.

— Oui. Mais quand cette vieille bique est arrivée...

— Hetty n'est pas si méchante. Elle a une vie un peu différente de la nôtre, c'est tout. N'oublie pas qu'elle a perdu son mari l'année dernière.

Rosie se sentit aussitôt coupable. C'était vrai, elle s'était dit que les parents de Stephen, qui qu'ils soient, étaient d'affreux lâcheurs. Mais elle ne connaissait pas toute l'histoire.

— Bref ?

— Bref, répondit Moray en baissant la voix, pendant qu'elle servait d'énormes sachets de bananes à deux adolescents. J'ai appelé l'hôpital ce matin. Ils lui ont donné plein de sang. Il était très faible, mais ils l'ont mis sous perfusion. Il souffrait aussi de malnutrition.

Elle revit soudain son torse pâle, sa peau blanche.

— Bien, dit-elle, peu convaincue.

— Ils l'ont examiné... J'ai fait de très beaux points, de l'avis général...

— Avec mon aide.

— Avec l'aide de ma séduisante assistante, oui. Bref, aussitôt soigné, il a insisté pour sortir. Il n'aime pas les hôpitaux, apparemment.

Rosie l'imagina seul dans un hôpital militaire en Afrique. Elle n'était pas surprise.

— Tout ça montre juste qu'il aurait dû se faire soigner il y a des mois de ça. Fichue tête de mule.

— Tu l'aimes bien, cette tête de mule, on dirait.

— Oh, Stephen a toujours été différent. Indépendant, répondit Moray en prenant son sachet de bonbons. Je vais aussi prendre des boules de chewing-gum. Je les déposerai à « Peak House ».

— Vous étiez bons amis, tous les deux ?

Il opina du chef.

— Oui. Jusqu'à ce qu'il parte jouer au bon samaritain en Afrique. Il ne comprenait pas que je ne veuille pas l'accompagner.

— Pourquoi est-ce que tu ne voulais pas ?

Moray fit la moue.

— Tu y serais allée, toi ? Quoi qu'il en soit, je crois que les hommes comme moi ne sont pas les bienvenus, là-bas. Non. Sérieusement, j'aurais été nul, parfaitement inutile. J'aime trop mon confort. Je suis trop égoïste. Bref, bien sûr, il a fait son Stephen, il est parti furieux, et je n'ai plus eu de nouvelles… Je ne savais même pas où il avait été blessé ; je ne l'ai appris que l'autre jour. Je m'étais dit qu'il s'était fait mordre par une hermine ou quelque chose comme ça, et qu'il avait trop honte pour en parler. Ou un tigre.

— Il n'y a pas de tigres en Afrique, intervint Edison.

— Et voilà pourquoi je suis mieux dans le Derbyshire.

Ils se turent un instant.

— Eh bien, quand tu le verras…, commença Rosie avant de ne plus savoir quoi dire. Oh, rien, dis-lui juste bonjour de ma part. Et que c'est un idiot.

— Je n'y manquerai pas. Est-ce que tu viens à la kermesse après ?

— Oui, dans un moment. Garde-moi un peu de gâteau.

— Est-ce vraiment ce dont tu as envie après avoir passé la matinée entourée de fudge ? Du gâteau ?

— C'est pour Lilian, répondit-elle avec sévérité. Ne commence pas. Blaine est déjà passé. Hester, la végane, aussi.

Moray frémit.

— Argh, le méchant dentiste, lança-t-il avec un clin d'œil avant de tourner les talons. Bonjour, Edison, dit-il en passant à la petite silhouette tapie derrière le comptoir. Alors, cette constipation due au stress ?

— Ça va bien mieux, merci, répondit le garçonnet avec sérieux. Je crois que le yoga m'est bénéfique, en fin de compte.

Rosie regarda Moray.

— Je soupçonne qu'être ici, dans un environnement où personne ne le force à faire du yoga, lui est bénéfique, lui dit-il tout bas, avant d'ajouter en direction d'Edison : Je suis ravi pour toi.

Rosie le regarda partir, secouant la tête, incrédule. L'air de la campagne avait manifestement déréglé son sixième sens. Mais elle était contente, même si elle s'en voulait de penser qu'elle n'aurait pas pu plaire à un homme aussi séduisant. Elle aurait pu lui plaire, se dit-elle, tâchant de s'en persuader. Elle avait toujours du mal à y croire : après avoir été en couple pendant huit ans, elle était célibataire. À trente et un ans. Elle trouvait cela terrifiant, perturbant, mais aussi étrangement libérateur.

*

— *Veux un nœuf avec un jouet !* hurlait un enfant en se roulant par terre, pendant que sa mère, inquiète, tournait sur elle-même en agitant les mains, tel un papillon.

— Je suis sincèrement désolée, répéta Rosie pour la dixième fois.

Lilian avait des opinions bien tranchées sur les friandises accompagnées de jouets et, après l'avoir forcée à céder sur l'histoire du chewing-gum, Rosie n'avait pas voulu insister davantage.

— Nous n'en avons pas.

Elle sortit de derrière le comptoir pour s'accroupir à côté du garçonnet. Une file d'attente se formait derrière lui. Elle avait l'habitude de s'occuper des enfants à l'hôpital (des enfants apeurés, qui souffraient) et savait les amadouer. Mais elle avait du mal à comprendre les crises de nerfs inutiles.

— *Veux un nœuf !*

Rosie se rendit compte que cet enfant n'était pas aussi jeune qu'elle le pensait. C'était un gros costaud, en réalité, ce qui expliquait sans doute pourquoi sa mère ne s'était pas précipitée pour le relever.

— Nathan, ils n'en ont pas, dit anxieusement cette dernière. Je suis vraiment désolée, je suis sûre qu'on en trouvera ailleurs.

— *Veux mainnant !*

— Maman t'en donnera un dès que…

— *Mainnant !*

— Voyons, mon grand, lui dit Rosie avec douceur. Est-ce que tu voudrais goûter nos œufs d'oiseau ? Ce sont des chocolats enrobés de sucre, avec un petit bonbon en forme d'oiseau à l'intérieur. Qu'en dis-tu ?

— *Toi, tais-toi !* répliqua-t-il en criant.

Rosie adressa un sourire contrit aux personnes dans la queue, qui levaient les yeux au ciel, puis repassa aussitôt derrière le comptoir, mais acheter des bonbons à côté d'un enfant hurlant n'était pas agréable, de sorte que les autres clients choisirent en vitesse des barres chocolatées ou partirent carrément. Au bout d'un moment, Edison sortit la tête de derrière le comptoir.

— C'est Nathan, siffla-t-il à Rosie, qui se demandait comment signifier poliment à sa mère de le faire sortir sans passer pour une méchante sorcière.

— On dirait, oui.

— C'est lui le méchant qui a pris ma sucette, murmura le garçonnet.

— Lui ? fit Rosie, surprise. Ce petit morveux ?

Edison opina du chef, puis lui entoura le genou, à l'évidence effrayé.

— Mais il est pathétique. Regarde-le.

Edison secoua frénétiquement la tête.

— Il est méchant.

— Il est nul. Allez ! Regarde-le.

Tout doucement, elle poussa Edison jusqu'à l'avant de la boutique, où Nathan se roulait par terre, hurlant que c'était injuste et qu'il voulait un œuf. Quand il se sentit observer, il se retourna et, voyant Edison, écarquilla les yeux. Il était prostré sur le sol et en prit manifestement conscience. Les deux garçons se considérèrent un long moment. Puis Edison remonta ses lunettes sur son nez.

— Bonjour, Nathan, parvint-il à dire d'une voix tremblotante.

Il y eut un blanc.

— Est-ce que c'est ta confiserie ? demanda la voix au sol.

Rosie hocha la tête.

— Oui, répondit Edison. En quelque sorte.

Nathan se releva, mine de rien, comme si tout le monde faisait ce genre de chose.

— Tu as toute une confiserie ?

Edison haussa les épaules.

— Cause toujours.

Rosie le regarda.

— Est-ce que tu viens de dire « Cause toujours » ?

Edison se mit sur la pointe des pieds pour lui chuchoter à l'oreille.

— Je ne sais pas ce que ça veut dire, mais on est censés dire ça.

— Dans ce cas, d'accord, répondit-elle tout bas.

Nathan frotta l'arrière de son crâne rasé.

— C'est chouette, dit-il.

— Est-ce que tu voulais quelque chose ? l'interrogea Rosie, comme si Edison était son associé.

Nathan haussa les épaules.

— Des œufs en chocolat, s'il vous plaît.

La mère de Nathan pleurait presque de gratitude en tendant sa monnaie.

— Merci mille fois... Il est juste fatigué, n'est-ce pas, Nathan ? lança-t-elle en caressant nerveusement l'épaule de son fils, qui repoussa sa main.

— Cause toujours, répondit-il.

— Tu vois ? chuchota Edison.

Nathan prit son sachet de chocolats sans un merci. Puis, avant de partir, il se retourna.

— Tu en veux un ?

Les yeux d'Edison faillirent sortir de leur orbite derrière ses lunettes. Peinant à croire que ce n'était pas un piège, il s'avança timidement, d'un air circonspect. Nathan achetait son silence, estima Rosie. Mais quoi que ce geste cache, Edison aurait l'impression que cela en valait la peine. Cela l'attrista : Edison, si singulier, si intéressant, serait plus heureux s'il intégrait l'horrible bande de ce garçon. Pire, il ne serait sans doute pas un membre à part entière de cette bande de petites frappes, mais un genre de sous-lieutenant. Elle avait beau savoir que c'était la dure loi de l'école, elle trouvait cela triste. Mais c'était la vie d'Edison, pas la sienne.

Edison tendit une main hésitante vers le sachet, avant de s'arrêter net.

— Non, répondit-il. C'est mon magasin. Je peux avoir tout ce que je veux. Pas la peine.

S'ensuivit un moment de silence, pendant que Nathan reconsidérait le garçon maigrichon devant lui, comme s'il le voyait avec un œil neuf. Puis il hocha la tête.

— D'accord. On se verra peut-être à la kermesse tout à l'heure ?

— Peut-être, répondit Edison avec nonchalance.

— Edison ! s'exclama Rosie après leur départ, quand ils ne pouvaient plus les entendre. Je pourrais t'embrasser !

— Ne faites pas ça, s'il vous plaît. Ce serait un comportement papproprié.

Elle sourit.

— Je ne voudrais surtout pas t'infliger de comportement papproprié, mais bravo.

Avec un haussement d'épaules, le garçonnet retourna jouer avec ses cartons.

— Certains enfants sont difficiles, n'est-ce pas ? lança une voix.

Rosie releva les yeux ; elle n'avait même pas remarqué que Tina Ferrers, la sympathique jeune femme qu'elle avait déjà vue à la boutique, parcourait les étagères de bonbons avec ses jumeaux, Kent et Emily. Tina fit un signe de tête en direction de la rue, où Nathan venait d'arracher le sachet de chocolats des mains de sa mère, qui lui avait manifestement suggéré d'en garder quelques-uns pour plus tard. (Elle lui avait aussi demandé, à un enfant de six ans, s'il préférait un petit ou un grand sachet.)

— Pas les vôtres. Ce sont des anges.

Tina eut un petit rire, qui révéla de jolies dents.

— Ah, c'est ça, oui. Je dirais plutôt qu'ils savent se comporter comme des anges quand on leur promet de venir ici.

Rosie sourit.

— J'aimerais qu'ils soient tous comme ça.

— Ça fait partie du travail, non ? On ne peut pas seulement aimer les enfants mignons. Je travaillais dans une garderie, avant, ajouta-t-elle.

— Ah oui ? Est-ce que ça vous plaisait ?

— J'adorais ça... Hélas...

Elle désigna ses enfants.

— Malheureusement, après leur naissance, c'est devenu trop compliqué. Les gens ont besoin d'une auxiliaire de puériculture tôt le matin et tard le soir... C'était impossible pour moi. Mais j'aime ce que vous avez fait ici, poursuivit-elle en jetant un regard circulaire. C'est génial. Avoir sa propre affaire. Je vous admire.

— Oh, ce n'est pas mon magasin. J'aide juste ma tante. Il va bientôt être en vente.

— Vraiment ? s'étonna Tina.

Elle laissa courir sa main sur l'une des étagères, puis poussa un soupir.

— Quoi ? s'enquit Rosie.

— Oh, rien. Juste une idée en l'air...

Rosie sourit. Elle aimait bien cette femme.

— Quoi, au sujet de cet endroit ?

— Oh, je ne pourrais pas... C'est vraiment charmant, vous savez, dit-elle en regardant autour d'elle.

— C'est vrai, c'est beau.

— Mais vous pourriez vendre plus de choses ici. Des petits souvenirs, peut-être. Rien de mauvais goût, juste des babioles pour que les touristes se rappellent leur séjour à Lipton, s'ils ont envie de dépenser plus qu'une livre.

Rosie sourit.

— Enfin, ça marche déjà très bien, reprit-elle d'une voix plus basse, comme Rosie servait du fudge hors de prix à une famille enjouée.

— Vous avez des tas d'idées, on dirait, commenta Rosie.

Tina sourit.

— Oh, vous savez. Quand Kent et Emily sont à l'école, j'ai du temps libre. Et je suis en plein divorce...

— Vous êtes divorcée ?

Tina était si jolie, si gentille, avec des enfants si sages. Cela pouvait donc arriver à n'importe qui ?

La jeune femme parut triste.

— Eh bien, disons qu'il aimait un peu trop la bouteille. Ce n'est un secret pour personne, par ici. Comme tout le reste. C'est pour ça que j'ai opté pour un accord à l'amiable, murmura-t-elle. Au cas où il boirait tout.

Elle voulut esquisser un demi-sourire, mais Rosie perçut sa profonde tristesse.

— Vous pouvez passer un soir, si vous voulez, je vous montrerai les comptes, lui proposa-t-elle.

— Vraiment ? Mais... enfin, je ne sais pas. Il faudrait que j'emploie quelqu'un pour m'aider.

— Oui, ce travail est impossible seul, lui expliqua Rosie. Je deviens à moitié folle, ici. Je suis obligée de fermer boutique si je veux faire autre chose.

— Mais vous ne comptez pas fermer aujourd'hui, hein ?

Rosie n'avait pas arrêté de servir une seconde depuis qu'elle avait ouvert la porte d'entrée.

— Eh bien, je sais que ça a l'air un peu bête, mais j'avais envie de voir la kermesse. Je ne serai pas là l'an prochain, je me disais que c'était ma seule chance d'y aller.

Tina fronça les sourcils.

— Mais c'est l'une des journées les plus chargées de l'année pour vous !

— Vous avez bel et bien le sens des affaires, commenta Rosie avec un sourire.

— Vous ne pouvez pas fermer pour y aller !

— Mais c'est mon magasin ! Et je veux y emmener Edison.

Tina eut un grand sourire.

— D'accord. Et si je vous gardais la boutique pendant une heure ?

Rosie, prise de court, fit le tour de la question. Tina semblait très gentille, honnête. Elle était intéressée par la confiserie. Au pire des cas, si elle filait avec la caisse, eh bien, Moray connaîtrait son adresse. Lipton était un petit village. Il ne se produirait rien de grave.

Elle prit sa décision.

— D'accord ! Mais on se tutoie, dans ce cas.

— Entendu ! As-tu du gel hydroalcoolique ?

— Euh, non, juste un évier.

— Tu vois, si tu en avais, tu n'aurais pas besoin de faire couler l'eau toutes les cinq minutes.

— Tu es sûre que tu travaillais dans une garderie, et pas dans le commerce international ? lança Rosie en enlevant son tablier, ravie.

Elle regarda Tina servir deux ou trois clients ; bien sûr, la jeune femme les connaissait presque tous et eut un mot gentil pour chacun, y compris, remarqua Rosie, pour le couple qui lui demanda malencontreusement des nouvelles de son ex-mari. Rassurée de voir que Tina maîtrisait la situation (et s'y prenait peut-être même mieux qu'elle, songea-t-elle en la voyant s'occuper d'un jeune homme en uniforme et le persuader d'acheter l'une des plus grosses boîtes de chocolats qu'elles avaient en stock), Rosie descendit une autre boîte pour la tombola, puis entreprit de convaincre Edison de l'accompagner.

— Les vaches peuvent charger, expliquait-il à Kent et à Emily, qui étaient à peine plus jeunes que lui. Elles courent toutes en ligne. Elles peuvent vous tuer. Super vite.

— Supe vite, répéta Kent.

— Personne ne va charger, intervint Rosie. Viens.

— Il y a aussi des cochons, s'obstina le garçonnet. Les cochons sont capables de dévorer un homme, s'ils n'ont rien d'autre à manger.

— Mais où as-tu entendu ça ? l'interrogea Rosie.

— Au groupe vegan, répondit-il docilement.

Tina et Rosie échangèrent un regard.

— Je vois que tu connais Hester, lança Tina avec le sourire.

— Pas bien, répondit Rosie, elle aussi avec le sourire, les deux femmes préférant éviter d'évoquer la mère du petit devant lui. Et je n'ai jamais entendu parler du groupe vegan.

— C'est un groupe de jeu pour les enfants vegan qu'a constitué Hester, expliqua Tina avec désinvolture. Pour enseigner le bon style de vie dans le village !

Rosie eut tant envie de rire qu'elle en eut mal aux joues.

— Est-il populaire ?

— Je crois qu'Edison est à la tête du groupe, n'est-ce pas, Edison ? Et son unique membre ?

Edison opina gravement du chef, se leva, fit un salut militaire, puis se mit à chanter, très fort et plutôt faux :

« Toutes les plantes sont nos amies !
Le soja, c'est trop bon, c'est notre meilleur copain !
Le houmous, c'est maous, et le chou frisé ne déçoit jamais !
Le groupe vegan SAUVE LES BALEINES ! »

Les deux femmes rirent de bon cœur, jusqu'à ce que Kent se lève d'un bond.

— Je veux faire partie du groupe de jeu vegan ! annonça-t-il.

Edison entreprit aussitôt de leur apprendre la chanson, mais Rosie le fit sortir.

— Viens, petit vegan. Je te promets de ne t'emmener qu'au concours de la plus grosse courge, si ça peut t'aider.

Le garçonnet parut embêté.

— Et au stand de gâteaux.
— Je ne peux pas manger d'œufs.

Elle leva les yeux au ciel.

— Je te trouverai une galette à l'avoine, dans ce cas.
— Ni de gélatine.
— Je regarderai les ingrédients.
— Et je suis allergique aux fraises.
— Comment arrives-tu à sortir du lit, le matin ? Ça me dépasse.

Tina leur fit au revoir de la main.

— Je garde la boutique. Amusez-vous bien. Moi, je ne vais pas y manquer !

Elle était déjà en train de ranger tous les bocaux de bonbons qui avaient été ouverts dans la matinée et n'avaient pas été remis à leur place. Puis elle se tourna vers le prochain client, un grand sourire aux lèvres. Cet arrangement pourrait bien marcher, songea Rosie.

Chapitre 16

Le sucre à la crème

Ahh. Le sucre à la crème.

1 kg de sucre cristallisé. Oui. 1 kg. Ne me regardez pas comme ça : c'est une confiserie.
1 boîte de lait concentré sucré.
110 g de beurre non salé.
Une goutte de lait frais pour humidifier le sucre.

Dans une casserole, humidifiez le sucre avec du lait froid. Ajoutez le beurre et le lait concentré, puis mettez sur feu moyen à fort.
Remuez pendant dix minutes jusqu'à ébullition. Si des stries brunes se forment, baissez le feu. Une fois à ébullition, baissez le feu. Continuez à remuer pendant vingt minutes. Vous pouvez prétendre que les calories dépensées contrebalanceront le sucre à la crème.

La préparation sera prête quand une boule se formera dans l'eau froide.

Ôtez la casserole du feu, puis fouettez énergiquement.

Quand la préparation est un peu plus ferme, versez-la sur une plaque de cuisson et laissez refroidir.

Ah. La reine des friandises.

*

La journée était claire et ensoleillée, mais un vent glacial descendait des collines.

— L'automne arrive, dit Rosie, presque à elle-même, en s'emmitouflant dans son gilet.

C'était étrange : elle était arrivée à Lipton au beau milieu de l'été (certes pluvieux), mais le temps tournait. Le changement de saisons était sans doute plus perceptible, ici, voilà tout. À Londres, des arbres rabougris poussaient dans les parcs, entourés de cages métalliques, mais elle voyait à peine leurs feuilles tomber, piquées par la maladie et décolorées par les vapeurs d'essence et la poussière. Ici, le monde entier semblait avoir été repeint. Les verts et les bleus profonds des collines avaient laissé la place au brun terreux des champs labourés ; les énormes chênes au bout de l'allée des Isitt s'étaient parés de teintes extraordinaires, rouges et orange vif ; des feuilles volaient en tous sens, formant d'immenses tas au bord de la route. Et le vent du nord se levait, repoussant de minuscules nuages de l'autre côté des montagnes. L'air était frais, vif. Rosie sentait les feux de jardin.

— Tu n'as pas envie de donner des coups de pied dans les feuilles ? interrogea-t-elle Edison.

Le garçonnet fronça les sourcils.

— Les feuilles sont nos amies.

Elle sourit. La kermesse semblait l'inquiéter.

— Tu n'as pas à t'inquiéter, le rassura-t-elle.

En réponse, il leva doucement sa main toute fine pour prendre la sienne.

— Tout m'inquiète, lui confia-t-il à voix basse.

Ayant l'impression qu'elle devrait lui montrer son extrait de casier judiciaire, elle serra sa petite menotte. Dans ce vallon abrité, qui lui semblait souvent à des milliers de kilomètres du monde réel, elle trouvait terrible qu'un enfant s'inquiète de quoi que ce soit.

— Il ne faut pas. Il y a tout un monde au-dehors d'ici.

— Je sais, répondit-il en raclant le sol avec ses chaussures. Hester dit que les doits de l'homme y sont baffés.

— C'est vrai, acquiesça Rosie avec prudence, avant de chercher dans sa poche pour lui donner une sucette (elle avait pris l'habitude d'en garder toute une collection sur elle). Mais il y a aussi plein de choses qui te plairaient. Des musées, des transports, des lignes de chemin de fer, des supermarchés ouverts toute la nuit et… enfin, plein de choses. Et plein de gens gentils aussi.

Edison commença sa sucette d'un air songeur.

— Je suis content que tu sois venue à Lipton, dit-il tout à coup.

Rosie n'en revenait pas. Elle avait perdu son petit ami, sans doute son appartement, et des tas de missions d'intérim lucratives. Mais, curieusement, elle ressentait la même chose que lui.

— Moi aussi, répondit-elle en étreignant sa main.

*

Il n'y avait personne dans la grand-rue ; tout le monde était réuni dans l'immense pâturage des Stirling, qui jouxtait le cimetière et dont la terre était toute retournée par le passage des camionnettes. Dans le champ voisin, des adolescents en gilet fluo s'occupaient du stationnement ; une sono de mauvaise qualité diffusait une musique nasillarde qu'elle n'arrivait pas à identifier. Edison lui serra la main un peu plus fort. Un homme faisait des annonces au micro, mais il parlait si vite, avec un accent du Derbyshire si prononcé, que Rosie avait du mal à le comprendre : il criait quelque chose au sujet d'une parade de poneys et d'un concours de concombres. L'endroit était noir de monde ; tous les visiteurs portaient un ciré et des bottes en caoutchouc, remarqua-t-elle. Elle n'avait pas réalisé que ce genre d'événement nécessitait des bottes en caoutchouc, songea-t-elle en regardant ses pieds avec abattement. Elle portait des chaussures à semelles compensées, qui étaient jolies, confortables, parfaites pour le magasin, mais risquaient désormais de finir enlisées dans une tourbière. Elle n'y arriverait jamais.

Heureusement, des planches en bois avaient été installées tout autour du champ, et Rosie les suivit avec la plus grande prudence, à la recherche du stand de la tombola. De nombreuses personnes la saluèrent ; elle leur répondit d'un sourire poli, s'efforçant de dire bonjour à tous, tout en progressant avec difficulté, telle une jument mal assurée. Elle jeta un coup d'œil à l'intérieur des chapiteaux : l'un d'eux était rempli de pots de confiture et de gens qui les sentaient, puis les goûtaient d'un air sérieux ; un autre, d'énormes légumes, grotesques, qui donnaient l'impression d'être sous stéroïdes. Il y avait aussi un stand de gâteaux, où elle aurait aimé s'attarder un peu, mais elle entendit au micro que le tirage de la tombola aurait bientôt lieu sous le chapiteau A. Bien sûr, le chapiteau A se trouvait à l'autre bout du champ, mais Rosie préféra ne pas prendre le risque de couper à travers avec ses chaussures ridicules, et refit donc tout le tour, agacée. Elle croisa Mme Isitt, qui se contenta de regarder ses pieds avec mépris, comme si on ne pouvait rien attendre d'autre de la part d'une citadine comme elle. Par chance, M. Isitt apparut juste derrière elle : il marchait bien mieux, on aurait dit un autre homme. Quand Mme Isitt pénétra sous le chapiteau des confitures (Rosie plaignit ceux qui osaient concourir contre elle), Peter la prit à part.

— Mes tomates n'ont jamais été aussi bonnes, dit-il.

Rosie fit un grand sourire, trouvant miraculeux que des légumes qu'elle avait plantés (enfin, c'était surtout grâce à Jake, mais elle avait participé) aient poussé.

— C'est génial.

— C'est à cause des tempratures trop élevées, lança une petite voix à côté de Rosie. Monsieur Isitt, avez-vous entendu parler du méchant chauffement climatique ?

— Il faut qu'on file, lança Rosie en souriant. Mais vous avez l'air en bien meilleure forme.

— J'imagine, oui.

— *Monsieur Isitt !* l'appela une voix à l'intérieur du chapiteau. *Monsieur Isitt, venez tout de suite !*

— La vie reprend son cours, commenta Peter Isitt.

— Oui, répondit Rosie en le regardant disparaître sous la grande tente.

Ils finirent par trouver le bon chapiteau et y entrèrent au moment où le tirage au sort commençait.

— Voilà ! cria-t-elle, son énorme boîte de chocolats à la main. Ne commencez pas sans nous !

Toute la salle se retourna pour la regarder. Bien sûr, sur scène, dans son immense manteau, un air hautain sur le visage (un peu trop hautain, songea Rosie, pour quelqu'un qui sortait un billet d'une boîte sous un chapiteau traversé de courants d'air dans un village de montagne), se tenait Hetty. Lady Lipton en personne.

*

Rosie chercha aussitôt Stephen du regard. Le remarquant, Hetty eut un sourire narquois. Chrissie, la femme d'Anton, s'approcha d'elle pour lui prendre la grosse boîte en velours rouge des mains, puis la remercia chaleureusement, tandis que Hetty sortait le premier billet de l'urne et annonçait à un agriculteur rougeaud qu'il avait gagné. Ce dernier sembla ravi, avant de prendre un air abattu quand il apprit qu'il venait de remporter un bilan dentaire gratuit de quinze minutes au cabinet de Roy Blaine.

Rosie sortit les billets que Lilian lui avait fait acheter, puis les confia à Edison, mais, à mesure que les différents lots étaient attribués (un gros cake au gingembre, une heure de jardinage gratuite, une canne à pêche) et que Hetty félicitait les gagnants avec effusion, elle comprit que la chance ne lui sourirait pas. Arriva enfin le tour de sa boîte de chocolats : un tonnerre d'applaudissements retentit quand Anton la remporta.

— J'ai bien peur qu'Anton ne puisse pas garder son lot, décréta Hetty. Son épouse fait partie du comité.

— Les épouses de tout le monde font partie du comité, répondit Anton avec stupéfaction, sa lèvre inférieure tremblante.

— Et nous aimerions que tu sois toujours là l'an prochain pour participer, poursuivit lady Lipton. Puis-je donner ces chocolats au foyer pour enfants ?

— Non.

— Si ! s'écria Chrissie en montant sur scène pour serrer la main de Hetty avant qu'il n'ait le temps de réagir. Merci, murmura-t-elle.

C'était censé être un aparté, mais toute la salle en profita grâce aux haut-parleurs assourdissants.

— Et, pour finir, notre premier lot, annonça Hetty.

Un murmure parcourut l'assemblée, de nombreuses personnes vérifiant et revérifiant leurs billets. L'urne commença à tourner, mais Rosie n'y prêta pas vraiment attention : elle était occupée à féliciter Anton, qui avait les joues roses, mais ne semblait pas franchement ravi qu'on le complimente de toute part pour sa générosité. De ce fait, quand Hetty cria le numéro, Rosie ne l'entendit pas, et Hetty fut obligée de le répéter.

— 197 jaune ! 197 jaune !

Peu à peu, Rosie se rendit compte qu'on tirait sur sa manche.

— Qu'est-ce qu'il y a, Edison ? demanda-t-elle, réalisant qu'elle devrait sans doute l'accompagner aux toilettes à un moment ou à un autre et regrettant que sa mère le lui ait confié avec autant d'insouciance.

Effectivement, le garçonnet sautait sur place.

— Est-ce que tu as envie d'aller aux toilettes ?

Il secoua la tête.

— Non. Oh, si, j'ai envie maintenant. Mais regarde ! Regarde !

Il agita le billet en l'air, qui était jaune et portait le numéro 197.

— Le voilà ! cria l'un des fermiers derrière elle. C'est elle qui l'a !

Des applaudissements, et de nombreux bavardages, s'élevèrent de la foule. Rosie regarda autour d'elle, perturbée.

— Allez-y, lui dit Chrissie. Allez le chercher. Je surveille le petit.

— Aller chercher quoi ? demanda-t-elle, mais, avant qu'elle n'ait le temps de réfléchir, Hetty l'invita à monter sur l'estrade.

L'employé du journal local s'accroupit devant elle pour la prendre en photo, et on lui tendit un petit cochon, tout rose et très étrange, sous les applaudissements.

— Qu'est-ce... qu'est-ce que c'est ? demanda-t-elle, profondément troublée.

L'appareil photo crépita, saisissant, craignait Rosie, l'air le plus hébété de l'histoire de Lipton, ce qui n'était pas peu dire.

— C'est ton porcelet, lui expliqua Hetty. Félicitations.

— Mon quoi ?

— Le premier lot de la tombola.

— Un porcelet.

— Oui.

— Pas une voiture ?

Rosie s'empara du porcelet, qui se mit à uriner sur le sol recouvert de paille et de boue du chapiteau. Cela dura un bon moment. Elle entendit de gros rires dans la salle, en particulier quand le pipi commença à inonder ses chaussures à semelles compensées River Island déjà boueuses.

Elle décida de rester immobile et de faire comme si de rien n'était. Hetty, elle, riait aux éclats.

— Que suis-je censée faire d'un cochon ? siffla-t-elle.

— Un sandwich au bacon ? répondit Hetty en passant une main autour de ses épaules afin que le photographe prenne un autre cliché.

Puis la foule se dispersa, laissant seuls Hetty, Rosie, Edison et le cochon.

Le garçonnet était fasciné par cette créature. Il s'approchait à quelques centimètres d'elle (c'était une femelle ; deux longues lignes de petites tétines couraient sur son ventre), ils se retrouvaient nez à nez, s'observaient d'un air grave, puis il reculait à nouveau.

— Que suis-je censée en faire ? Est-ce que le foyer pour enfants serait intéressé ?

— Cet animal a beaucoup de valeur, répondit lady Lipton. Je le garderais, à ta place.

Rosie le regarda, butée. Le cochon la regarda lui aussi, puis poussa un petit grognement. Il était plutôt mignon.

Lady Lipton soupira.

— Bon. Il semblerait que mon fils… et, hum, tout le village estiment que je te dois des excuses.

Rosie la considéra.

— Mais pas vous ?

Lady Lipton haussa les épaules.

— J'étais... j'étais bouleversée. Il semblerait que... oui. Sans toi... enfin. Il est remis sur pied. Il se lève. Et il sort. Donc. Merci. Merci de ce que tu as fait pour Stephen.

— Et pour Bran, lui rappela Rosie avec un petit rictus.

Voir Hetty intimidée était si inhabituel qu'elle était tentée de faire durer le plaisir.

Un ange passa.

— Alors, comment va...

— Bran va bien, merci.

Rosie sourit toute seule. Elle l'avait cherché.

— Mon fils ? Eh bien, je me demandais quand tu allais me poser la question.

— J'allais vous la poser, mais on m'a donné un cochon incontinent. Je me suis laissé distraire.

Le porcelet s'empressa de se remettre à faire pipi, mais, à ce stade, Rosie n'en avait plus rien à faire.

— Il va bien. Ça va aller. Il va s'en sortir, répondit Hetty d'un air étonné, comme si elle avait du mal à y croire.

Rosie se mordit la lèvre.

— Mais pourquoi... pourquoi est-ce que vous... Pardon, mais je dois vous poser la question.

— Pourquoi est-ce que je ne m'occupais pas de mon fils ?

Il n'y avait personne d'autre sous le chapiteau. Elles étaient seules avec Edison. Hetty se détourna et se mit à tripoter l'urne de tombola.

— Tu n'as pas d'enfants, n'est-ce pas ? demanda-t-elle.

— Edison, est-ce que tu pourrais aller jouer dehors un moment ?

Le petit secoua la tête.

— Je n'ai pas le droit de sortir. C'est trop dangereux !

Rosie leva les yeux au ciel.

— D'accord, mon grand. Va jouer dans le coin, alors.

Edison fit la moue.

— Je t'achèterai une glace sans gluten, après.

Il détala aussitôt en trottinant.

— On dirait bien que si, dit Rosie, amère, en le regardant s'éloigner.

— Tant qu'on n'en a pas…, commença Hetty avec un sourire crispé avant de s'asseoir.

Rosie l'imita ; elle avait atrocement mal aux pieds. Ne sachant quoi faire du porcelet, elle le posa par terre, où il se mit aussitôt à couiner, jusqu'à ce qu'elle le reprenne dans ses bras.

— J'en ai déjà, pas de doute.

— Tant qu'on n'en a pas, on ne peut pas savoir, poursuivit Hetty d'un ton impérieux. On ne peut pas savoir à quel point on les aime.

Rosie pensa à sa mère, folle des enfants gâtés de Pip, alors qu'ils la traitaient comme une esclave.

— Hum.

— Quand on a une famille… on fait tout pour qu'elle reste unie. Et quand on fait partie d'un certain genre de famille…

— Fortunée, vous voulez dire ? l'interrogea Rosie, se demandant si Hetty allait justifier son comportement par le fait qu'elle avait trop d'argent et une trop grande maison.

— Non... quand on a la responsabilité de quelque chose. Comme toi, avec le magasin de Lilian. Dans notre cas, avec « Lipton Hall », le manoir. Nous devons nous efforcer de préserver notre héritage, de ne pas tout ficher en l'air. On nous propose sans cesse de le transformer en hôtel clinquant ou en abominable maison de retraite, tu sais.

— Les gens ont besoin d'hôtels et de maisons de retraite.

— Là n'est pas la question. Rosie, tu ne comprends donc pas ce que j'essaie de te dire ? Je ne sais même pas pourquoi je dois me justifier auprès de toi. J'ai perdu mon mari. Et mon fils. Même si j'ai tout fait pour arranger les choses entre eux, pendant des années. Même si j'ai tout essayé. Tu n'as pas le droit de débarquer avec tes manières de citadine et de penser tout savoir à notre sujet. Aucun droit.

Rosie se sentit honteuse tout à coup : le chagrin se lisait sur le visage de Hetty.

— Je suis désolée que vous ayez perdu votre mari. Vraiment désolée. Mais ce soir-là... je n'arrive toujours pas à comprendre pourquoi vous avez accouru quand il s'agissait de votre chien, mais avez tant tardé quand il s'agissait de votre fils.

Hetty se tourna vers elle, à nouveau furieuse.

— Bran m'aime en retour, rétorqua-t-elle d'un ton péremptoire.

Rosie baissa les yeux.

— Et ne t'avise pas de croire que j'ai renoncé, ajouta Hetty. Pas une seconde.

Sur ce, elle tourna les talons et sortit en trombe du chapiteau, ses bottes en caoutchouc aux pieds.

La pluie s'était mise à tomber ; les gouttes coulaient le long de son grand chapeau imperméable. Rosie la regarda s'éloigner, au plus mal. Elle baissa les yeux. Edison était de retour à côté d'elle.

— Cette conversation avait l'air gênante.
— Mais quel âge as-tu ? marmonna-t-elle.

*

Rosie, qui avait l'impression d'être debout depuis des heures, sortit chercher à manger et quelqu'un à qui donner son cochon. La fête battait son plein : des chiens accomplissaient des prouesses en franchissant des obstacles autour d'un champ de courses miniature ; des gens se promenaient en arborant fièrement les grosses cocardes qu'ils avaient remportées à différents concours, celles pour la marmelade et les pickles étant les plus mises en évidence, remarqua-t-elle. Le photographe du journal local prenait une photo de Roy Blaine en train de remettre un chèque à un homme qui posait avec son troupeau de moutons. Roy exhibait toutes ses dents pour la caméra. Heureusement, le soleil s'était caché. Le dentiste aurait aveuglé la moitié de l'assistance, sinon, songea-t-elle durement, avant de se dire qu'elle n'avait pas assez dormi.

Elle le trouva (réalisant aussitôt qu'elle n'était pas vraiment à la recherche d'un déjeuner) sous le chapiteau des fleurs, étonnamment. L'endroit était presque désert, et une affreuse composition de dahlias, de très mauvais goût, avait remporté la première place. Mais le sol était recouvert du revêtement le plus régulier de tout le champ : du gazon artificiel. Stephen marchait tout doucement, avec difficulté, l'air en colère, à l'aide d'une grosse canne.

— Jolie canne, lança-t-elle.

Stephen se raidit, puis se retourna. Rosie se rendit compte qu'elle ne l'avait jamais vraiment vu debout, jusque-là. Il était plus grand qu'elle ne le pensait.

— Joli porcelet, répliqua-t-il avant de renifler. Est-ce que je sens… ?

— C'est le porcelet.

— Bien.

— Il y a des fleurs partout. Ça devrait masquer l'odeur.

Comme pour lui répondre, la petite truie se pencha et se mit à manger l'une des compositions les plus criardes.

— Alors, comment vas-tu ? l'interrogea-t-elle avec ménagement. Étaient-ils contents de te laisser sortir ?

— Faire plaisir aux infirmiers n'est pas mon affaire, répondit-il, fait que Rosie ne pouvait pas contester. Ça va. Ça va. Je me prends pour Charlie Chaplin. Et ils m'ont donné de bons médicaments.

— Bien.

Elle remarqua pourtant qu'il grimaçait et cherchait une chaise des yeux.

— J'ai vu Hetty, ajouta-t-elle.

Il grimaça à nouveau.

— Ah oui ? Est-ce qu'elle t'a parlé de son horrible fils ingrat qui a tué son propre père ? Je préférais quand tu ne savais pas qui j'étais, commenta-t-il en s'asseyant. Est-ce que tu as des bonbons ?

Elle opina du chef, puis chercha dans sa poche. La truie se mit aussitôt à lui renifler la main.

— Arrête, vilaine fille.

— Est-ce vraiment ton porcelet ou as-tu jeté un sort à ma mère ? Et c'est vrai : j'aimais que tu ne saches pas qui j'étais. Tu ne peux pas imaginer ce que c'est par ici, tout le monde sait tout sur tout le monde. Oh, Stephen est rétabli. Maintenant que ça se sait, les michetonneuses vont débarquer.

— Les « michetonneuses » ? Qu'est-ce que c'est ?

Stephen lui jeta un regard ironique.

— Tu ne le sais pas ? Euh, des filles intéressées par les garçons qui ont un manoir.

— Vraiment ? Je ne connaissais pas ce terme.

— Tu as de la chance, répondit Stephen avec une grimace. Personne n'en sort gagnant.

Rosie jeta un coup d'œil à Edison, qui touchait un cactus.

— J'imagine.

— Il est parfois plus simple d'avoir des secrets, reprit Stephen d'un air songeur. Je veux dire, tu pouvais ne pas m'aimer parce que j'étais un mufle, pas parce que j'ai tué mon père.

— C'était à cause du côté mufle, sans aucun doute. Mais, Stephen, tu n'as pas tué ton père.

— C'est ce qu'elle pense. Du coup, j'imagine que la moitié de la ville le pense aussi. Et regarde-moi, je n'assume toujours pas mes responsabilités.

Il se mordit la lèvre.

— Il comptait me déshériter, de toute façon.

Rosie mit distraitement un chamallow dans sa bouche. Cela l'aidait à réfléchir. Elle en donna aussi un au porcelet.

— Est-ce que tu l'aimais ? lui demanda-t-elle après avoir avalé son bonbon.

— Bien sûr ! Je l'aimais, comme il était. Malheureusement, il n'avait pas la même indulgence envers son fils. On ne peut pas forcer les gens à être comme on veut !

Leurs regards se portèrent sur Edison, qui venait de se piquer un doigt sur le cactus, mais essayait de le cacher et de ne pas pleurer, de peur de se faire gronder.

— Et elle le soutenait chaque fois, poursuivit-il en se frottant l'arrière du crâne, avant d'avoir un sourire cynique. Ce n'est pas parce qu'ils avaient raison que je ne leur en veux plus.

— En quoi avaient-ils raison ?

— Si j'avais été démineur, ça aurait pu sauver ma jambe et... et...

Il laissa sa phrase en suspens.

— As-tu aimé l'Afrique ? l'interrogea-t-elle avec douceur.

— Certains aspects, oui, répondit-il pensivement. Enfin, j'y suis resté huit ans. J'aimais les gens... il n'y avait pas de michetonneuses ! J'ai aimé construire l'école, et j'aimais les enfants... Les enfants étaient incroyables. Ils se fichaient de ne pas avoir de grandes maisons, de jeux vidéo, ni de fichus diplômes en lettres... Ils ne voulaient qu'apprendre, jouer, être des enfants. Je ne comptais pas y rester pour toujours. Mais, oui, j'étais heureux. Je ne voulais pas penser à Lipton, à « Lipton Hall », aux économies de bouts de chandelles sinistres que nécessite son entretien quotidien. Les peintures, les tapis, les toits, les impôts, tout ça. Là-bas, on n'avait presque rien, mais c'était la vraie vie, tu comprends ?

Bizarrement, même si leurs expériences n'auraient pu être plus différentes, elle comprenait. Laisser derrière soi tout ce qu'on avait : sa maison, ses amis, son travail. Elle connaissait un peu.

— J'aurais fini par revenir. Tu dois me prendre pour un vrai gamin.

— La famille, c'est la famille. C'est toujours compliqué, peu importe l'âge qu'on a.

— Mais revenir en brancard, en disgrâce, sans Fe… papa. Sans papa. Je crois que n'importe qui aurait trouvé ça difficile, conclut-il en baissant les yeux.

— Je le crois aussi.

— Mais si l'armée m'avait mieux convenu, je suis sûr que je me serais remis plus vite.

Rosie secoua la tête.

— Tu sais, quand je travaillais aux urgences, on soignait tout un tas de pauvres bougres et d'ivrognes. La moitié de ces êtres brisés étaient d'anciens militaires. Ils ressentaient la même chose. Mais ils ne pouvaient pas le montrer, c'est tout.

— Parce que, moi, comme je suis un trouillard pourri gâté avec une maison à disposition, je le peux ?

— Oui, répondit-elle avant d'essayer de reposer son porcelet. J'aimerais que tous les anciens soldats le puissent.

*

La fête se calmait dehors, les haut-parleurs assourdissants s'étant enfin tus. Stephen était complètement ailleurs.

— Akibo, dit-il. Et son frère, Jabo. Akibo était très sérieux, tout le temps. Il posait toujours des questions, sur toutes sortes de choses. Il était obsédé par Manchester United. Il y avait une télé dans le village, mais elle ne diffusait pas le football, bien sûr. Mais, parfois, je pouvais aller en ville, dans un café Internet, et je regardais les résultats pour lui. Cela le rendait fou de joie. Un jour, une association caritative nous a envoyé des vêtements, et je lui ai gardé un maillot. On aurait dit que toute l'équipe était passée le voir et avait joué un match avec lui.

— C'était sans doute mieux. Ils ne sont pas aussi gentils.

— Il était aux anges. Il ne savait pas vraiment ce que c'était ni ce que ça représentait, mais c'était une obsession.

— Je crois connaître quelqu'un avec qui il se serait bien entendu.

Edison jouait à un jeu très élaboré, avec des vaisseaux spatiaux faits de feuilles qui bombardaient les cactus.

— J'imagine, oui, répondit Stephen. Et Jabo était le plus bel enfant au monde. Si mignon. Tout ce qu'il voulait, c'était faire comme son frère. Il s'asseyait avec un bout de papier et un caillou et il faisait semblant d'écrire des lettres. On lui disait : « Tu fais tes calculs, Jabo ? », et il répondait : « *Oui ! Neuf ! Sept ! Soixante !* »

Rosie sourit.

— Akibo voulait m'accompagner pour aller chercher… bon sang, c'était si stupide. Une grenouille. Je devais disséquer une grenouille avec eux. Je n'étais pas censé le faire, mais je pensais que ce serait un bon exercice, utile. J'avais appris toutes les parties de leur organisme. Et Akibo est venu m'aider, parce qu'il était utile dans ce genre de situation, il connaissait beaucoup de choses. Et Jabo est venu parce que… parce qu'il faisait tout ce que faisait son frère, poursuivit-il en bégayant. Il ne… je ne le sais pas vraiment, mais je crois que leur mère n'avait plus rien à enterrer.

*

Un cri retentit soudain à la porte du chapiteau.

— Qu'est-ce qui se passe, là-dedans ? Que faites-vous avec mes glaïeuls ? lança Mme Isitt d'une voix forte, stridente.

Roy Blaine la suivait.

— Ce sont *mes* cactus, dit-il en articulant très clairement. Cultivés dans l'environnement stérile unique de mon cabinet dentaire. Ce ne sont *pas* des jouets.

Edison se leva d'un bond, tremblant de peur.

— Êtes-vous responsable de cet enfant ? demanda Mme Isitt.

— Oui, répondit Rosie. Je suis désolée, je n'ai pas fait attention.

Mme Isitt fit la moue.

— Est-ce que je peux vous dédommager ?

— Est-ce que vous pouvez aller dans l'un de vos magasins de luxe londoniens pour résoudre vos problèmes avec de *l'argent* ? rétorqua Mme Isitt. Ces glaïeuls ont nécessité un an de travail.

Rosie, toute rose, était désorientée. Elle se leva, et son porcelet poussa un hurlement, avant de se précipiter vers Mme Isitt et de se mettre dans ses jambes.

— Appelez votre cochon ! cria-t-elle. Appelez-le !

Rosie jeta un regard impuissant à Stephen, qui semblait avoir enfin retrouvé le sourire.

— Tu vois pourquoi j'étais si pressé de revenir ici, lança-t-il.

— Est-ce que tu peux arranger ça ? lui demanda-t-elle avec désespoir. Est-ce que tu peux parler à ta mère ?

— Elle ne sait pas attraper les cochons, répondit Stephen, perplexe.

— Je ne parle pas de ce fichu cochon, espèce d'idiot. Je parle de toi.

*

Rosie retourna au magasin. Heureusement, Peter Isitt lui avait proposé d'emmener le porcelet et de s'en occuper pour elle. Rosie avait vu les yeux de son épouse s'illuminer, ce qui lui laissa penser que ce cochon devait avoir de la valeur. Elle rentra sous une pluie abondante, dans le jour déclinant, avec deux bonnes côtelettes d'agneau qu'elle s'était procurées au stand du boucher (elle avait eu des scrupules, mais les avait vite vaincues ; elle se transformait peut-être en vraie fille de la campagne, en fin de compte), mais aussi des pommes de terre nouvelles, toujours couvertes de terre, des haricots verts et de la menthe fraîche achetés aux différents producteurs locaux. La mère d'Edison vint chercher son fils devant le portail, puis remercia Rosie.

— Je sais que les adultes apprécient sa compagnie. Il est si stimulant intellectuellement ; il est bien plus mûr que les autres garçons de son âge.

On aurait dit qu'elle lui faisait une faveur. Rosie, même si elle aimait beaucoup Edison, se hérissa.

— Oui, mais un petit garçon a quand même besoin de copains, rétorqua-t-elle avant de s'agenouiller. J'ai été ravie de te voir, Edison.

— Merci, répondit le garçonnet avec sérieux.

— Est-ce que je peux te faire un câlin ou est-ce que ce serait papproprié ?

Il jeta un coup d'œil à sa mère.

— Il ne vaut mieux pas, hein ? répondit Hester d'un ton jovial, avant de s'éloigner, laissant Rosie incrédule.

Tina avait non seulement nettoyé la boutique de fond en comble, mais elle avait aussi compté le fonds de caisse, et, en partie grâce à elle, la confiserie avait fait sa meilleure journée. Rosie n'en revenait pas ; elle insista pour la payer.

— Ouah ! C'est comme si j'avais de nouveau un vrai travail ! s'exclama Tina en considérant cet argent.

Rosie balaya la pièce des yeux. Tina avait déplacé les nounours en chocolat pour les mettre juste devant la caisse. C'était une bonne stratégie. Rares étaient les petites menottes qui pouvaient y résister, et rares étaient les grands-parents qui ne cédaient pas.

— Tu sais, certaines personnes ont manifesté leur intérêt pour la boutique…, lui confia Rosie en revoyant Roy Blaine et ses horribles dents étincelantes. Mais pourquoi est-ce que tu n'irais pas voir... voir ta banque ou quelqu'un d'autre ?

Elle contempla la confiserie à l'éclairage tamisé, les bocaux anciens ; les piles soignées de sachets à rayures, qu'il fallait arracher d'un bout de ficelle puis retourner sur eux-mêmes, deux fois, pour transporter les friandises en toute sécurité ; les grandes pelles en cuivre pour les pastilles contre la toux, qui réfléchissaient la lumière à travers les bocaux, les transformant en kaléidoscopes.

— Je veux dire, poursuivit-elle. Si quelqu'un devait reprendre la boutique, j'aimerais beaucoup que ce soit toi.

*

À la seconde où elle entra dans la maison, dont la porte n'était pas fermée à clé, comme toujours, elle sut. Aucune lumière n'était allumée ; pas plus que le poste de radio, pourtant toujours réglé sur la BBC Radio 4. Le feu ne brûlait pas dans la cheminée, et une drôle d'odeur flottait dans l'air.

Rosie se précipita dans la chambre à coucher, se reprochant de s'être absentée aussi longtemps. Sa grand-tante était assise dans son lit ; elle tremblait et regardait droit devant elle. Il y avait un problème avec le côté gauche de son visage, vit Rosie, le cœur serré. Et il n'y avait pas une seconde à perdre.

Chapitre 17

Le sucre d'orge

Avec le sucre d'orge, la nature a trouvé le moyen de s'assurer que vous ne culpabilisiez pas trop quand vous êtes souffrant et avez envie de sucreries. Le fait que l'orge soit une céréale, saine et vivifiante (bien qu'on n'en trouve que quelques traces dans cette confiserie), devrait vous aider à retrouver le sourire. Lorsque vous êtes malade, le meilleur remède est d'adopter une attitude positive : par conséquent, manger une friandise dont vous sentez qu'elle est bonne pour votre santé est forcément la marche à suivre.

Tant que vous le sucez, sans le croquer (en ma qualité de professionnelle qualifiée, laissez-moi vous rappeler que vous ne devriez jamais croquer dans un bonbon dur ; c'est aussi absurde que s'enfermer dans un placard), le sucre d'orge libérera lentement une suavité réconfortante, qui vous remontera le moral, vous fera vous sentir bien, et vous aidera à vous rétablir. Franchement, les médecins devraient le prescrire avec l'aspirine.

*

— Vous êtes son aidante, c'est ça ? l'interrogea sèchement une infirmière peu amène.

Rosie ne pouvait pas la blâmer. Elle était bien placée pour savoir qu'en cas d'AVC (ou de mini-AVC, plus vraisemblablement ; Lilian avait repris connaissance et, même si elle était un peu confuse, semblait aller bien), il fallait agir vite. Moray avait donné de l'aspirine à Lilian, puis les avait conduites jusqu'à l'hôpital. Quelqu'un était en train de passer une blouse à la vieille dame. Rosie avait emporté les chemises de nuit préférées de sa tante, aux nuances délicates de lilas et de rose, et déniché une robe de chambre affreuse, mais douce et pratique, toujours dans son sac, accompagnée d'une carte qui disait : « Joyeux Noël 2004, affectueusement, Angie ». Elle ne voulait pas que Lilian se retrouve les fesses à l'air, perdue et effrayée, dans un endroit inconnu.

— Oui, répondit-elle. Mais je dois aussi m'occuper de son magasin.

Elle culpabilisait tant d'avoir pris son après-midi qu'elle en avait une boule au ventre. Si elle ne l'avait pas fait, si elle avait été à côté... Cela aurait peut-être tout changé. Mais peut-être pas. Elle avait essayé de proposer un téléphone portable à Lilian, mais cette dernière l'avait regardée comme si elle lui avait suggéré de porter un requin dans sa poche, aussi n'avait-elle pas insisté. Sa tante avait une alarme de détresse, mais, pour une raison ou une autre, ne s'en était pas servie. Si elle avait passé la journée au magasin, complètement débordée, elle ne serait pas forcément arrivée plus vite, lui avait assuré Moray. Cela ne l'avait pas réconfortée.

— Quelqu'un doit la surveiller vingt-quatre heures sur vingt-quatre, la réprimanda l'infirmière. Si vous ne pouvez pas vous occuper d'elle, elle doit aller dans un endroit où des gens le feront pour vous.

Rosie opina du chef. Elle savait que cela allait arriver (c'était inévitable, supposait-elle), mais l'idée d'annoncer à Lilian qu'elle allait devoir déménager lui parut insupportable, tout à coup. Quitter son adorable cottage, avec ses belles photos et sa grille de foyer ornée. La maison où elle était née ; la chambre sous les combles ; le jardin. Son magnifique jardin. Comment dire à sa tante de renoncer à tout cela ? Qu'est-ce que Roy Blaine en ferait ? Elle connaissait la réponse, bien sûr : un parking.

Bon sang, mais pourquoi tout était aussi compliqué ? Rosie se précipita dans la petite chambre. Lilian, assise dans son lit, regardait autour d'elle.

— Henry ? dit-elle quand Rosie entra.

— Euh, non. C'est moi, Rosie. Qui est Henry ?

Lilian haussa les épaules, puis cligna des yeux.

— Rosie. Qu'est-ce que c'est que ce taudis ?

— Euh, c'est l'hôpital, répondit la jeune femme, qui trouvait cet hôpital de proximité pas mal du tout ; elle avait vu bien pire.

— C'est horrible. Est-ce que je peux rentrer à la maison ? J'ai faim.

— C'est bon signe, commenta Rosie.

Derrière elle, l'infirmière secoua la tête avec colère.

— Mais tu ne peux pas encore rentrer chez toi. Ils vont devoir t'examiner. Mais je vais rester avec toi. On jouera au Scrabble, ça te fera du bien.

Lilian parut perturbée.

— Mais qui va garder la boutique, demain ?

Rosie ne voulait pas lui rappeler, dans un moment de vulnérabilité, qu'avant son arrivée la confiserie était restée fermée pendant des années.

— Euh, dit-elle en sortant son téléphone.

L'infirmière la menaça du regard, mais Rosie savait pertinemment que rien ne se passerait si elle utilisait son portable à côté des machines et se mit donc à faire défiler ses contacts d'un air de défi.

— J'ai quelqu'un en tête.

L'infirmière fit la moue.

— Vous vous en êtes peut-être sortie pour cette fois, mais qu'on ne vous y reprenne pas.

Deux jours plus tard, Rosie ramena une Lilian assagie mais effrayée à la maison, et elle avait compris le message.

*

Tina était folle de joie. Dès qu'ils ramenèrent Lilian chez elle et qu'elle fut confortablement installée, Rosie lui proposa un emploi. Elle savait que ce n'était qu'une solution temporaire, mais elle avait installé un babyphone à côté de Lilian et elle apportait le récepteur au magasin : elle parlait dedans à tout bout de champ afin de s'assurer qu'elle allait bien, lui faisant une peur bleue. Lilian se vengeait en l'écoutant conseiller les clients, avant de leur recommander autre chose avec insistance. Une période d'adaptation fut nécessaire, surtout pour les enfants, surpris par cette voix désincarnée, mais, au bout d'un moment, il devint évident aux yeux de Rosie que Lilian aimait prendre part à la vie de la boutique : la vieille dame avait même commencé à éteindre la BBC Radio 4 (sauf à l'heure de son émission de jardinage) pour participer.

Tina déposait Kent et Emily à l'école, puis travaillait à l'heure du déjeuner pour que Rosie puisse passer du temps avec Lilian, lui donner ses médicaments et faire les courses. Tina assurait l'heure de pointe, l'aidait à contrôler les stocks, lui suggérait de nouveaux produits et des astuces marketing. Elle partait à quinze heures, et Rosie finissait la journée, puis préparait le dîner pour Lilian qui, bien que théoriquement rétablie, flageolait toujours un peu.

La vie reprit son cours, Lipton s'enfonçant dans l'automne. C'était si différent de la ville, où elle remarquait à peine le passage des saisons : elle se contentait d'ajouter ou d'ôter un blouson, au besoin, en se plaignant des moments intermédiaires, quand elle ne savait pas si elle pouvait partir jambes nues et finissait par quitter l'appartement en sandales et imperméable.

Ici, les couleurs changeaient sur les collines. C'était magnifique ; le monde entier était devenu brun roux. Un matin, au réveil, Rosie trouva le sol gelé et un énorme panier de pommes sur le pas de la porte. Au début, cette attention la toucha, jusqu'à ce qu'elle se mette à en recevoir de nouvelles tous les deux jours et qu'elle se rende compte que la récolte avait été exceptionnelle grâce à l'été indien ; les gens en avaient trop pour les vendre ou les manger. Elle en fit de la confiture, de la compote, des tartes, des rôtis de porc en sauce, du jus, jusqu'à ce que Lilian la supplie d'arrêter.

À présent, chaque matin, quand Rosie regardait par sa fenêtre, elle voyait la brume s'élever en volutes au-dessus de la pelouse, les précipitations de la nuit s'étant transformées en givre, qui fondait peu à peu sous le rare soleil d'automne. Certains matins, le ciel derrière sa fenêtre était d'un noir d'encre, la pluie battait et le vent hurlait dans le vallon. Au loin, elle distinguait à peine de petites formes blanches, des moutons sans doute. Elle savait que Jake et l'agriculteur Stirling devaient être parmi eux. Tout le monde était déjà dehors (les garçons laitiers les premiers), quand elle n'avait qu'une envie : rester blottie sous sa couette. Même les gens du coin, quand ils passaient chercher leurs souris en sucre et leurs bonbons du samedi soir, étaient surpris : ils n'avaient jamais connu un tel froid à cette époque de l'année. Voilà pourquoi, un jour à midi, pendant que Tina écrivait au crayon gras que les pots de barbe à papa étaient à moitié prix, Rosie se retrouva devant la boutique de vêtements de Lipton.

Elle regarda dans la vitrine. À son arrivée, elle s'était promis de ne jamais mettre les pieds dans ce magasin. Mais elle était restée beaucoup plus longtemps que prévu et n'avait même pas eu de nouvelles de Gerard. Il avait dû faire un feu de joie avec ses vêtements sur leur minuscule balcon. Sur un coup de tête, elle sortit son téléphone pour appeler Mike, son meilleur ami de l'hôpital.

— Salut ! s'exclama-t-elle en regardant l'heure, espérant ne pas le déranger.

Mike mit une ou deux secondes à comprendre, mais son plaisir fut gratifiant.

— Rosiiiie ! cria-t-il. Mais où étais-tu passée ? Tu as disparu de la surface de la Terre.

— De la surface de Londres, tu veux dire ?

— Oui. De la Terre. C'est ce que je viens de dire. Qu'est-ce que tu fabriques, espèce de feignasse ?

— Cet endroit est incroyable. J'ai des pauses-déjeuner !

— Pas possible. Et ne me dis pas que personne ne te fait pipi dessus ni ne te hurle dessus ?

— Hum, répondit-elle en réfléchissant. Non, j'ai bien peur qu'il y ait du pipi et des hurlements.

— Le monde des bonbons est plus impitoyable que je ne le pensais, lança-t-il avant de prendre une voix plus douce. Quand est-ce que tu rentres à la maison, ma vieille ? On a appris pour Gerard et toi.

Bon, songea-t-elle. Ils l'avaient appris par Gerard. Ce qui signifiait qu'elle ne devait pas avoir le beau rôle. Mais ce n'était pas vraiment son problème.

— Qu'est-ce qu'il a dit ?

— Il a dit…

Mike s'interrompit.

— Quoi ?!

— Oh, rien. Il a dit que la campagne te rendait un peu dingue.

— Il a dit *quoi* ?

— Et qu'il pensait que le sucre avait dû te monter à la tête. Et aussi que tu vivais avec une vieille fille maboule et que tu étais en train de te transformer en elle.

Mike prononça cette fin de phrase à toute vitesse, comme s'il essayait de vider son sac.

— D'accord, d'accord, ça suffit, répondit Rosie avec colère en contemplant la vitrine.

À l'intérieur, tout semblait en toile cirée, même les jupes. Ou en laine peignée. Elle poussa un soupir.

— Ma tante est vraiment mal en point, en l'occurrence.

— Sans blague ! Tu le savais sûrement avant de te précipiter là-bas, non ?

Rosie y réfléchit.

— Je... Je veux dire, oui, bien sûr, mais je ne pensais pas que ce serait aussi long.

— En es-tu sûre ? Es-tu sûre que ce n'était pas un bon moyen de quitter Gerard ?

— Non ! répliqua-t-elle, blessée. Je pensais que ce serait un bon moyen de le forcer à vider le lave-vaisselle tout seul. Je crois que ça a dégénéré à partir de là.

— D'accord, bien. Ça ne te ressemblait pas.

Elle poussa un soupir.

— Comment va-t-il ?

Elle espérait qu'il ne se morfondait pas trop. Enfin, peut-être *un peu*, bien sûr. Elle ne voulait pas qu'il danse de joie, ravi d'être débarrassé d'elle. Mais elle espérait qu'il avait retrouvé son exubérance naturelle. Elle se mordit la lèvre.

— Il t'a paru comment ?

Mike marqua une pause, qui ne plut pas à Rosie.

— Euh. Tu es passée à autre chose, hein ?

— Eh bien... tu sais, on n'est séparés que depuis, quoi, un mois ?

Frissonnant de froid sur le pas de la porte du magasin, elle avait du mal à croire que quelques semaines seulement s'étaient écoulées depuis ce week-end ensoleillé.

— Hum.

— Dis-moi !

Mike poussa un soupir. Quand Rosie était partie, il avait supposé qu'elle reviendrait en un rien de temps, il ne la pensait pas taillée pour la vie à la campagne. Et puis, il ne la croyait pas capable de se séparer de son jules minuscule, qu'elle semblait aimer, de façon inexplicable. Le fait qu'elle supporte les deux lui semblait positif. Oui, elle pouvait l'encaisser.

— Eh bien, oui, je l'ai vu.

— Mmh mmh.

— Au *Bears*.

C'était le pub à côté de l'hôpital.

— Le bras autour des épaules de Yolande Harris.

*

Rosie fut si surprise qu'elle manqua trébucher. Elle ne pensait pas avoir une telle réaction. Elle l'avait quitté, après tout, non ? C'était elle qui avait mis un terme à leur relation.

Mais comment avait-il pu l'oublier si vite ?

Elle se rendit compte qu'elle ne pensait pas à Gerard spécifiquement. Ce n'était pas lui. Ce n'était pas lui qui lui manquait. C'était la prise de conscience effroyable que huit années, *huit années*, pouvaient être effacées en un clin d'œil. Et tout ce qu'elle s'était dit, qu'il l'avait vraiment aimée, qu'ils avaient été amoureux, mais que cela n'avait pas marché, tout simplement, devint aussitôt vide de sens à ses yeux.

— Yolande Harris ? parvint-elle à répéter, le souffle coupé. Mais comment fait-il pour l'atteindre ?

Yolande Harris faisait un bon mètre quatre-vingts ; elle était splendide, impérieuse. Rosie n'en revenait pas qu'elle ait pu remarquer un avorton comme Gerard.

— Oh, tu le connais. Il est parvenu à ses fins. Je pense qu'il l'a eue à l'usure.

La gorge de Rosie se serra. Elle le connaissait, effectivement. Quand il faisait son numéro de charme, multipliait les gestes romantiques, les poèmes d'amour, les... enfin. Tout cela était révolu depuis longtemps.

— Elle va le manger tout cru, poursuivit Mike.

— J'espère surtout qu'elle lui préparera à manger, bredouilla Rosie. Il va mourir de faim, sinon.

— Je suis désolé, mon chou, dit Mike, qui était en couple avec Giuseppe, un Italien excessif, et semblait penser que, si on ne cassait pas la vaisselle et si on n'échangeait pas des baisers passionnés dans les aéroports, on n'était pas un vrai couple.

— Non, ça va, répondit-elle avec sincérité. C'est bien que... c'est bien que je sache. Je peux arrêter de m'inquiéter pour lui, comme ça.

— Tu crois ? Mais tu connais Yolande, non ? Je dirais plutôt que c'est le début des ennuis pour lui.

— Bien, fit-elle, la tête ailleurs.

Mike continua à parler, évoquant la fête d'anniversaire de Giuseppe, qu'elle ne pouvait rater sous aucun prétexte, mais elle était perdue dans ses pensées et l'écoutait à peine, alors même qu'il insistait pour qu'elle vienne passer un week-end à Londres avant qu'ils ne résilient sa carte de métro.

Rosie raccrocha, éberluée. Elle ne s'attendait pas à être aussi affectée, c'était bizarre. Elle n'avait pas pensé à Gerard, pas vraiment, pas avec la blessure de Stephen, le séjour à l'hôpital de sa tante, et tout le travail à la boutique. Mais il avait encore moins pensé à elle, à l'évidence, et elle trouvait cela terriblement blessant. Sans compter qu'elle n'avait plus de chez-elle désormais, nulle part où rentrer, songea-t-elle gravement. Était-ce ainsi désormais ? Elle ferait aussi bien de baisser les bras et de commencer à s'habiller comme un pêcheur.

Mais elle ressentait aussi de la colère. Ce n'était pas facile pour elle, si ? L'homme le plus gentil du village était gay, et le plus grincheux ne l'avait ni appelée ni contactée depuis qu'elle lui avait dit de parler à sa mère. Si bien qu'elle se demandait s'ils avaient eu une énorme dispute et étaient furieux l'un contre l'autre, mais aussi contre elle.

— Bonjour, la salua une femme plantureuse avec de minuscules lunettes sur le nez en s'approchant de la porte. Vous êtes la nièce de Lilian, c'est ça ? Voulez-vous entrer pour jeter un œil à nos offres d'automne ? Nous avons de magnifiques kilts.

Rosie lui adressa le sourire le plus aimable possible.

— Non, répondit-elle avec fermeté. Non, merci.

C'était vrai. Elle n'était pas encore prête. Pas du tout. Les autres allaient de l'avant. Elle devait en faire de même. Elle ne pouvait pas se terrer ici pour toujours. Sinon, sa vie lui glisserait entre les doigts.

*

— Comment vas-tu, Lily ? s'enquit-elle en s'asseyant près de la vieille dame sur son lit, avant de lui tendre un petit pain garni qu'elle venait d'acheter chez le boulanger.

Lilian avait fait exprès de le demander au cornedbeef, que Rosie trouvait secrètement dégoûtant.

— Mes bonbons à mâcher me manquent, ronchonna Lilian. Et ne m'appelle pas Lily.

— Oh, pas besoin de ronchonner. Tu sais, il se pourrait que Tina achète le magasin. Qu'en penserais-tu ?

— Hum, fit Lilian, feignant de ne pas s'y intéresser.

— Le truc, c'est que je vais devoir rentrer à Londres. À un moment ou à un autre. J'ai une vie là-bas... enfin, pas vraiment. J'ai une vie en lambeaux là-bas. Je ne m'explique pas très bien. Mais je dois rentrer chez moi. À un moment ou à un autre. Dans quelque temps.

Lilian la considéra.

— Les gens partent, remarqua-t-elle d'une petite voix.

— Je ne vais pas partir pour toujours. Je n'en ai pas envie. J'aimerais revenir pour m'assurer que tu vas bien, faire un saut au magasin, tout ça.

Lilian la fixa de son regard perçant.

— Hum hum.

Rosie mordit dans son petit pain, puis le mâcha pensivement.

— Je veux dire, je ne peux pas rester ici indéfiniment. Et tu as besoin de soins. Je me disais que je pourrais louer une voiture et qu'on pourrait se promener un peu pour visiter des... des maisons.

Lilian ne répondit pas.

— Des… des maisons de retraite, finit par dire Rosie. Lilian, tu es vieille.

— Mon corps est un peu en mauvais état, mais je ne suis pas si vieille.

— Tu as quatre-vingt-sept ans.

— Pas dans ma tête, répliqua Lilian d'un air de défi.

— Et quel âge as-tu dans ta tête ? l'interrogea Rosie avec curiosité.

Lilian regarda par la fenêtre. Dans sa tête, elle aurait toujours dix-sept ans. Un beau jeune homme remontait son allée à la fin de la journée. Et, bien qu'elle souffre à cause de Ned, quand elle voyait ce jeune homme, ses cheveux éclaircis par le soleil du soir, son cœur s'emballait, palpitait de joie. Même s'il était fatigué, il se frottait la nuque et s'approchait d'elle, le visage plein d'inquiétude et de tendresse ; ils marchaient jusqu'à leur endroit à eux, derrière le cimetière et…

Lilian lissa sa chemise de nuit rose corail.

— Je me sens… je me sens jeune, dit-elle. Comme tout le monde.

— Je vois.

Elles restèrent sans rien dire pendant un moment.

— Le truc…, reprit Rosie, sans savoir comment aborder le sujet. Le problème, c'est que… enfin… Lilian, tu as besoin de quelqu'un qui s'occupe de toi. Et je sais que c'est égoïste, et je… je t'aime vraiment beaucoup…

— Ça va. Je sais. Tu es jeune. Tu l'es vraiment, toi.

— Je n'en ai pas l'impression.

— Dois-je en conclure que ce jeune… ce jeune gentleman n'était pas le bon ?

Rosie eut un sourire triste.

— Oui. Oui, je suppose. Et...

Elle laissa sa phrase en suspens.

— Et je sens... je sens qu'il faut que je rentre à Londres, à un moment ou à un autre. Pour mettre un peu d'ordre dans ma vie. J'ai parfois l'impression que les autres ont une longueur d'avance sur moi, qu'ils savent ce qu'ils font, où ils vont, mais que je n'avance pas. Est-ce que ça t'arrive d'avoir cette impression ?

Lilian lui lança un regard oblique.

— Toute ma fichue vie.

Elle se redressa afin d'être plus confortable.

— Je le sais, déclara-t-elle tout à coup. Je suis égoïste, tu ne peux pas rester ici et consacrer ta vie à une vieille folle. Tu dois t'en aller. Je le sais. J'irai... J'irai où tu voudras, poursuivit-elle, semblant minuscule dans son lit. Ça n'a pas d'importance.

Rosie se sentit affreusement coupable.

— Je ne vais pas... enfin, on obtiendra le meilleur prix possible pour la boutique. Même si je dois la vendre à cet affreux dentiste, lui jura-t-elle. Et tu iras dans la plus jolie chambre, dans la plus jolie maison de retraite, avec les gens les plus gentils... ou tu peux venir à Londres, si tu veux : je trouverai une chouette maison là-bas et je pourrai venir te voir tout le temps, et quand Angie rentrera, tu pourras rencontrer tes odieuses petites-nièces et...

Lilian lui caressa la main.

— Ne t'en fais pas pour moi. Trouve ta voie et vis ta vie.

— Mais c'est à Londres.

— Londres, Londres, Londres. Maintenant, ma chérie, si je fais une petite sieste cet après-midi, est-ce que tu me promets de ne pas appeler une ambulance ?

— Si tu fais une sieste maintenant, tu seras de mauvaise humeur ce soir, quand tu n'arriveras pas à dormir, la menaça Rosie.

— Dans ce cas, j'écouterai la météo marine. On a tous un petit hobby.

Rosie embrassa sa joue blanche et douce.

— Dors bien, alors. Et si tu te sens mal...

Lilian tapota l'alarme de détresse sur sa poitrine.

— Je sais, je sais. Je suis tentée d'appuyer dessus au beau milieu de la nuit. Pour te forcer à rester sur le qui-vive.

— Ils vont t'adorer à la maison de retraite, dit Rosie avec un sourire triste avant d'éteindre la lumière.

— Au fait, lança Lilian en se retournant dans son lit. J'ai failli oublier. Le postier est passé pour toi.

— Pour moi ?

Rosie était perplexe. Personne ne connaissait son adresse, à part Gerard, qui était certainement lové contre le corps lisse et doré de Yolande Harris à l'heure actuelle.

*

La grande enveloppe couleur crème était posée sur le petit guéridon à l'entrée du salon, qui accueillait les clés en temps normal ; Rosie devait avoir été plongée dans ses pensées pour ne pas l'avoir remarquée à son arrivée, réalisa-t-elle. Faite de papier épais, bien rigide, elle était adressée à « Mademoiselle Rosemary Hopkins,

Confiserie Hopkins, Lipton ». Rien de plus. Les caractères, tracés au stylo-plume, à l'encre bleu pâle, étaient désuets. Un timbre, collé avec soin, ornait le coin supérieur droit.

Rosie n'avait jamais reçu une aussi belle enveloppe.

Elle la décacheta délicatement et en sortit une carte rigide couleur crème, elle aussi, frappée d'armoiries et d'un petit blason doré. Elle se reprocha d'être impressionnée par ce genre de choses. C'était ridicule. Mais elle ne pouvait s'en empêcher ; c'était impressionnant.

```
           Lady Henrietta Lipton
    vous invite au bal de chasse de Lipton
         Samedi 27 octobre à 20 heures
                 Lipton Hall.

             Voitures : 1 heure.
         Tenue exigée : cravate noire
      ou régimentaire ; couleurs chasse.
```

Oh, songea Rosie. Et, pour la première fois de la journée, elle retrouva le sourire.

Chapitre 18

Les chocolats fourrés à la liqueur

Une surprise à l'intérieur d'un chocolat est toujours bienvenue. Mais cela peut aller trop loin.

Mais un chocolat fourré à la liqueur, passé de mode depuis que les jeunes ont décrété que la seule façon de boire de l'alcool était de descendre neuf bouteilles d'une substance bleue chimique, puis de vomir leurs tripes dans la haie la plus proche ou, à défaut, sur le pas de ma porte, est un plaisir négligé. Pour une fois, le chocolat noir est de circonstance, puisque son amertume ne tranche pas trop avec le goût prononcé de l'alcool. Quand la délicate coque de sucre qui les sépare fond sur la langue avant de disparaître, leur chaleur se mêle dans un mariage de saveurs intense et exceptionnel. Les chocolats fourrés à la cerise sont les meilleurs, suivis par ceux à la framboise. Ceux au miel sont à éviter à tout prix. Si vous ne tenez pas l'alcool, abstenez-vous.

*

On rentrait les récoltes, de grandes balles de maïs enveloppées dans les champs, comme la pluie venue de la mer d'Irlande commençait à tomber des montagnes, trempant et frigorifiant tous ceux qui avaient l'imprudence de s'aventurer dehors. Le jardin de Lilian s'était transformé en mer de boue ; les pétales de rose avaient été emportés par le vent, et la rue était jonchée de feuilles mortes qui craquaient sous les pieds.

Certains matins, l'air était vif, mordant, glacial, différent ; Rosie sentait que la nuit gagnait du terrain, la roue de l'année continuant de tourner. Était-ce parce que l'été avait semblé si long ou parce que, pour la première fois de sa vie, elle était pleinement consciente de l'alternance des saisons ? Sans la pollution lumineuse de la ville, les étoiles, depuis la fenêtre de sa chambre, étaient énormes, la Grande Casserole se profilant sur le ciel d'automne. Elle était seule lors d'un changement de saison, cela ne lui était pas arrivé depuis longtemps, songeait-elle ; elle se demandait quels astres sa mère et son frère voyaient à l'autre bout du monde.

Contre toute attente, la seule chose qui lui remontait le moral était la confiserie. La boutique était suffisamment petite pour être très confortable, avec un peu de chauffage. Et elle s'entendait bien avec Tina, avoir une amie était agréable. Aussi ne rechignait-elle jamais à monter sur l'échelle pour atteindre les bocaux du haut. Un jour, Jake passa et, comme toujours, demanda des caramels à la menthe, qu'elle conservait sur la plus haute étagère.

— Est-ce que tu fais ça pour voir sous ma jupe ? finit-elle par lui demander.

Jake sourit, nullement gêné.

— Arrête un peu, ma belle. Il faut bien que je m'amuse.

Cela fit rire Tina.

— Ce n'est pas drôle, rétorqua Rosie. C'est du harcèlement.

— C'est toi qui portes une minijupe.

Rosie leva les yeux au ciel.

— Plus de caramels à la menthe pour toi.

— Dans ce cas, je vais prendre des bananes.

— *Jake !*

— Et ta magnifique assistante. Bonjour, Tina, dit-il en inclinant la tête.

— Pourquoi est-ce que tu t'inclines devant elle, tel un gueux, et que, moi, tu me jettes des regards salaces ? grommela Rosie en grimpant gauchement à l'échelle, en crabe, de façon à ne pas exhiber un seul centimètre de peau.

— Parce que Tina est une lady qui ne papillonne pas, lança la voix dans le babyphone.

— Merci, Lilian.

— C'est peut-être parce que je n'en ai jamais eu l'occasion, dit Tina. Des enfants, un ex-mari épouvantable et un emprunt immobilier que je peux à peine rembourser.

— Ne sois pas bête, tu es toujours jeune et belle, répliqua Rosie. Et, dès que tu auras des nouvelles de la banque, tu seras une femme d'affaires.

Tina sourit.

— Oh oui. J'espère qu'ils vont vite me donner une réponse, soupira-t-elle. C'est beaucoup demander.

— Mais tu vas y arriver. Et tu auras de l'aide.

— Est-ce que tu dis ça par sarcasme ? l'interrogea Lilian par l'interphone.

— Noooonnnn. J'ai dit qu'elle aurait « de l'aide », pas qu'elle se ferait hurler des directives à longueur de journée.

— As-tu sorti les bonbons à la rhubarbe et à la crème anglaise de la réserve ?

— Oui ! J'ai l'impression de vivre avec un Jésus particulièrement autoritaire.

— Je t'ai entendue.

Jake, lui, ne les écoutait pas. Il regardait Tina, un petit sourire aux lèvres.

— Alors comme ça, c'est enfin fini entre ce demeuré et toi ?

Tina s'empourpra légèrement, puis haussa les épaules.

— S'il te propose d'aller faire un tour à vélo, dis non, lui conseilla Rosie.

— Tu viens au pub ce week-end, hein, Rosie ?

— Non. Je vais à Kuala Lumpur en jet privé.

Jake feignit de ne pas l'entendre.

— Pourquoi est-ce que tu n'emmènerais pas Tina ?

— Oh, je…, bredouilla l'intéressée. Enfin, il faudrait que je trouve une baby-sitter pour les enfants.

— Ta mère pourrait les garder, non ?

— Oui, j'imagine...

— C'est pas croyable ! Tout le monde sait tout sur tout le monde, commenta Rosie.

— C'est parfois utile, aussi, répondit Tina d'un air songeur.

Mais elle paraissait toujours terrifiée. Rosie décida donc de prendre le relais.

— Elle t'appellera. Ou elle t'enverra un blaireau, ou ce que vous utilisez pour communiquer à la campagne.

Jake esquissa lentement son beau sourire à la Brad Pitt, puis souleva son sachet de bonbons.

— Donne-moi vite une réponse, alors. Avant que je ne me transforme en Anton ! lança-t-il en sortant.

Rosie sourit de toutes ses dents, et Tina se retourna, les joues roses.

— Ça alors !

— Je ne voudrais pas jouer les trouble-fête, commença Rosie avec ménagements. Et tu sais que tu es magnifique, à tout point de vue, mais quand je suis arrivée...

— Oh, tu n'as pas besoin de me le dire, la coupa Tina avec un grand sourire. J'étais à l'école avec Jake Randall. Il a toujours aimé les femmes.

Elle secoua la tête.

— J'étais un peu plus âgée que lui. Je n'aurais jamais cru qu'il s'intéresserait à moi.

— Il va te faire planter des légumes.

Tina s'empara de son plumeau (Rosie ne pensait pas qu'il était toujours possible d'en acheter) et se remit à épousseter les rayonnages du haut, chose qu'elle faisait quand elle était nerveuse, réalisa Rosie.

— Quand Todd... quand Todd allait mal... Il avait des bons jours et des mauvais jours, mais, enfin, tu ne peux pas imaginer, j'étais à mille lieues de... de sortir. Pour boire un verre. Avec qui que ce soit.
— Et ?
— Et... Est-ce que tu crois que je dois y aller ? l'interrogea-t-elle en se mordant la lèvre.
— Bien sûr ! Sors et remonte à cheval.
— Sur le cheval dont tu n'as pas voulu ? lança Tina avec espièglerie.
— J'étais en couple, à ce moment-là.
— Ha ! Et moi, je suis toujours mariée. D'un point de vue technique.
— Il est tout à toi. J'ai vu comment il te regardait.
— Vraiment ?
— Vraiment.
— Arrêtez un peu votre char, les filles. Et sors avec lui, lança la voix tremblotante, mais opiniâtre, dans le babyphone. Vous ne connaissez pas votre chance. Il n'y a pas de temps à perdre avec ce genre de choses.
— Voudrais-tu tenter ta chance avec lui, Lilian ? l'interrogea Rosie.
— Tais-toi un peu, j'écoute les actualités.

*

Le samedi soir, Tina vint se préparer chez Rosie ; elle s'extasia devant le joli cottage. Elle vivait dans une maison moderne derrière la grand-rue, mais, là-bas, remarqua-t-elle, elle pouvait laisser ses enfants courir en liberté sur la pelouse rabougrie. Alors qu'ici la porte d'entrée donnait directement sur la rue principale, et ils ruineraient le beau jardin à l'arrière, sauteraient par-dessus la clôture et on ne les reverrait plus. Puis elle remarqua l'invitation au bal et se rua dessus.

— *Ooh !* fit-elle.

Rosie avait voulu la ranger dans un tiroir, quelque part, mais Lilian l'avait posée sur le manteau de la cheminée. Sa tante était assise près du feu. Rosie avait insisté pour lui acheter un lecteur DVD, même si la vieille dame ne savait pas le faire marcher. Puis Rosie avait commandé un lot de films bon marché sur eBay, avec des acteurs dont elle avait vaguement entendu parler : Errol Flynn, Rita Hayworth, Esther Williams, Joan Crawford, Douglas Fairbanks Jr. Comme les soirées s'allongeaient et que la pluie redoublait, elle avait feint de vouloir les regarder, et cela n'avait pas raté : Lilian s'était laissé convaincre. Elle poussait des cris de surprise quand elle reconnaissait quelqu'un qu'elle n'avait pas vu depuis un demi-siècle ou contre qui elle avait une dent (Ava Gardner, par exemple) pour des raisons perdues dans la nuit des temps.

Rosie avait pris cette initiative pour aider sa tante, mais elle réalisa vite qu'elle se plongeait aussi dans ses merveilleux films en noir et blanc pour des motifs égoïstes… *New York-Miami*, *Indiscrétions*. Le temps qu'elles arrivent à *Brève Rencontre*, pleurant tout bas au coin du feu, elle était devenue accro à ces histoires d'amour dramatiques, cette abnégation, ces vrais hommes, qui portaient de vrais chapeaux, avec leur accent saccadé et leur dévouement profond. Une part d'elle savait que rester terrée ici, avec un petit sachet de bonbons au citron pour elle et quelques guimauves pour Lilian si elle avait mangé son hachis Parmentier, et s'immerger dans les idylles des autres n'était pas vraiment en accord avec la promesse qu'elle s'était faite : vivre sa vie. Elle attendait que Tina peaufine les détails pour acquérir la confiserie (ou qu'un autre acheteur se manifeste avant la fin du mois), mais elle savait ce qu'elle devrait être en train de faire. Chercher un nouvel appartement à Londres. Trouver une maison de retraite pour Lilian. S'assurer que tous les papiers pour la vente étaient en ordre. Préparer son départ. Pas s'installer confortablement devant la cheminée. C'était comme si une nouvelle vie frappait à sa porte, mais qu'elle n'était pas encore capable de l'ouvrir.

Dans le silence total de la campagne (excepté l'occasionnel hululement d'un hibou esseulé), sous l'épais manteau de la nuit, elle avait trouvé la sérénité. La confiserie rapportait un peu d'argent, pas beaucoup, mais assez pour vivre ; il faisait bon près du feu ; Lilian était moins libre de ses mouvements, mais son état ne semblait pas avoir empiré sur le plan cognitif.

La vieille dame se retourna quand Tina entra dans le salon.

— Tiens, une femme ? lança-t-elle d'une voix forte. Tu as réussi à te faire une amie, Rosemary ? Je croyais que tu ne t'intéressais qu'aux hommes dans cette ville.

— Je te présente ma grand-tante.
— Oui, on s'est parlé à l'interphone, répondit Tina. Bonjour.
— Tu es la femme de Todd. Son père était un bon à rien.

Tina parut déconcertée.

— Désolée, dit Rosie. C'est comme le syndrome de Gilles de la Tourette, sauf qu'elle le fait exprès.
— Avez-vous connu Harold ?
— Tout le monde le connaissait. Dès qu'il avait cinq minutes de libre, on le voyait sortir du *Red Lion* en titubant.

Tina eut un sourire triste.

— Tel père, tel fils, on dirait.

Lilian parut étonnée.

— Navrée de l'apprendre. L'homme refile la misère à l'homme[1].
— Euh, oui. Bref, répondit Tina, l'air nerveux tout à coup. J'ai toujours aimé votre confiserie. Quand j'étais petite, j'y restais une éternité avant de décider quoi prendre.

Lilian ôta ses lunettes.

— Je n'oublie jamais un enfant, dit-elle en examinant Tina de près avant de se recaler dans son fauteuil. Christina Fletcher, dit-elle avec une satisfaction évidente. Crevettes à la framboise et boules magiques. Mais tu mettais toujours beaucoup de temps à te décider. Pour finir par toujours prendre la même chose, tous les samedis.

---

[1]. Citation extraite de *La Vie avec un trou dedans* de Philip Larkin (édition Thierry Marchaisse, 2011, traduction Guy Le Gaufey).

— C'est incroyable, commenta Rosie. Tu as une mémoire d'éléphant.

— Oui, enfin, pour le moment. Attends que je sois dans cette maison de retraite où tu vas me mettre. Ce sera devenu de la bouillie. Et je baverai, pleurerai et me souillerai, tout en même temps. En écoutant de la variété qu'ils mettront à plein volume.

— Oui, oui, répondit Rosie. Est-ce que tu as envie d'aller aux toilettes ?

— Oui, s'il te plaît.

*

Quand elles furent de retour, Lilian se détendit un peu.

— Tu étais une petite fille si discrète, Christina. Pas comme Drew, ton frère qui raffolait des boules acidulées.

Tina opina du chef.

— Je sais. Il est parti s'installer à York, il travaille dans la finance. Il a bien réussi. J'imagine… je ne savais pas ce que je voulais, pas vraiment. Je me laissais porter, je ne prenais aucun risque.

— Comme avec les boules magiques et les crevettes à la framboise : des bonbons durs et des bonbons mous. Tu parais à toutes les éventualités.

— J'imagine, oui, répondit Tina en souriant. Par précaution, vous voyez.

Lilian acquiesça.

— Oui, je vois.

— J'ai épousé le premier venu… Cela dit, il m'a donné Kent et Emily. J'en suis heureuse.

— Est-ce qu'ils aiment les bonbons ?
— Bien sûr. Emily est comme moi. Elle aime les chamallows Hello Kitty et les sucettes Chupa Chups : comme ça, elle a un peu des deux. Kent, lui, veut toujours goûter les dernières nouveautés.
— C'est marrant, remarqua Lilian d'un air songeur avant de voir Rosie regarder sa montre. C'est bon, c'est bon. Je l'aime bien.

*

À l'étage, dans la chambre de Rosie, Tina ouvrit le sac qu'elle avait apporté.
— Ça alors ! s'exclama son amie, lorgnant les logos (Zara, Topshop et même Reiss) et les jolis tissus et couleurs. Regarde-moi tous ces vêtements !
— Tous ces vêtements que je ne porte *jamais*. Depuis la naissance des jumeaux, je m'habille comme eux : jean, tee-shirt et chaussures plates.
— Mais tu es toujours impeccable, pourtant, la complimenta loyalement Rosie.
— Je suis une maman, pas une invalide en charentaises, lança Tina avec un sourire. Bon. Fais ton choix !
— Rien ne va m'aller.
— Bien sûr que si. Enfin, les hauts t'iront.
— D'accord, d'accord.
Tina reparla de l'invitation, qu'elle avait prise avec elle.
— Mais regarde-moi ça !
— Je pensais que tout le monde était invité, répondit Rosie avec un haussement d'épaules.

— Tout le monde n'est pas invité, non. Pourquoi crois-tu que Lilian l'a posée sur la cheminée pour impressionner les autres ? Tout le monde parle du bal de chasse de lady Litpon.

— Tout le monde ?

— Oui, oui, arrête tes sarcasmes. Tous les propriétaires terriens, toute l'aristocratie des alentours y assistent. Elle décore le manoir, c'est le grand luxe... J'espérais... enfin, c'est bête, ajouta-t-elle d'une voix plus basse. Mais l'année dernière, quand je me suis séparée de Todd, je mourais d'envie d'y aller.

— Jake ira peut-être.

Tina pouffa.

— C'est ça ! Pour garer les voitures, alors.

— Vraiment ? Eh bien, vu la façon dont tu en parles, ça a l'air un peu nul.

— C'est la seule fois de l'année où le manoir ouvre ses portes, à part quelques visites guidées l'été, ou pour les mariages et ce genre d'événements, expliqua Tina, les yeux brillants. Ils éclairent l'allée, de façon qu'on voie le manoir du village, et on les entend toute la nuit. Et puis il y a toujours un cinglé pour emboutir une maison en rentrant chez lui.

— Mais ça a l'air *horrible*. Je n'irai pas.

Tina lui lança un regard entendu.

— Pas même pour voir ton patient ?

— Je n'ai eu aucune nouvelle de mon ex-patient depuis des semaines.

En prononçant ces mots, Rosie se rendit compte qu'elle trouvait cela très énervant. Elle avait cru qu'ils devenaient... enfin, peut-être pas proches. Stephen ne semblait pas du genre à être proche de quelqu'un.

Il pouvait être passionné, souvent irritant ; ça, oui. Mais il ne lui avait pas écrit, ne l'avait pas appelée, ne l'avait même pas vraiment remerciée. Un bouquet de fleurs aurait-il été inenvisageable ? Cela ne fit que renforcer sa détermination.

— Je ne crois pas avoir vraiment envie d'aller à une soirée de snobs qui se déchaînent. Et puis, je ne connais pas leurs danses bizarres. Je ne connaîtrais personne, à part Stephen, qui boudera sans doute dans un coin, et elle n'a invité aucun de mes amis. Et, quoi qu'il en soit, elle est tout le temps grossière avec moi.

— Elle n'est grossière qu'avec les gens qu'elle aime bien. Avec tous les autres, elle est juste courtoise, distante. Tu devrais être flattée.

— Eh bien, je ne le suis pas. *Argh !*

Elle essayait de boutonner le dos d'une robe de soirée sans manches vieux rose, qui était magnifique, mais lui était manifestement trop petite.

— Oh non, c'est rageant. Tenir une confiserie ne me fait pas de bien.

— Tu es quand même jolie. Essaie ça, dit Tina en lui tendant un haut de la même couleur, qui lui allait.

Avec ses cheveux bruns et sa peau pâle, elle ressemblait à Blanche-Neige.

— Magnifique. Mais tu dois ajouter une pointe de rouge à lèvres.

— Toujours. Où as-tu acheté tous ces vêtements ?

— Je les ai commandés ! Sur Internet. J'ai l'impression qu'on m'envoie des cadeaux.

Il y eut un blanc.

— Ça me fait passer pour une personne très seule, hein ?

— Non, répondit Rosie du tac au tac.

— Bien. Même si je suis très seule.

Rosie regarda la lune se lever par sa fenêtre.

— Oh, moi aussi, ma chérie.

Les deux filles éclatèrent de rire.

— Allez, on va sortir et se soûler un peu, lança Rosie. C'est nécessaire d'un point de vue médical, d'après moi.

Sur ce, elle chercha sous son lit pour en sortir deux paquets de Refreshers, de la poudre acidulée et une grande bouteille de vodka, sous les yeux médusés de Tina.

— Qu'est-ce que c'est que ça ?

— Ah, ah !

Rosie avait déjà préparé des glaçons dans son lavabo, ainsi que deux verres à cocktail. Après avoir dissous la poudre dans la vodka, elle ajouta les glaçons, du sirop de sucre et conclut avec un Refresher.

— Tu me fais marcher. Des cocktails aux bonbons !

— Génial, non ? Je viens de l'inventer. Si ce n'était pas illégal, j'en vendrais au magasin.

Elles trinquèrent en riant, puis sirotèrent lentement leur cocktail.

— La première gorgée est un peu bizarre, expliqua Rosie. Mais la deuxième est *incroyable*.

— Si j'en bois une troisième, je vais tomber par la fenêtre ?

Rosie enfila un boléro rouge foncé par-dessus son haut rose ruché.

— Ooh ! Qu'est-ce que tu en penses ? Ça ne fait pas trop señorita sexy ? Est-ce que je devrais mettre une rose entre mes dents ?

— Je pense que Lipton a besoin d'une señorita sexy. C'est la *seule* chose qui manque dans ce bled.

Enfin, mortes de rire, se faisant taire l'une l'autre en passant devant Lilian, elles se mirent en route pour le *Red Lion*.

*

— Salut, les filles, lança Les quand elles ouvrirent la porte. Ooh, regardez-vous, vous allez quelque part ?

— Bien sûr ! s'exclama Rosie, tandis que Tina soupirait. Ici ! C'est pour toi, Les !

Étonnamment, cela le fit sourire ; tout comme les habitués.

L'un des agriculteurs s'approcha d'elles et leur proposa de leur payer leur premier gin tonic, puis ils s'installèrent confortablement près du feu.

— C'est à cause de ma mauvaise réputation, expliqua Rosie.

Mais ce n'était pas elle qui attirait l'attention ; c'était Tina.

— On ne pensait pas te revoir ici après le départ de Todd, dit Jim Hodds, le vétérinaire, qui profitait d'une rare soirée de repos, bien méritée.

— Oh, tu sais, ça a été dur, répondit-elle avec un sourire.

— Pourquoi est-ce que tu ne sortais pas, pour voir du monde ? l'interrogea quelqu'un d'autre. On est toujours là.

— Oui, *toujours*.

Elles passèrent les heures suivantes en compagnie de ces hommes agréables, audacieux, drôles, séducteurs.

Quand Rosie se leva pour aller aux toilettes, elle réalisa aussitôt qu'elle était pompette. Il fallait s'y attendre : boire très peu pendant des mois, puis inventer des cocktails ridicules à la vodka avaient cet effet. Elle fit une grimace dans le miroir, puis remit du rouge à lèvres en débordant un peu. Oh, et puis mince, elles s'amusaient. Et c'était chouette de voir Tina à nouveau heureuse. Élever seule deux enfants ne devait pas être facile. Elle sortit des toilettes en titubant un peu, puis cligna des yeux ; plusieurs fois, au cas où ces derniers lui joueraient des tours. Ce n'était pas le cas. Stephen Lakeman était assis dans le fond de la salle, le dos tourné, sa canne posée par terre, remplumé, ses cheveux ayant désespérément besoin d'une bonne coupe.

Si elle n'avait pas bu quelques vodkas et plusieurs gin tonics, ni reçu l'admiration indue des nombreux célibataires de Lipton, Rosie y aurait sûrement réfléchi à deux fois avant d'agir. Au lieu de cela, sur un coup de tête, se sentant enhardie, elle fonça droit sur lui.

— Hé ! cria-t-elle. Pas un coup de fil ? Pas un mot ? Quel genre d'ex ingrat es-tu ?

Elle voulait dire « ex-patient », bien sûr. Mais elle s'exprima mal. Stephen, surpris, se retourna à la hâte, et Rosie remarqua que l'autre personne à sa table était une fille. Et pas n'importe quelle fille. Une blonde toute mince, aux grands yeux et aux cheveux longs et souples, qu'elle secoua en arrière, avant de jeter un coup d'œil à Stephen. Ce n'était pas un regard amical. C'était un regard qui voulait dire : « Mais c'est qui, celle-là ? »

— Bonjour ? dit-elle d'un ton interrogateur.

Elle n'était pas du coin, Rosie le remarqua aussitôt. Elle venait du Sud, comme elle. Cela la frappa : ce devait être une michetonneuse !

Stephen, qui paraissait mal à l'aise, se passa une main dans les cheveux.

— Euh, salut. Bonjour.

Rosie avait beau être éméchée, elle comprit tout de suite qu'il se passait quelque chose. Elle eut l'impression de les déranger. Pire : dans un éclair de lucidité terrible, fulgurant, elle réalisa, quoi qu'elle ait pu dire à Tina, ou à elle-même, qu'elle avait des sentiments pour Stephen. Pas de la pitié, ni de la tendresse, ni une sollicitude professionnelle de soignante à l'égard d'un ancien patient. Cela n'avait rien à voir. De vrais sentiments. De vrais sentiments, que cette femme qui secouait les cheveux en arrière de manière aguicheuse déchaînait, excitant sa jalousie.

— Euh, répéta Stephen.

Rosie s'interrogea aussi à ce sujet. Il était à l'évidence mal à l'aise. Mais pourquoi ? Si elle n'était qu'une infirmière à ses yeux, il ne serait pas embarrassé, si ? Il serait très heureux de la présenter. Le fait que la situation soit gênante… une lueur d'espoir jaillit dans son esprit. Et s'il… s'il…

— Je te présente Rosie, dit-il. C'était mon infirmière.

La lueur d'espoir vacilla pour s'éteindre aussitôt. Sa *quoi* ?

— Euh, Rosie, je te présente CeeCee.

CeeCee ? Cette fille lui adressa un sourire de politesse crispé, qui disait en substance : « Laisse-nous, je drague le jeune aristocrate canon. » Elle lui rappelait les filles qu'elle voyait à la télé pendant la Formule 1. Toutes blondes, filiformes, identiques... et prêtes à *tout* pour fréquenter les garçons de bonne famille.

— Ravie de te rencontrer, dit CeeCee d'une voix traînante, langoureuse à souhait, avant de prendre son iPhone et de le reposer aussitôt. Oh, mon chou, Kibs et Francesca *meurent* d'envie de savoir ce que tu fabriquais, eux aussi.

— Oh, oui, balbutia-t-il, pas du tout égal à lui-même.

— Mmh mmh, fit Rosie, qui ne s'était pas sentie aussi transparente depuis la dernière fois qu'elle avait essayé de réveiller une personne dépendante à la kétamine aux urgences. Bon, je ne voulais pas vous interrompre. Salut !

Elle commençait à battre en retraite pour rejoindre sa table quand Stephen se tourna vers elle, pendant que CeeCee s'occupait en remettant du rouge à lèvres.

— Euh, dit-il, le visage rouge vif. Merci encore.

— C'est compris dans le service, répondit-elle, tendue.

Stephen battit plusieurs fois des paupières.

— Oh, euh...

Il avait perdu sa langue : elle ne l'avait jamais vu comme cela.

— Non, merci de m'avoir dit de parler à Mère.

— Mère ?

— Oui. Mère. L'individu de sexe féminin qui m'a mis au monde.

Bon, l'ancien Stephen n'avait pas totalement disparu.
— Bref. On s'entend bien mieux. Merci.
— C'est qui, ça ? l'interrogea-t-elle sans détour.
CeeCee, tel un poisson tropical au milieu de poissons rouges, détonnait dans l'ambiance chaleureuse du *Red Lion*. Elle portait des chaussures à semelles rouges, parlait fort dans son iPhone.
— Euh, c'est une vieille amie...
— Oh, c'était gentil de sa part de passer autant de temps avec toi quand tu allais mal. N'empêche, c'est sympa qu'elle ait fait le voyage, maintenant que tu es en voie de guérison et prêt à hériter.
Stephen lui lança un regard acéré.
— Je ferais mieux d'y aller.
— Peut-être, oui. Tu n'es pas très gentille.
— Peut-être que je ne le suis pas.
Il eut un demi-sourire.
— Eh bien, moi non plus.
— Je parie qu'elle ne l'est pas non plus, lança Rosie, consciente d'être allée trop loin cette fois.
Ils se dévisagèrent, la tension était palpable. Puis Stephen se mit à rire.
— Est-ce que tu viens au bal de Mère ? Pardon, de maman, ou de môman, ou ce que vous dites par chez toi et qui est à l'évidence la seule façon acceptable d'appeler la personne qui nous a mis au monde. Est-ce que tu viens au bal ?
— Non. Je ne connaîtrai personne. Aucune des personnes du village que j'aime bien n'y va. Il y aura plein de gens comme CeeCee, et ta mère me traite affreusement mal. Mais merci d'avoir demandé.

Rosie retraversa le pub, sentant qu'elle aurait eu plus fière allure si elle n'avait pas trébuché avant d'atteindre sa table.

*

L'ambiance était gâchée, ils le savaient tous. Tina voulait rentrer, de toute façon : les enfants se réveilleraient à sept heures, qu'elle ait la gueule de bois ou non. Rosie rentra se coucher seule. Elle ôta son boléro et son haut rose ruché – mais qu'est-ce qui lui avait pris ? On aurait dit qu'elle s'était déguisée pour une soirée flamenco. Stephen et CeeCee devaient bien rigoler, en ce moment même. Elle gémit, honteuse. Bon sang. Est-ce qu'il savait ? Bien sûr. Elle n'avait pas été discrète. Mais comment avait-elle pu ne pas le savoir, *elle* ?

Elle le savait, bien sûr. Elle avait reçu comme une décharge électrique quand elle l'avait vu là-bas. C'était plus fort qu'elle. Il allait la prendre pour une idiote, une petite Londonienne trapue aux cheveux bouclés, comparée à une créature svelte et gracieuse comme CeeCee. Cela devait lui arriver à longueur de temps, avant son accident. Un travailleur humanitaire, beau, avec une famille huppée et un immense manoir... Bon sang, elle avait dû passer pour une vraie cruche. Il devait avoir de la peine pour elle, comme George Clooney, chaque fois qu'une journaliste de télévision se pâmait devant lui.

Et elle réalisa autre chose, de pire : à un certain niveau, quand elle avait quitté Gerard, un homme bien à tout point de vue, elle avait à l'évidence espéré avoir une chance avec Stephen, espéré lui plaire. Bien sûr, à présent qu'il était en voie de guérison, il allait attirer les filles comme des mouches. Elle avait de la chance qu'il se soit rappelé son prénom.

— Oh non ! lâcha-t-elle tout haut, sa voix résonnant dans la pièce silencieuse. *Oh non, oh non, oh non.*

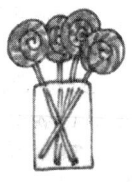

Chapitre 19

Chers incultes,

Halloween n'est pas une fête « d'Amerloques », uniquement célébrée par de grands enfants qui portent des casquettes de base-ball à l'envers et jettent des œufs sur les automobiles. Croire cela est de l'ignorance.

Halloween est une fête druidique ancestrale, célébrée par les peuples celtes depuis des millénaires. Elle marque la transition entre les derniers rayons de soleil estivaux et le noir hivernal ; ce moment de bascule délicat avant le début de la saison sombre ; l'interstice où peut se glisser l'âme des morts. C'est l'occasion de célébrer l'abondance des récoltes ; un moment d'excitation et d'euphorie pour les enfants avant que l'obscurité ne s'installe. Nous devrions tous fêter cet intervalle exaltant.

*

— Je n'irai pas, alors arrête.

Il était seize heures, le samedi 27 octobre. Toute la journée, la boutique avait été envahie de sucettes pour Halloween, de squelettes en chocolat blanc recouverts de glaçage à la framboise, de boules de chewing-gum en forme de globe oculaire, de boules magiques ornées de dents, ainsi que de grands paquets de bonbons à petits prix, de toutes les couleurs et à tous les goûts, pour les gens qui s'attendaient à recevoir la visite de nombreux enfants. Tina avait aussi suggéré de préparer des petits sachets spécialement pour l'occasion, afin de pouvoir les distribuer facilement, et ils avaient rencontré un franc succès. Edison, assis dans un coin, mettait les friandises dans les sachets.

— Hester ne croit pas à Halloween, confia-t-il, tout triste. Elle dit que c'est une fête commerciale, qui favorise les caries et les comportements puérils. Elle m'a dit que je pouvais l'accompagner à son festival druidique la semaine prochaine. Mais il pleut toujours, et je n'aime pas tous ces messieurs barbus qui frappent des arbres.

Rosie et Tina échangèrent un regard inquiet.

— Est-ce que tu voudrais nous accompagner ? se hâta de lui proposer Tina. Kent adorerait y aller avec toi.

Kent et Edison étaient devenus copains, ce que Tina voyait d'un bon œil, dans l'ensemble, même si elle craignait qu'Edison ne lui farcisse la tête d'idioties. Rosie lui avait fait remarquer que Kent était suffisamment solide pour décrypter le monde tout seul et, depuis qu'ils avaient commencé à jouer tous les deux, Edison ne parlait presque plus de Reuben, son ami imaginaire.

Cela rassurait Tina. C'était un peu dur pour Emily, en revanche.

— *Si, tu y vas*, lança la voix grincheuse dans le haut-parleur. Tina, dis-lui.

— J'adorerais y aller, répondit Tina. Avec Jake, on est censés sortir ce soir, mais on n'a pas le choix : ce sera au *Red Lion*.

Rosie fit la moue.

— Ça va être plein de richards, qui vont tous me regarder de haut… Si vous aviez vu cette fille, au pub… Ils vont passer leur temps à rire avec leur accent snob, à danser avec des épées et à parler de chevaux. Bien sûr que je n'y vais pas. Je reste à la maison pour regarder « The X Factor », ça va être super.

— Êtes-vous déjà allée à l'un de ces bals, mademoiselle Hopkins ? demanda Tina.

Lilian resta silencieuse un instant.

— Pas au début. Bien sûr, Hetty était la fille du lord ; je n'étais que la dame de la confiserie. Puis le monde a changé, de nouvelles personnes se sont installées au village, et qui étaient nos parents ne semblait plus aussi important. Et puis, d'une manière ou d'une autre… nous sommes devenues amies. Nous avions beaucoup de connaissances en commun en grandissant. Mais c'était trop tard pour moi, à ce moment-là !

— Trop tard pour quoi ? l'interrogea Rosie. Si tu me dis « pour trouver un mari », je te mets dans un refuge pour chiens.

— Pour vraiment profiter des danses, bien sûr. Et des belles robes de soirée, du champagne qui coule à flots toute la nuit, de la nourriture délicieuse, de l'aspect romantique de la soirée, avec tous ces hommes si séduisants.

— *Argh !* fit Tina. Je vais y aller et me faire passer pour toi. Ça ne les gênera pas.

— Tu devrais, l'encouragea Lilian.

— Non. Quelqu'un me tendrait un plateau de verres vides au bout de cinq minutes, j'en suis sûre.

Sur ce, la cloche carillonna, et lady Lipton entra avec désinvolture, l'air toujours aussi impérieux.

— Ah ! Voilà le petit épouvantail. Comment vas-tu ? demanda-t-elle en regardant Rosie. Tu ne t'es toujours pas fait envoyer de vêtements pour l'hiver, à ce que je vois ? lança-t-elle en considérant sa robe à fleurs.

Il faisait un froid invraisemblable, dehors, alors que le mois de novembre n'avait même pas encore commencé. Chaque matin, une couche de givre recouvrait le sol ; le jardin de Lilian, tout scintillant, était féerique.

— Ça va, merci.

— Mais qu'est-ce que tu portes, ce soir ?

Rosie baissa les yeux.

— Pas ça, j'espère. C'est habillé, tu sais.

— Euh…

— Allez, dis-moi. Et, vous, donnez-moi toutes les boules de chewing-gum en forme de globe oculaire que vous avez, poursuivit-elle en s'adressant à Tina. Je pense que mes invités vont trouver ça *hilarant*.

Tina obtempéra, mais Rosie ne supporta pas son incorrection.

— Je ne viens pas, dit-elle tout bas, sachant qu'on l'entendrait quand même.

— Quoi ?

Lady Lipton n'en croyait pas ses oreilles, visiblement.

— Je ne viens pas. Ce soir.

— Et pourquoi ça ?

Rosie s'apprêtait à inventer une bonne excuse (elle conserverait son savoir-vivre, même si Hetty en était incapable), quand la voix brailla à nouveau dans le babyphone.

— Parce que c'est une crétine finie !

Hetty regarda autour d'elle, stupéfaite ; elle avait cru entendre la voix de Lilian.

— Lilian ? Où es-tu ?

— C'est le babyphone, lui expliqua timidement Tina.

— *Pourquoi* est-ce qu'elle ne vient pas ? s'obstina Hetty.

— Demande-lui toi-même, répondit son amie.

Parce que votre fils me plaît, mais qu'il me prend pour une domestique, et que vous pensez que je suis une croqueuse de diamants, songea Rosie d'un air sombre.

— Pourquoi ? exigea de savoir Hetty, le visage rouge.

— Parce que je n'ai rien à me mettre et que je ne connaîtrai personne, marmonna Rosie.

— Pardon ? C'est *n'importe quoi*, répliqua lady Lipton. Invitez quelques amis, il y a toujours des gens qui boivent trop et tournent de l'œil avant le dîner. Pourquoi pas vous ?

Rosie aurait fait remarquer à Hetty qu'elle vivait dans le même village que Tina depuis trente-cinq ans, si cette dernière n'avait pas aussitôt paru ravie.

— Ooh ! Oui, avec plaisir ! s'exclama-t-elle, se retenant tout juste de battre des mains.

— Vous pouvez venir avec l'ouvrier agricole des Isitt, si vous y tenez, ajouta Hetty avec une moue.

C'est un coureur, mais il est agréable à regarder. Il n'est pas aussi rougeaud que les autres. Et j'ai aussi invité ce médecin efféminé. Ça ne fait pas assez de copains ?

Rosie sentit son visage s'embraser.

— Et je vous prêterai une robe ! tonitrua Hetty.

La jeune femme préféra ne pas imaginer à quoi elle pourrait ressembler. Les robes cirées existaient-elles ?

— J'ai un kilt long, qui sera superbe sur vous, j'en suis sûre. Bien sûr, Bran s'en est servi comme couverture, mais il est en parfait état.

— Je suis certaine que je peux lui trouver quelque chose, intervint Tina d'une voix implorante.

— Parfait ! s'exclama Hetty en tendant un billet de vingt livres pour son énorme paquet de bonbons. Rendez-vous à vingt heures !

Sur ce, la cloche tinta, et elle disparut.

*

— Aaaah ! se réjouit Tina en se tournant vers Rosie pour lui faire un câlin. Ça va être génial ! Qu'est-ce que tu as ?

— Rien.

— Quoi ? Dis-moi. Ooh ! s'exclama-t-elle, son enthousiasme reprenant le dessus. J'aimerais tant que Todd me voie en ce moment. Il serait *furieux*. Sais-tu combien de fois j'ai assisté à ce genre d'événements ? Jamais !

— Moi non plus.

— Eh bien, on va pouvoir se ridiculiser ensemble... Qu'est-ce que tu as ?

— C'est bête.

— Quoi ?

Rosie était partagée. D'un côté, elle n'osait pas avouer avoir été aussi idiote. Mais, d'un autre, si elle n'en parlait pas à quelqu'un, elle allait exploser.

— C'est Stephen, expliqua-t-elle. Il me plaît.

Tina la dévisagea quelques secondes, avant d'éclater de rire.

— Quoi ? Pourquoi est-ce si drôle ? l'interrogea Rosie, blessée.

— Oh non, ce n'est pas, ce n'est pas, c'est juste que... oh, quand on était au lycée... Il n'allait pas dans la même école, bien sûr.

— Bien sûr.

— Il est parti au pensionnat. Mais quand il revenait pour les vacances... oh, ouah ! Il plaisait à *toutes* les filles.

— Tu m'en diras tant.

— Il traînait toujours dans le village, un livre de poésie à la main, dans une rage folle, parce qu'il s'était encore disputé avec son père.

— Ah oui ? Et est-ce que quelqu'un est parvenu à ses fins ?

— Oh non. Quoi ? Lui ? S'acoquiner avec nous ? lança Tina avant d'esquisser un grand sourire. Il y en a qui ont essayé, pourtant. Une fois, Claudia Mickle, à vélo, a foncé dans un mur parce qu'elle tendait le cou pour l'apercevoir. Elle a eu besoin de quatre points de suture.

— D'accord, d'accord, j'ai compris le message.

— Et puis il est devenu bizarre, bien sûr...

Tina parut peinée tout à coup.

— Enfin, je suis sincèrement désolée... Il n'y a pas de raison pour que tu ne lui plaises pas en retour, aucune !

— Si, il y a des milliers de raisons, répondit Rosie en commençant à ranger. Elles sont toutes grandes, blondes, riches et snobs, avec un iPhone.

Un ange passa.

— Eh bien, je sais que tu es ma patronne, tout ça, mais pas pour longtemps. Alors, je t'ordonne de m'accompagner. Ce n'est pas parce qu'un garçon te plaît que tu dois me priver d'aller à la fête de l'année. Ce ne serait pas juste. Je vais envoyer un texto à Jake et à Moray pour les sommer de venir nous chercher, et on va y aller. Et on va encore picoler en ignorant tous ces snobinards, et on va passer une super soirée, tous les quatre. Ça va être génial. Et ce débile de Stephen ne saura pas ce qu'il rate.

— Je ne peux pas dire non à ça, si ? Je gâcherais la soirée de tout le monde.

— Exactement. *Champagne gratuit !*

— Est-ce que je peux être votre valet de pied ? demanda Edison, plein d'espoir.

Elles avaient oublié qu'il était là.

— Non. Mais tu pourras venir à notre prochaine soirée « X Factor ».

— Ne dites pas à ma maman que c'est à la télévision.

— Je lui dirai que c'est une soirée chromosomes, lui promit Rosie au moment où Hester remontait l'allée, l'air de porter toute la misère du monde sur ses épaules, comme toujours. Allez, file, petit valet de pied.

— Vous serez très belles au bal, déclara le garçonnet avec sérieux en attrapant son manteau et son bonnet. Toutes les deux.

Tina et Rosie le regardèrent s'éloigner.

— Quel drôle de petit bonhomme, commenta Rosie.

— Non, répondit Tina en prenant son téléphone pour planifier la soirée. Il a raison.

Elles entendirent alors un reniflement de satisfaction dans le babyphone.

— *Lilian !* la reprit Rosie.

— Je suis contente que vous alliez au bal, c'est tout.

*

1944

Les nouvelles étaient un peu meilleures ; même Terence, en permission, avait semblé plus gai. Le vent tournait, tout le monde le disait. Les Allemands battaient en retraite. La guerre allait prendre fin.

Lilian n'arrivait pas à croire que la guerre serait un jour finie. Elle était enfant quand elle avait éclaté. Elle avait l'impression d'avoir cent ans, à présent. Des gens étaient morts, d'autres avaient déménagé – elle avait pris un car pendant quatre heures pour aller voir le bébé de Margaret, et les deux amies avaient découvert, après s'être extasiées devant ses petits doigts et orteils, et ses joues rondes, qu'elles n'avaient plus grand-chose en commun.

Margaret n'arrêtait pas de lui demander si elle fréquentait quelqu'un, et Lilian ne savait pas quoi lui dire : cette seule pensée lui était insupportable. Non pas que les hommes ne lui proposent pas, ne viennent pas acheter des bonbons rangés sur la dernière étagère pour la voir monter à l'échelle ou lui demander nonchalamment si elle voulait les accompagner au bal. Or, après avoir refusé cette première invitation au bal, elle n'était pas certaine de vouloir y retourner un jour. Les bals étaient sources d'ennuis, lui semblait-il. Margaret l'incitait à se trouver un fiancé (« Il n'y a plus d'hommes, tu sais, ma chérie, disait-elle. Ça va être la ruée, quand ce sera fini ») et la poussait du côté des GI américains, qui semblaient si grands, si exotiques, si séduisants. « Pars avec l'un d'eux, lui conseillait-elle. Tu auras une nouvelle vie. » Gerda Skitcherd parlait de partir en Amérique ; cette perspective paraissait palpitante, dépaysante.

Or Lilian ne voulait pas d'une nouvelle vie. Elle voulait revoir ses frères à table, que son père soit heureux et que Henry revienne. Le fait que ces souhaits ne se réaliseraient jamais ne semblait rien changer. Elle savait que Margaret lui donnait de bons conseils, vu la marche du monde. Et son George était un homme bien, elle le voyait. Mais elle était comme paralysée ; elle entendait tous ces conseils, mais était incapable de les suivre, d'avancer.

Gordon rentra un soir de printemps ; le chèvrefeuille embaumait l'air. Cela faisait un an et quatre mois, ou quatre cent trente-deux jours, que Henry était parti. Ida devait avoir de ses nouvelles, supposait Lilian ; elle n'en entendit jamais parler et était bien trop fière pour poser la question. Elle espérait qu'il n'avait pas peur, là-bas ; qu'il n'était pas témoin d'atrocités. Elle se demandait s'il pensait à elle, autant qu'elle pensait à lui, tout en sachant, au fond d'elle, que c'était impossible. Mais elle avait changé. Elle savait qu'il ne reviendrait jamais auprès d'elle, il ne le pouvait pas. Dorothy faisait ses premiers pas, tout en restant l'enfant la plus renfrognée que Lipton ait jamais connue. Une moue aux lèvres, elle semblait toujours insatisfaite. Ida, à force de froncer les sourcils, commençait à avoir des rides entre les yeux. Lilian avait aperçu Henry, une fois, en permission. La petite famille marchait dans la rue. Ida était visiblement mécontente ; elle criait sur Henry, qui avait perdu du poids et pris du muscle, et qui paraissait grand, élancé et, curieusement, plus âgé dans son uniforme militaire. Il ne disait rien. Lilian était restée cachée derrière le rideau de sa chambre jusqu'à ce qu'il reparte.

Mais, à présent, se disait-elle, tout ce qui lui importait, c'était qu'il soit hors de danger. Qu'il ne soit pas en train de saigner dans un champ quelque part ; ou qu'il ne lui manque pas la moitié d'une jambe, comme au cadet de Dartford Brown, qui se déplaçait en sautillant, essayant de plaisanter sur le fait que cela aurait pu être pire, mais traînait sa peine au long des rues. Pour autant, tout ce qui lui importait, se disait-elle, c'était que Henry rentre sain et sauf. Quand la guerre prendrait fin. Si cela arrivait un jour.

— *Regarde ce que je t'ai apporté, lança Gordon avec son exubérance habituelle en traînant son lourd paquetage sur le dallage de la cuisine.*

Leur père, qui faisait les comptes, releva les yeux.
— *Qu'est-ce que c'est, fiston ?*

Gordon lui fit son sourire canaille. Il était monté en grade, deux fois, et était désormais soldat de première classe, mais, aux yeux de Lilian, il serait toujours ce garçon aux bonnes fesses, en short, qui pouvait se permettre de faire n'importe quoi.

Lorsqu'il sortit deux bouteilles de son sac, son père siffla.

— Est-ce... ?

— Oui. C'est du vrai champagne. Du vignoble champenois.

— Je n'en ai même jamais vu, répondit son père en secouant la tête avant de soulever les bouteilles avec précaution. Tu les as transportées jusqu'ici ?

— Je dormais la tête dessus, comme des oreillers, au cas où on me les piquerait. Pour tout dire, j'ai rendu quelques petits services en douce. Pour les gars. Pour m'assurer qu'ils mangent bien. Et on m'a donné ça. Je pensais en avoir besoin à mon retour, pour un pot-de-vin, mais j'avais oublié que l'Angleterre était un vieux pays, où l'on respecte la loi. Alors, les voilà !

Leur père envoya Lilian chercher un pain de glace à la laiterie. Puis il insista pour laisser refroidir une bouteille dessus pendant une heure. En attendant, tous trois s'assirent, ne la quittant pas des yeux.

— Mets l'autre dans le cellier, lui dit son père. On va la garder pour une grande occasion.

Lilian la rangea aussitôt sur l'étagère du haut, dans le fond.

Pour le jour où Henry rentrera, se dit-elle.

*

Cette fois, elles décidèrent, de manière avisée, d'éviter les cocktails à la vodka. Afin que Lilian participe,

Tina apporta la moitié de sa garde-robe au cottage, et les deux filles firent des essayages.

— Quand as-tu eu besoin d'une robe de cocktail ? l'interrogea Rosie.

— Eh bien, on ne sait jamais.

Rosie haussa les sourcils.

— D'accord, d'accord. Quand Todd traversait sa phase la plus difficile, je suis peut-être devenue un peu... accro au shopping. Apparemment, c'était ma façon de me venger de lui. C'est ce que son thérapeute m'a dit.

— Oh, des « robes de vengeance[1] » ! s'émerveilla Rosie en les sortant.

Elles étaient toutes très belles. Mais Rosie eut beau en essayer un grand nombre (Tina militait pour une petite robe noire sans manches), aucune ne convenait. La plupart lui allaient, puisque les robes seyaient à sa poitrine généreuse et à sa taille fine, mais aucune ne lui ressemblait.

— Oh, fit-elle en changeant d'avis pour la sixième fois. La noire avec la dentelle en haut... c'est sans doute le mieux qu'on puisse faire.

— Si tu avais parlé à lady Lipton plus tôt, on aurait pu aller faire du *shopping*, lui reprocha Tina. Il y a un Arndale à Derby.

— Je crois qu'il faut que tu arrêtes le shopping, remarqua Rosie en considérant sa montagne de chaussures.

— Non. Il faut juste que j'aille à plus de fêtes ! Hourra !

---

1. Allusion à la *revenge dress* de lady Di, après sa rupture avec le prince Charles.

Lilian poussa un soupir.

— Le noir ne te va pas. Cette couleur va à la petite Tina...

— Elle n'a plus six ans ! s'exclama Rosie.

— À mes yeux, si.

— Merci, mademoiselle Hopkins.

— Mais ça ne te va pas. Il te faut une robe qui te fasse sortir du lot. Pour qu'il te remarque.

— C'est vrai, acquiesça Tina.

Rosie commençait à avoir trop chaud. Elle avait oublié que Lilian avait surpris leur conversation au sujet de Stephen.

— Ça n'arrivera pas.

— Et pourquoi pas ? rétorqua Lilian. On a déjà vu plus bizarre. Il arrive que le plus bel homme du village remarque la fille aux cheveux bruns.

— Pas si c'est moi.

— C'est Jake le plus bel homme du village, d'après moi, commenta Tina.

— Oui. Suivi de près par Moray, ajouta Rosie.

— Tout à fait.

Mais ce ne sont pas ceux qui me plaisent, songea Rosie. Ce ne sont pas eux que je veux.

— Si Hetty pense que son fils est trop bien pour ma petite-nièce, elle va voir ce qu'elle va voir. Va dans ma chambre. Dans la grande armoire.

Rosie s'exécuta. L'armoire était grande, vieille. L'intérieur sentait le camphre et la cire, mais les vêtements étaient tellement serrés qu'elle avait du mal à voir ce qu'elle contenait.

— La sixième en partant de la droite, lui dit Lilian. Non, la septième.

Tous les habits étaient rangés dans des sacs de pressing, repassés et suspendus avec soin. Rosie commença à les passer en revue, ne pouvant retenir une exclamation. Il y avait des robes du soir ornées de perles aux couleurs chatoyantes ; des fuchsias lumineux ; une veste avec un col en renard. Tina se dépêcha de la rejoindre.

— Ça alors ! s'exclama-t-elle, les yeux écarquillés. Regarde-moi ça.

Elle repassa la tête dans le salon.

— Pas étonnant que vous soyez toujours si élégante. C'est un vrai trésor.

Lilian haussa les épaules, s'efforçant de paraître indifférente.

— Oh, tout le monde a besoin d'un hobby.

Tina sortit quelques vêtements, contre l'avis de Lilian. Mais c'était la septième robe en partant de la droite qui attirait le regard. Lilian avait totalement raison.

*

Quand Rosie fit passer la soie verte et froide au-dessus de sa tête, un léger parfum, pas désagréable, se dégagea. La robe, qui chatoyait, était presque irisée. Elle n'était pas vert forêt, ni vert anglais ; elle avait plus la couleur de l'émeraude. Son étoffe était si légère qu'elle semblait danser. Rosie était persuadée qu'elle lui serait trop petite, mais un ruché, habilement dissimulé à la taille, ornait le dos de la robe.

— Le ruché sert à avoir de la marge quand on danse, grommela Lilian en la voyant. Bien sûr, le tissu est plus tendu sur toi.

— Mais tu étais plus forte, à l'époque, remarqua Rosie.

— C'est vrai. On devrait être contents : devenir très vieux aide à perdre du poids. Mais, crois-moi, ce n'est pas le cas.

Toutefois, au bout d'un moment, en se tortillant et en jouant des épaules, Rosie sentit la soie glisser sur ses hanches avec un léger bruissement. Lilian et Tina se turent : elles approuvaient, comprit Rosie.

— Quoi ? demanda-t-elle.

Tout à coup, Lilian eut envie de détourner le regard. Rosie avait un physique plus doux qu'elle quand elle était jeune fille : elle n'était pas aussi anguleuse, avait un nez moins long, des épaules moins pointues. Mais un je-ne-sais-quoi dans ses longs cheveux bruns et bouclés et sa grande bouche rose raviva un souvenir ; le souvenir d'une jeune femme pleine d'espoir devant son miroir en pied, qui attendit, attendit, jusqu'à ce qu'elle n'ait plus rien à attendre, puis qui continua à attendre, dans de jolies robes, quand elle savait que ce qu'elle attendait ne viendrait jamais...

— Tu es *magnifique*, la complimenta Tina. Cette couleur te va à ravir !

Rosie fila se regarder dans le miroir en pied au-dessus de la baignoire. Elle ne put s'empêcher de sourire en voyant son reflet. C'était bizarre (et franchement agaçant, à la réflexion), mais quelques mois au grand air, sans sortie, sans manger de plats à emporter ni chiper tous les chocolats que les patients leur apportaient ; sans travailler de nuit ni batailler avec des cathéters à quatre heures du matin ; sans rentrer chez elle à l'aube, vaseuse, et essayer de trouver le sommeil malgré les alarmes antivol, les bus, les fêtes, les livraisons, les bruits d'une rue fréquentée de Londres ; cela l'avait changée. Elle le voyait. Sa peau était douce, crémeuse ; elle avait une pointe de rose sur les joues, qu'elle associa, à raison, à de l'excitation. Ses yeux gris étaient limpides, et le vert magnifique de la soie les rendait brillants. Débarrassée de ses vêtements confortables et de sa mauvaise posture, elle se sentait...

Enfin. Belle serait absurde, se dit-elle. Mais, sincèrement, elle ne ferait pas mieux.

Elle retourna dans le salon, un grand sourire aux lèvres.

— C'est bon, dit Tina. Regarde-toi, avec ton sourire satisfait. D'accord, tu es très jolie.

— Désolée, répondit-elle. Je vais tout de suite refaire ma mauvaise tête, si tu préfères.

Elle aperçut alors le visage triste de sa tante.

— Lilian ! s'écria-t-elle en fonçant sur elle. Lilian ! Est-ce que ça va ? Tu te sens bien ? Montre-moi ta main gauche.

Elle se tourna vers Tina.

— Je vais devoir rester, je ne peux pas y aller.

— Arrête tes bêtises, la reprit Lilian. Je me disais juste que tu étais vraiment ravissante. Maintenant, va dans le cellier et regarde derrière la moutarde sur l'étagère du haut. Et fais attention.

*

Elles mirent la vieille bouteille de champagne, toute poussiéreuse, mais raffinée, au congélateur, sur les conseils de Tina.

— Ça risque d'altérer son goût, lança cette dernière avec un petit rire nerveux.

— Il l'est sans doute depuis longtemps, répondit Lilian. Ce champagne est sans doute imbuvable.

— Ne sois pas aussi pessimiste, dit Rosie. Je n'en reviens pas que tu l'aies depuis tout ce temps. Cette bouteille pourrait valoir une fortune. Tu pourrais la vendre, non ?

Lilian haussa les épaules.

— Elle n'a pas autant de valeur que ça. Quoi qu'il en soit, la vendre pour que tu puisses m'envoyer dans une maison de retraite ? Hors de question.

— En fait, je pensais plutôt qu'on pourrait utiliser cet argent pour engager une infirmière pendant un moment, *et toc*.

— On ne dirait pas que vous êtes parentes, toutes les deux, commenta Tina.

— Je me moque de ce que dit Mlle Robe verte, rétorqua Lilian sans se démonter. C'est ma bouteille de champagne. Ton grand-père Gordon l'a libérée pendant la guerre, puis l'a transportée jusqu'ici. Il en a rapporté deux, en réalité. Nous avons bu la première pour fêter son retour. Il m'a dit qu'on aurait l'impression de boire des étoiles. Je pensais qu'il racontait n'importe quoi. Mais, après son deuxième verre, mon père s'est mis à fredonner cette chanson idiote sur les merles, que je n'avais pas entendue depuis la mort de ma mère. Nous avons passé l'après-midi à rire, à parler de Ned... Ned était mon troisième frère, celui du milieu, il est mort pendant la guerre... et, enfin... Pour la première fois depuis longtemps, j'étais heureuse. Nous voulions garder la seconde bouteille pour le retour de Terence, mais nous n'étions pas tous réunis à cette occasion, et il était toujours si discret, de toute façon, il détestait les chichis : il ne nous a même pas invités à son mariage, le bougre. Résultat, on ne l'a jamais bue. Et puis ton grand-père est parti pour Londres, et c'en était fini de cette branche de la famille, jusqu'à il y a quelques mois.

— Désolée, dit Rosie, qui l'écoutait avec attention.

— Et puis, avec papa, on a continué d'attendre une grande occasion pour la boire, mais elle ne s'est jamais présentée, voilà tout. On travaillait à la fin de la guerre : les gens venaient au magasin et dépensaient tous leurs tickets pour acheter le plus de friandises possible. On était débordés. Ensuite, quand papa est mort, eh bien. Je n'ai jamais pensé à la boire après ça. Je n'ai jamais été portée sur l'alcool.

Tina et Rosie échangèrent un regard, puis Rosie serra la main de sa tante.

— Merci, dit cette dernière.

— Je t'en prie, dit Rosie avec douceur, avant de poursuivre plus maladroitement : Pourrais-tu me serrer la main, toi aussi ? Juste pour vérifier ?

— Argh, ne dis pas de bêtises ! rétorqua Lilian en lui serrant fort la main, enfonçant ses beaux ongles manucurés dans sa paume.

Éclatant de rire, Rosie se leva d'un bond pour aller chercher les verres et la bouteille. Mais ce n'était pas si drôle que cela, songea-t-elle. On devrait avoir plus d'occasions de boire du champagne dans une vie.

Tina retira délicatement la vieille coiffe en aluminium, fragile, puis détortilla le muselet.

— Bon sang. Je ne peux pas l'ouvrir. Franchement, si ça tourne mal, je ne m'en remettrai pas.

Rosie la lui prit des mains.

— Je vais faire comme si j'ouvrais du champagne tous les jours, dit-elle avec un sourire. Bon, couvrez-vous les yeux.

Et, avec une grande prudence, très lentement, elle fit tourner le vieux bouchon, qui ne sauta pas, mais sortit doucement, avec un petit bruit sec. Les trois femmes retinrent leur souffle, de peur que le champagne ne soit éventé. Mais il sentait bon, une odeur vineuse pénétrante, et, quand Rosie le versa dans les lourds verres en cristal de Lilian, il pétilla. Sa robe était plus sombre que celle des champagnes que Rosie avait bus jusque-là, mais, lorsqu'elle sirota sa première gorgée, toute sa saveur éclata en bouche.

— Pas si vite ! l'arrêta Lilian d'une voix autoritaire, comme si elle buvait du champagne chaque soir et que Rosie venait de manquer à l'étiquette. Cette bouteille est spéciale : nous devons porter un toast.

Tina eut un petit rire nerveux.

— Oh oui ! Aux... aux... hum. Aux baby-sitters ! Et aux soirées huppées ! Et...

— Ton amie est très bruyante, remarqua Lilian.

— Tu n'as pas le droit d'être grossière envers Tina. Je ne le permettrai pas. Dis pardon.

— C'est bon, dit Tina.

Lilian haussa un sourcil.

— Je vais porter le toast. Aux soirées palpitantes, où tout peut arriver. Aux invitations au bal, que l'on devrait toujours accepter quand on est jeune et qu'on porte une jolie robe.

Rosie leva les yeux au ciel.

— C'est à peu près ce que j'ai dit, murmura Tina.

— À ses envies, que l'on doit tout faire pour assouvir, Rosemary. Aussi vite que possible. Et à l'amour...

— Hourra ! s'exclama Tina.

— ... et à la famille, conclut Lilian.

Sur ce, elles levèrent leur verre, et Rosie sourit.

— C'était un très joli toast, dit-elle.

Et Lilian avait raison sur un autre point : Rosie eut bel et bien l'impression de boire des étoiles.

*

Tina n'avait pas menti sur l'ampleur de l'événement. L'allée qui menait au manoir était bordée de flambeaux, qui éclairaient la lande. Un frisson d'excitation parcourut Rosie malgré elle. Le temps s'était brusquement dégradé ; il faisait de plus en plus froid. Il pourrait même neiger, murmurait-on. Puis Moray et Jake étaient arrivés en klaxonnant dans leur Land Rover : Jake semblait gros, empêché, dans son smoking de location ; Moray, lui, était parfaitement à l'aise dans le sien, d'une élégance folle.

— Mais bon, ça n'a aucune importance, de toute façon, expliquait-il à un Jake embarrassé. Tous les vrais snobs mettent leurs « pinks ».

— « Leurs pinks » ? demanda innocemment Rosie. Ils viennent habillés en rose ?

Les trois autres firent tut-tut.

— Non, lui expliqua Tina. En rouge. Ils mettent leur veste de chasse au renard. On appelle ça des « pinks ».

— Naturellement. Les riches ont vraiment de drôles de codes.

Lilian leur dit de se dépêcher et de filer, ils allaient être en retard, mais elle insista pour qu'ils prennent le champagne. Pour ne pas le gâcher, alors qu'ils pouvaient le savourer ensemble, prétendit-elle. Elle n'ajouta pas qu'elle ne pouvait supporter l'idée de passer toute la soirée à fixer la bouteille en ressassant le passé.

— Êtes-vous certaine qu'on ne peut pas vous persuader de nous accompagner, mademoiselle Hopkins ? demanda Moray, les yeux pétillants. Je vous promets de ne pas trop vous malmener sur la piste de danse.

— Pour voir tous ces vieux BCBG odieux crier et s'aboyer dessus jusqu'à trois heures du matin ? Oh, non, merci.

— C'est exactement ce que j'ai dit ! se récria Rosie.

— Non, non. Vous, les jeunes, allez vous amuser, dit Lilian en les poussant vers la sortie.

Si sa petite-nièce voyait une larme dans ses yeux, elle annulerait sa soirée, elle en était certaine. Elles pourraient alors se pelotonner l'une contre l'autre et regarder la télévision ensemble, et elle aurait l'impression d'avoir une fille ou une très bonne amie, ou les deux, puis Rosie leur préparerait un bon petit plat et elles passeraient une très bonne soirée.

Lilian se ressaisit. Elle ne serait pas égoïste. Non. Non, hors de question. Elle ne se mettrait pas en travers de son chemin.

— Dehors ! leur ordonna-t-elle. Sortez de chez moi !

Et elle ferma la porte. Les jeunes gens échangèrent des regards perplexes : quelle irascibilité, les personnes âgées pouvaient vraiment avoir mauvais caractère.

*

Les quatre amis rejoignirent la voiture dans la grand-rue déserte. Moray, galant, posa son manteau sur les épaules nues de Rosie, suite à quoi Jake, qui marchait derrière Tina, commença à se battre avec le sien, se demandant s'il devait l'imiter. Ils se passaient la bouteille de champagne, et Moray siffla en voyant le millésime. Au même moment, les premiers flocons commencèrent à tomber.

— On est en *octobre*, se plaignit Tina. Et dire qu'on parle de réchauffement climatique.

— On est presque en novembre, répondit Jake en relevant les yeux avec inquiétude. Ça va ruiner mes choux.

Mais Rosie ne les écoutait pas. Elle fixait le ciel nocturne glacial : les étoiles froides brillaient au milieu des nuages ; les flocons commençaient à danser devant les réverbères, et le champagne, à couler dans ses veines. Elle fit un grand sourire. Le village endormi évoquait une carte de Noël, avec ses pavés parsemés ici et là de petits points blancs. Elle se sentait euphorique, fébrile, en dépit des déconvenues du jour et du fait qu'elle n'avait aucune chance avec Stephen…, mais quelle importance ? Elle était toujours jeune (plus ou moins) ; très jolie dans sa robe verte, comme le lui avaient dit ses deux amis. Même si c'était idiot, vieux jeu, pompeux, un peu ridicule…

— Je vais au bal ! annonça-t-elle à voix haute.

— *Moi aussi !* cria Tina, son bonheur étant moins compliqué que celui de Rosie, comme Jake lui passait maladroitement son manteau autour des épaules.

Une fois devant la porte de sa Land Rover, Moray fit une révérence.

— Votre voiture, mesdames.

Puis, riant, criant, ils prirent la route de la colline à la lueur des flambeaux, en direction de « Lipton Hall », cette demeure majestueuse.

Chapitre 20

Les loukoums

Les loukoums ont mauvaise réputation depuis que C. S. Lewis (un vrai génie, à d'autres égards) les a à jamais liés à l'un des personnages les plus terrifiants de la littérature, la Sorcière blanche du *Monde de Narnia*, et à ce traître d'Edmund. Or, avec leur texture fondante et gélatineuse, voluptueuse, et, quand ils sont confectionnés dans les règles de l'art, délicatement aromatisés à l'eau de rose et saupoudrés de sucre, les loukoums sont aussi tentants que *Les Mille et Une Nuits*. Le fait qu'ils soient aujourd'hui entourés d'une aura de danger accroît le plaisir qu'ils procurent. Mais ces friandises ne sont pas vraiment pour les enfants, qui ne font que se plaindre et se retrouvent avec des amandes coincées dans le nez.

*

— Mais qui sont tous ces gens ? s'enquit Rosie, toujours nerveuse, grisée par le champagne et leur trajet sous la neige. Et es-tu sûr que le seul professionnel de santé sain d'esprit de la région doive être vu en train de sortir d'une voiture en buvant du champagne directement à la bouteille ?

— Demande au chef de la police, répondit Moray. Il est là-bas.

L'endroit était bondé. De près, éclairé par le sol pour qu'on le voie à des kilomètres à la ronde, « Lipton Hall » en imposait vraiment ; construit dans le style de la reine Anne, en grès rouge, il avait des gargouilles aux étages supérieurs. Des lustres brillaient derrière chaque fenêtre, d'où sortaient des voix fortes et des éclats de rire. Rosie sentit son enthousiasme retomber.

— Comment paie-t-elle pour tout ça ? se demanda-t-elle à voix haute. Je pensais qu'ils n'avaient pas un sou.

— Oh, c'est le cas. Les gens paient une fortune pour assister au bal, lui expliqua Moray.

— Ils *paient* ? Est-ce qu'on doit payer, nous ?

— On ne *doit* pas payer. Nous sommes les invités de lady Lipton. Mais tu vas voir de grandes tablées de membres du Rotary Club, de francs-maçons, tout ça.

— Pourquoi veulent-ils payer ? poursuivit Rosie, complètement perdue.

— Pour côtoyer les aristocrates, bien sûr, répondit Moray, comme s'il s'adressait à une enfant attardée.

— Ils paient pour ça ?

— Est-ce que tu pourrais te contenter d'entrer, avant que je ne te ramène chez toi ? Et si tu te mets à chanter *The Red Flag*[1], tu vas t'attirer de gros ennuis.

À l'intérieur, il y avait foule ; les invités s'interpellaient, les joues roses. Nombre d'entre eux se pressaient aux fenêtres pour admirer la neige. Rosie s'arrêta devant l'énorme porte, en haut de l'escalier monumental, puis franchit le seuil d'un bond. Le hall était gigantesque ; des trophées de chasse ornaient ses murs lambrissés, et une grande horloge à pendule, semblable à celle de « Peak House », trônait au bout. Des adolescents vêtus de chemises blanches et de pantalons noirs débarrassaient les hôtes de leurs manteaux ou couraient en tous sens, armés de plateaux de verres.

— J'ai toujours rêvé de servir ici, murmura Tina.

— Pourquoi est-ce que tu ne l'as pas fait ? l'interrogea Rosie.

— Oh, c'est de notoriété publique, lui expliqua son amie, pendant que Jake ricanait. En fin de soirée, ils finissent tout l'alcool et s'attirent plein d'ennuis. Ils flirtent avec les invités, entre eux. Mon père ne voulait pas en entendre parler.

Jake esquissa un nouveau sourire.

— Mais toi, tu l'as fait, n'est-ce pas ? lui demanda Rosie.

— Oh oui, répondit-il.

— Bien sûr qu'il l'a fait, ajouta Tina avec un grand sourire.

— Était-ce aussi terrible que le pensait son père ?

---

1. Hymne du Parti travailliste.

— Eh bien, disons que, à l'exception de nous quatre, ce sont ces gamins en noir et blanc qui vont s'amuser le plus, ce soir. *Et* ce sont les seuls à être payés.

Moray salua d'un sourire une adolescente vêtue d'une jupe noire qui appartenait manifestement à sa mère. La jeune serveuse rougit, puis se dépêcha de leur apporter des verres de champagne.

— Merci pour ce que vous avez dit quand je suis venue la semaine dernière, chuchota-t-elle, suffisamment fort pour que les autres entendent.

— Je ne me rappelle absolument pas t'avoir vue à titre professionnel, répondit le médecin. Personne ne me croit, mais c'est la vérité. Peux-tu veiller à nous resservir, ce soir, ma belle ?

La jeune fille opina du chef avec enthousiasme, un grand sourire aux lèvres.

Rosie et ses amis se dirigèrent vers la gauche, où le hall d'entrée ouvrait sur une salle de bal : cette pièce n'était pas lambrissée, mais avait un sol en parquet, des murs aux couleurs pastel et, tout au fond, de grandes portes-fenêtres qui donnaient sur une terrasse surplombant le jardin. Malgré le froid, il faisait une chaleur infernale dans la pièce : les portes-fenêtres étaient ouvertes, et des gens fumaient dehors. En regardant autour d'elle, Rosie crut comprendre ce que Jake voulait dire au sujet des invités qui ne passaient pas forcément une bonne soirée.

Des femmes au visage impassible vêtues de robes noires et de vestes courtes incrustées de joyaux faisaient les gros yeux à leurs maris rubiconds quand ils acceptaient un autre verre ou riaient trop fort à une blague. De vieux messieurs somnolaient sur les petites chaises anciennes alignées contre le mur, leurs coquets gilets à motifs tendus sur le ventre. D'une voix tapageuse, Hye Evans racontait une anecdote à un groupe d'hommes, qui riaient tous de bon cœur. À côté de lui, une femme très mince, parée de bijoux en or, en robe droite moulante, balayait la salle du regard, l'air anxieux.

Mais il y avait aussi des groupes plus joyeux : de jeunes agriculteurs de sortie, qui partageaient un moment d'insouciance ; de vrais mordus d'équitation, dans leurs élégantes vestes rouges, qui formaient de petits cercles et parlaient de « boulets », de « boutoirs », toutes sortes de termes techniques que Rosie ne comprenait pas, tandis qu'avec ses amis ils se faufilaient à travers la foule pour visiter les lieux. Tina voulait tout voir – même les toilettes ! Elle fut déçue par ces dernières, des cabines de W-C portables (les plus luxueuses que Rosie ait jamais vues, certes, mais des cabines portables malgré tout) discrètement alignées dans la cour, à l'arrière de la maison. Tina fila pour continuer son exploration, suivie de près par Jake. Cela la fit sourire. Son amie méritait un homme bien. Rosie et Moray retournèrent à l'intérieur, où le médecin fut aussitôt arrêté par des dizaines de connaissances : d'un naturel affable, il entama la conversation avec l'une d'elles.

Indifférente, Rosie sortit seule sur la terrasse. Le froid avait poussé la plupart des gens à rentrer, et le brouhaha diminua dans son dos, tandis qu'elle contemplait le jardin, éclairé par la lune d'hiver. Le spectacle de la neige qui tombait était éblouissant, d'une beauté presque aveuglante ; les flocons se déposaient sur le parterre de buis à l'ombre de l'immense demeure, sur les haies et les bordures taillées avec soin, sur les graviers ratissés, et dévalaient le flanc de la colline.

Soudain, Rosie eut l'impression qu'on l'observait et se retourna vite. Toute une troupe s'était installée dans un coin sombre de la salle, à côté des portes-fenêtres, où se trouvaient des canapés et des fauteuils. Elle eut juste le temps de voir que Stephen la regardait. Elle lui adressa un sourire gêné à travers les portes ouvertes, mais le jeune homme se dépêcha de détourner les yeux. Il était bien entouré. CeeCee était là, magnifique dans une robe laminée argentée à la pointe de la mode et des chaussures cloutées peu discrètes. Sur une autre fille, moins grande, moins mince, moins sublime, cette tenue aurait pu être un peu effrayante. Sur CeeCee, elle était terriblement effrayante, mais aussi renversante. Il y avait d'autres filles, blondes, pour la plupart, ou avec d'épaisses franges sur les yeux, dans des robes couleur chair, transparentes, ou noires, sans fioritures. Rosie se sentit idiote tout à coup, dans sa robe verte, telle une petite fille qui se serait déguisée.

Il y avait aussi d'autres jeunes hommes, de l'âge de Stephen, ses amis, à l'évidence : ils riaient, buvaient le champagne de sa mère, flirtaient avec les filles, se taquinaient. L'un d'eux portait un pantalon en tartan d'un ridicule achevé.

Où étaient-ils ? songea-t-elle. Où étaient-ils quand il restait assis dans sa cuisine, tout seul, à ingurgiter du whisky ?

Elle se prépara à le saluer poliment, le plus froidement possible – c'était la seule façon de faire, elle le savait. Elle risqua un autre regard, mais, bien sûr, son attention était déjà ailleurs. Quelle idiote, songea-t-elle en repensant à sa réaction devant le miroir. Comme si elle pouvait rivaliser avec ces mannequins. Mais cela, elle le savait déjà. Elle n'allait pas se laisser démonter.

Par chance, Moray vint alors à sa rencontre. Il lui faisait de grands signes.

— Le dîner est servi ! s'exclama-t-il. Il n'y a pas de temps à perdre : les gens de la campagne aiment manger, ils ne traînent pas.

— Parfait ! dit-elle en lui présentant son bras.

Moray était peut-être le seul homosexuel du village, mais les amis snobinards de Stephen n'avaient pas à le savoir.

— Bonsoir, dit-elle poliment à Stephen en passant devant lui.

— Salut, répondit-il d'un ton sec.

Rosie espéra qu'il se montrerait aussi grossier et grincheux avec CeeCee jusqu'à la fin de leurs jours.

— Salut, CeeCee, lança-t-elle.

L'intéressée, en pleine conversation, releva les yeux, sans chercher à cacher qu'elle n'avait aucune idée de qui était Rosie.

— Oh, oui, salut, jeta-t-elle avant de se retourner vers son amie.

— C'est CeeCee, expliqua Rosie à Moray, suffisamment fort pour que Stephen l'entende. Elle est très spéciale.

Stephen ne réagit pas.

— C'était gentil de la part de ta mère d'inviter ton infirmière, poursuivit Rosie. Je vais aller la remercier.

— Je ne..., commença Stephen, mais il ne put en dire plus.

— Quoi ?

— Je ne te considère pas comme mon infirmière.

— C'est ce que tu as dit, pourtant.

— Non. Non.

— *Lippy !* lança alors une voix forte, comme une bande de gros costauds traversait la salle. *Espèce de crétin !*

— Oh non, fit Stephen, l'air découragé.

— *Le dîner est servi !* insista Moray.

— *Crétin fini !* hurlèrent les rugbymen.

— Je vais juste…, bredouilla Rosie en agitant la main, au moment où Stephen était assailli.

Moray la guida vers la salle à manger.

— Tiens tiens ! s'exclama-t-il.

— Quoi ?

— Depuis quand as-tu un faible pour le maître des lieux ?

— Je n'ai pas…

Elle sentit qu'elle s'empourprait.

— Peu importe. Je sais que tout le monde craque pour lui.

— Je ne te le fais pas dire. Enfin…

— Est-ce pour ça que tu ne voulais pas examiner sa jambe ?

— Non, c'est parce que c'est un trouduc moralisateur. C'était bien plus facile de demander à une jolie fille de s'en charger.

— Oh ! merci, répondit-elle avant que ses épaules ne s'affaissent.

— Tu as besoin de plus de champagne.

Or, avant même qu'il n'ait le temps de réagir, sa petite acolyte apparut, leur apportant d'autres verres.

— Merci, dit Rosie. Oh, je suis désolée. C'est adorable. Je suis ridicule, c'est tout. On dirait une ado énamourée.

Tous deux considérèrent la jeune fille, qui vira au rouge vif en voyant que Moray la regardait.

— Bon sang, dit-il. Passons vite à la salle à manger.

— C'est exactement comme ça que Stephen me voit. Oh non.

Dans la salle à manger, aussi grande qu'un réfectoire, des tables rondes avaient été dressées. Chacune d'elles était décorée d'une composition automnale, réalisée avec des feuilles mortes et des fleurs de poinsettia écarlates, ainsi que d'une petite citrouille. La plupart des invités étaient déjà installés, les hommes élégants, Rosie devait bien l'admettre, dans leurs vestes de chasse rouge vif, les femmes exhibant tous leurs bijoux, bien coiffées, les lèvres maquillées. Cela valait vraiment le détour, après tout, d'autant qu'ils eurent le plaisir de voir qu'ils partageaient la table avec d'autres jeunes gens sympathiques du village, des agriculteurs et leurs épouses, qui rivalisaient d'histoires drôles et racontaient des bêtises. Rosie comprit qu'ils sortaient si rarement, qu'ils travaillaient si dur, qu'ils étaient déterminés à profiter au maximum de leur soirée. Ils interrompirent les discours et imitèrent les cors de chasse qui annonçaient les plats : soupe au curry, faisan rôti aux légumes d'automne et pommes de terre frites, et un délicieux crumble à la rhubarbe préparé avec la rhubarbe du jardin.

— Cette robe n'a pas assez de ruché, se lamenta Rosie.

Tina et Jake s'étaient volatilisés. Quelqu'un les avait aperçus dans l'orangerie, une grande serre qui courait le long de la façade sud de la maison, mais Rosie décida de ne pas les déranger. Elle ne voyait même pas Stephen et s'efforça de l'oublier, aidée par la nourriture exquise et une histoire d'insémination de truie qu'elle ne pourrait jamais oublier, soupçonnait-elle, même si elle le voulait.

*

Le bruit ne cessait de s'amplifier, comme le dîner touchait à sa fin. Puis tout le monde se dirigea vers la pièce voisine pour le bal. Il y avait deux salles de danse : l'une passait de la musique disco, l'autre de la musique traditionnelle. Rosie voulait rester dans la salle disco, mais Moray se montra inflexible.

— Hors de question. Combien de fois vas-tu assister à ce genre d'événements si tu retournes à Londres ?

— Est-ce que tu es sûr de ne pas vouloir m'accompagner ? Je pense que tu te plairais là-bas.

Moray lui lança un regard entendu.

— Je m'en sors très bien ici. Tu n'as pas idée, ma chérie. Ces agriculteurs jouent aux machos, mais...

Elle éclata de rire.

— Qu'est-ce qu'on dit aux urgences ?

— Sortez couverts ! s'exclamèrent-ils d'une même voix, tandis qu'elle le laissait la reconduire dans la salle de bal, où un groupe composé d'un violoniste, d'un accordéoniste et d'un joueur de *bodhrán* était fin prêt.

— Bon sang, mais qu'est-ce qui se passe ?

Plusieurs hommes, dont celui avec le pantalon en tartan ridicule, et un couple d'âge mûr, improbable, mais plutôt touchant, lui en kilt et elle vêtue d'une robe blanche ornée d'une écharpe confectionnée dans le même tissu écossais, venaient de gagner le milieu de la piste.

— C'est facile, lui expliqua Moray. Il faut juste que tu plies les bras derrière ta nuque, comme ça.

— Et en quoi c'est facile ?

— Maintenant, choisissez votre partenaire pour le Gay Gordons, annonça le leader du groupe.

— Ah, d'accord ! Je comprends mieux pourquoi tu aimes ça, grommela-t-elle.

Sans lui prêter attention, son ami la plaça à côté des autres, puis le leader du groupe les guida pas à pas. Sans surprise, après plusieurs essais, elle prit le coup et se surprit à apprécier le son aigu de cette musique. Ils bousculèrent quelques personnes, mais ce n'était pas grave, les autres en faisaient autant, et Moray était un bon danseur, toujours là pour la rattraper quand elle tournait sur elle-même. Sa robe verte virevoltait divinement. Elle était faite pour cela. Faite pour danser, par une sombre soirée au début de l'hiver, la neige tourbillonnant derrière les grandes fenêtres du manoir.

À la fin de la première danse, Rosie se rendit compte qu'elle voulait en danser une autre, puis encore une autre, et les partenaires ne manquaient pas. Mourant de soif, elle but beaucoup d'eau, mais aussi beaucoup de champagne, puis se laissa entraîner dans une danse avec deux partenaires : Jake, qui était reparu, et Frankie, l'un de ses copains agriculteurs. Étourdie, elle dansa, inclina la tête, passa entre eux en se trémoussant, plus légère et gracieuse qu'elle ne l'avait jamais été, elle le savait, grâce à sa robe verte, et les apparitions aux allures de mannequin qui se cachaient dans un coin, avec leurs moues boudeuses, leurs demi-sourires crispés et leurs robes argentées, cessèrent de la déranger.

Elle traversa la salle, flottant dans une grande bulle de champagne, heureuse de sortir à nouveau, en bonne compagnie ; heureuse d'être avec ses amis, de rire, de danser, de passer un bon moment, à tel point qu'elle ne remarqua même pas que Frankie, après l'avoir fait tournoyer, la déposa à deux pas de l'endroit où était assis Stephen, toujours perché sur son canapé, mal à l'aise, sa canne dans la main gauche. Elle échappa un cri de surprise en le voyant si près d'elle, d'autant qu'elle était très rouge ; ses cheveux s'étaient échappés de la barrette que lui avait prêtée Tina, et ses boucles tombaient en cascade autour de son visage et de ses yeux brillants.

— Oh !

Stephen resta de marbre.

— Oh, répéta-t-il d'un ton monotone.

Ils semblaient n'avoir rien de plus à se dire.

— Y a-t-il un homme dans ce village qui ne t'a pas tripotée ? aboya-t-il tout à coup.

— *Pardon ?* répondit-elle, n'en croyant pas ses oreilles.

Mais Stephen ne répéta pas. Il se leva, puis, aussi vite que possible (à savoir pas très vite), entreprit de traverser la piste, se frayant un chemin à travers les hordes de danseurs jusqu'à la porte.

Le charme de la danse était rompu ; Rosie resta plantée là, le fixant du regard, bouché bée, furieuse.

Elle entendit des murmures autour d'elle, mais le groupe continua à jouer, et les gens se remirent à danser. Pour les habitants de Lipton, ce n'était sans doute pas une surprise de voir Stephen Lakeman bouder pour une raison ou pour une autre, songea-t-elle. Mais cela l'était pour elle.

Elle s'élança à sa poursuite. Ce faisant, elle croisa CeeCee, qui sortait des toilettes, la démarche mal assurée ; elle se passait la langue sur les dents et avait les yeux vitreux.

— Hé, est-ce que tu as vu Lippy ? demanda-t-elle à Rosie, qui ne prit pas la peine de répondre.

Dehors, un épais manteau blanc recouvrait le sol, la neige tombait toujours à gros flocons, mais Rosie ne sentit rien. Elle vit une voiture disparaître au loin. Sans réfléchir, elle sauta dans la Land Rover de Moray (son ami avait laissé la clé dans le contact, comme toujours), puis, en dépit du mauvais temps et de la quantité d'alcool qu'elle avait ingurgitée, mit le moteur en marche.

*

Elle allait lui dire le fond de sa pensée : il était grossier, être éclopé n'était pas une excuse pour se comporter comme un abruti, et ce dont il avait vraiment besoin, c'était d'une thérapie.

Il faisait un froid glacial quand elle descendit de voiture. Elle ouvrit la porte de « Peak House » sans frapper ; elle savait qu'elle ne serait pas fermée à clé. Stephen était assis bien droit dans son fauteuil, sa canne posée à côté de lui. Elle voyait sa mâchoire se contracter sous l'effet de la tension. Il lui jeta un rapide coup d'œil quand elle entra dans la pièce, mais, sinon, ne réagit pas. La lampe sur la table éclairait son profil.

Elle s'arrêta net. Elle songea, tout à coup, au nombre de fois où elle avait attendu que les choses se produisent dans sa vie : elle avait attendu qu'un homme la séduise, puis s'était contentée de Gerard ; elle avait attendu qu'un travail la passionne, puis s'était contentée de faire de l'intérim. Jusqu'à la confiserie. Attendre n'était plus suffisant. À partir de maintenant, ce qu'elle voulait, elle allait le prendre. Elle allait sauter sur l'occasion ; croquer la vie à pleines dents. Et, pour être totalement honnête, elle ne voulait pas lui dire le fond de sa pensée. Elle ne voulait rien dire du tout. Ce n'était pas pour cela qu'elle était là, réalisa-t-elle.

Elle s'approcha de lui dans la lumière tamisée. Il fixait le feu, un verre de whisky vide à la main.

— Stephen.

Il ne répondit pas. Elle ne savait pas si elle avait envie de l'embrasser ou de le gifler. Pour une raison qui lui échappait, elle se surprit à penser à Lilian.

Elle avança encore d'un pas.

— Qu'est-ce qui t'a pris tout à l'heure ?

Il refusait de croiser son regard.

— Je suis désolé. Je me sentais bête, inutile. J'étais jaloux. C'était débile. Je suis désolé.

— Mais... mais...

Jaloux ?

À ce moment précis, Rosie décida qu'elle n'avait plus envie de parler.

Enhardie par le champagne, elle redoublait d'audace. Elle n'en revenait presque pas.

Presque.

Sans un mot, elle s'agenouilla devant lui et, tout doucement, résolument, ouvrit sa braguette. Il ne fit rien pour l'arrêter. Avec une lenteur insoutenable, elle commença à descendre son pantalon noir. Il portait un caleçon Calvin Klein, mais elle n'y prêta pas attention pour le moment : délicatement, sans tirer, elle fit glisser son pantalon le long de la jambe gauche.

La lumière de la lampe éclaira sa peau blanche et plissée, sa cicatrice descendant le long de sa jambe pour disparaître dans l'ombre. Cette jambe était à l'évidence plus pâle, plus mince que l'autre, et sa longue cicatrice glabre brillait.

Pourtant, elle n'était pas repoussante. Elle avait bien guéri ; ce n'était qu'une marque, rien de plus, rien de moins. Si elle devait aimer cet homme, elle l'aimerait en entier, voilà tout.

Lentement, elle baissa la tête, puis, avec douceur, mais fermeté, embrassa le haut de sa cicatrice, tout près de l'intérieur de sa cuisse chaude ; une fois, deux fois.

Pendant un instant, le silence régna. Puis, au-dessus d'elle, elle entendit un gémissement sourd, suivi d'une longue expiration. Elle embrassa une nouvelle fois sa cicatrice, puis se releva. Stephen avait les yeux fermés, son expression était indéchiffrable.

Rosie sentit son cœur marteler sa poitrine, l'adrénaline parcourir son corps ; de façon inexplicable, sa langue était comme trop grosse pour sa bouche, tout à coup. Cherchait-il un moyen poli de lui dire de ficher le camp ? S'était-elle méprise ? N'était-ce qu'un accès de dépit, pas une réaction passionnelle ? Venait-elle de commettre une terrible erreur ? Elle battit des paupières, tentant de déchiffrer son expression…, mais manqua de temps.

Stephen rouvrit les yeux, puis, de ses mains puissantes, l'attrapa par les bras, l'attira vers lui et l'embrassa avec fougue, sans peur. Ils étaient dans une telle position (il avait déjà le pantalon sur les genoux) que Rosie fit fi de toute prudence : elle releva sa jupe en soie et se hissa sur le fauteuil. Comme ils continuaient à s'embrasser passionnément, elle enroula ses jambes autour de sa taille et sentit aussitôt que son instinct ne l'avait pas trompée.

— Bon sang, dit Stephen en soufflant dans ses cheveux. Bon sang. Ça fait... ça fait si longtemps.

— Eh bien, c'est maintenant, répondit-elle pour détendre l'atmosphère. Chut. Chut.

Il prit son visage entre ses mains et planta ses yeux dans les siens.

— Mais ça revient vite, on dirait, lança-t-il au bout d'un moment, avec un sourire coquin.

Ils se regardèrent encore une seconde, puis, tout à coup, il ouvrit son corsage, avec l'excitation maladroite d'un homme qui renaît à la vie ; et elle releva sa chemise, mourant d'envie de poser ses mains, sa bouche, sur le ventre plat et le torse musclé dont elle avait tant rêvé.

Aucun d'eux n'osa demander s'il serait capable de les emmener jusqu'au lit ; Rosie ne voulait pas trop bouger, de peur de lui faire mal ; ils restèrent donc où ils étaient, serrés l'un contre l'autre dans le fauteuil à haut dossier ; pressés l'un contre l'autre dans la lumière tamisée de la cuisine, la neige tombant doucement sur cette maison isolée, le feu brûlant dans la cheminée, puis finissant par s'éteindre, la chaleur de leurs corps augmentant, puis retombant, avant d'augmenter à nouveau. Leurs mouvements étaient rendus plus délicieux encore par leur nécessaire lenteur ; ce fut si long, si intense, que Stephen n'y tint plus et, oubliant sa douleur, il lui appuya sur les épaules, la plaquant tout contre lui jusqu'à ce qu'elle ait l'impression qu'ils ne faisaient plus qu'un ; jusqu'à ce qu'il gémisse, fort, brusquement, et que, sans crier gare, elle se cambre et se laisse aller. Quand elle revint à elle, elle se rendit compte, sidérée, qu'elle pleurait.

Chapitre 21

Les cerises lavées ont un goût intense. Mieux vaut garder un œil sur les enfants qui les apprécient. Ces gommes dures, chimiques, révèlent leurs secrets petit à petit.

*

Plus tard, Rosie ne se rappellerait pas combien de temps ils étaient restés lovés l'un contre l'autre, à contempler le feu.

— Je croyais que tu pensais que j'étais un goujat, murmura Stephen dans ses cheveux.

— À ma décharge, j'ai pensé ça après que tu t'es comporté comme un goujat.

— Ah, d'accord. Est-ce que tu me prenais pour un pleurnichard ?

— Nooon, mentit-elle, avant de le regarder dans les yeux. Tu es le premier pleurnichard qui me plaît, tu sais.

— Euh, c'est bien.

Elle se dégagea, se demandant où était passée sa petite culotte.

— Mais il faut que je te demande, dit-elle. Ce soir-là, au pub.

— Quand tu étais complètement saoule ?

— Pour la première fois depuis soixante-cinq ans environ ! Je ne tiens pas l'alcool. Et pas de commentaire !

Stephen déposa un baiser sur ses lèvres, qui commença à déraper, jusqu'à ce qu'il grimace.

— On pourrait peut-être... monter ?

— Oui. Mais d'abord... Pourquoi est-ce que tu as dit à cette grande blonde que j'étais ton infirmière ?

Il se mordit la lèvre.

— Honnêtement ?

Elle opina du chef.

— Oui ! J'ai eu l'impression d'être une domestique... ou je ne sais pas quoi.

— Parce que je ne savais pas où j'en étais avec toi. Enfin, si. Tu me cassais les pieds pour un oui ou pour un non et tu n'arrêtais pas de me faire des reproches.

— Oh, fit-elle, blessée. J'essayais de t'aider.

Stephen plongea ses yeux dans les siens.

— Tu ne crois pas m'avoir aidé ?

— Si.

— Mais je pensais... je pensais que je n'étais qu'un genre de projet pour toi. Que tu devais garder une distance professionnelle, tout ça.

— Est-ce pour cela que tu ne m'as jamais téléphoné ni invitée à boire un café ou autre ? demanda-t-elle, l'air un peu renfrogné.

— Est-ce qu'on peut dire que j'ai perdu la main ?

— Je ne sais pas, répondit-elle, toujours rose. Et tous ces gens qui traînent dans le coin, maintenant ?

— Eh bien, ils ont appris que j'étais de retour... Le bouche à oreille marche bien chez les michetonneuses.
— Où étaient-ils, tous, avant ?
Stephen parut mal à l'aise.
— Ça fait beaucoup de questions. Je croyais qu'on allait au lit.

Rosie s'efforça de faire taire son inquiétude. Montrer ses angoisses n'avait rien d'attrayant, se rappela-t-elle. Elle contempla son beau visage, sérieux, et son corps pâle et élancé, puis décida d'apprécier ce qu'elle avait.

— Allons-y, dit-elle en se levant, se sentant confiante dans la douce lumière du feu, ses cheveux lui tombant en cascade dans le dos.

— Bon sang, lança-t-il avec un sourire. Tu es si *voluptueuse*.

L'entendre dire une telle chose était si improbable qu'elle éclata de rire. Il l'imita, puis se hissa hors de son fauteuil.

— Je crois que je peux encore te distancer.
— Pas pour longtemps, répliqua-t-il, le regard plein de désir, en essayant de l'attraper.

Elle poussa un cri... puis un autre, comme, soudain, deux énormes faisceaux lumineux l'éblouissaient à travers la fenêtre de la cuisine. Elle resta d'abord figée, sans comprendre ce qui se passait. Puis elle réalisa qu'il s'agissait d'une voiture. Elle entendit des voix, des éclats de rire, et comprit, horrifiée, que c'étaient les amis de Stephen qui rentraient du bal.

*

La situation n'aurait sans doute pas été aussi grave si Stephen ne l'avait pas trouvée aussi drôle, tandis qu'elle courait en tous sens dans la cuisine, cherchant désespérément quelque chose pour se couvrir, renonçant à remettre la robe serrée de Lilian. Quand elle trouva le tablier à fleurs de Mme Laird, elle crut qu'il allait mourir de rire.

— Arrête de rire et *aide*-moi, dit-elle, entendant des bruits de pas sur le gravier et des voix très fortes.

— Mais tu n'en as pas besoin ! Tu es magnifique comme ça.

— *Va te faire voir !*

— Pardon, pardon, dit-il en lui lançant sa veste.

— Je file me cacher à l'étage.

— Non ! Tu es très jolie. Et je pensais que tu voulais que je te présente comme il se doit.

— Arrête. Je monte.

Mais il était trop tard.

Elle aurait dû aller se cacher malgré tout, se reprocha-t-elle plus tard. Ils auraient peut-être ricané, mais, au moins, cela aurait été dans son dos. Si seulement elle avait pu être plus résolue...

Deux joueurs de rugby rougeauds entrèrent en premier.

— Hé hé ! lancèrent-ils aussitôt avec un regard lubrique. Désolé, mon pote, on aurait dû frapper.

— Oui, oui, n'importe, répondit Stephen.

Voyant que Rosie voulait à tout prix se sauver, il lui prit la main pour l'attirer contre lui. Elle trouva cela encore pire : elle eut l'impression d'être une catin sans dignité, à moitié nue.

— Je vous présente Rosie, parvint-il à dire. On ne vous attendait pas si tôt.

— À l'évidence ! s'exclama le plus grand des deux.

Sans prendre la peine de se présenter, ils se retournèrent, à la recherche de vin. Ils attrapèrent une bouteille de bordeaux ouverte, qui était posée sur la grande table de la cuisine. Rosie se sentit virer au rouge vif.

Puis CeeCee passa la porte. Que fallait-il, se demanda-t-elle, pour lui faire perdre son aplomb presque inconscient ?

— Oh, salut, fit-elle en lançant un regard à Rosie qui montrait qu'elle n'était toujours pas digne d'attention. Stephen *chéri*, je n'en reviens pas que tu nous aies faussé compagnie.

— Euh…, bredouilla-t-il à nouveau. Ben…

Rosie secoua la tête.

— Ce n'est rien, poursuivit CeeCee en acceptant le verre de vin qu'un des rugbymen lui tendait. Je vois que tu as goûté au charme local, lança-t-elle d'une voix dégoulinante de venin.

C'en fut trop pour Rosie. Elle parcourut la pièce du regard pour voir si elle pouvait retrouver un peu de dignité. Elle ne le pouvait pas.

— J'y vais, murmura-t-elle à l'oreille de Stephen.

— Non, s'il te plaît. Tu peux mettre mon pyjama. Il est dans ma chambre.

Elle secoua la tête.

— Euh, non. Il faut que je ramène sa voiture à Moray. Vraiment.

Il parut étonné. Il se demandait si elle avait déjà des regrets.

— D'accord… Désolé, ils dorment ici ce soir…

Les trois autres sirotaient leur vin, imperturbables. Stephen la raccompagna à la porte, Rosie pleinement consciente de porter un tablier ridicule et une veste de smoking trop courte. Elle avait de nouveau envie de pleurer, mais pour des raisons très différentes.

— Tu ne veux pas te rhabiller ?
— Non, répondit-elle, le visage en feu.

Elle voulait partir loin d'ici, le plus vite possible.

— J'aimerais que tu restes. Je sais que j'ai des invités, mais...
— Non merci, répondit-elle, réalisant que sa tentative d'avoir autant d'aplomb que CeeCee était grotesque et passait pour de la puérilité.
— D'accord, d'accord. Je t'appelle, dans ce cas.
— Si tu as du réseau, lança-t-elle avec un haussement d'épaules.
— Euh...

CeeCee s'interrompit, comme si elle s'était apprêtée à appeler Rosie par son prénom, avant de réaliser qu'elle ne s'en souvenait pas.

— ... Euh, tu ne veux pas récupérer ta culotte ?

Bouillonnant de colère, rouge de honte, Rosie sortit sans répondre, s'efforçant de ne pas lui faire un doigt d'honneur au passage.

Stephen resta dans l'embrasure de la porte, sa chemise dépassant de son pantalon noir, et regarda longuement sa voiture s'éloigner sur la route escarpée. Rosie ne le remarqua même pas ; elle ne vit que les trois autres, dont le profil hilare se découpait derrière les vitres de la cuisine.

*

Totalement dégrisée, elle retrouva ses amis au moment où ils descendaient les marches du manoir plongé dans le noir.

— Hourra ! s'exclama Moray. Je pensais qu'on l'avait volée.

Rosie ouvrit les portières.

— Je ne veux rien entendre, ordonna-t-elle au moment où ils montaient dans la voiture, Moray prenant sa place au volant.

Jake avait un bras autour des épaules de Tina. Ils riaient bêtement, l'air heureux, amoureux.

— Mais…, commença Tina.
— *Non !*
— Ta robe est à l'envers.
— Arrête.
— Mais qu'est-ce que… ? s'étonna Moray.
— Ne t'y mets pas, toi aussi !

Moray et Tina échangèrent un regard inquiet. Jake tenta de cacher un sourire en coin, sans y parvenir.

— Et pas de *sourire* en coin. Sinon, je vais pleurer. Et je suis sérieuse.

Il y eut un long blanc.

— Alors, tu as conclu, dit Moray au bout d'un moment.

Les deux autres éclatèrent de rire.

— Ce n'est pas drôle.

Moray entendit dans sa voix qu'elle allait pleurer, ce qui ne manqua pas.

— Ne t'en fais pas, ma vieille. Ne t'en fais pas. C'est juste un cinglé snobinard avec un trou dans la jambe, la rassura-t-il. C'est un idiot.

— Il les a laissés se moquer de moi, expliqua-t-elle entre deux sanglots. Comme si j'étais une vulgaire morue qu'il avait levée quelque part.

— Vraiment ? l'interrogea Tina. Ça a l'air horrible.

— Quel trouduc, commenta Jake. Est-ce que tu veux que j'aille le frapper pour toi ?

— J'aimerais beaucoup. Dans la jambe.

Elle cessa de renifler pour se mettre à hoqueter.

— Oh non. Mais pourquoi est-ce que j'ai couché avec lui ? Il va bien se marrer avec ses copains. On n'a même jamais bu un café ensemble. On n'a pas eu de rendez-vous, rien. Je ne suis qu'une infirmière dévergondée qui a fait un saut chez lui pour m'envoyer en l'air. Ils vont se faire pipi dessus.

— Non, répondit Tina sans conviction. Bon, d'accord, mais, même s'ils le font, ça voudra seulement dire que ce sont des minables, des crétins pathétiques. Ça n'a donc aucune importance.

— Oui, dit Rosie en reniflant. Ça n'a aucune importance.

Ils rentrèrent tous au cottage, puis Tina prépara du thé et des toasts pour Rosie, qui était toujours partagée : d'un côté, elle pensait qu'ils avaient passé un moment vraiment privilégié ensemble, mais cela avait si vite tourné à la catastrophe. Moray avait sorti la bouteille de champagne vide de la voiture.

— Ne la rince pas, lui dit-il. Ta tante sera peut-être heureuse de la sentir.

Rosie, qui venait d'enfiler son pyjama en peluche tout doux, opina du chef. Elle avait toujours le bout du nez rouge, son mascara avait coulé, mais elle se sentait bien mieux, entourée de ses amis.

— Au moins, tu n'auras pas à le revoir, la réconforta Moray. Tandis que moi, si je dois lui refaire une injection contre le tétanos, je lui dirai que je dois passer par son pénis.

— Ha ha ! Mais je ne pense pas qu'il va s'attarder ici, maintenant que ses snobinards de copains sont de retour. Il va repartir en ville avec eux.

— S'il arrive à trouver un travail, dit Tina. Ce qui ne sera pas le cas, puisque c'est un bon à rien, doublé d'un abruti.

Ce n'est pas vrai, songea une part de Rosie. Il est professeur.

— Eh bien, je suis *vraiment* contente de vous avoir laissés me convaincre d'aller au bal. Mais je crois que je préfère redevenir Cendrillon, maintenant.

— La Cendrillon des bonbons, commenta Tina. Ça ne semble pas si mal.

— C'est facile pour toi. Tu as déjà trouvé ton prince.

Jake leva les yeux au ciel. Tina gloussa. Mais aucun d'eux ne la contredit.

*

On est censés aller mieux après une bonne nuit de sommeil, songea Rosie, bougonne, en se réveillant dans un monde où la neige grisâtre fondait déjà ; l'allée avait un aspect sinistre ; les collines semblaient plus proches que jamais, mais de gros nuages dans le ciel laissaient présager de nouvelles chutes.

Au petit déjeuner, Lilian lui jeta un bref regard, mais préféra ne pas l'interroger. C'était une erreur.

— Alors, as-tu déjà appris la nouvelle ? lui demanda Rosie, d'un ton plus sec que voulu.

Elle avait un mal de crâne terrible, qui était moins dû au champagne qu'au fait qu'elle revivait chaque seconde de ce cauchemar depuis l'instant où elle avait ouvert les yeux.

— Non, répondit Lilian avec amabilité, avant de siroter son thé en se plaignant des nouvelles publiées dans son *Sunday Express* (Rosie lui avait suggéré de changer de journal, mais la vieille dame s'était offusquée et avait fait remarquer qu'il lui fallait bien une raison de se plaindre, sinon sa vie serait trop parfaite).

— Bien. Oublie ça, alors.

Puis elles passèrent le reste de la journée ainsi. Mais Rosie ne put s'en empêcher : elle resta beaucoup de temps à la fenêtre de sa chambre. En tendant le bras à un angle dangereux, elle avait un peu de réseau. À un moment, l'idée lui traversa l'esprit que CeeCee et ses amis allaient passer en voiture, verraient son bras et comprendraient immédiatement ce qu'elle faisait : ils se feraient à nouveau pipi dessus. Cela lui donna des sueurs froides, mais elle ne bougea pas. Pendant tout ce temps, elle se demandait : il n'était pas comme eux, si ? Si ?

Si elle avait su que, soixante-dix ans plus tôt, Lilian était restée assise exactement au même endroit, elle en aurait été horrifiée.

*

Peu après seize heures, elle entendit un boum au rez-de-chaussée. Elle commença par penser qu'on avait dû frapper à la porte, que Stephen franchirait le seuil avec vaillance... Bien sûr que non. Cette idée était ridicule, totalement absurde. Puis elle fut prise de panique, n'en revenant pas de s'être montrée aussi égoïste.

— Lilian ! cria-t-elle en dévalant les escaliers. LILIAN !

Lilian était allongée par terre, consciente, heureusement, mais sa cheville semblait tordue.

— Mais qu'est-ce que... qu'est-ce que tu faisais ?

Lilian la dévisagea, désorientée.

— Je... je...

Puis elle baissa les yeux : elle s'était souillée.

— Oh.

— Ne t'en fais pas pour ça, la rassura Rosie. Ne t'en fais surtout pas pour ça. Viens, je vais t'aider à t'asseoir dans ton fauteuil.

Sa tante pesait à peine plus qu'une enfant, même après tous les bons repas qu'elle lui avait préparés. Elle ne prenait pas de poids, comme elle le devrait, réalisa la jeune femme. Elle ne... elle ne s'occupait pas bien d'elle. Elle n'y arrivait pas.

Lilian était en pleurs.

— Je voulais juste... je voulais juste aller aux toilettes.

— Je sais, je sais. Pourquoi ne m'as-tu pas appelée ?

— Parce que. Parce que c'est totalement ridicule que je ne puisse pas aller aux toilettes seule.

— Je sais. Je sais que c'est ridicule. Mais c'est pourtant la réalité. J'avais le babyphone avec moi à l'étage.

— Je déteste... je déteste être une vieille femme stupide, dit Lilian, le visage défait. Je déteste ça, je déteste ça, je déteste ça.

— Je sais, moi aussi.

— Je suis couverte de pipi, je ne peux pas jardiner, ni cuisiner, ni tenir ma boutique, ni rien faire. *Rien*, s'acharna-t-elle.

— Je suis là, la rassura Rosie, mais ses paroles étaient creuses, elles le savaient toutes les deux.

— Tu ne peux pas rester ici, reprit Lilian. Je t'en empêcherai.

— Je n'ai pas grand-chose d'autre à faire, répondit Rosie avec regret.

— Ne dis pas des choses pareilles. Je t'interdis de me dire ça.

*

Moray passa : il se tenait la tête, semblait patraque. Rosie avait nettoyé Lilian et, ensemble, ils vérifièrent qu'il s'agissait bien d'une entorse, non d'une fracture, mais la vieille dame devait être prudente.

— Il faut que je vive dans un endroit avec des murs capitonnés, dit-elle en boudant.

Rosie la laissa manger un paquet de caramels pour le dîner, puis Moray lui tendit un prospectus.

— Il est temps, dit-il. Tu sais qu'il est temps.

— Mais elle est si vive d'esprit !

Son ami haussa les épaules.

— Je suis désolé, Rosie. La vieillesse est une garce.

— Est-ce ton opinion professionnelle ?

— En ma qualité de médecin, oui. Il me semble que c'est une opinion largement répandue dans la profession.

— Une vraie garce. Oui.

Chapitre 22

S'il vous plaît, laissez-moi éclaircir ce point une bonne fois pour toutes : « La vie, c'est comme une boîte de chocolats, on ne sait jamais sur quoi on va tomber » est une citation d'une ânerie sans nom. Chaque boîte de chocolats est accompagnée d'un pictogramme très clair, qui relie la forme des chocolats à leur goût. Une boîte de chocolats est toujours la bienvenue, et toujours délicieuse. La vie, c'est plutôt comme un sachet de Revels. On ne sait jamais sur quoi on va tomber et, la moitié du temps, on n'aime pas ça.

*

Le lundi matin, le ciel bas et gris reflétait bien l'humeur de Rosie. Elle consulta son téléphone (à l'intérieur, mais aussi à l'extérieur, pour s'assurer qu'elle avait du réseau). Rien. Rien du tout. Quel goujat. Apparemment, le simple fait qu'elle soit allée chez lui et se soit offerte sur un plateau... Sa gorge se serra. C'était une fille facile, voilà tout. Cela devait lui arriver constamment. Elle poussa un profond soupir. Qu'elle était bête. Elle passa un coup de fil à Mike, qui éclata de rire avant de la féliciter. Ce n'était pas rien de faire l'amour avec un nouveau partenaire après tout ce temps.

— Comment était-ce ?

— Ce n'est pas la question, répondit-elle d'un ton sec.

— Ooh, c'était *génial*. Ouah. Ne laisse pas passer ça.

— Je crois que je n'ai pas vraiment le choix, expliqua-t-elle en reniflant.

— Écoute. Ne sois pas trop dure avec toi-même. C'est bien. Et drôle. Tout le monde a passé sa vingtaine à avoir des aventures sans lendemain avec des hommes peu recommandables. C'est ce que j'ai fait, moi. Toi, tu as passé ta vingtaine à te convaincre que tu étais prête à t'installer avec Monsieur Tourte. Ce n'est pas grave de commettre quelques erreurs.

— Hum.

— Est-ce qu'il te plaisait vraiment, ce type ?

Elle y réfléchit.

— Eh bien, il est très agaçant, imbu de sa personne, grincheux, il fait toujours la tête...

— Il te plaît vraiment beaucoup.

— C'est l'homme le plus courageux que j'aie jamais rencontré. Il est têtu comme une mule. Mais...

— Courageux et bon amant ?

— Et c'est un lord.

Mike rit aux éclats.

— Eh bien, tant mieux pour toi. Tu as toujours placé la barre trop bas.

— Honnêtement, je n'en ai rien à faire qu'il soit lord. Sincèrement. Je préférerais qu'il ait un travail.

— Et qu'il ne soit pas entouré de croqueuses de diamants, fit remarquer Mike avec obligeance.

— Oui, soupira-t-elle. Ça aussi. Bref. Peu importe. J'ai une boutique à vendre... Je me demande si Tina me laissera emporter quelques bocaux.

— Ça va te manquer. C'est incroyable. Je n'en reviens pas que tu ne sois pas pressée de revenir pour nettoyer du vomi et du sang toute la journée.

Rosie balaya des yeux la petite boutique.

— Oui. Ça va me manquer.

*

Mais le mauvais temps semblait aussi avoir des retombées plus positives. Elles vendaient beaucoup de chocolat ; à l'approche de l'hiver, les gens avaient envie de se pelotonner sur leur canapé avec de grandes tablettes de Lindt, de Dairy Crunch et de Bournville ou, pour les plus audacieux (Rosie se disait souvent qu'elle devrait les garder sous le comptoir), du chocolat noir à haute teneur en cacao : soixante-quinze, quatre-vingt-cinq et même quatre-vingt-quinze pour cent de cacao, que Rosie trouvait particulièrement amer. Elles écoulaient beaucoup de chocolat de premier choix, à tel point qu'elle devrait passer une nouvelle commande avant la fin de la semaine.

— Rosie ! s'écria Tina en entrant précipitamment à dix heures trente.

Elle releva les yeux de son carnet de commandes et vit que son amie était bouleversée.

— Qu'est-ce qui ne va pas ?

Si Jake l'avait blessée, se jura-t-elle, elle lui arracherait la tête, en même temps que celle de Stephen.

— Qu'est-ce qui se passe ? C'est Jake ?

Le visage de Tina s'illumina une seconde.

— Oh. Oh, non, ce n'est pas Jake. Non. Non. Il est formidable.

Rosie n'était pas encore prête à entendre parler du formidable Jake.

— Oh, tant mieux, se hâta-t-elle de répondre. Ce ne sont pas… Ce ne sont pas Kent et Emily, si ? Les petits vont bien ?

— Oh oui. Oui, Dieu merci. Oui. Je touche du bois. Mais, oh, oh, Rosie.

Elle fondit en larmes.

— C'est la boutique.

*

Quand elles furent installées avec une bonne tasse de thé, Tina lui raconta toute l'histoire d'une voix étranglée. Ses achats compulsifs chez Topshop s'étaient avérés problématiques, en fin de compte : son indice de solvabilité ne lui permettait pas de contracter un prêt professionnel. Elle avait essayé de réunir l'argent pour racheter la boutique, mais…

— Mais tu ne leur as pas dit ? Tu ne leur as pas dit que tu étais mariée à un alcoolique et que tu devais tenir le coup, d'une manière ou d'une autre, et que c'était le meilleur moyen et…

— Non. Je crois que ça aurait été encore pire, tu ne penses pas ?

— Mais on leur a donné tous les comptes, toutes les projections, tout ! gémit Rosie. C'est tellement évident que tu fais des merveilles ici ! Que tu transformes la confiserie en vraie affaire !

— Ça a toujours été une vraie affaire, intervint Lilian d'une voix rauque dans le babyphone.

Rosie l'avait installée sur le canapé, la cheville relevée. Lilian aurait dû marcher un peu, pour la faire travailler, mais personne ne souhaitait prendre ce risque. Moray leur avait apporté un déambulateur. Se servir de sa canne ne dérangeait pas vraiment la vieille dame, mais elle les avait prévenus : il était hors de question qu'on la voie se déplacer avec ce truc affreux, à se traîner comme un zombi, et Rosie n'avait pas voulu insister. Or, elles avaient des rendez-vous prévus dans l'après-midi, alors il faudrait bien qu'elle marche. Et voilà que cette mauvaise nouvelle venait leur mettre des bâtons dans les roues.

— Et il n'y a personne d'autre ? Ton ex ? Est-ce que tes parents pourraient t'aider ?

— Je n'ai pas de nouvelles de mon ex depuis six mois, répondit Tina avec un grognement. Et mes parents sont producteurs de fraises. À ton avis ?

— Oh, Tina. Oh, je suis sincèrement désolée.

Son amie secoua la tête, incapable de cacher sa déception.

— Ces robes de cocktail débiles ! lança-t-elle, pleine d'amertume. Mais où avais-je la tête ?

— Tu te disais qu'un jour tu voudrais porter de belles robes pour plaire à ton canon de petit copain, répondit Rosie pour tenter de la réconforter.

Ce n'était pas la faute de Tina. Mais personne d'autre ne s'était intéressé à la boutique. Personne. Sauf...

Comme si elle lisait dans ses pensées, la petite cloche au-dessus de la porte tinta, et les deux femmes se retournèrent pour voir entrer Roy Blaine.

*

Le dentiste leur adressa un sourire doucereux, ses dents ridicules étincelant dans l'éclairage tamisé.

— Alors, dit-il en les voyant toutes les deux. J'ai entendu la nouvelle.

— Comment l'avez-vous entendue ? l'interrogea Rosie avec colère.

— Son frère est le directeur de la banque, lui expliqua Tina.

— Je n'y crois pas ! Satanés petits villages ! hurla Rosie. Est-ce pour cette raison qu'il a refusé le prêt ? C'est illégal.

— Non. Ils se détestent, répondit Tina, tandis que Roy haussait les épaules. C'est vraiment l'ordinateur qui a refusé. À cause de mon « mauvais historique bancaire ».

Elle éclata une nouvelle fois en sanglots.

— Eh bien, moi, j'ai un très bon historique bancaire, dit Roy. Ce n'est pas pour rien que les dentistes ont droit à de faibles taux d'assurance auto.

— Parce qu'ils sont trop stupides pour conduire ? rétorqua Rosie.

Roy grimaça.

— Il me semble que vous avez un début de récession gingivale sur votre prémolaire supérieure. Je le vois d'ici. Ça ne présage rien de bon pour l'avenir. Vous allez ressembler à un cheval aux longues dents.

Rosie ferma aussitôt la bouche, claquant des dents.

— Bon, vous connaissez mon offre. Pour le cottage aussi. Je vais ajouter de grands panneaux, puis je goudronnerai le terrain pour faire un parking.

— Dans le jardin ? s'enquit Rosie.

— Eh bien, ce ne sont que des mauvaises herbes, en définitive, non ? Quoi qu'il en soit, ça ne vous fera rien. Vous allez repartir à Londres dès que vous le pourrez. On ne jardine pas beaucoup, là-bas, il me semble.

Rosie, qui ne savait pas quoi répondre à cela, resta muette.

Roy regarda une dernière fois autour de lui, puis eut un sourire méprisant.

— Bref. Je vous ai fait une offre. Elle est valable jusqu'à la fin de la semaine. Après, j'irai voir ailleurs. En avez-vous eu beaucoup d'autres ?

Il s'interrompit.

— C'est bien ce que je pensais. Bon, c'est à vous de voir. Vous pouvez passer toute votre vie enterrée ici, si vous voulez. Je m'en moque.

Sur ce, il sortit.

*

— Il le fait exprès, dit Tina. Il ne le pensait pas pour cette histoire de fin de semaine. Ce n'est pas comme s'il pouvait aller ailleurs. Personne ne l'aime.

Rosie haussa les épaules.

— Mais il a raison. À part toi, personne n'a semblé intéressé.

— Savez-vous quels bonbons aimait Roy Blaine quand il était enfant ? demanda la voix dans le babyphone grésillant.

— Non, répondit Rosie. Les grenouilles empoisonnées ?

— Non, poursuivit la voix lasse. Aucun.

*

Heureusement, Moray les aida une nouvelle fois en leur prêtant sa Land Rover. Après avoir examiné la carte, Rosie installa Lilian avec précaution, la calant avec des coussins : elle n'était pas assez grande pour voir à travers le pare-brise, sinon. Elle paraissait minuscule dans cette énorme voiture.

En réalité, la carte ne fut pas vraiment nécessaire. Lilian connaissait tous les lieux où elles se rendaient : l'ancien hôpital de proximité, qui avait vu naître la moitié des bébés du village ; l'ancien hôtel ; le centre d'entraînement de l'armée. Tous ces bâtiments avaient été affectés à un autre usage. Eux qui, autrefois, avaient une âme, une raison d'être, avaient été transformés en enclos pour personnes âgées ; comme si les anciens se propageaient dans tout le pays, engloutissant tout sur leur passage, tel un raz-de-marée.

— Pas étonnant que Hetty ne veuille pas transformer « Lipton Hall », remarqua Rosie après leur troisième visite.

Elle avait décidé de commencer par les établissements les moins chers, pour monter en gamme. Les deux premiers étaient des endroits épouvantables, avilissants, d'où se dégageaient une forte odeur de désinfectant et une profonde tristesse. Dans l'un d'eux, une femme presque chauve était assise toute seule dans le salon, des larmes lui roulant sur les joues, telle une enfant abandonnée par ses parents. La dame qui leur faisait visiter les lieux ne la remarqua même pas. Dans le deuxième, les chambres qu'on leur montra n'étaient que de minuscules placards, tout sombres ; le bâtiment était installé en pleine campagne, mais aucune d'elles ne donnait dessus.

— Nous avons des chambres avec vue à l'avant, expliqua l'employée corpulente en les voyant regarder les petites cellules d'un air dubitatif. On les attribue par roulement.

— Vous voulez dire qu'on s'en rapproche quand quelqu'un meurt ? lança Lilian.

Cette dame fit semblant de ne pas l'entendre.

— Et des enfants viennent chanter à Noël, poursuivit-elle. Les résidents adorent ça.

Rosie et sa tante échangèrent un regard.

— Les enfants, eux, *détestent* ça, murmura Lilian quand elles furent de retour dans la voiture.

— Je m'en souviens. Tous ces vieux doigts qui essayaient de nous toucher.

Elles frissonnèrent toutes les deux.

— Je ne mettrais pas un renard là-dedans, remarqua Lilian au bout d'un moment.

— Moi non plus. Ne t'inquiète pas.

Mais, au fond d'elle, elle ne pouvait s'empêcher d'être inquiète. C'était le genre d'établissements qu'elles pouvaient se payer, si elles louaient le cottage et laissaient Tina tenir la boutique, qui couvrait tout juste ses frais. Il resterait environ cinq pence après cela. Elle ne voyait pas comment elle pourrait trouver une maison de retraite agréable pour Lilian. Elles n'avaient pas assez d'argent. Tout simplement.

Les deux prochains établissements n'étaient pas mieux, et Rosie commença à paniquer. Chaque fois qu'elle semblait avancer dans la vie, tous les obstacles qu'elle pensait avoir surmontés ressurgissaient devant elle. Ce « petit travail » que sa mère l'avait envoyée faire la consumait entièrement.

La dernière maison de retraite sur sa liste, « Les Chèvrefeuilles », avait un site internet très dépouillé. Celui des autres était plein de belles promesses, que ces établissements semblaient bien loin de tenir. Or, quand elles s'engagèrent dans l'allée de celle-ci, elles virent que les jardins étaient entretenus ; il y avait même quelques personnes dans les serres – des personnes âgées, pas des membres du personnel. Rosie jeta un regard en coin à sa tante, qui feignait de ne pas les avoir remarquées.

Une femme au visage fatigué, mais avenant, les accueillit à la porte.

— Bonjour. Entrez.

Tandis qu'elles visitaient les lieux (lentement, bien sûr), cette dame, prénommée Marie, n'arrêta pas une seconde : elle vérifia une ampoule, répondit aux questions d'un nouvel employé, redressa un cadre, sourit à tous ceux qu'elle croisa, réprimanda un agent d'entretien sur sa tenue de travail. Rosie reconnut immédiatement le genre. Celui des infirmières en chef à l'hôpital, à qui rien n'échappait, avec leurs yeux perçants. Le bâtiment, une ancienne caserne, était équipé de meubles démodés, mais son parquet brillait et, bien qu'un léger relent de désinfectant flotte dans l'air, une autre odeur dominait : celle de la cire, mêlée à celle des feux de jardin qui entrait par les fenêtres ouvertes. Lilian resta très silencieuse pendant la visite ; les chambres étaient simples, mais confortables, avec beaucoup d'espace pour accrocher les photos et ranger les vêtements.

— C'est le premier établissement que je vois où les fenêtres sont ouvertes, répondit Lilian quand Rosie lui demanda ce qu'elle en pensait.

Les résidents étaient en train de déjeuner. Rosie renifla.

— Est-ce...

Marie vérifia le planning des repas.

— Du coq au vin. Les résidents se plaignent. Ils disent que c'est dégoûtant. La plupart n'aiment pas la cuisine étrangère, expliqua-t-elle avant de baisser la voix. Mais ils finissent toujours leur assiette. Il arrive que les gens aiment avoir une raison de se plaindre. Je ne leur en veux pas. Mais on fait de notre mieux.

Elle n'avait pas à le préciser. C'était évident. « Les Chèvrefeuilles » étaient de loin l'établissement le plus agréable qu'elles aient visité. Mais aussi le plus cher. Elles ne pourraient se le permettre qu'avec l'argent de Roy Blaine. Elles n'avaient pas le choix.

Une fois la visite finie, Rosie et Lilian s'arrêtèrent près de la porte d'entrée ; sur la gauche se trouvait une grande salle commune, conviviale, dénuée des énormes postes de télévision beuglants qu'elles avaient vus dans les autres établissements. Les postes de télévision se trouvaient dans les chambres et, pour le confort de tous, les résidents la regardaient avec des casques, leur avait expliqué Marie. Ici, ils encourageaient la lecture, la conversation, les jeux de société, et ils organisaient un concours de mots croisés chaque jour, mais on était libres de rester dans sa chambre pour regarder la télé et manger des Caramac si on le voulait.

À l'intérieur, un petit groupe jouait au bridge et une femme était tranquillement assise près de la fenêtre. Elle avait de longs cheveux d'un blanc lumineux et, bien qu'ils soient très fins, elle les portait toujours détachés, ramenés sur le côté. Vêtue d'une robe rose pâle ornée de volants, elle demeurait immobile, un magazine posé sur la table devant elle.

Lilian se figea.

Rosie chercha aussitôt à lui attraper la main gauche, la suppliant de lui parler. Mais Lilian ne l'entendait pas ; elle était ailleurs, replongée des années en arrière, les yeux fixes.

— Lilian ! cria Rosie, désespérée. *Lilian !*

Au bout d'un moment, la vieille dame sembla revenir à elle. Marie tenait à ce qu'elle vienne s'asseoir dans son bureau pour être examinée par un médecin, mais Lilian refusa net.

— Allons-nous-en, dit-elle d'une voix qui ne tolérait aucune discussion. Rosemary. Ramène-moi à la maison. Maintenant. Maintenant.

Tandis qu'elles descendaient l'escalier autrefois imposant avec précaution, Lilian se tenant à la rampe, Rosie eut un nouveau choc : elle vit les Isitt sortir de leur voiture, dans leur ordre habituel. Mme Isitt marchait d'un pas lourd devant, le pauvre Peter n'arrivant pas à la suivre. Il s'arrêta pour les saluer, mais son épouse passa devant elles d'un pas décidé, sans même un regard dédaigneux dans leur direction.

— Mme Isitt est là, s'étonna Rosie.
Lilian lui lança un regard plein de colère.
— Eh bien, oui. Pas étonnant.
— Que veux-tu dire ?
— Eh bien, sa mère est ici, répondit Lilian en montrant l'établissement.
La femme assise à la fenêtre commença à bouger en voyant sa fille.
— Ida Delia Fontayne. C'est la mère de Dorothy Isitt.

*

Tina fit la fermeture. Rosie, elle, prépara un gratin de pâtes, le plat le plus facile et réconfortant auquel elle put penser. Pendant tout le trajet, Lilian avait regardé fixement par la fenêtre, refusant de parler. Rosie était déterminée à lui tirer les vers du nez. Un gratin de pâtes – et quelques chocolats fourrés à la violette pour le dessert – était la seule méthode qu'elle connaissait pour y parvenir.
Elle se pencha pour allumer le feu. Lilian était assise confortablement dans son fauteuil, mais elle agitait les doigts sur les accoudoirs, comme s'ils cherchaient à dire quelque chose. Rosie lui jetait des regards furtifs. Sa tante donnait l'impression de vouloir se confier, sans savoir comment commencer. Elle ouvrait la bouche, puis la refermait. Rosie se concentra sur la préparation du repas : elle sortit le plat du four, puis le posa sur la table avec de la salade et un grand verre d'eau. Elle aurait été tentée de sortir le gin à ce stade, mais elle ne voulait pas dévoiler sa stratégie à Lilian. Si elle voulait

entendre son histoire, elle devait faire semblant de ne pas en avoir envie, elle le savait.

Quand elles furent enfin attablées, Lilian poussa sa nourriture dans son assiette en soupirant, telle une adolescente privée de sortie. Au bout de cinq minutes de ce cinéma, Rosie craqua.

— Bon, dit-elle. Qui était cette femme ?

Lilian poussa un profond soupir. Mais elle avait envie de raconter son histoire, réalisa-t-elle. Et il était important que Rosie sache. Qu'elle ne laisse pas sa vie lui filer entre les doigts, comme elle l'avait fait. Il lui semblait que sa nièce était à la croisée des chemins. Si Lilian avait pu changer le passé, elle aurait emprunté une autre voie. Très différente.

Elle poussa un nouveau soupir. Parler de cela lui était difficile. Tous ceux qui la connaissaient, qui la connaissaient depuis longtemps, connaissaient son histoire. Ils auraient sans doute été surpris d'apprendre qu'elle y pensait encore : cela faisait si longtemps, elle n'était alors qu'une jeune fille.

— Il était une fois un garçon prénommé Henry, commença-t-elle. Et une fille prénommée... Euh. Moi. Et une autre fille. Qui était très jolie, à l'époque. Très.

— Toi aussi, dit Rosie en toute loyauté, en regardant les portraits de sa tante posés ici et là.

— Eh bien, je crois que Henry le pensait, lui aussi. Même s'il était le seul.

*

Le feu flambant dans l'âtre, la nuit tombant autour du petit cottage, Lilian parla de Henry à Rosie. Elle lui raconta l'avoir follement aimé. Et ne pas avoir saisi sa chance quand elle s'offrait à elle.

— Que lui est-il arrivé ? l'interrogea Rosie avec douceur quand elle eut fini, leur thé devenu froid.

Lilian haussa les épaules.

— Oh, la même chose qu'aux autres. Tous les hommes bien.

Rosie fit tourner sa tasse dans ses mains.

— C'était en Italie. Ils n'ont pas... Il n'y avait rien à renvoyer à la maison. Ses cendres sont italiennes, maintenant. Elles le sont depuis longtemps. C'était un vrai garçon de la terre, toujours dans les champs...

Elle sourit à ce souvenir.

— Toujours crasseux. Il était toujours un peu sale. Mais dans le bon sens. Enfin, j'aimais bien, moi.

Rosie cligna plusieurs fois des yeux, puis prit la main de sa tante.

— Oh, je sais ce que tu dois penser. Que c'était il y a très longtemps. Comment puis-je encore y penser aujourd'hui ? Mais je n'ai pas cette impression. Je n'ai pas du tout l'impression que c'était il y a longtemps ; j'ai l'impression que c'était hier.

*

1944

Tout le monde les entendit, dirent-ils, ou connaissait quelqu'un qui les entendit. Les hurlements d'Ida Delia retentirent dans tout le village, suivis de près par ceux de Dorothy. « L'ordure ! » se serait-elle exclamée à l'arrivée du télégramme. « L'ordure ! Comment ose-t-il ? »

*

— Qu'est-ce que tu as ressenti quand il est mort ? l'interrogea Rosie à voix basse.

Lilian la regarda d'un air interrogateur, comme si elle essayait de trouver la meilleure façon de le lui expliquer.

— Eh bien, c'est la chose la plus définitive qu'on puisse imaginer... Pense à quelque chose qui prend fin, quelque chose qui se produit, mais que tu ne peux pas changer.

Rosie pensa à Gerard et à Yolande Harris, mais, bizarrement, cela ne l'ennuyait pas vraiment. Puis elle se rappela le jour où elle avait emmené sa mère à l'aéroport quand elle était partie pour l'Australie, et l'horrible poids qu'elle avait ressenti au creux de son estomac, alors même qu'elle était adulte et que cela n'aurait pas dû la contrarier.

— D'accord.

— Puis élimine toute possibilité, tout semblant de doute, que les choses puissent être différentes.

Lilian la regarda.

— Est-ce que tu penses à Angie ?

— Tu me fais peur, répondit Rosie en tentant de sourire.

— Imagine qu'Angie ne revienne jamais, ne t'appelle plus jamais, que tu ne la revoies plus. Et que tu ne puisses en parler à personne, pas vraiment. Ton grand-père, Gordon, il se serait moqué de moi : d'après lui, j'aurais dû m'en remettre il y a des années. Et mon père…

Elle sourit.

— J'imagine qu'aujourd'hui on dirait que je l'aimais beaucoup. Mais il ne faut pas oublier qu'il est né en 1896. C'était, littéralement, un victorien.

Rosie opina du chef.

— Et puis… Avec Henry, on a passé si peu de temps ensemble.

— Ça a sans doute rendu les choses encore plus dures, dit Rosie en pensant à Gerard. Si tu avais passé plusieurs années à laver ses chaussettes sales, tu aurais peut-être trouvé ça moins difficile.

— Peut-être. Ou peut-être qu'on se serait installés dans sa petite maison, qu'on aurait travaillé dur et élevé nos enfants, et qu'on veillerait l'un sur l'autre aujourd'hui. Et il serait toujours aussi jeune et beau à mes yeux. Ça arrive, tu sais. Peut-être qu'on aurait eu cette vie.

Elles restèrent silencieuses un instant.

— Mais après…, commença Rosie.

— Oh, ça a été toute une histoire. Ida Delia était dans un tel état. Je suis sûre qu'aujourd'hui on dirait qu'elle souffrait de dépression postnatale, qu'on la soignerait dans un hôpital. À l'époque, il fallait se débrouiller seule. La pauvre Dorothy.

— Je n'en reviens pas que ce soit la fille de Henry.

— Elle ne lui ressemble pas beaucoup. Et son éducation a été un vrai gâchis, une honte. Mais c'était une belle jeune fille : elle était magnifique.

— Mme *Isitt* ?

— Demande à Hetty. C'était une autre femme. Peter Isitt a vécu toute sa vie ici, bien sûr. Il savait dans quoi il s'embarquait, mais c'était plus fort que lui. C'est incroyable ce que des cheveux blonds et bouclés ont comme effet sur un homme. Mais sa mère lui en voulait, elle en voulait à sa mère, et elles en voulaient toutes les deux à Henry d'être mort... Je n'en reviens pas, ajouta-t-elle, les yeux humides. Je n'en reviens vraiment pas. Je ne savais pas qu'Ida Delia était toujours vivante. Elle a quitté le village quand Dorothy est partie de la maison. Elle était toujours jeune, suffisamment jeune, a-t-elle dû penser.

Lilian secoua la tête.

— Et, pour toi, il n'y a jamais eu d'autre homme...

Lilian fixa le feu.

— Eh bien, déjà, nombre d'entre eux ne sont pas rentrés. Et ceux qui sont rentrés ne supportaient pas la vie au village ; ils ne pouvaient croire qu'on était restés ici tout ce temps, au calme, en sécurité, après ce qu'ils avaient traversé. Regarde ton grand-père. Il avait compris. La vie était courte, et il comptait bien en profiter au maximum. Nombre d'entre eux ne sont donc jamais revenus, pour une raison ou une autre. Il n'y avait pas beaucoup d'hommes dans les environs. Et puis, je devais aider papa, qui vieillissait.

Elle s'interrompit.

— Et puis, tu sais, cela n'aurait pas été juste. J'étais profondément malheureuse. N'importe quel autre homme n'aurait été qu'un second choix. Il aurait été injuste que je me jette au cou du premier bougre venu.

— Ne l'as-tu jamais regretté ?

Lilian secoua la tête.

— Je n'ai eu qu'une seule mauvaise année. 1969. L'année de la nouvelle loi sur le divorce. Je ne pouvais m'empêcher de penser... Je ne crois pas que leur couple aurait tenu. Pas à long terme. Pas avec Ida qui était si à fleur de peau, et lui si... si bien. J'imagine qu'elle l'aurait poussé à bout. Donc, ça a été dur... À part ça...

Elle esquissa un demi-sourire.

— Je ne suis pas née de la dernière pluie, si c'est ce que tu veux savoir.

— Je n'ai pas besoin de connaître les détails.

— J'ai débarrassé Hetty de Felix pendant quelques années. Oh, n'aie pas l'air aussi choqué, lança Lilian en voyant la tête de Rosie. C'était les années 1960. Tout le monde faisait pareil. Hetty s'en fichait pas mal. Elle fricotait avec l'assistant du jardinier.

— Si tu me dis que tu es la vraie mère de Stephen, je te tue.

— Oh, ça non, Dieu merci. Ne sois pas ridicule. Non, non. Je donnais juste un coup de main à Hetty. Felix était terriblement exigeant.

— Vous êtes *vraiment* de bonnes amies. Mais ne m'en dis pas plus, s'il te plaît.

— Puis il y a eu...

— D'accord, d'accord, j'ai compris, la coupa Rosie en la regardant. Quand j'étais petite, je croyais que tu n'étais qu'une vieille dame qui nous envoyait des pastilles contre la toux.

— Ah, vraiment ?

*

— J'ai eu une belle vie, dit Lilian plus tard.

La nuit avançait, mais il faisait si bon au coin du feu. Rosie leur avait servi un sherry. Elle avait toujours cru détester cela, mais s'aperçut que ce n'était pas si mauvais, après tout.

Elle parcourut du regard l'adorable salon, où le feu crépitait joyeusement.

— Je voulais te demander : comment fais-tu pour garder le cottage aussi bien entretenu ? Tu peux à peine bouger, je suis dehors toute la journée, mais le jardin est impeccable, le bois, toujours coupé. Je sais que Hetty passe, mais...

— Ah, mes elfes, répondit Lilian avec un sourire.

Rosie haussa un sourcil.

— Tout le monde ou presque passe, une fois de temps en temps. Quand on a servi tous les enfants du village, ils n'oublient pas. Ils s'en souviennent. Et ils passent me voir. L'un coupe un peu de bois, l'autre fait un brin de ménage.

Rosie la dévisagea.

— Incroyable.

— Eh bien, il y a des avantages à vivre au même endroit pendant longtemps. Ne t'apitoie pas sur mon sort, s'il te plaît.

Rosie secoua la tête.

— Jamais de la vie, répondit-elle, même si elle ne disait pas tout à fait la vérité.

— J'ai été heureuse, ici. J'ai plein d'amis. Plein de gens qui prennent soin de moi. Un bon travail. Je n'ai pas perdu de fils à la guerre, ni d'homme à cause de la bouteille, ni de bébé. Je n'ai jamais été riche, mais je joignais les deux bouts... enfin, presque.

Elle eut un petit rire triste.

— Et j'ai vécu des aventures, je suis restée saine et sauve, j'ai habité dans un endroit magnifique et j'ai profité de chaque saison. J'ai eu une belle vie.

Rosie poussa un profond soupir. Cela y ressemblait, en effet.

— Je sais. Je sais. Mais moi... je me suis ridiculisée.

— Oh, tu te ridiculises depuis le jour de ton arrivée. Pourquoi arrêter maintenant, ma foi ?

Rosie se mordilla la lèvre.

— Au lit, dit-elle.

*

La matinée du lendemain fut morne ; un mardi matin bien sombre pour Rosie, qui avait passé une nuit blanche, à penser à tout ce que Lilian avait traversé. Elle avait pris une décision. La bonne décision, elle en était certaine. Il fallait qu'elle passe un coup de fil, elle le savait, mais cette simple idée lui donnait la nausée. Lilian, à l'inverse, avait bien dormi et s'était réveillée reposée, sereine, comme si un choix avait été fait pour elle. Ce qui était le cas, en un sens. Angie avait appelé au beau milieu de la nuit australienne, quand elle savait que Rosie serait au magasin, et avait laissé sonner le téléphone jusqu'à ce que Lilian décroche.

— Tata Lily, avait-elle dit de son ton posé, avec son nouvel accent nasillard. Tu sais ce que tu dois faire.

— Bien sûr, avait grommelé Lilian.

— C'est une gentille fille, tu sais. Ma gentille fille.

— Je sais, je sais.

— Mais il y a des limites, tu comprends ?

— Oui, répondit Lilian avec colère.
— Est-ce qu'elle va te manquer ?
La vieille dame s'était redressée dans son lit.
— Je n'arrive pas à comprendre comment tu fais pour vivre loin d'elle, avait-elle répliqué d'une voix tendue.
— Moi non plus, avait rétorqué Angie avec un sourire triste. Écoute, ne lui en parle pas, mais je vais rentrer un moment. Juste un moment ; les petits ont besoin de moi, ici, tu sais. Mais j'ai envie de rentrer un peu et de vous voir toutes les deux. J'ai l'impression que vous en avez fait de belles.
— Pas du tout, avait prétendu Lilian avec raideur.
— Tu ne vas pas me dire le contraire, si ? Tu as toujours bien caché ton jeu.
Et Lilian n'avait plus eu d'hésitation.

*

— Je crois…, commença-t-elle au petit déjeuner. Je crois que j'aimerais rendre visite à Ida Delia.
Rosie la considéra, avec de petits yeux. Elle s'y attendait. Elle savait ce que cela signifiait.
— Bien sûr, répondit-elle doucement.
Lilian sourit.
— Elle a sans doute perdu la tête, dit-elle, presque à elle-même. Elle ne se souviendra sans doute pas de moi.
— Peut-être. Peut-être pas.
Quelque chose la frappa alors.
— Comment as-tu pu acheter ton lait à Mme Isitt pendant toutes ces années sans jamais lui demander des nouvelles de sa mère ?

Lilian haussa les épaules.
— Oh, tu sais. On respecte la vie privée, par ici.
— Ah. C'est ça, oui. Bref.
Elle avait pris sa décision pendant la nuit. Elle allait le faire. Elle allait passer son coup de fil.
— Il faut que je téléphone.
Lilian haussa les sourcils, mais Rosie refusa de lui en dire plus. Elle monta dans sa chambre, puis s'accroupit près de la fenêtre, le seul endroit où elle avait du réseau. Lilian voulait qu'elle utilise le téléphone fixe, mais la jeune femme ne voulait pas qu'elle l'entende. Sans compter qu'elle n'aimait pas ce vieux téléphone à cadran : elle n'arrêtait pas de composer le mauvais numéro.
Le cœur battant, elle fit défiler ses contacts, puis appuya sur le bouton. Elle essaya d'imaginer ce qu'il était en train de faire, mais se rendit compte, avec étonnement, qu'elle en était incapable. Néanmoins, il répondit au bout de la deuxième sonnerie. Elle sentit son cœur bondir dans sa poitrine.
— Allô ?
Il semblait occupé, soucieux.
— Bonjour, dit-elle, se rendant compte qu'elle tremblait. Bonjour, Gerard.

Chapitre 23

Oh, ça va !

La nougatine aux cacahuètes

CURE-DENTS. Toujours à portée de main.
110 g de cacahuètes non salées
110 g de sucre en poudre
55 g de beurre
1 pincée de sel
4 cuillères à café d'eau

Étalez les cacahuètes en une seule couche sur une plaque de cuisson beurrée. Mettez les autres ingrédients dans une casserole, puis faites chauffer à feu très doux, sans cesser de remuer. Quand le sucre a fondu, mettez le feu un peu plus fort et remuez plus énergiquement, jusqu'à ce que le caramel se forme. Quand il a la bonne couleur, selon vos goûts, retirez-le du feu, versez-le sur les cacahuètes et laissez refroidir.

*

Après avoir annoncé la nouvelle à Lilian, bien qu'il fasse un temps exécrable, Rosie décida de descendre la grand-rue. Elle enfila tous ses gilets et emprunta le parapluie de Lilian, qui était ridicule, couleur lavande, doté de froufrous et de franges, et que seule sa tante pouvait se permettre, mais il remplissait sa fonction. Même les nuages menaçants en suspension au sommet des collines et les tombereaux de boue collante au bord de la route ne pouvaient lui miner le moral. À mi-chemin, elle aperçut Edison, qui marchait tout seul, comme d'habitude, en traînant des pieds.

— Bonjour ! s'exclama le garçonnet, tout guilleret, quand elle le rattrapa.

— Qu'est-ce que tu fais ? lui demanda-t-elle en cherchant sa mère du regard.

Comme d'habitude, elle n'était pas là. Quelle femme odieuse.

— Je teriverse, répondit fièrement le garçonnet.

— Tu fais quoi ?

— Je ter-i-verse. C'est quand un truc horrible doit arriver, mais qu'on n'a pas envie que ça arrive, alors on se promène en faisant pfft pfft pfft et en espérant que ça retardera le moment.

— Tu tergiverses ?

— Oui, c'est ce que j'ai dit.

— Je ne suis pas sûre.

— Si. Je suis très intelligent et j'ai beaucoup de cabulaire.

Rosie eut envie de tordre le cou de sa mère, et ce n'était pas la première fois.

— D'accord. Et à quel sujet tergiverses-tu ?

Edison battit tristement des paupières derrière ses grosses lunettes.

— Je dois aller voir le Dr Roy.

— Qui est-ce ?

— Pour mes dents.

— Ce n'est pas un vrai docteur.

— Il aime qu'on l'appelle docteur. Il trouve ça plus sympathique.

— Je pense plutôt que c'est malhonnête. Hum.

— Il va me dire : « Pas de bonbons », poursuivit Edison, l'air malheureux.

— Est-ce que tu as mal aux dents ?

Le garçonnet secoua la tête.

— Ouvre la bouche, lui dit-elle avant d'inspecter ses dents avec soin.

On pouvait difficilement imaginer dents plus droites et blanches et gencives plus roses.

— Le Dr Roy a dit qu'il était certain de trouver plein de caries, parce qu'il m'a vu à la confiserie, expliqua Edison d'un ton lugubre.

— Où est ta mère ?

— Elle m'a dit d'y aller tout seul. Elle dit qu'elle doit faire sa méditation, que je suis un grand garçon et qu'elle me rejoindra dans dix minutes.

— Eh bien, il se trouve que je vais dans cette direction, moi aussi. Je vais t'emmener.

Elle l'accompagna donc chez le dentiste d'un pas décidé, dans une colère noire.

— Ah, le petit accro au sucre, lança Roy en exhibant ses dents étincelantes, sa blouse immaculée boutonnée jusqu'au cou. Ta mère m'a dit qu'elle serait là dans cinq minutes.

— Elle fait sa méditation, expliqua le garçonnet.

— Très bien, très bien, répondit Roy.

— Mais je suis là, moi, intervint Rosie.

Roy la considéra.

— Êtes-vous venue accepter mon offre ?

— Je vais dans l'espace, annonça Edison d'une voix forte en sautant sur le fauteuil du dentiste. Bonjour, l'espace. Le compte à rebours est lancé. Nous sommes prêts à partir.

— Ne touche à rien, l'avertit Roy.

— Je vais rester pendant l'examen dentaire d'Edison. Il veut que je sois là.

— Dix, dit le garçonnet. Neuf.

Le visage de Roy s'assombrit aussitôt.

— Juste pour m'assurer que vous ne procédiez pas à des actes superflus, poursuivit-elle en le regardant droit dans les yeux. C'est courant, apparemment, chez les dentistes ces derniers temps. Mais vous ne feriez jamais ça, bien sûr.

— Huit… sept.

— Je me porterai bien mieux quand vous ne serez plus dans les parages à faire des histoires, mademoiselle Hopkins.

— Oh, ça m'étonnerait, rétorqua-t-elle alors qu'il se saisissait de son miroir et d'un petit instrument pointu. Vous voyez, la chance a fini par me sourire.

— Six… cinq.

— Mon ex vend notre appartement pour s'installer avec sa nouvelle copine.

— Ooh ! Vous n'êtes pas capable de garder un homme, hein ? lança Roy avec mépris en tournant autour du fauteuil.

— Quatre... trois.

— Et il me donne ma part de la plus-value. C'est très équitable, en réalité. Il n'était pas obligé.

La bonne grâce de Gerard l'avait bouleversée. Elle savait qu'elle était en grande partie due au fait qu'il souhaitait éviter la confrontation et désirait s'installer avec Yolande, qui avait, s'avérait-il, une petite maison avec jardin dans le quartier de Bow. En outre, elle cuisinait un chili con carne du tonnerre, et sa mère l'adorait. Rosie était heureuse pour lui. Mais qu'il lui donne une part des bénéfices, pas seulement l'argent qu'elle avait investi au départ, était plus que gentil. C'était charmant. Tout lui. Elle s'était rappelé tous ses bons côtés, pas seulement ses petites manies énervantes qui l'avaient eue à l'usure. Elle avait eu raison de l'aimer. Il le méritait. Elle n'avait pas placé la barre trop bas. Pas du tout.

Enfin, Rosie avala sa salive, puis dit ce qu'elle était venue dire.

— Donc j'achète la confiserie. J'achète la confiserie et je vais la tenir. Je louerai la moitié du cottage, ça suffira à couvrir les frais et à placer Lilian dans une bonne maison de retraite. Si elle veut y aller. Elle ne sait pas encore qu'elle veut y aller, mais c'est le cas, en réalité. Donc vous ne l'aurez pas.

— Deux... un...

Roy la dévisagea, surpris.

— Vous pouvez oublier votre nouveau cabinet. Je la garde.

— *Décollage !* cria Edison en aspergeant Roy de salive.

Elle sourit au garçonnet.

— Descends ! aboya le dentiste. Tes dents sont saines. Dis à ta mère que je lui enverrai la facture.

Edison descendit d'un bond, puis fit semblant d'être dans l'espace, courant en tous sens, comme en orbite. Quand il heurta un plateau d'instruments, Rosie ne put retenir un rire.

— Attention ! l'avertit-elle. Et vous aussi, ajouta-t-elle en regardant par-dessus son épaule avant de quitter le cabinet. Il y a plein de dentistes qui surfacturent et pratiquent des actes inutiles de nos jours. Je vais dire à tout le monde de se méfier.

*

Une fois dehors, Rosie tomba sur Hester, qui arborait son expression habituelle de calme suffisant.

— Excusez-moi, dit-elle.

Elle afficha le plus grand sourire possible afin qu'Edison, qui continuait de courir en se baissant et en se relevant, comme s'il était dans un vaisseau spatial, ne se rende pas compte de ce qu'elle disait.

— Je ne voudrais surtout pas être impolie, mais, si vous laissez encore une fois votre adorable garçon de six ans, votre superbe, votre délicieux garçon, traîner dans les rues tout seul au lieu de vous comporter comme une mère digne de ce nom, j'appelle les services sociaux.

Hester recula d'un pas, la mâchoire décrochée, puis Rosie ébouriffa les cheveux du garçonnet, avant de se remettre en route.

— Viens vite me rendre visite ! lui cria-t-elle en remontant la grand-rue. On regardera *Star Wars*.
— C'est quoi, *Star Wars* ?
— Ça va te plaire.

*

Plus haut, près de l'embranchement, Rosie aperçut quelque chose qu'elle ne comprit pas tout de suite. On aurait dit deux vieux messieurs en train de marcher..., mais l'une de ces silhouettes lui était très familière. Il lui fallut une seconde pour ajuster sa vision et se rendre compte de qui il s'agissait. C'était Peter Isitt, qui se promenait... avec Stephen. Chacun d'eux avait une longue canne sculptée dans un bois qui semblait ancien ; ils remontaient la rue très lentement.

Rosie regarda autour d'elle. Elle pouvait soit ralentir le pas, mais Roy sortirait sans doute de son cabinet pour la haranguer à nouveau, soit les dépasser en courant, ce qui serait bizarre. À Londres, les rues étaient pleines de gens qui couraient, parce qu'ils faisaient leur jogging, venaient d'agresser quelqu'un ou essayaient d'attraper un bus. Ici, personne ne courait. Tout le monde marchait d'un pas tranquille ; il ne servait à rien de courir, si on devait se retrouver coincé derrière un troupeau de moutons, et puis, pourquoi se hâter ? Le travail ne manquait pas, mais il serait toujours là le lendemain. Le rythme de la terre était plus important ; les saisons, le temps. De ce fait, Rosie s'efforça de garder sa cadence, espérant qu'ils ne la remarqueraient pas. Comme toujours, dans un village, cela ne se passa pas tout à fait ainsi.

— Bonjour, Rosie ! l'interpella Anton d'une voix enjouée du haut de la grand-rue, en tirant sur son pantalon. Regardez ! Regardez ! J'ai de la place dans mon pantalon !

Les deux hommes se retournèrent, et Rosie se sentit rougir.

— Je... Je...

Elle se dépêcha de rejoindre Anton.

— C'est une excellente nouvelle.

Il lui fit un grand sourire.

— Et c'est grâce à vous ! J'ai décidé de ne manger qu'un plat de chaque ! Donc le lundi, je mange un *fish and chips* ; le mardi, un hamburger avec des frites ; le mercredi, un poulet frites ; le jeudi, une saucisse frites ; le...

Il continuait, mais Rosie lui coupa la parole.

— Ce n'est pas exactement ce que j'avais à l'esprit, commença-t-elle, avant de voir son visage se décomposer et de le consoler. Enfin, si ça marche, c'est fantastique.

— Je sais. Est-ce que je peux avoir du fudge ?

— Quand vous pourrez porter un pantalon acheté dans un magasin. Un vrai magasin. Un pantalon avec des boutons.

— Je pense que j'ai oublié comment on se servait des boutons, commenta Anton avec tristesse.

— Je suis sûre que vous avez oublié comment on faisait plein de choses, répondit-elle avec un clin d'œil. Mais je crois que ça va vite vous revenir.

Anton gloussait de manière graveleuse quand Peter et Stephen arrivèrent à leur niveau.

— Bonjour, dit-elle.

Anton eut un petit sourire en coin.

— Avec Rosie, on discutait... *chambre à coucher*, bredouilla-t-il.

Stephen haussa un sourcil.

— C'est compris dans le service ? lança-t-il.

Elle eut envie de le frapper, mais esquissa un sourire crispé.

— Bonjour, répéta-t-elle. Je suis contente de vous voir en vadrouille, tous les deux.

Elle n'avait jamais vraiment vu Stephen à l'extérieur avant, réalisa-t-elle. Malgré elle, elle admira sa stature... et son dos bien droit à présent. Puis elle se reprit ; il fallait qu'elle se sorte ces idées de la tête. Elle n'avait été qu'une simple passade pour lui, rien de plus. Elle se força à ne plus y penser.

— Vous avez l'air en bien meilleure forme, tous les deux.

Peter lui sourit. C'était si curieux, songea-t-elle : il avait passé toute sa vie marié à la fille du grand amour de Lilian. Le savait-il ? Sûrement. Était-il heureux ?

— Bon, dit-il, comme Anton partait d'un pas lourd vers l'épicerie de Malik. Je ferais bien de rentrer. Elle doit guetter mon arrivée.

— Hé, dit Stephen. Merci pour la balade. C'est dur de trouver... enfin, des gens qui comprennent.

Peter le considéra longuement.

— Les gens comprennent, répondit-il de façon étrange. Mieux que tu ne le penses, jeune homme.

Stephen parut surpris.

— Que voulait-il dire par là, à ton avis ? interrogea-t-il Rosie quand Peter s'engagea dans son chemin pentu.

Elle ne répondit pas.

— Encore cette vieille rengaine : je ne suis qu'un enfant pourri gâté décérébré ?

Elle haussa les épaules, sans rire. Il lui jeta un regard inquisiteur.

— Alors, tes amis sont partis ? lui demanda-t-elle, faute de mieux.

— Oui, répondit-il prudemment. Ils sont partis. Ils sont rentrés à Londres. Mais j'ai réfléchi…

Il s'interrompit. Ce fut plus fort qu'elle. Elle ne put s'empêcher de ressentir un certain enthousiasme, à présent qu'ils étaient partis. C'était grotesque ; il s'était montré odieux, ne l'avait pas appelée pour s'excuser ou en parler ou… c'était trop embarrassant pour en parler. Elle garda les yeux au sol.

— J'ai réfléchi à ce que tu m'as dit… Tu sais, il faut que je fasse quelque chose de ma vie. Je ne peux pas continuer à me morfondre. Je le comprends maintenant. J'ai donc pris une décision.

Rosie sut aussitôt à quoi s'attendre. Incroyable. Pour autant, d'une drôle de façon, qu'est-ce qui aurait pu être pire ? Vivre en colocation à Londres, dans un appartement minable, tout recommencer de zéro, se rendre à d'horribles rendez-vous galants, tout en sachant qu'il traînait en ville, à faire la fête avec CeeCee et Dieu sait qui, pendant qu'elle travaillait de nuit ? Eh bien, non. Au moins, cela ne se passerait pas comme cela.

— Tu vas à Londres, dit-elle d'une voix rauque, étranglée.

Il fit oui de la tête.

— Il faut que je change d'air. Ça me fera du bien, tu ne crois pas ?

Sa voix trahissait une certaine nervosité. Rosie sentit qu'elle commençait à trembler, elle aussi.

— C'est bien, dit-elle, s'efforçant de paraître détachée et digne. Je suis sûre que ce sera super.

Stephen la regarda d'un air interrogateur.

— Je reste ici, lui annonça-t-elle tout bas.

Elle avait du mal à croire que ces mots sortaient de sa bouche.

— Tu quoi ?

— Je reste ici. Je rachète la boutique, pour que Lilian soit bien prise en charge. Je vais louer la moitié du cottage. Je trouverai un locataire. Puis, quand Tina le pourra, elle me rachètera une part. On deviendra associées, comme *John Lewis & Partners*, mais pour les bonbons. J'ai pris ma décision. Je ne sais pas... je ne sais pas si c'est définitif. Et je ne sais pas si je vais y arriver. Et je ne sais pas si ça me rendra heureuse, mais...

Elle regarda autour d'elle, les champs blancs de givre dans la brume matinale, le soleil illuminant les sommets enneigés des collines.

— Je... je me plais ici. Je suis heureuse ici. J'ai des amis ici. Quelques amis. Certaines personnes me détestent, mais je peux m'en accommoder. Et de la famille. J'ai de la famille ici, et pas ailleurs. Donc je vais changer de vie. Je vais rester.

Stephen parut abasourdi.

— Oh. C'est dommage. C'est... oh. Je pensais que, tu sais, tu me ferais peut-être visiter Londres.

— Je pense que le Londres que je t'aurais montré et celui que CeeCee te montrera seront très différents.

Il sourit.

— Je pensais que c'était moi qui étais censé être susceptible, commenta-t-il avec tristesse. Mais j'espérais...

— Qu'est-ce que tu espérais ? le coupa-t-elle, furieuse tout à coup. Que je danserais toute nue devant tes copains ? Que je passerais de temps en temps et qu'on s'enverrait en l'air, le temps que tu te remettes complètement ? Que tu pourrais me garder sous la main, m'utiliser pour mieux me laisser tomber après ?

— Qu'est-ce que tu racontes ? dit-il, sourcils froncés.

— Tu m'as utilisée. Tu m'as utilisée quand tu étais souffrant, et quand tu allais mieux, et j'ai marché chaque fois. Tu n'en vaux pas la peine.

Elle était folle de rage.

— J'ai perdu... oh, ça n'a pas d'importance !

— Perdu quoi ? lança-t-il, en colère. Perdu quoi ? Désolé, est-ce que je t'ai fait perdre ton temps, comme au reste du village ? Bon sang, pendant combien de temps vais-je devoir me traîner en boitant et être désolé ? Tu n'avais pas l'air mécontente sur le moment.

— Et maintenant c'est fini. Merci beaucoup. C'est bon. Je n'ai pas besoin de toi, je n'ai besoin de rien. Ce n'est *vraiment* pas classe de ne pas rappeler une fille. Vraiment. Même si je suis sûre que les morues de Londres n'en auront rien à cirer.

Stephen la dévisagea, incrédule.

— Qui se sert du téléphone par ici ? Est-ce que tu as vu quelqu'un se servir d'un téléphone dans le coin ? Si tu as besoin de quelque chose, tu vas le chercher. Et tu te fais ignorer et tu restes en plan, dit-il de manière appuyée.

Il y eut un blanc. Aucun d'eux ne bougea.

— Il faut que j'y aille, déclara-t-elle avec raideur.

— Bien.

Sur ce, il partit d'un pas lourd dans la direction opposée, d'une démarche claudicante, qui, curieusement, lui allait bien.

Les larmes lui brûlant les yeux, Rosie dut faire un gros effort pour ne pas remonter la grand-rue en courant, en pleine crise de nerfs. Elle avait l'horrible impression que c'était la dernière fois qu'ils se parlaient. Qu'elle avait laissé passer sa chance, si tant est qu'elle en ait eu une. Elle ne pouvait plus penser à la soirée du bal, à l'excitation qu'elle avait ressentie : elle l'avait trouvé si séduisant, terriblement attirant. Elle avait tant eu envie de lui. Avait toujours envie de lui.

Bon. Il s'en allait. Bien. Mieux valait anéantir ses espoirs maintenant ; cela ne pouvait pas durer indéfiniment ainsi. Mais elle avait le cœur gros. Était-ce ce que Lilian avait ressenti quand Henry était parti ? Cela avait dû être pire, supposa-t-elle, parce que Lilian savait qu'elle ne le reverrait peut-être jamais. Or, quelque chose lui disait qu'elle ne le reverrait jamais. Pas le vrai Stephen ; le Stephen marrant, obstiné, courageux, qu'elle avait appris à connaître. Elle verrait peut-être un inconnu poli, qui la frôlerait dans le pub quand il reviendrait pour Noël, CeeCee trépignant d'impatience jusqu'à ce que la visite familiale touche à sa fin. Mais le vrai Stephen ? Cela semblait peu probable.

Elle se précipita à l'intérieur du cottage, les premiers sanglots au bord des lèvres.

— Lilian ! cria-t-elle.

Sa tante était assise sur le canapé et, telle une enfant, Rosie se jeta à côté d'elle, puis fondit en larmes.

— Là, là, la réconforta Lilian. Là.

— Il s'en va, gémit-elle. Il s'en va. Je pensais que ça m'indifférerait, que je n'en aurais rien à faire, que je serais adulte, digne. Mais ce n'est pas le cas !

Peu à peu, Rosie prit conscience d'une autre présence dans la pièce. Elle releva la tête en reniflant et vit, horrifiée, lady Lipton dans l'embrasure sombre de la porte de la cuisine, deux tasses de thé à la main. Elle avait le visage défait, rouge, humide ; ses larmes continuaient de couler, et elle avait la morve au nez, mais elle s'en moquait. Cela n'avait plus d'importance. Hetty serait sans doute contente qu'elle ne s'approche plus de son fils adoré.

— Oh, bon sang ! s'écria cette dernière en la mesurant du regard. Cela doit cesser. Tu dois geler dans ce blouson.

Rosie n'avait même pas remarqué ce qu'elle portait.

— Si tu dois vivre ici, il faut régler ça une bonne fois pour toutes.

Elle attrapa un sac en papier posé à ses pieds.

— Tiens. Lily m'a dit quelle taille tu faisais. Je me suis dit que ça te plairait.

À l'intérieur, Rosie découvrit une paire de bottes en caoutchouc. Mais pas n'importe lesquelles. Elles étaient ornées d'une bande de tissu à motifs de petits bonbons.

— Hunter me devait une faveur, expliqua Hetty avec une moue. Ça devenait vraiment absurde.

Rosie eut à la fois envie de rire et de pleurer. Au lieu de cela, elle prit le mouchoir en coton que Lilian lui tendait pour se moucher.

— Tiens, lui dit sa tante. Prends mon thé.

Hetty la considéra.

— Et je pense que tu devrais aussi avoir ça. Ils encombrent la cuisine de mon fils depuis des jours. Il les fixe en tergiversant. J'imagine qu'ils sont pour toi. Enfin, il ne te les donnera jamais, alors je me suis dit qu'il fallait que je le fasse. Je ne supporte pas de vous voir *tous les deux* broyer du noir, c'est mauvais pour mon angine.

Sur ce, elle lui tendit une boîte de bonbons, que Rosie ne reconnut pas tout de suite. Puis elle comprit que c'étaient des Love Hearts. Elle ouvrit la boîte d'une main maladroite. À la place des différents messages personnalisables, il n'y avait qu'un mot sur chaque bonbon : *Rosie. Rosie. Rosie. Rosie. Rosie.*

La jeune femme poussa un cri de surprise, puis releva les yeux.

— Il faut que je t'avoue quelque chose, lui dit Lilian. Hier soir, quand on discutait, j'ai menti. Enfin, j'ai en grande partie dit la vérité. Mais j'ai aussi menti. J'ai eu une belle vie, dans l'ensemble.

Elle prit une profonde inspiration.

— Mais si je... si j'avais l'occasion de recommencer, si les choses avaient été différentes...

— Oui ?

Rosie avait du mal à voir où elle voulait en venir. Hetty, elle, avait détourné les yeux.

— Je ne serais jamais partie de ce satané bal, poursuivit fièrement Lilian, d'une voix plus forte que depuis des mois. Et j'aurais attrapé son autre bras. Je n'aurais pas reculé. J'aurais continué à avancer, et à danser, et j'aurais fait tout ce qui était en mon pouvoir pour qu'il ne s'approche plus de cette autre fille. Et je l'aurais empêché de partir, pendant que j'y étais, je l'aurais fait assigner aux travaux agricoles, en me fichant royalement du qu'en-dira-t-on. J'avais déjà perdu autant que les autres dans cette fichue guerre.

Lilian la dévisagea.

— Est-ce que tu comprends ce que je te dis ?

Rosie se tortilla.

— Ce n'est pas pareil. Henry t'a fait la cour. Pas Stephen.

Hetty s'offusqua.

— Je ne vais pas te dire que Stephen Lakeman n'est pas un enquiquineur de première. Il est bien trop fier et pointilleux. Mais c'est un bon garçon, ajouta-t-elle. Il est honnête. Et gentil. Et je crois que si tu le veux… si tu le veux, tu devrais aller le chercher.

— Mais il est censé me faire la cour, geignit Rosie en tripotant ses bonbons, tiraillée.

— Les hommes sont censés faire plein de choses, répondit Lilian. Ça ne veut pas dire qu'ils y parviennent toujours.

— Tout à fait, acquiesça Hetty.

Mais Rosie s'était déjà levée pour se diriger vers la porte.

— STOP ! cria Hetty. Hors de question que tu sortes encore en ressemblant à un animal de ferme. *Surtout* si c'est pour me débarrasser de mon fils.

Son ton était bourru, mais ses yeux brillaient.

— Enfile cette robe !

Hetty lui brossa énergiquement les cheveux, pendant que Lilian essayait de lui mettre une touche de mascara noir. Puis Rosie enfila un pull épais par-dessus sa robe verte, qui n'était pas du tout adaptée à une journée d'hiver, mais Lilian et Hetty la jugèrent prête.

Le cœur de Rosie était prêt à éclater, elle avait envie de hurler, quand elles la laissèrent enfin partir. Pour aller plus vite, elle enfourcha le vélo de Lilian et remonta la colline aussi rapidement que possible. Arriverait-elle à temps ? Ses paroles lui avaient-elles endurci le cœur ? Pouvait-il changer d'avis ? Peut-être... peut-être était-il aussitôt monté dans sa voiture pour partir vers le sud ? La panique la gagna. Non, non, c'était impossible. Elle élaborait différents scénarios dans sa tête, qui se succédaient, et accéléra donc la cadence – jusqu'à ce qu'elle l'aperçoive, sur le tronçon plat de la route qui menait à « Peak House ». Il devait essayer de rentrer à pied. Le voir marcher vaillamment avec sa canne détourna son attention une seconde et, quand elle prit le virage en dérapant, elle se rendit compte qu'elle était incapable de s'arrêter.

— *Écarte-toi !* lui cria-t-elle.

Le vélo ne faisait presque pas de bruit sur la route goudronnée.

— POUSSE-TOI !

Il voulut s'écarter, mais il était trop tard, et elle le vit écarquiller les yeux. À la toute dernière minute, elle se rappela qu'il fallait qu'elle pile. Puis, en une seconde qui parut s'éterniser, comme dans un rêve, elle se sentit passer par-dessus le guidon, sans grâce, pour atterrir tête la première dans ses bras. La cane heurtant le sol avec fracas, ils s'étalèrent de tout leur long dans la boue, qui amortit leur chute, et se retrouvèrent dans les bras l'un de l'autre, des Love Hearts éparpillés partout autour d'eux.

Ils commencèrent par se fixer, choqués, stupéfaits. Puis, presque fatalement, ils se mirent à rire. Enfin, couverts de boue, trempés par la pluie qui venait de se mettre à tomber, sous le coup de l'adrénaline, heureux, ils s'embrassèrent à nouveau, avec fougue et passion, comme le faisaient tous les jeunes du village depuis des centaines et des centaines d'années, avec pour seuls témoins des vaches, des hiboux et des oiseaux qui fondaient sur leur proie dans les champs moissonnés.

Épilogue

Le jour où ils chargèrent la Land Rover (celle de Stephen, cette fois, pas celle de Moray), le cottage, sous un épais manteau de neige, évoquait une publicité pour des sapins de Noël. Stephen et Moray s'étaient réconciliés de mauvaise grâce : Stephen avait admis mal supporter de voir ses contemporains frais et dispos musarder, alors qu'il y avait tant de besoins en Afrique, suite à quoi Moray avait grimacé, puis répondu qu'il était aussi sans doute un peu jaloux de son physique avantageux et de sa popularité, mais Stephen avait feint de ne pas l'entendre.

Ils avaient pris toutes les photos de Lilian, ses coussins, et toutes les robes que Rosie avait pu mettre dans la voiture.

— Pourquoi aurais-je besoin de ces robes ? lui avait demandé Lilian, pas fâchée.

— Parce qu'il y aura une activité différente chaque soir, avait répondu Rosie. Tu vas enchaîner les thés dansants.

Lilian avait fait la moue.

— Pas avec ma hanche.

— Ne sois pas bête, ils ont tous des hanches fragiles. Ils passent la musique à 33,33 tours par minute. Et tu seras de loin la plus belle femme.

— Eh bien, je ne peux pas te contredire là-dessus, avait répondu Lilian.

La vieille dame était très nerveuse à l'idée de quitter la seule maison qu'elle avait connue. Pourtant, d'une drôle de façon, elle était aussi tout excitée ; excitée d'essayer quelque chose de nouveau, de différent. L'idée d'avoir un service en chambre, des soirées jeux, quelqu'un avec qui jouer au Scrabble... enfin, elle ne pouvait nier que cela l'intriguait, même si la présence d'Ida Delia la stressait un peu. Mais Ida Delia l'avait sans doute oubliée depuis longtemps, elle devait avoir perdu la tête.

Mais la meilleure nouvelle, c'était Rosie. Rosie serait toujours à côté : elle pourrait lui rendre visite à la boutique quand elle le voudrait, pourrait passer au cottage ou lui téléphoner, sans lui gâcher la vie ; c'était ce que Rosie *voulait*. Cela la rassurait, la rendait profondément heureuse.

Rosie la regarda, installée comme une reine dans le siège passager, une couverture sur les genoux. Stephen conduisait. Elle avait toujours du mal à y croire. Qu'il soit là ; qu'il soit à elle. Ces dernières semaines étaient passées dans une sorte de brouillard. Gerard avait été d'une gentillesse inimaginable ; cela dit, quand elle était allée le voir, ses chemises étaient repassées et ses cheveux avaient été coupés.

— Yolande aime que je soigne mon apparence, avait-il répondu quand elle le lui avait fait remarquer. Elle aime s'occuper de ce genre de choses.

Il paraissait encore mieux nourri, si c'était possible, mais aussi plus heureux. Sans nul doute. Il jubilait, en réalité. Cela l'avait un peu attristée (elle restait humaine, après tout) : après toutes ces années, il avait trouvé le bonheur auprès de quelqu'un d'autre, mais elle ne pouvait nier que c'était parfait ainsi.

— Je suis si heureuse pour toi, lui avait-elle dit. Et ta mère l'aime bien ?

— Elle *l'adore*. Enfin, il y a *quelques* trucs qu'elle ne maîtrise pas parfaitement, mais maman va arranger ça.

Rosie avait souri. La mère de Gerard avait enfin une adversaire à sa hauteur. Elle devait être ravie. Rosie leur avait offert la plus grosse boîte de chocolats possible : le visage de Gerard s'était illuminé de joie, comme un petit garçon, et elle l'avait chaleureusement remercié pour son chèque. Yolande possédait une ravissante maison de trois chambres dans un joli lotissement, avec un petit bout de jardin. C'était idéal pour eux, même si Rosie n'avait pu s'empêcher de regarder ce minuscule carré de broussailles vertes en songeant au prix qu'il avait coûté, et de le comparer à ses grands espaces ouverts et ses somptueux panoramas sur la campagne. Comment pouvaient-ils le supporter ? Comment avait-elle fait pour le supporter aussi longtemps ? Puis elle se rendit compte qu'elle se transformait en vraie Liptonienne et sourit toute seule.

— Merci, lui avait-elle dit du fond du cœur.

Il avait haussé les épaules.

— Maman a dit que c'était ce qu'il fallait faire.

— C'est vrai. Même si je ne le méritais pas. Merci.

Puis ils s'étaient enlacés, avec hésitation et maladresse.

— Et si jamais tu passes par...
— Les contrées sauvages du Derbyshire rural ? Je sais, je sais.
— Une grosse boîte de souris au sucre t'attend.
Il avait souri.
— Je m'en souviendrai.

*

Elle avait dû s'arracher aux bras de Stephen pour s'occuper de Lilian. Elle avait dû lutter. Heureusement, Tina avait accepté d'effectuer plus d'heures à la confiserie, mais Rosie trouvait malgré tout très difficile de quitter le vieux lit en fer forgé de Stephen, dans sa chambre claire qui n'avait vue que sur les moutons, jusque dans la vallée, si haut perchée qu'elle avait l'impression de pouvoir toucher les nuages. Quand les bourrasques hivernales accompagnées de pluie soufflaient du haut des collines, ils avaient le sentiment de ne faire qu'un avec les éléments.

Mais il avait fallu s'organiser ; travailler ; prendre des dispositions. Se séparer chaque matin avait rendu leurs retrouvailles plus intenses, de sorte qu'ils y avaient pris un malin plaisir. Mais, peu à peu, les choses avaient commencé à prendre forme. Rosie et Lilian avaient signé les actes de propriété devant un notaire gentil et discret. La vieille dame avait insisté pour lui donner procuration. (Angie, à Sydney, était décontenancée par la tournure des événements, mais avait accepté sans sourciller.) Rosie s'apprêtait à chercher un locataire pour le cottage, sans vouloir être trop directe, quand Stephen, la tête posée sur ses genoux un soir qu'ils étaient devant la cheminée du cottage, lui avait raconté en avoir assez de vivre à « Peak House ». En outre, sa mère voulait récupérer la propriété pour la louer pendant les vacances, avant de se retrouver au bord de la faillite. Cela faisait un moment qu'il pensait regagner l'agitation du village, lui avait-il expliqué, et Rosie l'avait taquiné en lui parlant de Londres.

— Je déteste Londres, avait-il répondu d'un air songeur. Je ne voulais m'y installer que parce que tout le monde ici pensait que j'étais un crétin. Rectification : parce que *tu* pensais que j'étais un crétin.

— Oui, mais je n'ai jamais dit que je n'aimais *pas* les crétins. De toute façon, tu aurais aussi été un crétin à Londres. Juste un crétin distingué.

— Les pires, avait-il commenté en faisant pivoter sa jambe devant le feu. Mais avoir des amis peu fiables, c'était toujours mieux que ne pas avoir d'amis.

Lilian, qui était en train de faire semblant de somnoler sur le canapé, se manifesta.

— Alors, qu'est-ce que tu comptes faire, Lipton ?

— Je ne sais pas, avait-il répondu avec un haussement d'épaules. J'imagine que ma mère va vouloir me mettre à contribution, pour faire en sorte que le domaine couvre ses frais. Ce qui est impossible. Et ce sera encore pire quand je m'en occuperai.

Il avait poussé un soupir.

— J'aimerais juste pouvoir faire quelque chose de plus utile.

Rosie s'était figée. Chaque jour, elle craignait qu'il ne lui annonce vouloir retourner en Afrique. Même si, une nuit, il s'était réveillé après un cauchemar, les yeux hagards, couvert de sueur, et qu'elle l'avait serré fort contre elle, l'avait rassuré, lui avait promis qu'il n'aurait jamais à y retourner. Il assumait sa peine, sa culpabilité (de ne pas être assez courageux pour y retourner un jour), et elle ne l'en aimait que davantage : il ne prétendait pas que tout allait bien, il avait le courage de l'avouer. C'était comme cela que les gens se faisaient tuer.

Lilian avait eu une petite moue.

— Sais-tu que l'école vient de perdre l'un de ses professeurs ?

Il y avait eu un blanc.

— Ça vient juste d'arriver ou quoi ? l'avait interrogé Rosie. Lilian, vraiment, tu as pratiquement inventé Twitter à toi toute seule.

— Je dirais que c'est imminent. Donc, si jamais tu cherchais un emploi pour embêter ta mère et qui rapporte encore moins que gérante d'une confiserie…

Stephen y avait réfléchi un moment.

— Hum. Hum.

Puis il avait regardé Rosie.

— C'est assez distingué pour toi ?

— Parfait, avait-elle répondu, le cœur débordant de joie. Parfait.

*

Et le grand jour était arrivé. Stephen conduisait lentement, prudemment, sur la route sinueuse, pleine d'ornières et de bosses verglacées, qui menait à la maison de retraite. Lorsqu'ils franchirent le sommet de la colline, Lilian poussa un soupir. Rosie, assise sur la banquette arrière, penchée en avant, lui tenait la main.

— Ne t'inquiète pas, murmura-t-elle. On est là.
Sa tante opina du chef.
— Je sais, ma chérie. Je sais.
Mais sa voix tremblotait.

Ils passèrent une heure gênante à l'installer et à déballer ses affaires – il y en avait tant dans la voiture ; cela rendit la petite chambre immaculée, douillette, mais dépouillée, beaucoup plus humaine. Au bout d'un moment, Marie leur laissa entendre qu'ils feraient bien de partir afin qu'elle puisse présenter Lilian aux autres résidents.

Rosie se tourna vers sa tante.
— Je...
Mais elle ne sut pas quoi dire.
Lilian secoua la tête.
— Ne...
Elles restèrent sans bouger un instant. Puis, pour la première fois, Lilian s'approcha d'elle et la prit dans ses bras. Elles s'étreignirent longuement, Rosie entourant le corps frêle de sa tante. Elle paraissait si petite, songea-t-elle.

— Tu as pris du poids, chuchota-t-elle.
— Tais-toi, rétorqua Lilian, avant d'ajouter, tout bas, après un blanc : Merci, ma chérie.
— On te verra à la boutique le week-end prochain. Et, si tu apprends à te servir de ton portable, tu pourras le mettre sur haut-parleur et nous crier dessus toute la journée.

Lilian montra du doigt Stephen, qui attendait près de la porte.
— Tu passes d'un oiseau blessé à un autre, alors ?
— J'ai entendu ! se récria-t-il.

Rosie fit un large sourire, puis s'empourpra.

— Bon, poursuivit Lilian. Filez, vous deux.

Et Rosie déposa un autre baiser sur sa joue douce et blanche.

Puis ils s'en allèrent, main dans la main, progressant doucement sous les flocons qui descendaient dans l'air. Une fois à l'abri des regards, ils s'arrêtèrent pour faire une bataille de boules de neige. Rosie criait, les bottes pleines de neige, tandis que Stephen la pourchassait le long de l'allée bordée d'arbres.

— Je n'en reviens pas, je n'arrive plus à te distancer ! lança-t-elle en riant, les joues rosies par le vent.

Il lui fit un grand sourire.

— Ah ! Je faisais semblant, en fait.

— C'est ça, oui !

Il éclata de rire, puis leva les mains.

— D'accord, d'accord. Ce n'est pas vrai. Ce n'est pas vrai, c'est évident. Mais, Rosie…

Son ton devint plus sérieux.

— Je n'aurais jamais cru… Je n'aurais jamais cru, même pas en rêve, qu'une chose aussi horrible pourrait donner naissance à quelque chose… d'aussi beau.

Rosie pensa à sa vie : elle pensait qu'être enterrée vivante à la campagne, à s'occuper d'une vieille dame, serait horrible. Elle s'était montrée si égoïste.

— J'ai eu de la chance. J'ai vraiment eu de la chance.

— Moi aussi, répondit-il avec ferveur.

Puis, sous le ciel gris glacial et les nuages qui ne se lèveraient pas avant six mois, en dépit du vent, ils s'embrassèrent jusqu'à la tombée de la nuit. Qui arriva vite. Mais ils continuèrent tout de même à s'embrasser.

*

Lilian était fatiguée, après avoir été présentée à un grand nombre de personnes, principalement des vieilles dames, qui semblaient toutes gentilles. Ida Delia n'était pas là, mais, après le souper, Lilian se rendit timidement dans la salle de jeux. Sans surprise, Ida Delia était assise dans l'élégant salon, fixant l'obscurité.

Lilian, nerveuse, se racla la gorge.

— Hum, hum.

Ida Delia la regarda à travers d'épaisses lunettes à monture rose. Puis elle opina du chef.

— Lilian Hopkins, dit-elle avant de s'interrompre. C'est bien Hopkins, non ? Tu ne t'es pas mariée, n'est-ce pas ? Tu n'as pas changé de nom ?

Lilian sentit la colère monter en elle.

— Non. Je ne me suis pas mariée, je n'ai pas changé de nom.

Ida Delia acquiesça d'un signe de tête. S'ensuivit un long silence ; de nombreux non-dits passèrent entre elles.

— Eh bien, finit par dire Ida Delia. J'ai une boîte de dominos, si ça te dit.

Après un blanc tout aussi long, Lilian haussa les épaules.

— D'accord, répondit-elle avant de s'asseoir tranquillement.

Puis elles ouvrirent la boîte et commencèrent à jouer.

*

Le papier était taché de larmes, de pluie ou de Dieu sait quoi ; après tout ce temps, déchiffrer quoi que ce soit sur la feuille jaunie qui avait été renvoyée avec sa montre et ses médailles des années auparavant était difficile. Henry n'avait noté qu'une seule chose, de son écriture très reconnaissable ; une phrase, peut-être destinée à une lettre jamais envoyée, ou une simple affirmation. Ida l'avait conservée tout ce temps, parvenant presque à se convaincre au fil des ans. Si elle plissait les yeux et faisait semblant, ou si elle disait aux gens qui les avaient connus que l'encre avait coulé à cause de la pluie, de la sueur, du sang, ou quoi que ce soit ; que là où il était écrit « Je ne cesserai jamais de t'aimer, L », ce n'était pas un « L », mais un « I » ; un « I » qui avait bavé sous la pluie. Voilà tout. Elle n'avait jamais montré ce papier à personne, pas même à Dorothy, qui dédaignait toute forme de romantisme, de toute façon. Elle n'avait jamais pu croire qu'il s'agissait d'un « L » et non d'un « I ».

Mais peut-être, songea Ida Delia Fontayne, peut-être le moment était-il venu ?

*

— Est-ce une confiserie ou une librairie ici ? s'enquit Edison avec curiosité un samedi matin froid et ensoleillé. Je pense que vous devriez faire les deux. Ce serait chouette.

Rosie releva les yeux : elle avait trouvé dans le fond de l'armoire de Lilian un carton empli de son livre publié à compte d'auteur et était en train de le déballer, installant les exemplaires à côté de la vieille caisse.

— Non, répondit-elle. Ce n'est pas une librairie. Nous n'avons de place que pour ce livre.

*

Les gens voient l'amour comme un bonbon pétillant : toujours surprenant, excitant, frais en bouche. Ou comme du chocolat noir : mystérieux, adulte, amer. Comme la coque d'un Galaxy Minstrel, qui attend d'être craquée, ou la texture croustillante, friable, du caramel en nid d'abeille. Rugueux comme de la nougatine aux cacahuètes ; aussi douloureux qu'un éclat de toffee.

Je vois l'amour comme du caramel. Doux et parfumé ; toujours bienvenu. C'est la couleur dorée d'un soleil couchant en automne ; la chaleur d'une étreinte vigoureuse ; l'union de deux âmes qui se fondent en une ; une saveur qui persiste en bouche quand plus rien d'autre n'existe. Quand on y a goûté, on ne l'oublie jamais.

Et je n'ai rien de plus à dire à ce sujet.

Remerciements

Je remercie tout d'abord Jo Dickinson et Ali Gunn, en particulier pour ce déjeuner au Century (« un *dentiste* ? »), ainsi que Rebecca Saunders et Manpreet Grewal. Je remercie également Ursula MacKenzie, David Shelley, Emma Williams, Sally Wray et toute l'équipe de Little, Brown. Céline Menjot de la pâtisserie *Zambetti*, comme toujours. Geri et Marina – merci, merci. Mes copains adorés. Merci aussi au Roald Dahl Estate ; à Deborah Adams pour la relecture et à Viv Mullett pour la superbe carte.

Et je vous remercie tout particulièrement, mes chers lecteurs. Je me disais récemment que je recevais beaucoup de gentils commentaires, et une amie m'a fait remarquer (avant que je ne prenne la grosse tête !) qu'il était bien plus facile de nous contacter aujourd'hui grâce à Facebook, Twitter et autres. Elle avait raison, bien sûr. Quoi qu'il en soit, vous n'imaginez pas à quel point cela me fait plaisir quand quelqu'un entre en contact avec moi ou mes éditeurs : c'est un vrai rayon de soleil, alors merci à tous pour vos impressions, vos photos, vos recettes et vos remarques enjouées. Comme toujours, vous me trouverez sur www.facebook.com/jennycolganbooks et @jennycolgan sur Twitter.

Longue vie aux livres !

Composition et mise en pages
Nord Compo à Villeneuve-d'Ascq

Imprimé en Espagne par Liberdúplex
en mars 2024
N° d'impression : 116927

POCKET – 92, avenue de France, 75013 Paris

S34019/01